钱理群中学讲鲁迅

钱理群 著

生活·讀書·新知 三联书店

Copyright © 2024 by SDX Joint Publishing Company.
All Rights Reserved.
本作品版权由生活·读书·新知三联书店所有。
未经许可，不得翻印。

图书在版编目（CIP）数据

钱理群中学讲鲁迅 / 钱理群著 . -- 北京：生活·
读书·新知三联书店，2024. 10. -- ISBN 978-7-108
-07816-2

Ⅰ . I210.97

中国国家版本馆 CIP 数据核字第 20242LM071 号

责任编辑	郑　勇　李　佳	
装帧设计	赵　欣	
责任校对	张　睿　张国荣	
责任印制	李思佳	
出版发行	生活·讀書·新知 三联书店	
	（北京市东城区美术馆东街 22 号 100010）	
网　　址	www.sdxjpc.com	
经　　销	新华书店	
印　　刷	北京隆昌伟业印刷有限公司	
版　　次	2024 年 10 月北京第 1 版	
	2024 年 10 月北京第 1 次印刷	
开　　本	700 毫米 × 1000 毫米　1/16　印张 25.25	
字　　数	302 千字	
印　　数	0,001－6,000 册	
定　　价	69.00 元	

（印装查询：01064002715；邮购查询：01084010542）

目 录

开 场 白　聊聊这门课 1
　　　　　　附：课前调查　我对鲁迅的最初印象 / 6

第 一 讲　且说父亲和儿子（上） 14
　　　　　　附：学生作业　我和我的父亲 / 35

第 二 讲　且说父亲和儿子（下） 48

第 三 讲　儿时故乡的蛊惑 65
　　　　　　附：学生作业　我读《我的第一个师父》/ 80

第 四 讲　鲁迅与动物 82

第 五 讲　鲁迅笔下的鬼和神 96
　　　　　　附：学生作业　我读《铸剑》/ 110

第 六 讲　生命元素的想象 113
　　　　　　附：学生作业中的多样解读和发挥 / 126

第 七 讲	作为艺术家的鲁迅	141
第 八 讲	睁了眼看	160
第 九 讲	要有会看夜的眼睛	183
第 十 讲	另一种看	197
第十一讲	聪明人和傻子和奴才	217
第十二讲	生命的路：鲁迅的期待与嘱咐	243

附 录 287

　　一、学生考试作业　我之鲁迅观 / 289

　　二、课程总结调查 / 313

　　三、关于大学教授到中学上课的思考 / 323

　　四、把鲁迅精神扎根在孩子心上 / 330

　　五、部分台湾学生对鲁迅的接受 / 369

后　记 396

开场白 | 聊聊这门课

首先要请大家允许我坐着上课，而且还带着一杯茶。这是我上课的习惯，几十年都如此，走到哪儿都一样，就是一边喝茶，一边讲课。我把上课看作是聊天。聊天式的上课，这可能也是北大的一个传统。我的老师王瑶先生就是这么教我的。王先生的生活习惯是晚上工作到凌晨三四点钟，早上他要睡觉，不许我们去，下午四点钟以后，我们就去他家客厅里面聊天，每星期大概有一两次。因为王先生抽烟斗，我们就在烟雾缭绕之中，听他海阔天空神聊，听得似懂非懂，却因此感悟到了一些说不出、道不明，但会影响终身的东西。所以同门的同学都说我们是被老师熏出来的。我们今天不能用烟熏，因为这里是课堂，不是客厅；不过我们仍然可以聊天，这个课就是聊天课。当然，因为是正式课，还要考试，也不能聊得太海阔天空，得有一个中心：我们就聊鲁迅，而且聊的是鲁迅的书。

因此我要感谢各位，在百忙之中抽出时间来听我聊天。这个课应该和高考是没有什么关系的。所以大家要摆脱高考的压力来听这个课，本身就需要有点勇气，也需要一定的决心。当然也有一定的好处，就是可以暂时走出高考的阴影，得到一点精神的松弛、休息，而且也享受一点精神的自由和欢乐。我希望这是一门超功利的、没有压力的自由、随意的课。

所谓自由、随意是什么意思呢？在我看来，今天来这么多人不太正常，因为过一段时间你会觉得没有什么意思，或者说你觉得我讲的没什么意思，或者说鲁迅没有什么意思，你尽可以走人，不一定非得来不可。我在北大就是这么宣布的：听我的课可以来去自由。不过我还说了一句：我敢于这么宣布，其实是我有这个自信，相信我的课能使你确有收获，不会白听，你不来是你的损失。其实有时候由于种种原因，偶尔一两堂课不来听，在我看来是可以理解的，也不必看得那么认真。记得我上课时，有一个男孩子每堂课都坐在第一排，听得很认真。但有一回我在来上课的路上，遇到了这位学生，他一看见我，就赶紧往旁边溜。我猜想，他大概临时有事不能来听课，于是，就对他笑了笑，意思是说，不要紧的，你尽管做自己的事，他也对我笑了笑，大概有点抱歉的意思。这相视一笑，我感到很温馨：其实，讲课，聊天，也就是要追求这样一点温馨。——话说回来，我这是选修课，如果是必修课我不敢这么说，否则别的老师要对我提出抗议了。

当然，听课还要做作业。每一堂课以后，都会布置一些作业，但因为我们这个课，时间安排太紧，同学们也不太可能每一课都做，你们愿意做多少就做多少吧，至少做两三次。不过，我还是希望有些同学能多做些，因为这是难逢的机会，作为大学老师的我和诸位中学生能够不仅通过上课，还通过作业进行交流，大概就这一次了。因此，希望大家这学期辛苦点，多下点功夫，是会有收获的，当然要根据自己实际情况量力而行。

最后讲考试。你不要分数也可以不考，如果要成绩，就要参加考试。考试题目现在就可以向大家宣布，就是写篇"我之鲁迅观"。这是我的传统题目，只要上鲁迅课，无论是研究生、大学生，现在还有中学生，最后都是这个题目。我是想积累资料，看看不同年代、不同年龄、不同学历的年轻人，是怎么看鲁迅的。如果你不想谈，或者要对鲁迅的某一个方面做一点研究，那么，在教材（《中学生鲁迅读本》）的第407页有参考选题，你可以自选一个，或者自己另立一题目来做。

现在干脆把评分标准也都告诉你们。有三条：第一，说真话。用自己的语言说出自己对鲁迅的真实看法，你怎么看就怎么说，包括批评鲁迅、拒绝鲁迅，都可以说，必须说出真心话。第二，要言之有理。就是说，说他好，说他不好，都要有理由，能够自成一说，而且要把道理讲充分，不能无来由、无根据地胡捧或乱骂。第三，要有自己的见解。是"我"之鲁迅观，不是老师的鲁迅观，也不是某位专家的鲁迅观，因此，要有自己的创意，尽可能地有新意，有创造性，而且要用自己的语言来表达，说别人说不出来的，属于你自己的对鲁迅的发现。这样的新发现、新见解越多，说明你学了、读了确有收获，成绩也越好。一说真话，二讲道理，三有创造性：这就是考试评分的标准和要求。

还有一点希望：大家上课前要作预习。这也是当年我在附中上中学时的经验：每次上课前都把老师将要讲的课文看一遍，先取得对课文的"第一印象"，尤其是文学作品的阅读，这第一印象特别重要。有了自己的印象，再去听老师讲课，就会有比较：老师讲的，哪些是我没有想到的，哪些是和我的第一印象相同或不同的，哪些是我能够接受的，哪些又是我不明白，或我不同意的。同时，就有了好奇心：看看老师会讲出一些什么新东西，会把我们带到我所不熟悉的，怎样的一个"新大陆"去？——这样，你来上课，就不是被动地听老师讲，而是主动地和老师一起探讨了。

这涉及我们这门课的性质，也是我来这里上课前一直在考虑的问题。我想把它称为"导游课"。此话怎讲？先从1996年我给北大中文系研究生开的一门课说起。这门课讲的是"20世纪40年代小说",但我取了一个题目,叫"对话与漫游"。那一年中国美术馆正好举行法国伟大的雕塑家罗丹的原作展览,我去看了。展厅前面矗立着罗丹的代表作《思想者》塑像,周围则是熙熙攘攘的人群,仿佛闹市一般。我突然感到罗丹和他的精神创造物此时来到中国,是有些尴尬的,由此产生一个意象叠合:"喧闹街市中的思想者",并且对学生说了这样一番话:"请暂时远离那喧嚣的街市,到这里来,作一次无羁的精神漫游,天马行空般的思想驰骋。或许这漫游毫无结果,并不能解决你生命中的疑惑,但仍然是严肃的真实追求,你会感到精神的自由,心智的解放与生命的充实。"今天我想套用这段话,对诸位中学生朋友说——

"请暂时走出高考的阴影,到这里来,在鲁迅的书里,一位伟大的思想者的精神创造里,作一次书海漫游,一次精神散步。"

我的任务是担任导游,引导大家去探索这个名叫鲁迅的人,他的思想、他的文学和他的心理奥秘。我的具体任务有三:一是吸引你,使你对鲁迅产生好感,发生好奇心,于是就想来看看这道独特的风景。二是给你提供必要的知识背景:讲讲鲁迅为什么要写这篇文章,介绍要了解他的创造必须知道的有关材料。三是略加指点:"鲁迅风景"的最佳处在哪里?妙在何处?这样一吸引,二介绍,三指点以后,你就迫不及待地要自己去欣赏,去读鲁迅原著了。等到你自己出游,我就没事了,就可以在一旁微笑着欣赏你怎么欣赏了。如果你发现了我没有看到的"新景点",你自己也担任起导游来讲解了,我失业了,我就太高兴了。或许我又会和你一起来指指点点,相互启发,不仅你作了一次精神漫游,我也游了一把,我们这个课就获得了完全的成功。

这样的漫游,其实就是探秘,我们要怀着一种好奇心,走进一个我们并不熟悉，却是十分丰富、十分有趣的鲁迅文学世界、精神世界，这是一次灵魂的探险。要做到这一点，我们必须敞开自己的心扉，这才会有我们每个人和鲁迅的心灵的相遇，和他进行精神的对话。我有一本书，是在北大给研究生讲鲁迅的录音整理稿，由三联书店出版，题目就叫《与鲁迅相遇》（2024年版改名为《钱理群北大讲鲁迅：与鲁迅相遇》。下同）。其实，读鲁迅作品，本质上就是"与鲁迅相遇"。

但每一个人和鲁迅相遇的机遇和时间都是不一样的，原因不一样，途径不一样。也就是说，每个人都有一个属于你自己的与鲁迅相遇的这样一个途径。也有人一辈子都不会和鲁迅相遇，这其实也没什么大不了，因为天下大得很，你不一定非得和鲁迅相遇，但是，相遇的每一个人都有自己的一个途径。

说到这里，我很自然地想起，我自己第一次和鲁迅相遇的情形——而且相遇的地方就是南京，所以今天讲起来会觉得很亲切。那是在1948年，那时候我九岁，在中央大学附属小学读书，也就是今天的南师附小。当时我读四年级，很喜欢读书，正好我有一个哥哥，他正在金陵大学读书，也就是今天的南京大学。有一天我从我哥哥的书柜里面翻出一本文选，打开一看，正好有一篇叫作《腊叶》的文章，是一个叫鲁迅的人写的。我就开始读，有一段文字立刻吸引了我，现在我和大家一起来读这段文字——

> 他也并非全树通红，最多的是浅绛，有几片则在绯红地上，还带着几团浓绿。一片独有一点蛀孔，镶着乌黑的花边，在红、黄和绿的斑驳中，明眸似的向人凝视。

当时我是小学生，当然不懂这个，在我的感觉里就是一团颜色，红的、绿的、黄的。但是，在这样一团非常斑驳灿烂的颜色中，突然跳出一双乌黑的眼睛望着我，当时我本能地感觉到，这非常地美，非常地奇怪，又觉得很难受，甚至有一种莫名的恐怖，就是这个感觉在那个瞬间留在我的心上了。以后我长大了，读中学，读大学，以后开始研究鲁迅，一辈子研究鲁迅，但是始终有着那么一双在斑驳的绚烂的颜色当中的乌黑的眼睛望着我，直逼我的心坎，让我感到迷恋、神往，同时也让我悚然而思。这是对鲁迅一个奇异的体验，应该说，它是留在我的记忆深处的，甚至是留在我的生命的深处，这是属于我的对于鲁迅的感觉。

同学们，你们也有自己第一次读鲁迅的经验和体验。本来我想让大家讨论一下，但是时间来不及了，你们可以回忆一下，你是在什么情况下，第一次听到"鲁迅"这个名字的，你第一次读鲁迅的书有什么感觉，还有你今天、你现在是怎样认识鲁迅的。就算是今天的课留给大家的一个作业吧。

但我还要说一句：在你们写完了"我对鲁迅的最初印象"以后，就要把已有的对于鲁迅的各种理解、各种感受，暂时放在一边，让我们大家一起像婴儿一样，重新睁大我们的眼睛，重新感受鲁迅，重新发现鲁迅。——这也是我们这门课的一个任务。

以上就是我的"开场白"。

附：

课前调查　我对鲁迅的最初印象

在北师大实验中学第一次和学生见面，就讲了一个我在小学四年级和鲁迅相遇的故事。然后，请学生们也谈谈他们自己的相遇故事，对鲁迅的最初印象，现在对鲁迅的看法。学生发言很踊跃，似乎意犹未尽，协助我上课的中学老师就因势利导让学生把他们想说的话写成小纸条交给我，把他们在课堂上的发言也整理出来：这也算是正式上课前的一次调查吧。

  初遇鲁迅，应该是在小学吧，读闰土的故事。那时纯属就是读故事玩儿吧，把它当作一个很有意思的童年趣事。初中接触了更多的鲁迅的东西，如《社戏》《故乡》等，对鲁迅本人有了表层的了解，但都是老师教给我们的，诸如"三大家"（革命家、思想家、文学家），他写文章是为了唤醒人们麻木的思想之类。老师还说他的文章写得很好。我的感觉是文字很拗口，有的句子明明是读不通的嘛，可老师却偏偏要讲这有它的寓意。我心想，也就是因为是鲁迅写的，要是我写的必定会挨批。

——高二13班　陈迪

  坦白地说，我长这么大，上了这么多年的学，也读了多年鲁迅的文章，应该对鲁迅有一定的了解。但其实很多时候，我对鲁迅的理解都源于老师。初中时，我只要把老师的板书记下并背熟就可以了。自己对鲁迅是没有什么好印象的。这主要是由于鲁迅的篇目背诵起来十分费劲，半文半白，令我不胜其烦，当时的我，唯一的想法便是尽快背完，永不看这令人厌烦的文章。

——高二13班　张宇炎

  第一次读鲁迅的作品是《少年闰土》。当时上小学，觉得鲁迅的文章很特别，文中所呈现的世界给人一种愉悦的心情，那句"我们所望的不过是四角天空"的话,(让我)很震撼。鲁迅的文章很容易产生共鸣,总能给我一些冲击,他的灵魂透过文章直射我的心灵。他的文字凝重洗练,字字深入人心。对于他,我有一种特殊的感情,难以言表。

——高二4班 骆圆

那还是上初中一个阳光明媚的上午,我们学习了第一篇鲁迅的文章《社戏》,我当时唯一的感觉就是:鲁迅的那个童年太美好了,他所描写的生活场景简直是我的梦想,所以我很喜欢他的文章,总把自己设身处地于鲁迅的故事中。对于老师所讲关于鲁迅的评价,我一点也不在意。

——陈纾

第一次接触鲁迅,应该是在小学一年级,那时候看动画片后,换台,在演鲁迅与其学生许广平的事儿,没什么印象,只记得片中的鲁迅十分不讲卫生,吃完饭就用袖子擦嘴,不修边幅,上课时散发出奇特的味道,这完全有悖于《小学生手册》,对他实在没有好印象。

——高二13班 左方

小学阴森的楼道里有若干名人像,一年级时班门口正对着的,便是鲁迅。在我的心目中,他和牛顿、爱因斯坦大约处于同等地位。在我的感觉里,他是严肃而神秘的。

——高二4班 李兮

第一次读鲁迅的文章,是在爸爸的中学课本里,读的是《论"他妈的!"》。读后只觉得这是个爱骂人的怪老头。从那以后,我学会了说"他妈的"。至于人有多高，多胖，有没有胡子，我是没有多想的。我有时会想：如果鲁迅是我爷爷，他会对我怎样呢？

——高二13班　霍佳琳

记得初中时学写景，便翻看了《秋夜》。结果写景并未学会，反而闹得我睡不着觉。我那时并不了解写作背景，所以也未理解文章，只是被字里行间的一种压抑的气息牢牢慑住。那种窒息的气氛足以让每一个人感到不安。这篇文章立刻被我束之高阁，与其说读不懂，还不如说是没有勇气读。

——南师附中高一11班　李羽佳

对鲁迅最深的印象就来自一张照片，可能是当时已经去世的鲁迅在病榻上最后的照片，依旧是整洁，安详，极瘦。就是被他的瘦震撼了。那是第一次对鲁迅有了"人"而非"神"的感觉。

——高二13班　胡阳潇潇

最开始读鲁迅作品，并不觉得怎么好。但读到《论雷峰塔的倒掉》时，感觉很爽，文章一步步地在攒气，到最后一句"活该"，简直痛快极了。再以后读鲁迅的议论文，每每读完，心情特舒畅。特别佩服鲁迅居然可以不带脏字地骂人，已经到一定境界了。

——高二13班　程珊珊

第一次对鲁迅有感觉是到书市买书，一眼瞥见鲁迅印在书上的大头像，两撇小胡子，和那种有些狂妄不驯的眼神，觉得他挺酷，就把他的杂文集买了回来，而至今为止，那本书我只看了二十页。到了高二看了他的《记念刘和珍君》，却被鲁迅震惊了，第一次为一篇短文，而不是长篇爱情小说掉了眼泪。自此我便去看鲁迅的传记，但只看了三分之一又放弃了。又看了他的几篇杂文，二十分钟却只看了一页，我便又郁闷了。至今我仍被那种想走近鲁迅的渴望和对他晦涩的语言却步的心情所困扰。

——高二8班　巩纾纾

第一次感动于鲁迅的文字，是读他的《野草》中的《题辞》。当时我们的语文老师，满怀激情地在课上也吟诵，也讲解，至今难忘。

——高二13班　吴一迪

用一种颜色来形容他，我认为是棕红色。红色：他有一种开朗、向往美好生活的热情；棕色：他硬朗，深沉，又让人不可捉摸，并使我有很冷的感觉。

——高二4班　史琳

似乎从懂事起，就对鲁迅这个生猛的名字耳熟能详。说它生猛，是因为这个名字藏着刀，隐着枪，可以于千万弹风血雨中给敌人致命的一击，也可以于落拓与慌乱中帮助青年重新站起。这是一个很难击退打败的革命者。我不了解他的身高，不清楚如此威严的人需要怎样一副身躯来支撑，抵挡四面八方的压力和攻击。因此，鲁迅对于我，又是模糊而复杂的。

——高二9班　孙辰娅

读他的文章，总感觉他是站在人生的顶峰，非常透彻地看待人的整个生命，解读得非常深，非常细。但我又觉得这没有多大必要，因为生命总要我们自己去理解。

——高一2班　严显

先生喊出别人不能喊的声音，揭别人不敢揭的伤疤，那些几乎人人都有的伤疤，他直视鲜血淋漓的真实和怯懦之人以平和粉饰的惨淡人生。于是他孤独，他痛苦，他勇敢。因为没有人和他一样甘愿痛苦地作心灵的旅行，因为没有足够勇敢的人接受他展现的真实，因为他义无反顾地去承受无人愿承受的孤独。"责任始自梦中"，先生的意识给自己加上了沉重而神圣又几乎不可能的使命，然而他还是要沿着根本没有了尽头的路坚定地走。他的使命感使自己无法挣脱，像火一样燃烧着耗尽生命，悲壮，辉煌，更可悲。

——高一1班　张铭

大家都觉得鲁迅强硬，好骂人，而我觉得鲁迅是有其温柔甚至可以说是柔弱的一面，这可以从他的很多回忆故乡、回忆童年的文章中透露出的温馨看出来。鲁迅应了时代的召唤，把自己包装起来，露出了锋利的刺。有人说鲁迅很孤独，我觉得那份孤独不是因为孤高，而是为了时代和民族，不得不隐藏起自己的柔弱，进行着艰苦的战斗。这也许就是英雄的悲哀吧。

——高一2班　张潇

他很有个性，严谨中带有不羁，深刻中带有顽童般的心情：这就是我对鲁迅的第一印象。

——高二13班　陈思

我读鲁迅的复杂却别样的纯粹。几年以来，只体味出他的三个"深"：深刻、深邃和深沉。

——高一1班　常翟子

我理解不了他的文字，在反复地读过几遍以后，我觉得他更像是一位哲学家而不是一个文学家。后来，我对鲁迅的看法不知怎的进入了一个误区：我认为鲁迅的成就，是建立在其政治效应上的。因为我厌恶政治，所以我对鲁迅产生了小小的偏见。可是现在，我已经不得不佩服他的人格魅力和他思维的深入了。

——高二8班　塔拉托妮

总觉得鲁迅是一个清高傲骨，即使处于水深火热之中也要飞蛾扑火的浑不吝的哲人。他与所有文豪都一样，有着极为激烈的内心冲突，现实和期待的对抗使他常常处于不为人深知的孤独之中。一个孤独的人，必然有一颗极为敏感的心。他的这份敏感，也正促成了昔日这位名声显赫的哲人。

——高二8班　徐忻胜

鲁迅和朱安的婚姻让人疑惑不解。他虽然是不停地批驳封建束缚，却为了母亲或其他什么不得不受迫于封建束缚之下，而其后对女性的不负责任又实在与他的"妇女解放"的主张相悖。

——寇昕

我对鲁迅的看法是他很爱骂人，特别是别人给他一箭，他便还人十箭。这与李敖有些像。鲁迅还十分亲日，他不仅喜欢吃日本食物，还和在中国的日本人内山关系很好。鲁迅很幸运，假如他在1937年还活着的话，他一定偏向日本。鲁迅还是个偏执的人，他过分地否定了中国传统的文化。

——未署名

有同学说鲁迅很爱骂人，我认为骂人有两种，一种是很愤懑的结果，是满腔怒火的宣泄，另一种是哗众取宠，是炒作。关于鲁迅的"亲日情结"，我想说，先生是一个率性的人，想说什么就说什么，很磊落。比如他不喜欢梅兰芳装旦就说出来，他对日本的一些东西喜欢，也不会遮遮掩掩。所以我觉得先生是个很有男子气概的人。

——王金龙

第一讲 | 且说父亲和儿子（上）

在上一课结束时谈到我们课的任务就是重新发现鲁迅，重新感觉鲁迅。那么，这样的重新发现，重新感觉，应该从哪儿入手？首先要"感受鲁迅"。因此，我想向大家推荐一篇文章，就是我们这本鲁迅文章选读的代序：萧红对鲁迅的回忆。

萧红的回忆，在我看来，是最贴近鲁迅心灵的，她是用自己的心去感悟的。她以一个女性作家特有的细腻和敏感，近距离地非常感性地感受鲁迅，不仅给我们独特的观察，而且提供了许多具体可感又引人遐想的细节。而从细节看人，是一个非常重要的方法。同学们已经预习过了，那么，哪位同学愿意谈谈给你印象最深的细节是什么？

学生一 我最感动的是鲁迅在坟地里"踢鬼"的故事。鲁迅当然是不相信鬼神的，我相信，在座的同学也没有几个是相信鬼神的。但是，敢深更半夜在坟地里冲着一个那样"变化无常"的白影径直走过去，还狠狠踢下去，这是需要勇气的。这一点让我感到佩服。

钱 这位同学抓住了一个要害问题：鲁迅和鬼。顺便提供给大家一个背景材料。鲁迅逝世前一天，即 1936 年 10 月 18 日，他到一对日本夫妇家里去聊天。大家注意：这是鲁迅一生中最后一次聊天，聊什么呢？就是聊鬼，日本的、中国的鬼的故事，其中又再一次谈到了这个和萧红已经讲过了的"踢鬼"的故事。鲁迅生命最后一段，还在谈鬼，这是很有意味的，鲁迅的生命和鬼的纠缠，是很值得玩味的。有的学者甚至认为，要进入鲁迅的世界，考察"鲁迅与鬼"是一个很好的切入口。

学生二 我感兴趣的，是萧红回忆了这个"踢鬼"的故事以后，发表的一番议论："我想，倘若是鬼常常让鲁迅先生踢踢倒是好的，因为给了他一个做人的机会。"我因此想到，我们是不是可以从这个角度来看鲁迅，看他的作品的意义。只有鲁迅能够看透他生活的那个社会的黑暗，一眼看穿那些装鬼作魅的人，用他的笔重重地刺痛他们，狠狠地"踢"他们，然后让他们睁开眼重新做人。

钱 你说得很对：鲁迅确实是一位和人间鬼魅打了一辈子仗的人。但鲁迅和鬼的关系，还有另一面：在他的笔下，就出现过两个极其可爱的鬼：无常和女吊。"鲁迅和鬼"是我们今天的阅读对鲁迅的第一个新发现。不过，这是以后我们要专门讨论的话题。今天就只点一点，算是卖个关子，留下一个伏笔吧。同学们还有什么发现？

学生三 我最感动的，是鲁迅病中常看的那幅画。

钱 太好了，因为这也是最让我感动的，可以说是"英雄所见略同"了。我们一起来读这段文字——

在病中，鲁迅先生不看报，不看书，只是安静地躺着。但有一张小画鲁迅先生是放在床边上不断看着的。那张画，鲁迅先生未生病时，和许多画一道拿给大家看过的，小得和纸烟包里抽出来的那画片差不多。上面画着一个穿大长裙子飞散着头发的女人在大风里边跑，在她旁边的地面上还有小小的红玫瑰花的花朵。恰好我找到了这幅画。这是波斯大诗人哈菲兹《抒情诗集》首页

鲁迅生命最后时刻所看的版画

插画,苏联画家毕珂夫作的版画。(打投影)同学们看了以后感受如何?坦白地说,我最初一看,还是有点失望,因为这幅画并没有萧红描述的那么美,那么逗人遐想。其实这也不难理解:作为一个作家,萧红显然是把她自己的感受、理解,以至想象投射到她的描述里去了。同时这也包含着她对鲁迅的一种理解。这确实是一幅普通的画,但却是如此深深地吸引了鲁迅,这本身就很耐人寻味。我们不妨设身处地地想一想:重病中的鲁迅凝视着这幅画时,他看到了、感受到了什么?长发……长裙……女孩……星空……玫瑰花……这一切,都是美的象征，爱的象征，活的健全的生命的象征。这样一幅画伴随着鲁迅度过他最后的时光，因此我们可以说，鲁迅生命的深处，正深藏着美，深藏着爱，深藏着活的健全的生命。——这应该是我们对鲁迅的又一个新发现。我们要感谢刚才发言的这位同学对我们的提示。同学们还有什么发现？

学生四 我觉得鲁迅病重时，海婴高喊"明朝会，明朝会"那一个细节很感人。特别是鲁迅尽管病重，还是努力挣扎着把头抬起来，大声说出"明朝会，明朝会"，我觉得这里表现了鲁迅倔强的性格和坚强的精神。

钱 你这个发现非常重要，也是我今天本来准备和大家重点讨论的，这大概也是"心有灵犀一点通"吧。我们一起来读这一段文字——

楼上楼下都是安静的了，只有海婴快活的和小朋友们的吵嚷躲在太阳里跳荡。

海婴每晚临睡时必向爸爸妈妈说："明朝会！"

有一天，他站在走上三楼去的楼梯口上喊着：

"爸爸，明朝会！"

鲁迅先生那时正病得沉重，喉咙里边似乎有痰，那回答的声音很小，海婴没有听到，于是他又喊：

"爸爸，明朝会！"

他等一等，听不到回答的声音，他就大声的连串地喊起来：

"爸爸，明朝会，爸爸，明朝会……爸爸，明朝会……"

他的保姆在前边往楼上拖他，说是爸爸睡了，不要喊了。可是他怎么能够听呢，仍旧喊。

这时鲁迅先生说"明朝会"，还没有说出来喉咙里边就像有东西在那里堵塞着，声音无论如何放不大。到后来，鲁迅先生挣扎着把头抬起来才很大声的说出：

"明朝会，明朝会。"

说完了就咳嗽起来。

许先生被惊动得从楼下跑来了，不住的训斥着海婴。

海婴一边笑着一边上楼去了，嘴里唠叨着：

"爸爸是个聋人哪！"

鲁迅先生没有听到海婴的话，还在那里咳嗽着。

  这里海婴的喊声以及鲁迅挣扎的回应，确实非常感人。但这一个细节意味着什么，不同的人会有不同的感受。刚才那位同学说，他从中感受到了鲁迅性格的坚强，这是有道理的。但我却有另一种感受：可能是因为我的年纪大了，鲁迅当时是五十四岁，我今年已经六十六了，比鲁迅还老。人到老年，对"生命"就特别敏感，（板书：生命）因此，我在海婴的高喊和鲁迅的挣扎中，感受到的是两个生命，父亲的即将消逝的生命，儿子的一切刚刚开始的生命，在那里相互呼应。海婴是鲁迅生命的一个部分，而且是鲁迅生命中最宝贵、最重要的部分，因此，当海婴呼喊他的时候，鲁迅拼着生命的最后一点力气，也要挣扎着回应他。而年幼的海婴并不懂得这挣扎着的回应有什么严重意义，他只觉得奇怪：父亲为什么听不见他的呼喊呢？"爸爸是个聋人哪！"读到这里，我感到特别地心酸，并且一直在想着一个问题："鲁迅和海婴的关系"；这背后又有一个更大的问题："父亲和儿子的关系"。这就是今天这堂课我最想和同学们一起讨论的话题——（板书）且说父亲和儿子。

  这是一个典型的鲁迅式的命题。他早在《随感录·四十九》里就说过："从幼到壮，从壮到老，从老到死"，这是人的生命之路。在这条路上，有两个关键时刻：一是为"人之子"（板书），一是为"人之父"（板书）。

如何做"人之子"与"人之父"，这也是人生两大难题。鲁迅为此困扰了一生。

在座的同学，还处在"人之子"的阶段，也就是说，你们的生命还处在父亲的强大影响之下，"如何做人之子"同样也是你们所必须面对的重大而不可回避的人生课题。而且你们将来，迟早有一天也要面临"如何做人之父"的问题。

这样，我们就和鲁迅相遇了：他和我们，有一个共同的生命命题——"父与子"。

我们先来看"鲁迅怎样做父亲"，他怎样看待、对待他的儿子。

这是我们的读本的第一篇：《我家的海婴》，这是我根据鲁迅书信里的文字汇编而成的。我们发现，自从海婴生出来以后，鲁迅就唠唠叨叨地不断向他的朋友们讲述他家的海婴——

> 广平于九月廿六日午后三时腹痛，即入福民医院，至次日晨八时生一男孩。大约因年龄关系，而阵痛又不逐渐加强，故分娩颇慢。幸医生颇熟手，故母子均极安好。

这是向他的老朋友报告，他的孩子生出来了。因此我们知道，海婴是1929年9月26日出生的，而现在海婴已经是七十五岁了，这个七十五年以前诞生的男孩，我们看看他的爸爸是怎么看他的——

> 我们有了一个男孩，已一岁零四个月，他生后不满两个月之内，就被"文学家"在报上骂了两三回，但他却不受影响，颇壮健。

> 眷属在沪，并一婴儿，相依为命，离则两伤。

海婴一生下来，鲁迅就感到海婴的生命和他的生命的相互纠缠，这确实是"相依为命"。大家知道，鲁迅是五十得子，这样的相依为命感就格外强烈。

　　生今之世，而多孩子，诚为累赘之事，然生产之费，问题尚轻，大者乃在将来之教育，国无常经，个人更无所措手，我本以绝后顾之忧为目的，而偶失注意，遂有婴儿，（我本来不想生孩子，不当心就生出来了，所以鲁迅后来的回忆录中说我本来不该生这个孩子的。）念其将来，亦常惆怅，然而事已如此，亦无奈何。长吉诗云：已生须已养，荷担出门去，只得加倍服劳，为孺子牛耳，尚何言哉。（可以读出他的沉重。）

　　在流徙之际，（因为当时日本人飞机轰炸，鲁迅带着海婴出去到租界去住。）海婴忽染疹子，因居旅馆一星期，贪其有汽炉耳。而炉中并无汽，屋冷如前寓而费钱却多。但海婴则居然如居暖室，疹状甚良好，至十八而全愈，颇顽健。始知备汽炉而不烧亦大有益于卫生也。

　　海婴是连一件完整的玩具也没有了。他对玩具的理论，是"看了拆掉"。

　　寓中都健康，只海婴患了阿米巴赤痢，注射了十四次，现在好了，又在淘气。我为这孩子颇忙，如果对父母能够这样，就可上二十五孝了。

　　孩子是个累赘，有了孩子就有许多麻烦，你以为如何？近来我几乎终年为孩子奔忙。但既已生下，就要抚育。换言之，这是报应，也就无怨言了。

　　海婴很好，脸已晒黑，身体亦较去年强健，且近来似较为听话，不甚无理取闹，当因年纪渐大之故，惟每晚必须听故事，讲狗熊如何生活，萝卜如何长大等等，颇为费去不少工夫耳。

我们都好,只有那位"海婴氏"颇为淘气,总是搅扰我的工作,上月起就把他当作敌人看待了。

男孩子大都是欺负妈妈的,我们的孩子也是这样;非但不听妈妈的话,还常常反抗。及至我也跟着一道说他,他反倒觉得奇怪:"为什么爸爸这样支持妈妈呢?"(他觉得爸爸是男子汉,男子汉应该支持男子汉,怎么能支持妈妈呢。)

我们的孩子也很淘气,也是要吃饭的时候就来了,达到目的以后就出去玩,还发牢骚,说没有弟弟,太寂寞了,是个颇伟大的不平家。

海婴这家伙调皮,两三日前竟发表了颇为反动的宣言,说:"这种爸爸,什么爸爸!"真难办。

他是喜欢夏天的孩子,今年如此之热,别的孩子大抵瘦落,或者生疮了,他却一点也没有什么。天气一冷,却容易伤风。现在每天很忙,专门吵闹,以及管闲事。

我的孩子叫海婴(上海的婴儿),但他大起来,自己要改的,他的爸爸,就连姓都改了。

代表海婴,谢谢你们送的小木棒,这我也是第一次看见。但他对于我,确是一个小棒喝团员。他去年还问:"爸爸可以吃么?"我的答复是:"吃也可以吃,不过还是不吃罢。"今年就不再问,大约决定不吃了。

过了一年,孩子大了一岁,但我也大了一岁,(孩子成长,感觉自己生命的衰老。)这么下去,恐怕我就要打不过他,革命也就要临头了。这真是叫作怎么好。

但我这里的海婴男士,却是个怎么也不肯学习的懒汉,不读书,总爱模仿士兵。我以为让他看看残酷的战争影片,可以吓他一下，多少会安静下来，不料上星期带他看了以后，闹得更起劲了，真使我哑口无言，希特拉有那么多党徒，盖亦不足怪矣。

现在孩子更捣乱了，本月内母亲又要到上海，一个担子，挑的是一老一小，怎么办呢？

他什么事情都想模仿我，用我来做比，只有衣服不肯学我的随便，爱漂亮，要穿洋服了。

他考了一个第一，好像小孩子也要摆阔，竟说来说去，附上一笺，上半是他自己写的，也说着这件事，今附上。他大约已认识了二百字，曾对男说，你如果字写不出来了，只要问我就是。（他不知道他父亲是何许人也，要教他父亲写字了。）

海婴很好，……冬天胖了一下，近来又瘦长起来了。大约孩子是春天长起来，长的时候，就要瘦的。（他是孩子生长气候学家。）

男自五月十六日起，突然发热，加以气喘，（他那时候已快要去世了。）从此日见沉重，至月底，颇近危险，幸一二日后，即见转机，而发热终不退。（在这样一封沉重的信里面，还谈到他的爱子。）……海婴已以第一名幼稚园毕业，（很得意）其实亦不过"山中无好汉，猢狲称霸王"而已。

同学们看了鲁迅这样描写他的儿子，有什么感想？我在读了这些讲述以后，写了这样一段文字，在这里读一下："中国的年老的父母们，你们能在这位父亲的描写中看到什么？儿子是这样自由地毫无拘束地表达了他对年长一代的不满、不理解、牢骚、反抗，以及有意的欺负年长者，而表现出儿童的狡狯。父亲却怀着年长者的宽容、理解，调侃着年幼者的奇思怪想，却又会无可奈何于年幼者的越轨行为。这里所显示的是父子两代人相同又相异的赤子之情。这是更接近自然状态的，纯真的心灵世界。因为，主宰这个世界的仅仅是爱，是一种未受到封建束缚，也没有受到资本主义污染影响的爱，是天性的爱，纯真的爱。同时，我们也可以从这里面感受到鲁迅的幽默感，在我看来，为种种传统观念束缚着的不自由的心灵是没有这种幽默感的。所以在鲁迅幽默感的背后，是一个自由的心灵。我们年长的、年轻的父母们，有几个能够在孩子认真不认真的宣言面前，发出这样一个宽容的微笑？可能有的父母在听到孩子反动宣言的时候已经勃然大怒了。"

同时我们可以感受到鲁迅内心的沉重："一个担子，挑的是一老一小，怎么办呢？"他本来是想断绝后顾之忧的，不想要孩子，"念其将来，亦常惆怅，……只得加倍服劳，为孺子牛耳"。我们可以感受到鲁迅对自己生命的负担的沉重。这些沉重来自哪里呢？一方面是养育孩子的负担，更是对自己孩子未来生命发展的担忧，是一种我们可以感受的人之父对孩子的成长的近虑远忧。那么，你们这些"人之子"们，是如何看待作为"人之父"的鲁迅，以及所有的"人之父"，大概也包括你们的父亲，对海婴，也对你们的爱和担忧呢？这个问题，今天不在课堂上讨论，就留给你们自己思考吧。

我们再来看看作为人之子的鲁迅，他怎样看他的父亲，他和父亲之间存在着怎样的关系？我想，这恐怕是同为人之子的同学们更感兴趣的吧。

我们一起来读鲁迅的第二篇文章——《五猖会》。

读鲁迅著作要善于抓住最重要的句子，这是文章的"纲"，纲举而目张，全篇文字就拎起来了。《五猖会》这一篇的"纲"就是最后一句，我们就从这里读起——

"我至今一想起，还诧异我的父亲何以要在那时候叫我来背书。"

请注意这个词:"诧异",不是"愤怒"或者"怨恨",那样写,感情就过了,毕竟是自己的父亲。是"诧异",奇怪,不理解,父子之间相互不理解,不仅当年父亲不理解"我"的感情,而且"我至今"也不理解父亲为什么要在"那时候"叫"我"背书。

那么,我们就来看看"那时候""我"的心情和要求。注意这句话:到东关看五猖会,"这是我儿时所罕逢的一件盛事"。鲁迅这里用词都很重:"罕逢""盛事",很少碰到的一件很大的事情,为什么?因为那会是全县中"最盛"的会,东关又是离"我"家"很远"的地方,出城还有六十多里的水路,在那里有两座"特别"的庙。"最""很""特别",都在强调五猖会对儿时的"我"的巨大的吸引力:孩子总是渴望到最热闹的、很远的、陌生的、特别的地方去。正是出于好奇的天性,"我笑着跳着"。——文章写到这里,充满期待的欢乐的气氛就达到了顶点。

"忽然,工人的脸色很谨肃了。"——"谨(拘谨)肃(严肃)"两个字,就使气氛急转直下。

父亲出现了,"就站在我背后"。——注意这里的叙述:没有写父亲的神态,但从前面描写工人脸色的变化,已经渲染出了父亲"站在我背后"的威力,我们读者完全可以想象出、感觉到"我"当时心里是一个什么样的感觉。

"'去拿你的书来。'他慢慢地说。"

如此简单明了,又是如此不容商讨。一个字一个字地慢慢吐出,越是慢,就越显威严,对孩子的压力越大,每一个字都像钉子一样敲打在"我"的心上。

看"我"的反应:"我忐忑着,拿了书来了。他使我同坐在堂中央的桌子前,教我一句一句地读下去。我担着心,一句一句地读下去。"——请注意:"他使我……""(他)教我……"这样的句式,"读下去……读下去"这样的重复,这都表现着绝对的命令,绝对的服从。

"给我读熟。背不出,就不准去看会。"——又是绝对的,不容分说的命令,这就把父亲的威严、威压,写到了极致。

"我似乎从头上浇了一盆冷水。但是,有什么法子呢?自然是读着,读着,强记着,——而且要背出来。"

不能不服从,心里不服,却又不能表示自己的反抗,只能这样读下去,读下去:"'粤自盘古'就是'粤自盘古',读下去,记住它,'粤自盘古'呵!'生于太荒'呵……"

再看周围人的反应:家中由忙乱转成"静肃",母亲、工人、长妈妈默默地"静候",在"百静"中,空气也凝定了。——连续三个"静"字,越是"静",压力就越大。

看"我"的感觉:"在百静中,我似乎头里要伸出许多铁钳,将什么'生于太荒'之流夹住"——注意这比喻:"铁钳……夹住……",你有没有听见铁钳发出的"嘎嘎"的声响?

"听到自己急急诵读的声音发着抖,仿佛深秋的蟋蟀,在夜中鸣叫似的。"——请体味:深秋,夜,鸣叫,这都给人以非常凄凉的感觉,就在一瞬间,"我"变成了一个虫子,"我"真像蟋蟀一样活着而悲鸣呵!于是,外在气氛的"凄凉"就转化为内心的"悲凉",生命的悲凉感。

终于,我"拿书走进父亲的书房,一气背将下去,梦似的就背完了"。

"'不错。去罢。'父亲点着头,说。"

通篇描写中,父亲的语言极其简单,我统计了一下,只有二十三个字，而且没有什么多余的描写。越是简单客观，就越显示出一种内在的冷漠。

看众人的反应："露出笑容……将我高高地抱起，……快步走在最前头。"

却与"我"的反应形成巨大的反差："我却并没有他们那么高兴。……对于我似乎都没有什么大意思。"——连用两个"没有"，写尽了"我"的兴趣索然，儿童的好奇心已经荡然无存，儿童的天性被扼杀了。

留下的，竟是这样一个强迫背诵的记忆！

一个人的童年记忆是非常重要的，童年记忆是快乐的，神圣的，还是悲凉的，沉重的，这是会决定人的一生的。

然而，这一切——他给儿子留下什么样的童年记忆，父亲是绝对不了解的，他也不想了解。

剩下的依然是鲁迅的问题：父亲为什么要"在那时候叫我来背书"？——因为父亲觉得孩子最要紧的是读书，而要读书就得背。这是父亲的逻辑。而且应该承认，在主观上他完全是为了孩子好，但他却从不考虑儿子在盼望什么，更不去想扫了儿子的兴，这又意味着什么。他伤害了自己的孩子，竟然毫无感觉。他不想这些，而且从来没有想到应该想这些。因为在他思想里面，儿子不是独立的，而是属于他的，儿子是没有自己的逻辑的；即使有，也必须绝对服从父亲的逻辑。

但在儿子一边，却永远不能理解：父亲为什么没有想到这一切，为什么不愿意想到这一切！

这是两代人之间的隔膜，父子两代之间的隔膜。这里展开的，是父子之间的冲突，但不是正面的冲突：儿子不可能反抗，他也没有意识到要反抗，这个冲突是父子之间的内心的冲突，是一种刻骨铭心的隔膜感。（板书：隔膜）鲁迅为此感到极度的痛苦，这痛苦如山般压在他的心上！

我们读这篇文章不仅要了解鲁迅和父亲相处时的内心感受，还要注意他怎样表达自己的感受。于是，我们注意到，鲁迅对父亲的描写，用词非常简洁，没有详加描写，但如前面分析，越是简洁、客观，越能体现背后的冷漠和不由分说的父亲的权威。鲁迅渲染的是"我"的心理、周围的环境，语言的不断重复中所传达的是生命的压抑感和沉重感。（板书：压抑，沉重）

（课间休息）

刚才我们讲的可能过于沉重了。那么，现在再来讨论一个比较有趣的话题：鲁迅在《五猖会》里，给我们描述的，是一个不懂得儿子心理的、严肃的、令人生畏的父亲；但鲁迅的父亲周伯宜，真的就这么可畏吗？或者说，除了严肃、可畏，还有没有别的方面呢？于是，我们就注意到了，鲁迅的两个弟弟：周家老二周作人和老三周建人，对于父亲，却有着和鲁迅不一样的回忆。大家可以看读本里的两个附录：《周作人笔下的伯宜公》《周建人回忆中的父亲》。在周作人的记忆里，父亲"看去似乎很严正，实际并不厉害"。他举了一个例子：有一天父亲来到他们兄弟住的屋子，无意中翻看被褥，发现了鲁迅画的一幅漫画：一个胖小孩倒在地上，胸口刺着一支箭，上有题字："射死八斤"。"八斤"就是这胖小孩，是周家的邻居，生下来就有八斤重，可见其壮实，因此经常欺负周氏兄弟；打他不过，鲁迅就用漫画来泄愤。这样一幅画被父亲发现了，是少不了要挨骂的。但周作人回忆说，父亲只是把鲁迅叫去问，并不责罚，还笑嘻嘻的，态度很和蔼。周作人因此说"父亲大概很了解儿童反抗的心理"，这就和鲁迅的记忆完全相反了。周作人为了证实自己的判断,还说:父亲"从没有打过小孩"。但他的这一记忆又被周建人推翻了,说是父亲打过孩子,而且打的就是周作人。

这是一个很有意思的现象:同一个父亲,为什么三兄弟的回忆如此不同呢?请同学们谈谈你们的看法。

学生五 鲁迅是长子,父亲一般对长子都比较严厉,对后面两个小的,就比较宠爱,因此,就有不同的记忆。

钱 这位同学注意到了鲁迅的"长子"地位,这是理解鲁迅的一个非常重要的点。

学生六 我觉得可能是他们三兄弟各自观察的角度不太相同。父亲是多方面的,有的注意到这一点,有的就注意到另外一方面。

钱 说得很有道理。任何人都是一个复杂的多面体,父亲也一样:严厉与慈爱都统一在父亲身上。这样也就构成了父亲形象的丰富性。

学生七 我觉得和一个人的境遇、性格有关系。鲁迅所看见的,所感受到的,总是社会的阴暗的方面,在他的记忆里所留下的,常常是不那么美好的东西。

钱 说得很好。还有没有同学再来作补充?

学生八 我也有同感。而且我还想到另一个外国作家:奥地利的卡夫卡。他的父亲记忆也是充满了恐惧,自己经常躲在角落里瑟瑟发抖。我觉得他和鲁迅一样,都是回忆人们竭力回避的东西,写比较压抑的东西。

钱 这两位同学都说得非常好。我也来作一点补充。同学们读过鲁迅的《〈呐喊〉自序》，不知道你们注意到没有，鲁迅在文章一开头就说"我在年青时候也曾经做过许多梦"，接着又说到"回忆"，说回忆"可以使人欢欣，有时也不免使人寂寞"，并且说自己写下的，都是"不能（完）全忘却"的回忆。这使我们想起了德国大作家歌德的一句话：回忆是"诗与真实的结合"。这就是说，回忆其实就是一个梦，是经过回忆者心灵折射出来的一个"过去"，它是"真实"的，又是经过主观心灵的筛选，有"诗"的想象的或强化或淡化处理。而筛什么，选什么，不仅由回忆时的具体情境所决定，也是由记忆者的性情、性格、气质……所决定的。一般人的回忆，总是"避重就轻"，对过去生活中的痛苦和欢乐，丑与美，总是选择、突出、强化后者，而回避、掩盖、淡化前者，这大概也是人之常情。而鲁迅却偏要"避轻就重"，他的记忆里，留下的更多的是生命中阴冷而沉重的东西。这就是刚才那位同学谈到的鲁迅的特别之处。这自然也是反映了鲁迅的性格和精神气质的：他对生活与生命中的阴暗有着特殊的敏感，也更不能相容。他的心灵极容易受到伤害，而一旦受到伤害，就永远铭刻在心。童年时受到父亲的伤害，就这样成为他生命中的永远之痛，而且深刻地影响了他以后的思想发展与人生选择。相对来说，周作人比他的哥哥要平和得多，他更愿意在自己生命中留下一个慈爱的父亲，而有意无意地遗忘那些或许也曾有过的不愉快的，甚至痛苦的记忆。

刚才那位同学谈到了卡夫卡，我非常高兴。因为我在备课时，也想到了卡夫卡与鲁迅父亲记忆的相通，而且也准备了相关材料；但要不要拿到课堂上来讲，我还是有点犹豫，一是怕时间不够，二是担心同学们不了解卡夫卡，接受起来有困难。现在有同学主动提到了卡夫卡，那我就把准备的材料说一说吧。

鲁迅与卡夫卡是同时代人：鲁迅于 1881 年诞生在日趋没落的大清帝国的绍兴的破落家庭里，两年以后，即 1883 年，卡夫卡就出生在同样临近崩溃的奥匈帝国的一个犹太商人的家庭里。当然，更重要的是，他们都是 20 世纪最伟大的小说家。他们之间文学与精神的相通，是一个需要专门研究和讨论的课题。这里只谈一点：今天研读的鲁迅的《五猖会》以及下面我们还要读的《父亲的病》，都写在 1926 年，而七年以前，也就是 1919 年，卡夫卡写出了著名的《致父亲》。在这封信里，也谈到了他的一个童年记忆："有一天夜里我不停地要水喝，不过不是出于渴，而可能一部分是为了惹恼你，一部分是为了寻乐。在一些强烈的威胁不生效后，你把我从床上拽起来，抱到阳台上去，关紧了门，让我独自一个人穿着衬衣在那儿站了一阵子。"——这样的因调皮而受罚的事，大概每个人，也包括诸位同学，小时候都经历过；值得注意的是卡夫卡的反应："自那以后，我当然是听话了，但这事却给我造成了内心的伤害"，"许多年后，我还惊恐地想象这么个场面：那个巨大的人，我的父亲，审判我的最后法庭，会几乎毫无理由地向我走来，在夜里把我从床上抱到阳台上去，而我在他眼里就是这样无足轻重"。可以发现，这样的记忆和所受到的内心伤害，和鲁迅在《父亲的病》里的记忆和感受是非常接近的。卡夫卡的许多话都可以视为鲁迅的内心对父亲的倾诉：你是我"精神上的统治权威"，"你坐在靠背椅上统治着世界，你的见解是正确的，其他任何见解都是发病的，偏激的，癫狂的，不正常的"，"你毫不考虑我的感情，毫不尊重我的评价"，"我始终觉得不可理解的是，你对你的话和论断会给我带来多大的痛苦和耻辱怎么会毫无感觉"，"你在我心中产生了一种神秘的现象，这是所有暴君共有的现象：他们的权力不是建立在思想上，而是建立在他们的人身上"。这就是卡夫卡和鲁迅的非常独特的"父亲意识"。这个父亲不完全是父亲：在卡夫卡、鲁迅的心目中，父亲的权力是一切"暴君"的权力的象征，因此，自己和父亲之间有一种依附的关系，就产生了精神的对抗。卡夫卡毫不讳言，鲁迅也一样：自己的写作实际上就是一个几乎被"父亲"压垮了的"儿子"的"逃离""突围"的挣扎。但卡夫卡，还有鲁迅又深深地知道：这"暴君"是自己的父亲，是深爱着自己的父亲，而且自己也是深爱着他的。于是，反抗、逃离深爱的父亲，这本身就几乎成了一种罪恶，这又带来了更加巨大的痛苦。我们经常在卡夫卡和鲁迅作品中感受到一种逼人的冷气，这显然是和幼年的痛苦记忆相关。卡夫卡说，是"父亲"使他变成了一个"奇想迭出、多半寒气逼人的孩子"。其实，"奇想迭出，寒气逼人"八个字（板书），是可以概括卡夫卡的精神气质和文学气质的，鲁迅也是如此。

我们以上的讨论，已经涉及一个更深层次的东西：对父亲的怨恨背后是对父亲的爱。因此，我们又读到了卡夫卡另一封《给朋友的信》，是一点也不觉得奇怪的——

您要表现出爱。您要用您的平静、宽容和耐心，一句话，用您的爱唤醒您父母身上已经处于消亡中的东西。不管他们怎样打您，怎么不公，您都要爱他们，重新引导他们恢复公正，恢复自尊……否则，我们就不是人。您不能因痛苦而谴责他们。

不论父母怎样对待自己，都要爱他们，因为这关乎我们是不是人。这样的观念，也是属于鲁迅的。但鲁迅是通过自己的特殊途径：通过父亲的病与死，体会到这一点的。

我们现在来读鲁迅另一篇回忆父亲的文章：《父亲的病》。

我们还是先从文章的写法说起。《父亲的病》和《五猖会》都属于鲁迅的随笔。随笔的最大特点，就是文章中有许多与正文多少有关，但又随意牵连、拉扯开去的所谓"闲笔"。前一篇《五猖会》开头有很大一段关于迎神赛会的描写，就是如此。而本文几乎三分之二的篇幅，写中医治病，也正是这样的闲笔。老师说做文章要切题，但是真正会做文章的人，他才不管切题不切题，沾了一点边就拉扯很远，即所谓"随便说开去"，这样文章就显得丰富，摇曳而多姿。不过他又有本事无论天马行空行到哪里，都能拉回来。我们写文章要么就死贴在文章题目、主题上，要么拉出去就收不回来了，文章高手如鲁迅者就能做到"放收自如"。你看这篇《父亲的病》，拉拉扯扯谈了一大篇中医治病，最后就收到了最要紧的部分：父亲之死。用笔也因此而凝重起来：前面讲中医的故事的时候，可以明显地感觉到，他用了一种调侃的手法，充满了幽默味；但写到最后，就变成了沉重的叙述——

父亲的喘气颇长久，连我也听得很吃力，然而谁也不能帮助他。这是突然意识到父亲的病重，而且父亲将独自面对死亡，自己是完全无能为力的；这更是第一次面对自己将失去父亲的危难。只有在这时，原来的种种不满、怨恨，都在这一瞬间消失了。长期被遮蔽，被压抑，不曾意识到的对父亲的爱，突然爆发出来——

我有时竟至于电光一闪似的想到："还是快一点喘完了罢……"（勉强地挣扎地活着，对父亲太痛苦了。）立刻觉得这思想就不该，就是犯了罪；但同时又觉得这思想实在是正当的。

"不该"与"正当"，正是这矛盾的心理，才显示出我对父亲的爱有多么地深。于是就有了这放声一呼——

我很爱我的父亲。

请注意：这是鲁迅著作中唯一的对父亲的爱的表白，是十分动人，而具有震撼力的。因此，不仅是因为邻居衍太太的提醒，更是出于自己内心的驱动——

"父亲！父亲！"我就叫起来。

"父亲！！！父亲！！！"

注意：连续三个惊叹号，这在鲁迅作品中几乎是绝无仅有的。这里所传达的，是鲁迅内心的恐惧，突然意识到的失去父亲的恐惧！而自己是不能没有父亲的，于是就有了这真正的生命的呼唤！

而父亲的反应却是——

他已经平静下去的脸，忽然紧张了，将眼微微一睁，仿佛有一些苦痛。

这其实是父亲最后一个愿望：希望"平静"地离开这个世界。但"我"却不理解这一点，依然沉浸在失去父亲的恐惧，以及对父亲的依恋和爱中，还在高喊——

"父亲！！！"

"什么呢？……不要嚷。……不……"他低低地说，又较急地喘着气，好一会，这才复了原状，平静下去了。

这是鲁迅事后才意识到的：父亲对他的最后嘱咐，竟是"不"！但处于极度恐惧、慌乱中的"我"，依然不能理会——

"父亲！！"我还叫他，一直到他咽了气。

几十年后，才有了最后的觉悟——

我现在还听到那时的自己的这声音，每听到时，就觉得这却是我对于父亲的最大的错处。

这最后一笔，这因为意识到将失去父亲而感到的惊恐，因搅乱了父亲临终前的宁静而感到的终生内疚，是惊心动魄的。

这又是鲁迅生命中的一个永恒记忆!

这是儿子对失父的恐惧,和对父亲永远的内疚。(板书:失父恐惧,内疚)

这背后更有着父子之间生命的纠缠。(板书:纠缠)这是什么意思?父与子,既是两个独立的生命,因此,他们之间,如我们在读《五猖会》和卡夫卡《致父亲》时所讨论的,会发生隔膜,以至冲突;但是,这两个生命又因为血缘的关系而相互依存:父亲中有我的生命,我的生命中有父亲的生命,不仅我的生命是父亲给的,而且我的生命是父亲生命的延续。也就是说,父亲的生命既"不在"我的生命里,因此,有生命的独立;父亲的生命又"在"我的生命中,因此有生命的依存。(板书:不在,在)这既"不在"又"在"的复杂关系,就构成了生命的相互"纠缠",父与子生命的这样的纠缠,是其他关系所没有的。无论老师与学生的关系、朋友之间的关系如何密切,都是可以分割的,可以因同(所谓"情同意合")而相近,又可以因异而分离,父子关系则不一样,同也罢,异也罢,都得相爱。这是一种天然的爱,是没有理由的,不是由后天的道德感而产生的,是内在于人的自然生命中的。

我们在鲁迅的《五猖会》里感受着父与子之间的刻骨铭心的隔膜的悲哀,我们又在鲁迅的《父亲的病》里感受着刻骨铭心的失父的恐惧和负疚的悔恨;现在,我们终于明白:这都源于刻骨铭心的爱!(板书:刻骨铭心的爱)——这里所有的感情,都是"刻骨铭心"的,就是因为父与子之间存在着割不断、理还乱的生命的纠缠。

这是鲁迅永恒的生命命题。从鲁迅在父亲临终前的呼唤,到海婴在鲁迅病危时的呼喊,说明这生命命题是代代相传的。而且从鲁迅与卡夫卡的相通里,我们也感觉到这样的父与子生命的缠绕,是人类共有的精神现象。

　　现在，它传到了我们手里。我们每一个人，不也都同样要面对这父与子的生命的缠绕？你们已经十七八岁了，在走向成年的时候，来清理一下自己和父亲的生命缠绕关系，或许是特别有意义的，或者说，是会别有一番滋味在心头的。因此，这堂课我要布置一个作业，有两个题目：一是"请思考周伯宜—周树人—周海婴的关系"，二是"回忆并思考'我和我的父亲'，并以此为题，写一篇文章"。同学们可以任选其一，当然，愿意同时做也很好。

附：学生作业

我和我的父亲

　　（第一次布置作业就引起强烈反响，学生反映说，从来作文写的都是母亲的爱，是鲁迅的《父亲的病》《五猖会》《我们现在怎样做父亲》让自己第一次正视和思考"我和父亲"的关系，并且第一次产生了写父亲的冲动，于是就写出了很好的文章。选录如下，限于篇幅，均有删节。）

1 感受"周伯宜—周树人—周海婴"

　　1. 儿子是父亲的延续。
　　2. 你的前半生我无法参与，你的后半生我奉陪到底。
　　3. 一岁与五十岁。

4. "我家的海婴",是一个说不完的话题。

5. 对孩子,鲁迅表现出的是一个老者的仁爱、耐心、细致。孩子的点点滴滴,不但记在父亲的心中,还不厌其烦地与好朋友分享,一封封书信的背后,是一个微笑、慈爱的父亲的形象。

6. 儿子的细节,体现父亲的细心。

7. 课本11页的图片,旁注:手腕上的纱布是父亲亲手裹的。"父亲裹的"和"父亲亲手裹的",两个字的分量。

8. 课本所选书信,1934年的几封,不到半月便有一封提到孩子,甚至六七日一封。儿子的事,说不完的话题。

9. 两代人的隔阂,独立的意识,而产生不可遏制的"逃出父亲范围"的愿望。然而,"父与子"是一个永远摆脱不掉的情结。在儿子的心中,父亲是他人生中第一个男人的形象,无论正面或负面,都会给儿子造成根深蒂固的影响。儿子与父亲,一脉相承的延续,两代男人间生命的缠绕,无法摆脱的宿命。

10. 为人父,为人子。不仅仅是血脉的纽带,或是生命的延续,而且有着天性上的默契与联系,一种精神的传承。

11. 有一种感觉,儿子与父亲,儿子在成长,父亲在老去。正如鲁迅所言,革命"就要临头"。儿子企图独立,反抗,摆脱父亲,父亲在维护为人父的尊严,这是两个男人的对话。但即使如此,有矛盾和冲突,但他始终是父亲,他始终是儿子,在重要的关头,他还会依赖他的父亲,他还会保护他的儿子。无论父子间会是近于朋友或近于对头的关系,天性依然。

(南师大附中高二5班　胡若愚)

评语 读有所思,有所感悟,很好。钱　2004年4月2日周伯宜：父亲的权威不可动摇，他将自己完全隐藏在"父亲"的身份（面具）中。

周树人：在当时的年代，可谓"新父亲"的代表人物。父亲的权威使他童年产生自卑，为摆脱自卑而奋斗，促使他开始了自己的生活。

周海婴：他"幼年丧父"，但仅仅七年的相处，足以影响他的一生。比起周伯宜，鲁迅的家庭教育成功得多。他尽力发展了海婴的个人兴趣，使他不会活在自己的阴影里，但一提到海婴，我永远会想到鲁迅身边站着的那个小男孩。

（南师大附中高一8班　熊思）

评语 有自己的体会和见解。不知你注意没有：海婴事实上一直生活在鲁迅的阴影下，看看他写的《鲁迅与我七十年》就知道。这是违背鲁迅心愿的；鲁迅不能左右的个中缘由，颇耐寻味。钱　4月18日

2 我和我的父亲

我爱我的父亲，过去，现在，永远。

可世界上好多痛，正是因为爱。

因为他是我的父亲，血浓于水，把我们联系在一起。我希望看见他笑，他满意，他的欣慰是我觉得很美的东西。他对于我，也是全心全意，爱得一塌糊涂，爱得没有道理。

但我们毕竟是两代人。有时我的行为他不能理解，有时他的付出在我看来毫无意义。可是他知道我爱他，我知道他爱我，因为感动，所以不忍心彼此伤害，宁愿藏起自己的委屈。到头来，都受了伤。

小时候，他从来没有要求我做什么，但我都能感觉到他希望我怎

么做，我也不知道自己该怎么做，于是，我自觉地按他的意思做了，两人都很开心。

再后来，我有了自己的想法。如果我的想法不符合他的意思，我能从他的眼神或表情中看出来，于是我违心地做了。他开心，我却不开心。

又后来，我越来越不知道怎么做了。

从小到大，我习惯了乖小孩似的"察言观色"，忽然觉得自己是那么敏感他的一切，分明向我暗示了他的不满，而我又拗不过自己的心，对不起，只有让他失望了。

他像一个被我宠坏了的孩子，原先只需一点表示就可以达到目的，而现在这暗示越来越不见效，于是暗示变成了明示，一发不可收拾。

他叹着气说我变了。

但他从不打骂，只是摇着头，锁着眉，默默走开。

这种无声的威严比皮肉之伤更锋利。

他是我的父亲啊，他是我的债，我是他的债。

不能承受的生命之爱！

常常幻想哪一天他不再爱我，我不再爱他，那种没有负担的自由，多愉快。我甚至企图使他彻底失望而减少那份爱。再或者后退一百步，去寻找一种用棍棒表达的单纯的爱。

可我更怕，我怕失去我的负罪感，我怕失去父亲，再也得不回来。

我终于明白：我永远逃不出这份爱，过去，现在，未来……

（南师附中高二3班　鲍梦寒）

评语 "生命中不能承受之爱"，这是一个很有分量的生命命题。对此体会得很真切，也真切地表达了其中种种复杂的感情，写得很好。
钱　4月2日

　　我曾经仇恨过我的爸爸。

　　小时候，没有自己的看法，完全按照爸爸指出的路去走。长大了，我便不愿意听任他的安排。我想拥有自己的世界，想要自己抓住自己的未来。

　　大概是初中毕业的那个暑假，已记不得是因为什么事，父亲训斥了我。总之是意见不合，他想要我这样做，可我不愿意，最终也不得不听从他，这已经不是第一次了，一次又一次，他像一个霸主，统治着我。这是家，不是他的领土；我是他的女儿，不是他的臣民！就在这时，我在心中立下誓言：我一定要成为一个有作为的人，一定要比他强！

　　我以沉默来反抗着他对我的压迫。在家里，我尽量避免和他说话，甚至是同桌吃饭。要是不得已，真的同桌了，我也以最快的速度吃完，钻进我的房间，用一道硬邦邦的门，把他关在我的世界外面。

　　虽然现在，仇恨已不复存在，但我和爸爸之间的门依然存在。我也尝试过去打开它，可它总像被什么东西拴住了，纹丝不动。但愿时间能冲淡一切，我会等待并尝试打开门的每一个机会。

　　父亲像一座山，他脸上的表情总是毫无暖意，如山一般凝重的颜色。而这种如山一般的雄伟和厚实，让我有了可以依靠的肩膀。

　　在童年时，我一直以为山是不会倒的。

　　可是，有一天父亲突然病了。我推开父亲的房门，我呆了。

　　这是我那个如山一般坚强的父亲吗？见我进来，父亲笑了，聚满血丝的眼睛里闪过一丝关爱，他张嘴想说些什么，却还没等说出来，又继续呕吐。我第一次如此靠近父亲，岁月在他脸上留下太多的痕迹，已经不能掩饰了。我想说很多的话，张开了嘴，却一句也说不出来。

望着渐渐停止了呕吐的父亲，有种感觉涌上心头。就在那一刻，我才知道，自己曾经误解和遗忘了多么重要的东西，自己欠得太多。

我才明白，原来山也会老。

（南师大附中高二6班　李立）

评语 很喜欢你的文字。"原来山也会老"，这一句更具震撼力。钱　4月1日

我和父亲的关系，可以说是很简单的：几乎完全由我的学习成绩决定。上学以前，爸爸几乎不怎么约束我，我每天就是玩，非常快乐。上学以后，情况急转直下。父亲好胜心极强，一定要让我比别的孩子强，每天一定要得一朵小红花，作业一定要全对，成绩一定要第一……我自然不能一定做到，就免不了挨骂甚至挨打。四五年下来，和父亲自然是疏远了。到初二，我的成绩排到了年级的第十几名，并且一直保持到初中毕业，我和父亲的关系就一直还好，周末还会一起看看球赛。但在平时，我俩还真没什么说的。

想到人和人的关系，特别是父女之间的关系，竟然要由分数这种东西决定，我真的感到非常无奈。但这又有什么办法呢？事实就是这样。

（南师大附中高一8班　惠晶）

评语 用平实的语言写和父亲"简单"的关系，我读了以后感到心酸，并且想了许多问题。谢谢你的文章促使我思考。钱　4月8日

我很爱我的父亲。

　　然而父亲是一个不善于表达情感的人，我也正秉承了这一点。所以我们几乎从未促膝长谈过。我和他之间最频繁的交流，便是他敲敲门，蹑着步进来，在我桌前放一杯清茶，蹑着步又出去。现在想来终于有些愧疚，那一刻的静默，是他默默的付出，和我的不知不觉的接受。倘若我当时说声"谢谢"，至少对他显得公平些。

（南师大附中高二 6 班　孙国力）

评语 大爱是无言的，要学会用心去感受。钱　4 月 10 日

　　我在成长，早已成了一个他无法理解的人。我的追求他不明白，也不会懂得。但他是希望我好的，也许正是"幸福的度日，合理的做人"，他不能够，但他大胆地放手让我去闯，期待我去达到他所达不到的高度。只是，很可悲的是，他从未想过自己去飞，他甘愿做笼中之鸟，只求得生理上的安宁与满足。也许正如他自己所说，他是真的老了。

　　现在我更是难得回家了，外面的世界的艰辛让我有所体会，每当最痛苦的时候，我也会不禁跑到顶楼去看星空，然后思念那不能飞的鸟儿，从而获得起飞的力量。

　　这是我所希望，也许正是他所希望的：踏上他的肩，飞过他的头顶，去过那比他更好、更充实的生活。

（南师大附中高二 3 班　戴婷）

评语 因为自己的成长，而发现和父亲关系的变化：童年时代心目中的"英雄"，突然露出了"平庸"或许是"更真实可感"的一面；但仍希望父亲和自己一起飞，父亲却"消磨了当年锐意进取的斗志"，安于现状了，于是感到"父亲老了"，自己要远离父亲继续高飞了；却依然在"思念"父亲中获得"起飞的力量"：真切地写出了这些微妙而复杂，

因而更加值得珍惜的情感，文章也格外动人。钱　4月10日

　　在我还小的时候，父亲便舍弃了这个原本幸福的家庭。从家人遮掩不住的言谈中，我了解了一切。我对父亲有着一种不明不白的感情。说爱，他的所作所为不能让我去爱；说恨，又有哪个子女会彻头彻尾地恨自己的父亲呢？我矛盾。有时总觉得命运的不公，连一个倾注所有的情感去爱自己父亲的机会都没有。我与父亲的隔阂不像鲁迅那般，我们之间有陌生人的感觉。我和父亲没话说，说也是尴尬的，不自如的，甚至我叫"爸爸"的时候，也是那样的涩。这尤使我觉得悲哀。可我明白，爸爸是爱我的，就在他离开那一刻也是爱我的，这种爱只会与日俱增。父亲总试图和我进行一次心与心的交流，那真诚的充满爱的眼睛望着我，可我总是把心门关闭，不愿对他敞开。我心酸，想必父亲看了这些文字会很难过，可我要对父亲说，我是爱您的，只不过这份爱隐藏在了我内心深处，每次看到父亲黑发间日益增多的白丝，每次和他拥抱时嗅到他身上浓浓的烟草味，我都会心疼。可是这种隔膜感使我连对他说一句关心的话的勇气也没有。其实，我们在不在一起不重要，只要我们每一个人都幸福。他离开了这段不愉快的婚姻，去寻找自己的幸福，我心里是很为他高兴的，只是这高兴里掺杂了些许苦涩的味道。每个人都为此付出了太多的代价，包括父亲自己。

（北师大实验中学高二13班　陈迪）

评语　因为鲁迅描述和父亲的隔阂的文字，而触动了自己的隐痛，却也因此获得审视内心世界的机会。我读的时候，眼睛都湿润了。真的，"每个人都为此付出了太多的代价，包括父亲"。而且也只能祈祷：愿每一个人经历了痛苦之后，都能找到自己的幸福！　钱

3 台湾学生笔下的父子、母女情

他之于我，始终是一个孤傲又独立的存在。

幼年的我，对他的印象总是每日的晚归，或是妈妈入睡前为他留下的一盏夜灯。我们相处的时间仅止于我入睡前匆匆一瞥互道晚安，或是睡着以后偶尔会被吵醒的开门声。年幼无知的我，总认为他在我的人生中，是可有可无的串场角色，我们陌生又不了解彼此。

随着我任性骄纵地成长，我渐渐地变得叛逆，变得疯狂，与家中的互动从温馨的分享到无止境的冲突。在一次和母亲的激烈争吵下，我一时冲动便夺门而出，头也不回地在半夜离开家门……

躲在同学家一整晚的我，或许是内心某个部分仍然期许家人能找到我，我准时到学校报到。果不其然，在第一节课的下课钟响起以后，我立刻被广播叫去教官室……

父亲就站在那里，拖着疲惫的身躯看到平安无事的我，露出安心的微笑。我当下泪流满面，才了解到自己犯了多么不可饶恕的罪。

这是第一次，我在他身边感到如此安心，第一次能够在日光下好好地看清楚他的样貌，才发现他跟我印象中雄壮挺拔的形象大相径庭，他的鬓梢已被岁月染白，他的微笑，他的蹙眉有长长短短的线条刻画，是昨晚的疲惫让他一夜老化吗，还是在我疏离家人的同时，也漠视了他的衰老呢？

那晚，我抱着愧疚的心回到家中向母亲不停地道歉；那晚，我终于等到了全家大团圆的我的生日大餐；那晚，我才真正了解他们对我毫不保留的爱；那晚，我学会了珍惜和成长……

（吴云亘）

评语 那一晚……永恒的记忆。学会珍惜和成长：这才是主要的。
钱　2009.11.10

　　今年的暑假，还没到9月就因为打工的关系要回新竹。回新竹的前一晚，父亲要去工作前对我说："你不能晚几天再回学校吗？"我跟他说没办法，他就默默到工地去了。隔天我坐上回新竹的车，想起这句话，一个人望着窗外哭泣。

　　父亲和我年岁都日见增加，孩子长大要有自己见解了；而父亲长大，也越来越坚持己见。儿时支持我理想科系以及未来出路的父亲，渐渐也希望我选择更稳定的路走。我了解他的苦心，却难以接受，不过也没有反抗。中学时我常常觉得父亲不了解我，但现在我已经二十二岁了，仔细一想，这些年来我不也渐渐对家中的事情不了解了吗？我为什么单方面地埋怨父亲呢？

　　此后，路越走越长。有时会想，即使很爱对方，但是不能了解彼此的关系，也是存在的吧？那天晚上他对我说的那么一句，是我隔了多年以后难得听到的，父亲的温柔，虽然说也就只有那么一句，但我想起来就会深思：父亲是抱着怎样的心情说出这句话的呢？

　　父亲，口语叫"爸爸"。在我心中，唤他作"父亲"，或许更能表达我的尊重，甚至还应叫一声"父亲大人"。父亲在我生命中永远是难以动摇的存在。尽管怀疑路是否越走越远，随着他的固执，是否越来越听不见彼此的声音，但我还是渴望有天能站在平等的角度和他对话。父亲在那句话中，表达出他对我的离去的不舍，那么我能否找到更好的沟通方式？这个学期才刚开始，大概又要半年不回家，乍见父亲温柔的那瞬间，让我现在能对回家以后的交谈，产生一点期待。

（黄筱玮）

评语 "能否找到更好的沟通方式？"是已经长大，因而越来越独立的你，和越来越衰老，因而也越来越固执的父亲，必须解决的又一个人生课题。人就是在解决这一个又一个的人生课题中逐渐成长起来的。
钱　2009.11.10

在我的印象里，父亲永远在远处：在台北工作的他一个月才赚得休假一日，父子难得一见，再加上我逐渐长大，学业不须父母操心，彼此间就失去了共同的话题。久而久之，即使见面也常常是沉默的。我知道父亲总想和我谈谈，但不知怎的，沟通总是无法长久，渐渐也变得无话可说。

"喂阿爸喔，阿你吃饱没？"即使打电话，因为总以这句话开头问候，之后的内容尽是些琐碎之事，没多久便结束通话，让鼓励我打电话的家人哭笑不得。

后来，祖父母相继罹癌住院，与父亲见面的机会终于多了起来，无奈这种场合下，关心的注意的，从来就不是久不见面的彼此。但后来祖父去世，为照顾备受打击的祖母，父亲决定每周返家一趟，仿佛儿时的记忆有些重现。只是父亲的身影不再高大，身材逐渐走样的父亲略显老态。岁月果然不饶人。令我惊异的是，许久不见的父亲，严厉少了，慈祥退了，只剩下一种倦容。那是从声音、跟几次匆匆会面所无法发现的迟暮的迹象。

历经了高中生活，到了大学阶段，不再住在熟悉的家里后，总是会特别想念家人，尤其是仍然固守着工厂的父亲。现在在家，总会和父亲看看相同的戏剧，讨论这相同的选秀节目，偶尔，也还会打几通电话，与父亲闲聊，透过声音，去弥补那些过去所错过的沟通。

嘟嘟嘟嘟嘟……

当电话接通了，却仍不免地陷入短暂的词穷。下意识的反应，很直接，说了，才发现自己也挂着上扬的嘴角："喂阿爸喔，阿你吃饱没？"

（许玮伦）

评语 我读了以后，最感震撼的，是父亲的倦容。钱　2009.11.10

爸爸妈妈终于离婚以后，他们都依然长期在外国，我平常日住在学校宿舍，假日回亲戚家。但是我还是想要有一个家，还是想要有温暖和妈妈。

我知道妈妈是爱我的，但她对爱的表达，总是像流水一样，是静静的，很自然，很平顺，是不大感觉得到的。她对每一个人的爱都差不多，分不出她对我有什么特别的爱。这就使我常常在心理上难以平衡：她真的在意我吗，为什么总是出去这么久？如果妈妈真特别爱我，为什么在出去之前不来学校看我一下？——她为什么没有问过我的感受？

妈妈对我的管教方式很自由，她很少限制我，对我也许更像是对朋友。但有时候会让我觉得喘不过气，妈妈把太多的东西告诉我了，像她和父亲的争执，或是她现在面临的困境。其实我什么都不想知道，也不想了解，我只想好好过我自己的生活，我只想当个小孩。知道这些事情让我不知所措，觉得好累好烦，我好想哭。我搞不懂爸爸妈妈的事情为什么会变成这样。我只想有一个普通的家，有一点温馨，然后有爱。

人和人的关系总是让人困惑，无论是朋友，还是父母。自己的行为带给别人的感受很难预测，无论动机好坏。妈妈是爱我的，但她的爱的方式让我不知道如何回应，于是我选择了冷漠、疏离。我对妈妈说话总是应和，除非我有事情要告诉她，说完之后，就没话说了。我也觉得自己未免自私，但没有办法。有时只好把问题放在一边，装着没事一样。但我知道矛盾依然存在。

　　我爱妈妈，我知道妈妈也爱我，但表现出来的竟是这样，我也不知道为什么会这样。而且我不敢去突破，或是做些什么。然而，时间会有用吗？我也不知道。或许让一切顺其自然就好？有时候我真的很茫然。

（蔡嫛婵）

评语 母亲对自己"自然"的，"不大感觉得到的"爱，以及朋友式的爱，或许这是一种现代女性爱的方式，却让作为女儿的"我"感到困惑与茫然：真切地写出了这一切，要解决或改善，或许还需要时间。

钱　2009.11.10

第二讲 | 且说父亲和儿子（下）

我们在上一讲，主要通过《五猖会》和《父亲的病》这两个文本的阅读，从感性上感悟父亲与儿子之间的生命的缠绕；这一堂课，我们要从理性的层面，来讨论父亲与儿子的关系。我们的阅读文本是鲁迅的《我们现在怎样做父亲》。同学们已经预习了这篇文章，对其基本内容有了一个初步的了解，因此，我们不准备逐字逐句地来阅读，而是从中抽出三个问题来作讨论。

首先，我们要注意文章的题目："我们现在怎样做父亲"。鲁迅为什么要提出这个问题来讨论？鲁迅交代得很清楚："我作这一篇文的本意，其实是想研究怎样改革家庭。"这是一个典型的"五四"命题。因为"五四"那一代人认为，要改革中国社会，就需要从"改革家庭"入手。那么，在他们看来，中国的家庭关系出了什么问题需要改革呢？鲁迅说："中国亲权重，父权更重，所以尤想对于从来认为神圣不可侵犯的父子问题，发表一点意见。"大家注意：鲁迅在讨论父子关系时，一开始就非常明确地提出了"权力"的问题。（板书：权力）什么叫"父权"？下面鲁迅有一个说明：就是认为"父对于子，有绝对的权力和威严；若是老子说话，当然无所不可，儿子有话，却在未说之前早已错了"。而在"五四"时期维护这样的父权观的，是大有人在的，就是鲁迅所说的"圣人之徒"。具体来说，就是著名的古文学家林琴南，他当时写了一封信给北京大学校长蔡元培先生，指责蔡校长支持李大钊、陈独秀、胡适、鲁迅这些"新派教授",并且给五四新文化运动的倡导者加上两个罪名,说他们"动摇了两样东西",一是"覆孔孟",二是"铲伦常"。所谓"伦常",就是指如何处理人与人之间的基本关系的伦理,如父子关系、夫妻关系、君臣关系等等。传统儒家有"三纲"之说,就是"父为子纲,夫为妻纲,君为臣纲"。(板书:三纲)什么叫"纲"?字典上说,就是把渔网提起来的那根绳子,所以有"提纲挈领""纲举目张"这些成语。所谓"三纲"就是强调,在父子、夫妻、君臣关系中,占据"拎起来"的主导地位的应该是父亲、丈夫和君主,他们对儿子、妻子、臣民享有绝对的权力,儿、妻、臣要绝对地无条件地服从父、夫、君,由此建立起一个从家庭到国家的绝对的统治与服从的伦理秩序。这样的统治秩序是以家庭为基础的,也就是说,"三纲"是以"父为子纲"为基础的,(板书:父为子纲)"夫权"和"君权"在某种程度上都可以看作是"父权"的扩大。而且这三纲伦理以及背后的三大权力,都是神圣不可动摇,不可侵犯的。而五四新文化运动,恰恰要对此提出怀疑:"从来如此,便对吗?"鲁迅说,他要"对于从来认为神圣不可侵犯的父子问题,发表一点意见",就是这样的自觉的挑战;而选择父子问题来谈,就是因为"父权"是基础,因此,他的批判矛头是指向整个"三纲"伦理秩序的,目的是要推动家庭关系的改革,进而推动社会的改革。这样的怀疑和批判,自然要打破既定秩序,触犯既得利益,如鲁迅所说,因此,就必然要遭到"'铲伦常''禽兽行'之类的恶名"。在我看来,这样的问题今天也依然存在:在有些人眼里,儒家所提出的"三纲"伦理,及其背后的三大权力,连同儒家本身,依然是神圣不可侵犯的,你要对儒家学说提出怀疑、批判,你要对父权、夫权,特别是君权提出挑战,那都是大逆不道的。我们在前一讲里提到鲁迅的问题，也是我们的问题；今天我们的讨论，也依然如此：我们也要把自己摆进去，和鲁迅一起探讨。

现在，我们就懂得鲁迅文章的题目"我们现在怎样做父亲"的深意了。按照前面说的"父为子纲"的伦理秩序，父亲永远是对的，父亲的绝对权威是永远都要维护的，家庭关系中出现了问题，责任永远是在儿女身上，因此，所应该讨论的问题永远是"我们怎样做儿女"。现在，鲁迅要翻过来讨论"我们现在怎样做父亲"，这本身就是一场深刻的伦理变革。这就是说，在父权占支配地位的传统社会里，只需要讨论子女如何适应、服从父母的不容置疑的一切要求和命令。只有在"五四"思想启蒙运动中，发现和确立了儿童（子女）的独立价值以后，才会有"我们怎样做父亲"的反省。而由强调"怎样做子女"到强调"怎样做父亲"本身，就意味着一个观念的转变：由"长者本位"转向"幼者本位"。（板书：长者本位，幼者本位）——这是我们要讨论的第一个问题，主要是弄清楚，鲁迅提出问题的思想文化背景和他的针对性，属于我第一堂课所说的"导游"的"背景材料介绍"。

现在，我们来讨论第二个问题，也就是具体地"看风景"。鲁迅既然以"三纲"伦理里的绝对"父权"为质疑对象，就必须追问：这样的绝对"父权"的依据在哪里，支撑它的观念是什么？鲁迅发现，父权的理由说起来也很简单：我作为父亲，把儿子生育出来，养育成人，我就有恩于你；（板书：有恩）因为有恩于你，你就必须报答，你属于我，你就必须服从。正是这个"有恩论"成为维护绝对父权的伦理观的一个基础，一个核心命题。因此，要动摇这样的伦理观，就必须回答这个问题：父亲对儿子究竟有没有恩？而鲁迅的回答也是毫不犹豫，十分明确的，就是文章第十段开头所说的："父子间没有什么恩。"（板书：没有恩）同学们把这句话用着重号标出来：这是这篇文章的一个核心论点，下面我们要讨论的许多问题都是由此引申出来的。

但正如鲁迅所说，这一论断"实是招致'圣人之徒'面红耳赤的一大原因"。恐怕同学们也很难接受，你们至今所受到的教育也还是这样的"有恩论"。但请大家不要急于反驳，而要先回到课文中去，弄清楚鲁迅的理由是什么，他是怎样论证自己的观点的；然后，再来想想，他的观点和论证有没有道理；最后提出自己的看法。这其实也是阅读文章、讨论问题的基本方法和态度：首先要尊重作者，尊重讨论对手，要学会正确地把握和理解别人的观点，倾听别人的意见，切忌一听见和自己不同的意见，连对方的观点、理由都没搞清楚，就急忙"反击"；然后，要有自己的独立思考，既不盲从，也不盲目反对；最后，还要学会准确而充分地阐明自己的观点。

我们先进行第一步：看看课文中是怎么论证的。哪位同学先发言？

学生一 鲁迅自己说得很清楚，就是第五自然段里那段话："我现在心以为然的道理，极其简单。便是依据生物界的现象，一，要保存生命；二，要延续这生命；三，要发展这生命（就是进化）。生物都这样做，父亲也就是这样做。"

钱 很好。这正是鲁迅整篇文章论证的理论依据，这就是鲁迅后文所说的"生物学真理"。这也是一个"纲"：把它抓住，全篇文章就拎起来了。你怎么理解这段话？

学生一 我感兴趣的是最后一句话："生物都这样做，父亲也就是这样做。"但我还是不大明白：鲁迅为什么要这样强调"生物"和"父亲"的一致呢？

钱 你这个问题问得非常好。同学们可以就此发表意见。

学生二 鲁迅说他要"对于从来认为神圣不可侵犯的父子问题,发表一点意见",也就是说,"父亲"身上是有一种"神圣不可侵犯"的光圈的。现在,鲁迅强调父亲不过是和生物一样去做,是不是就是要打破这样的神圣性?

钱 说得太好了。这是我备课时原来没有想到的,也算是这位同学自己的一个发现吧。其他同学还有什么发现?

学生三 我注意到文章后面其实是有呼应的。在第十一段里,谈到"并不用'恩',却给与生物以一种天性,我们称他为'爱'。动物界中除了生子数目太多——爱不周到的如鱼类之外,总是挚爱他的幼子"。鲁迅说:"生物都这样做,父亲也就是这样做。"都是出于这样的"天性"的"爱",而不是"恩"。

钱 这位同学能注意到鲁迅自己的论述,这很好。而鲁迅的这段论述确实非常重要:他提出了一个和"恩"的观念相对的"天性的爱"的观念,(板书:天性的爱)就是说,父亲对子女的养育,是出于"天性的爱",而不是要对子女施"恩",这一点,人和动物是一样的,老鹰照料它的幼雏,就是出于本能,它会一边照料一边说"我有恩于你,你必须报答我"吗?(众生笑)我还要请同学们注意下一段的一句话:"一个村妇哺乳婴儿的时候,决不想到自己正在施恩。"这也是一个有力的论据:村妇没有文化,但她也就更接近于人的自然本性,更容易表现出天性的爱,而不受"恩"这类后天加上的观念的影响。

以上我们讨论了第五自然段那段话(我们说过这是全文的论证基础)最后一句的意思,前面有关"保存生命""延续生命""发展生命"的论述，又应该怎样理解呢？鲁迅在下文有进一步的展开。请大家看看鲁迅是怎么说的。

学生四 就在第六段："食欲是保存自己，保存现在生命的事；性欲是保存后裔，保存永久生命的事。饮食并非罪恶，并非不净；性交也就并非罪恶，并非不净。饮食的结果，养活了自己，对于自己没有恩；性交的结果，生出子女，对于子女当然也算不了恩。"但我不明白，鲁迅为什么要把食欲和性欲放在一起讨论？

钱 这其实正是对前文所说的生物（包括人）的本能的一个展开。食与性，就是生物（包括人）的两大本能，都是出于"保存生命"和"延续生命"的需要。鲁迅要强调的是，"性交"而"生出子女"，"饮食"而"养活自己"，是同一性质的事，没有什么神秘，也没有什么特别，更不是神圣的事，自然无恩可言：大概不会有人认为让肚皮吃饱了，是有恩于自己的吧。（众生笑）

学生五 我觉得紧接着下面一句话也很重要："前前后后，都向生命的长途走去，仅有先后的不同，分不出谁受谁的恩典。"我理解这句话的意思就是说，你是父亲，我是儿子，但我们在生命的长途中都是平等的，只是出生在这个世界上有先后不同而已，是谈不上谁对谁有恩的。

钱 说得很好，我再来发挥一下。请大家注意文章第二段的这句话："祖父子孙，本来各各都只是生命的桥梁的一级，决不是固定不易的。现在的子，便是将来的父，也便是将来的祖。"这就是说，每一个人，既是"人之子"，接受上一代（祖父母，父母）的养育；同时，又是（或将要是）"人之父"，要担负起生养再下一代的责任。其实都在尽义务，尽"延续和发展生命"的义务。（板书：义务）比如诸位，现在是"人之子"，父母对你们尽生养的义务；但如鲁迅所说，你们又是"候补之父"，也就是说，你们迟早要成为"人之父"，（众生笑）又要为你们的儿女尽生养的义务。这样，每个人都从"父子间没有什么恩"的观念出发，一代一代地为下一代做牺牲，尽义务，促进他们的健康发展，使"后起的生命，总比以前的更有意义，更近完全"，这样，人类就能够得到健全的发展，社会就会不断进步。如果相反，按"父母有恩于子女"的观念去做，每一代都对下一代享有绝对的支配权，压抑儿女的发展，要求他们无条件地为自己做牺牲，那就只能导致人类的萎缩和社会的停顿。

讨论到这里，我们可以作一个小结。鲁迅说"父子间没有什么恩"，理由主要是两条，有两个关键词：一是生养子女是出于"天性的爱"，一是生养子女是为人类生命的健全发展"尽义务"，都不是施恩，也谈不上有恩。

在弄懂了鲁迅的本意和论证依据、方法以后，我们就可以来进行评论了。同学们不妨谈谈你们对鲁迅的"无恩论"的看法。

学生六 鲁迅讲得虽然也很有道理，但我还是觉得说"父子间没有什么恩"，至少是在感情上很难接受。我理解，父母对子女的"恩"是建立在"爱"的基础上的，这样的"恩爱"，是不能否定的。普通人对你的爱，你都要报恩，所谓"点滴之恩，涌泉相报"，何况父母的生养之恩。

学生七 我觉得这里可能有两个概念，需要区分。刚才那位同学说的是"恩爱"，而我注意到鲁迅说的是"施恩"，这个"恩"就有"恩赐"的意思，它使我想起君王对臣民的"施恩"，那是居高临下"恩赐"，是要你"感恩戴德",服从于他,是没有爱的。

钱 我同意这位同学的辨析。我们还是要回到一开始就提出的"父权"问题上去,所谓"有恩",背后是一个权力和权利问题。请同学们注意:鲁迅在第十段作出"父子间没有什么恩"这一判断以后,紧接着有一个分析:"他们的误点,便在长者本位与利己思想,权利思想很重,义务思想和责任心却很轻。以为父子关系,只须'父兮生我'一件事,幼者的全部,便应为长者所有。尤其堕落的,是因此责望报偿,以为幼者的全部,理该做长者的牺牲。"可见在鲁迅看来,"有恩论"的要害在于,借有恩而把儿女看作是自己的所有物,于是就拥有了绝对的支配权,要求儿女无条件地服从自己,为自己牺牲,这样的权力、权利意识(板书:权力,权利)和鲁迅所要强调的义务意识是完全对立的。

我这里还要补充一点:鲁迅之所以如此强烈地反对父权,是和我们上一堂课所讲的他的痛苦的童年记忆紧密相连的。他的父亲那样独断地要求他背书,而全然不考虑儿子的意愿和要求,儿子除了服从绝无其他选择,就是因为父亲拥有了绝对的支配权。而卡夫卡把这样的父权看作是一个暴君现象,更是从父权的背后看到了专制,而在鲁迅和卡夫卡看来,这样的家庭专制主义正是国家专制主义的基础。一切对人的人身控制和精神统治都是鲁迅、卡夫卡这样的独立的知识分子绝对不能接受,必然坚决反对的。

学生八 但我对鲁迅的论证方法还是有一点疑问,我觉得他的"生物学真理"恐怕有问题,人和动物毕竟有区别,人的伦理学和进化论是不能混为一谈的。

钱 你的这个意见很有挑战性。这涉及鲁迅及"五四"那一代人对人的理解。简单地说，是有两个方面的，用当时的说法，就是"人性是兽性和神性的统一"。（板书：人性：兽性和神性的统一）一方面，是"兽性"，强调人的生物性、动物性，强调人和动物一样的本能、本性，例如鲁迅在本文中所说的食欲、性欲的合理性，由此引出的是对"天性的爱"的肯定；另一方面，又强调人和动物、生物的不同，主要是人有精神的追求，也就是"神性"。像性交就不完全是生物性的，它还有爱情为基础的精神的升华，所以鲁迅说夫妻是"新生命的创造者"，父母对子女的爱，包括了我们在下面还要详加讨论的"理解""指导""解放"，这都超越了生物性的本能。因此，鲁迅的立论，实际上是建立在人的生物性和精神性的统一的基础上的。当然，鲁迅对人、人性、人与人关系的认识，也是有发展的。比如到 30 年代，鲁迅受到马克思主义的阶级论的影响，强调人与人之间还存在着"压迫"与"被压迫"的关系，这就更是超越了人的生物性认识了。这个问题比较复杂，我们在课下再作深入讨论吧。

这里，还有一个问题：强调"父子间没有什么恩"，会不会导致对父母、子女之间的爱的否定呢？这就是我们所要讨论的第三个问题：鲁迅在否认了"有恩论"之后，又提出了自己的正面观点，这就是我们已经提到的，对"天性的爱"的提倡。

鲁迅在第十二段，对"天性的爱"有一个明确的概括，说这是"离绝了交换关系利害关系的爱"。（板书：离绝交换关系利害关系）这是本文又一个核心观点，请同学们用着重号标示出来。这里有两层意思：一个是"离绝利害关系"，这就是我们在前面的讨论中说的，要摆脱传统父子关系中的权力关系；一个是"离绝交换关系"，这就是要摆脱现代商业社会里的利益关系，把生儿育女看作是投资，企图得到报偿，如鲁迅所说，这样的"买卖行为"就"丝毫没有价值了"。

问题是这样地建立在利害关系和交换关系基础上的所谓"爱"，在中国社会是根深蒂固的，而且一直延续到当下；但在鲁迅看来，这是对父母、子女间的真正的爱的一种扭曲，他提出"天性的爱"的命题，就是要从这样的扭曲中解脱出来，恢复人的本性的爱。这样的爱，是建立在天然的血缘关系基础上的，是无须说出理由的，因而是绝对的，无条件的，是一种人之为人的本能和天职。

这同时也就是做人的一个底线。就是说，在任何时候，任何情况下，都要无条件地爱你的父母和你的子女，都要尽侍奉父母、养育子女的人的义务。在任何时候，任何情况下，都不能以任何理由（不管它看起来多么"充足""正当"，多么"神圣"），伤害自己的父母和子女。

否则，就如我们在前一讲所引述的卡夫卡在《给朋友的信》中所说，"我们就不是人"。——按照鲁迅的说法，恐怕连禽兽都不如。

学生九 我有一个疑问，如果父子之间发生了冲突，比如说，我违背了父亲的意愿，做出了另外的选择，父亲肯定会伤心，这是不是一种伤害呢？

钱 你这个问题问得很好。这里有两个层面的问题：一方面，是前面讨论一再强调的，父子之间不存在权力关系，父和子都是独立的生命个体，儿子当然应该尊重父亲的意见，但也应有自由选择的权利，这样，父子之间是难免发生冲突的，像鲁迅《五猖会》所描写的那样，即使没有发生正面的对抗，在心灵上的创伤也是不必回避的。但是，现在我们又要强调另一方面，就是我们在上一讲中所讨论的，父子之间因为血缘关系而存在着生命的纠缠，即使发生冲突，也绝不能分离，爱依然存在，并决定一切。过去我们有一种说法，叫"大义灭亲",（板书：大义灭亲？）这也是应该质疑的。因为它把所谓"大义"置于父母、子女爱之上，否认了鲁迅所强调的"天性的爱"的绝对性；更重要的是，它主张因"大义"而"灭"亲，会导致父母、子女之间的残杀，这样的悲剧在历史上屡见不鲜。但我认为是应该吸取的教训：子女可以选择和父母完全不同的道路，但绝不能以父母为敌，划清界限，以致暴力的伤害，这是一条不可逾越的底线。当然，如这位同学所说，这样的不同选择，或对父母意志的违背，是会造成某种感情的伤害，但也应该把这样的伤害减到最低限度，而且也要作事后的弥补和恢复。一定要记住这一点：父母、子女之间的"天性的爱"，是绝对的，无条件的，是至高无上的。

最后，还要说一点：在鲁迅看来，这样的"天性的爱"不仅应存在于父母、子女之间，还要把它扩大，这就是他所说的，"觉醒的人，此后应将这天性的爱，更加扩张，更加醇化；用无我的爱，自己牺牲于后起新人"。这是鲁迅那一代人的一个选择：他们作为首先"觉醒的人"，面对现实生活中的巨大黑暗，又无能为力，只能从自己做起，率先解放了自己的子女，然后把对子女的无私的爱，扩展到年青一代，用自己的爱和牺牲，换来越来越多的"后起新人"的觉醒。鲁迅给自己这样的首先"觉醒的人"规定了三个任务：一是"理解"。（板书：理解）他说，人们总是把孩子（自己的子女和其他所有的青少年）看作是"成人的准备"，或者是"缩小的成人"，就是不承认青少年本身就是一个独立的生命阶段，有"与成年人截然不同"的"世界"，这都是可悲的误解。他提出要"理解"，就是要承认并尊重孩子的独立价值和独立人格，而且还要"以孩子为本位"，而不能以成年人的思想、逻辑强加于孩子。其二，便是"指导"，（板书：指导）父母、成年人有丰富的人生经验，当然应该对儿女、青少年尽指导之责。但鲁迅强调,"长者须是指导者协商者,却不该是命令者",这也是抓住了要害的:因为有太多的父母和成年人,只是习惯于对子女、年轻人下"命令",而完全不懂得"协商",这一点同学们大概是深有体会的吧。(众生笑)第三,便是"解放",(板书:解放)也就是一切"为他们自己所有,成一个独立的人"。——写到这里,鲁迅就对他的文章题目提出的问题:"我们现在怎样做父亲",作出了全面的回答,就是一"理解",二"指导",三"解放",最终使子女成为"独立的人"。我想,同学们读到这里,也会有一种深深的感动:因为这样真正理解我们,尊重我们,爱护我们并引导我们成人的年长者实在太难得了。

我们也因此对鲁迅有了更深切的理解。鲁迅是谁?他在文章结尾,有一个"自画像"。同学们请看文章倒数第二段,并用着重号标示出来——

"自己背着因袭的重担,肩住了黑暗的闸门,放他们(指年青一代,大概也应该包括在座的诸位)到宽阔光明的地方去;此后幸福的度日,合理的做人。"(板书:肩住黑暗的闸门,幸福,合理)

这是文章的第三个核心论点。鲁迅是把自己看作是由黑暗的中国、社会到光明的中国、社会过渡的桥梁的。这里讲的"因袭的重担",是指历史沿袭下来的旧思想的精神重担,也可以说是"历史的包袱"吧,鲁迅认为这样的沉重的历史包袱是应该由自己背起来的,不应该去影响年青一代。如果说,黑暗中国是一个"铁屋子",那么,自己的历史使命就是先打开那"黑暗的闸门",用自己的肩膀扛住("肩住"),铁屋子里的年轻人就可以从打开的缝隙里逃出,获得新生。而他自己,则将最后和黑暗同归于尽。

这样的为年青一代,为国家、民族和人类的光明的未来自我牺牲的精神,是十分感人的,(板书:牺牲精神)这也是我们所说的"鲁迅精神"的一个核心。

鲁迅也因此为自己树立了一个永恒的形象：一位自己"肩住了黑暗的闸门"的伟大的"人之父"。

我这里正好带来了三幅画，都是著名画家裘沙、王伟君夫妇根据鲁迅的思想创作的：这幅是"肩住黑暗的闸门",（演示）这幅是"救救孩子",（演示）这幅是"生命的路"。（演示）鲁迅就是那个打开"荆棘路"的人，他走在前面，我们跟着他，继续往前走。

《我们现在怎样做父亲》这篇文章就读到这里。我们要抓住三个基本论点，也就是三句话："父子间没有什么恩"，"离绝了交换关系利害关系的爱"，"肩住了黑暗的闸门"——这也可以说是三个鲁迅世界的"风景点"，非常简单明了醒目，但又有着丰富的内涵，值得我们仔细琢磨，不断琢磨，我们今天只是有了一个初步认识。而且鲁迅的文章，常有随意的生发，本文就从这三个中心点出发，有许多的发挥，延伸出了许多极有意思的话题，我们第一次阅读，就只能抓住这三个中心点，而把那些展开的部分留给以后的阅读——鲁迅的作品需要不断读，而且常读常新。同时，我们也要注意研究鲁迅是怎样论证他的这三个基本论点的，这三个论点之间有什么内在联系，鲁迅是怎样逐步推演的。或许我们还可以通过这篇文章的阅读，学会如何去读鲁迅的和其他作者的类似的论说文。

还有一点时间，我们再来读一篇鲁迅的文章《"与幼者"》。首先我想向大家介绍一位你们的学长，南师附中去年考取复旦大学的沈双同学，他写的读书笔记提出了一个很有意思的问题："我们怎么样对待鲁迅才能合乎他本人的意愿？"他发现，崇敬鲁迅他不喜欢，鲁迅又不愿意我们怀念和感激他，看来合鲁迅的意是极难极难的。那么到

肩住黑暗的闸门（裘沙、王伟君）　　　生命的路（裘沙、王伟君）

救救孩子（裘沙、王伟君）

底要怎么样做，才能符合鲁迅的意愿，或者鲁迅对我们的期待是什么呢？沈双同学就带着这样一个问题去读这篇《"与幼者"》，终于找到了答案。我们今天也一起来读，看看能得出什么结论。

题目是《"与幼者"》，也就是写给年幼者看的，当然也包括在座的诸位。那么，鲁迅要对我们说什么呢？

> 做了《我们现在怎样做父亲》的后两日，在有岛武郎《著作集》里看到《与幼者》这一篇小说，觉得很有许多好的话。

这里告诉了我们两点，首先，这篇《"与幼者"》是紧接着我们刚读过的《我们现在怎样做父亲》写的，甚至可以看作是一个续篇。其次，这篇文章的写法也很特别：主要引述著名的日本作家有岛武郎的文章，借他的话来说自己想说的话。有岛武郎是一位人道主义的思想家，自然对下一代特别关注，也因此引起鲁迅的强烈共鸣。我们完全可以看作这是鲁迅自己面对他的后代，也包括我们，在说话，沉沉的，缓缓的，我们甚至仿佛听到他那带着绍兴口音的苍老的声音——

> 时间不住的移过去。你们的父亲的我，到那时候，怎样映在你们（眼）里，那是不能想像的了。大约像我在现在，嗤笑可怜那过去的时代一般，你们也要嗤笑可怜我的古老的心思，也未可知的。（我们完全可以感觉到他话语背后"凄怆的气息"。）我为你们计，但愿这样子。（你们对我的"嗤笑"和"可怜"，正是证明了你们的进步。）你们若不是毫不客气的拿我做一个踏脚，超越了我，向着高的远的地方进去，那便是错的。

"超越了我"：(板书：超越) 这是鲁迅也是觉醒的父母，对儿女的第一个期待。

> 你们和我，像尝过血的兽一样，尝过爱了。（他把老一代和青年一代比喻成老兽和幼兽，一起尝过血和爱了。）去罢，为要将我

> 的周围从寂寞中救出，竭力做事罢。我爱过你们，而且永远爱着。（我想这句话，可能也引起了鲁迅的强烈的共鸣。）这并不是说，要从你们受父亲的报酬，（我爱你们是完全无私的，并不要求你们对我给出任何的报酬。）我对于"教我学会了爱你们的你们"的要求，只是受取我的感谢罢了……（我不但不要求你给我报酬，而且我要感谢你们，也就是你们教会我学会了爱你们。）像吃尽了亲的死尸，贮着力量的小狮子一样，刚强勇猛，舍了我，踏到人生上去就是了。（他把青年一代，比喻成小狮子。"舍了我"，包括鲁迅遗嘱中所说的"忘掉我"，也还有自我"牺牲"的意思。）

这是鲁迅和觉醒的父母的第二个期待："舍了我"。（板书：舍了我）

> 我的一生就令怎样失败，怎样胜不了诱惑；但无论如何，使你们从我的足迹上寻不出不纯的东西的事，是要做的，是一定做的。（父母一代在回忆自己的一生时，总会有许多遗憾：做不了许多，战胜不了诱惑，等等，但是自信没有做任何不纯的事，这是父亲唯一可以告慰的。）你们该从我的倒毙的所在，跨出新的脚步去。但那里走，怎么走的事，你们也可以从我的足迹上探索出来。（我作为父亲一辈，对你们青年一代有一个作用，就是我有我的人生经验，你们可以从我的足迹中探索往哪里走，怎么走。这对你们是一个可贵的参考。）

这自然也是一个期待："从我的足迹上"开始新的探索，"跨出新的脚步"。（板书：跨出新的脚步）

> 幼者呵！将又不幸又幸福的你们的父母的祝福，浸在胸中，上人生的旅路罢。

对自己的一生作出了概括：既"不幸"，由于种种原因，未能完全实现自己的理想；"又幸福"，因为诚实而无愧地度过了一生。我们不难看出鲁迅这样的父辈对自己生命的眷恋，这是非常感人的。这样的父母的"祝福"是应该格外珍惜的。

请注意，这父母的祝福有两条——

"前途很远，也很暗。"——这是真正的父母的祝福：不向孩子许诺光明的前途，而是实实在在地告诉你们，前途很远也很暗。

"然而不要怕。不怕的人的面前才有路。"——这也是真正的父母的嘱咐：尽管前面很远很暗，尽管有很多困难，但是不要怕，不怕的人就能走过去。

"走罢！勇猛着！幼者呵！"——这是最后的呼喊。按常规的说法，应该是："幼者呵，勇猛地走罢！"现在化作三个短句，显得感情浓烈，更突出了"走"。（板书：走）这正是父母的（也是鲁迅的）祝福与嘱咐的重心：无论遇到什么情况，都要往前"走"，决不后退，也决不停止；如鲁迅《故乡》里所说："地上本没有路，走的人多了，也便成了路。"

舍了我，超越我，走自己的路。——这就是鲁迅对我们的期待，也是所有的觉醒了的父母对我们的期待。

或许还可以加上《我们现在怎样做父亲》里的两个期待："幸福的度日，合理的做人"。

我们通过阅读，终于穿越时空，听到了作为"人之父"的鲁迅的祝福和嘱咐。那么，作为"人之子"的我们，应该作出怎样的回应？不知道同学们有什么感受，我是有很多的感慨的。我们今天幸福地度日了吗？合理地做人了吗？鲁迅那一代作出了那么多的牺牲，直到今天，我们要达到这个目标，也还是有很长很长的路要走。但我们也只能如鲁迅期待的那样，勇猛地走下去。如果有同学愿意，可以写一篇《我们现在怎样做儿女》，或者《与长者》，这大概是有很多话可以说的。

第三讲 ｜ 儿时故乡的蛊惑

今天的课要把同学们带入一个鲁迅的新的世界，就是鲁迅的幼年、童年和少年时代。鲁迅说过，年龄越大，越会想起小时候的事情，比如经常吃的水果等。都是些非常普通的东西，却能引起永远的怀念，这叫作"儿时故乡的蛊惑"。（板书：儿时故乡的蛊惑）明知道这样的童年、故乡回忆，不免有理想化、美化的成分，甚至是一种"哄骗"，但却甘愿被哄骗，因为对童年和故乡的美好的回忆，能唤起我们自己心灵中最美好的东西，这是一种生命的神圣体验，是有着说不出的魅力的。因此，鲁迅有一本回忆性散文集，题目也很有诗意，叫作《朝花夕拾》，（板书：朝花夕拾）生命的早晨开的花，到生命的黄昏时节，再把它拾起来，这是充满温馨的。

在座的同学，还在"朝花"阶段，不知道你们对这样的"夕拾"，有没有兴趣？其实，你们现在也正面临着一个人生的转折：一到十八岁，你们就要举行"成年礼"，告别童年，告别少年，走向生命的夏季了——在某种意义上，高中阶段，正是人生的初夏时节。在这样的时刻，也许你们也需要回眸一望，重温童年、少年生活，那里是我们永远的精神家园。（板书：精神家园）对这样的精神家园的眷恋，大概也是我们的生命和鲁迅的生命的相通之处。那么，我们就带着自己的眷恋，来读鲁迅的回忆童年生活的文章吧。——这将是一次"温馨之旅"。

而且我们还要尝试一种新的"漫游方式"。我们上面两次课讨论的话题"父亲与儿子"也许过于严肃,我们今天的漫游,就要轻松点,我们的重点,要放在感悟鲁迅语言的魅力。(板书:语言的魅力)鲁迅首先是一位语言的艺术家,我们要真正地进入鲁迅的世界,首先要进入鲁迅语言的世界。作为现代汉语文学语言的大师,鲁迅的语言以口语为基础,又融入古语、外来语、方言,将现代汉语表意、抒情功能发挥到了极致,又极具个性和创造性。他的文学作品营造了一个精神家园,同时更是一个汉语的家园。(板书:汉语家园)同学们上语文课,学习汉语,鲁迅作品就是最好的范本,通过阅读鲁迅作品来学习汉语,是一个最好的途径。我们今天这节课就是要把同学们带入一个美不胜收、应接不暇的鲁迅的汉语家园,然后再进入鲁迅的精神家园。如果我们通过前两次课,已经受到了鲁迅思想、精神的启迪,以至震撼,那么,今天的课,我们更要接受鲁迅语言的熏陶,尽情享受鲁迅语言之美。

那么我们怎么样才能进入鲁迅的语言世界呢?我在长期阅读和研究鲁迅作品以后,对鲁迅的语言,有两个特别的感受。一个是他的语言有鲜明的色彩和画面感,具有一种"绘画美"。(板书:绘画美)这一点,我们以后要作专门的讨论。今天要说的,是鲁迅作品还有一种"音乐美"。(板书:音乐美)鲁迅曾经说,诗歌有两类,一类是读的,一类是唱的,他认为唱更重要。没有节奏,没有韵律,就唱不起来;唱不起来,就记不住。鲁迅自己写文章,也特别注意语言的节奏、韵律,这都涉及音乐问题。鲁迅还说,他每写一篇文章以后,总要看两遍,有拗口的,就增添几句,一定要它变顺口,也就是要具有可读性。因此,读鲁迅作品,不能只是看,还要"朗读",就是要"唱"。鲁迅也经常朗读自己的作品。鲁迅的语言还有一个特点,就是有韵味，有一种可意会难以言传的东西，而且他的语言背后的情感特别丰富。我用两个词来形容，叫什么呢？它是"浓烈而千旋万转"的，（板书：浓烈，千旋万转）是千旋万转得难以言说的这么一种语言，它里面内在的许多东西是可以感觉得到，却是说不出来的，只有通过朗读，才能捕捉到这样的感觉。通过朗读捕捉感觉，产生感悟，（板书：朗读，感悟）这是进入鲁迅世界的最好的办法。

今天我们就来作这样的"朗读中感悟鲁迅语言世界里的童年"的试验：同学们不要作分析，不要记笔记，放松地听，同时发挥自己的想象，尽可能地进入鲁迅语言所描述的情景、情境。如果在某一个瞬间，突然有了一种感悟，一种感动，这堂课就成功了。

我先读同学们已经非常熟悉的《社戏》里的两个片断。

第一段是"去赵庄看戏"。前面的情节大家都已经知道：赵庄演社戏，"我"非常想去看，但总是没有机会看，这一回母亲同意了，"我"当然非常高兴，就和小伙伴一起划着白篷的航船，"飞一般径向赵庄前进了"：

> 两岸的豆麦和河底的水草所发散出来的清香，夹杂在水气中扑面的吹来；月色便朦胧在这水气里。淡黑的起伏的连山，仿佛是踊跃的铁的兽脊似的，都远远地向船尾跑去了，但我却还以为船慢。他们换了四回手，渐望见依稀的赵庄，而且似乎听到歌吹了，还有几点火，料想便是戏台，但或者也许是渔火。
>
> 那声音大概是横笛，宛转，悠扬，使我的心也沉静，然而又自失起来，觉得要和他弥散在含着豆麦蕴藻之香的夜气里。
>
> 那火接近了，果然是渔火；我才记得先前望见的也不是赵庄。那是正对船头的一丛松柏林，……过了那林，船便弯进了叉港，于是赵庄便真在眼前了。

最惹眼的是屹立在庄外临河的空地上的一座戏台，模胡在远处的月夜中，和空间几乎分不出界限，我疑心画上见过的仙境，就在这里出现了。这时船走得更快，不多时，在台上显出人物来，红红绿绿的动，近台的河里一望乌黑的是看戏的人家的船篷。

（近台没有空，就远远地看，也看不清楚，看来看去，就觉得很累了，也不耐烦了，就决定提前回家。）拔了篙，点退几丈，回转船头，架起橹，骂着老旦，又向那松柏林前进了。

月还没有落，仿佛看戏也并不很久似的，而一离赵庄，月光又显得格外的皎洁。回望戏台在灯火光中，却又如初来未到时候一般，又漂渺得像一座仙山楼阁，满被红霞罩着了。吹到耳边来的又是横笛，很悠扬；我疑心老旦已经进去了，但也不好意思说再回去看。

不多久，松柏林早在船后了，船行也并不慢，但周围的黑暗只是浓，可知已经到了深夜。他们一面议论着戏子，或骂，或笑，一面加紧的摇船。这一次船头的激水声更其响亮了，那航船，就像一条大白鱼背着一群孩子在浪花里蹿，连夜渔的几个老渔父，也停了艇子看着喝采起来。

大家看这一段文字，它给你一种梦幻式的感觉。我们仿佛感觉到，鲁迅不仅在描写童年看社戏的情景，在某种程度上，这一段文字也是鲁迅作品的一个象征。先是摇着船，眼里看到的是依稀的赵庄，不是非常清楚，然后又是歌声，听到又好像没听见，远处还有几点渔火，以为这就是戏台，其实不是。再仔细听，声音听清楚了，婉转而悠扬。再进去，果然是渔火。再就"真到了"。开始看到的，是模模糊糊，似真似假的；但真的看到了，却更分不清楚了，一切都笼罩在远处的月光下。这到底是一个真实的赵庄，还是虚幻的想象中的存在，始终处在朦胧中，能感觉到一些色彩，听到一些声音，但都是模糊不清的。待到离开时，再回过头去看，还是似看得清，似看不清，"漂渺得像一座仙山楼阁"。鲁迅的这些描写，既真切，又朦胧而空灵，这使我们想起了白居易的诗句"花非花，雾非雾"，就是这样一种感觉，给读者留下很大的想象空间。某种程度上鲁迅的作品是要在读者想象中完成的，是一种空灵的、朦胧的美，一落实，一具象化，比如真的有一个舞台，在那里演社戏，看得真真切切，没有那种朦胧感，没有那种空灵感，那就变味了，不是鲁迅的《社戏》了。鲁迅的艺术，是实现在虚实之间的：似虚实实，似实实虚，花非花，雾非雾，是那样一种境界。

这样的梦幻式的语言，（板书：梦幻）是鲁迅语言的一种风格。我们再来读鲁迅的另一篇作品：《我的第一个师父》。这篇文章是鲁迅晚年写的，很少有人注意，其实是极有味道的一篇美文，是另一种笔调，另一种美，我们一起来欣赏。

大家要注意我在朗读时语调的变化：读《社戏》，是梦幻式的调子；读《我的第一个师父》就要另换一种调子，就像音乐，完全是另一种旋律和情调。文章很长，我作了一些删节，大家就跳跃着读——

> 我生在周氏是长男，"物以希为贵"，父亲怕我有出息，因此养不大，不到一岁，便领到长庆寺里去，拜了一个和尚为师了。拜师是否要贽见礼，或者布施什么的呢，我完全不知道。只知道我却由此得到一个法名叫作"长庚"。……还有一件百家衣，就是"衲衣"，论理，是应该用各种破布拼成的，但我的却是橄榄形的各色小绸片所缝就，非喜庆大事不给穿；还有一条称为"牛绳"的东西，上挂零星小件，如历本，镜子，银筛之

类，据说是可以辟邪的。

这种布置，好像也真有些力量：我至今没有死。

不过，现在法名还在，那两件法宝却早已失去了。……但因此又使我记起了半世纪以前的最初的先生。我至今不知道他的法名，无论谁，都称他为"龙师父"，瘦长的身子，瘦长的脸，高颧细眼，和尚是不应该留须的，他却有两绺下垂的小胡子。对人很和气，对我也很和气，不教我念一句经，也不教我一点佛门规矩；他自己呢，穿起袈裟来做大和尚，或者戴上毗卢帽放焰口，"无祀孤魂，来受甘露味"的时候，是庄严透顶的，平常可也不念经，因为是住持，只管着寺里的琐屑事，其实——自然是由我看来——他不过是一个剃光了头发的俗人。

因此我又有一位师母，就是他的老婆。……但我是很爱我的师母的，在我的记忆上，见面的时候，她已经大约有四十岁了，是一位胖胖的师母，穿着玄色纱衫裤，在自己家里的院子里纳凉，她的孩子们就来和我玩耍。有时还有水果和点心吃，——自然，这也是我所以爱她的一个大原因。……

不过我的师母在恋爱故事上，却有些不平常。"恋爱"，这是现在的术语，那时我们这偏僻之区只叫作"相好"。……听说龙师父年青时，是一个很漂亮而能干的和尚，交际很广，认识各种人。有一天，乡下做社戏了，他和戏子相识，便上台替他们去敲锣，精光的头皮，簇新的海青，真是风头十足。乡下人大抵有些顽固，以为和尚是只应该念经拜忏的，台下有人骂了起来。师父不甘示弱，也给他们一个回骂。于是战争开幕，甘蔗梢头雨点似的飞上来，有些勇士，还有进攻之势，"彼众我寡"，他只好退走，一面退，一面一定追，逼得他又只好慌张的躲进一家人家去。而这人家，又只有一位年轻的寡妇。以后的故事，我也不甚了然了，总而言之，她后来就是我的师母。

....

因此我有了三个师兄，两个师弟。大师兄是穷人的孩子，舍在寺里，或是卖在寺里的；其余的四个，都是师父的儿子，大和尚的儿子做小和尚，我那时倒并不觉得怎么稀奇。大师兄只有单身；二师兄也有家小，但他对我守着秘密，这一点，就可见他的道行远不及我的师父，他的父亲了。而且年龄都和我相差太远，我们几乎没有交往。

三师兄比我恐怕要大十岁，然而我们后来的感情是很好的，我常常替他担心。还记得有一回，他要受大戒了，……在剃得精光的囟门上，放上两排艾绒，同时烧起来，我看是总不免要叫痛的，这时善男信女，多数参加，实在不大雅观，也失了我做师弟的体面。这怎么好呢？每一想到，十分心焦，仿佛受戒的是我自己一样。然而我的师父究竟道力高深，他不说戒律，不谈教理，只在当天大清早，叫了我的三师兄去，厉声吩咐道："拼命熬住，不许哭，不许叫，要不然，脑袋就炸开，死了！"这一种大喝，实在比什么《妙法莲花经》或《大乘起信论》还有力，谁高兴死呢，于是仪式很庄严的进行，虽然两眼比平时水汪汪，但到两排艾绒在头顶上烧完，的确一声也不出。我嘘一口气，真所谓"如释重负"，善男信女们也个个"合十赞叹，欢喜布施，顶礼而散"了。

出家人受了大戒，从沙弥升为和尚，正和我们在家人行过冠礼，由童子而为成人相同。成人愿意"有室"，和尚自然也不能不想到女人。以为和尚只记得释迦牟尼或弥勒菩萨，乃是未曾拜和尚为师，或与和尚为友的世俗的谬见。寺里也有确在修行，没有女人，也不吃荤的和尚，例如我的大师兄即是其一，然而他们孤僻，冷酷，看不起人，好像总是郁郁不乐，他们的一把扇或一本书，你一动他就不高兴，令人不敢亲近他。所以我所熟识的，都是有女人，或声明想女人，吃荤，或声明想吃荤的和尚。

……………

后来，三师兄也有了老婆，出身是小姐，是尼姑，还是"小家碧玉"呢，我不明白，他也严守秘密，道行远不及他的父亲了。这时我也长大起来，不知道从那里，听到了和尚应守清规之类的古老话，还用这话来嘲笑他，本意是在要他受窘。不料他竟一点不窘，立刻用"金刚怒目"式，向我大喝一声道：

"和尚没有老婆，小菩萨那里来！？"

这真是所谓"狮吼"，使我明白了真理，哑口无言，我的确早看见寺里有丈余的大佛，有数尺或数寸的小菩萨，却从未想到他们为什么有大小。经此一喝，我才彻底的省悟了和尚有老婆的必要，以及一切小菩萨的来源，不再发生疑问。但要找寻三师兄，从此却艰难了一点，因为这位出家人，这时就有了三个家了：一是寺院，二是他的父母的家，三是他自己和女人的家。

我的师父，在约略四十年前已经去世；师兄弟们大半做了一寺的住持；我们的交情是依然存在的，却久已彼此不通消息。但我想，他们一定早已各有一大批小菩萨，而且有些小菩萨又有小菩萨了。

这样好的文字！多么好的文章！

大概谁也没有想到，这些在我们看来多少有些神秘的和尚，也像普通人一样生活，有普通人的情意，也谈恋爱，也生儿育女，生活得有情有味。鲁迅娓娓叙来，充满了浓浓的人情味，（板书：人情味）你会在某一个瞬间被他所打动。鲁迅一边叙述，一边随时插话，谈民俗，讲人情世故，所以这个文本非常丰富，很简单的故事背后有很多让你感兴趣的话题，既长知识，又增智慧，还有情感的浸染。

这里还有幽默。（板书：幽默）幽默和讽刺不同，幽默是善意的调侃，而且用的是一种很温婉的语气。（板书：温婉）文章中许多地方都让我们发笑，但都是会心的微笑，而不会哄然大笑。这是鲁迅式的幽默感，这幽默是有底蕴的。你会觉得鲁迅这篇文章很厚，就像我们喝酒一样，酒的味道很醇，很厚。他以浓浓的人情味作底蕴，用非常轻松的从容的笔墨娓娓道来，很温婉的语气形成了一种醇厚感，越读越有味道，可以说回味无穷。他不要你考虑什么意义，就要给你这样一个感觉，一点温馨，一种感动，这就够了。

我们还选了一篇文章：《我的种痘》，这也是很少有人注意的。因为时间的关系，我们就不再在课堂上朗读了，同学们可以在课外去自己朗读。这里只作一个提示：《我的种痘》文本比较复杂，它把散文、小说和杂文的写法融为一体，其中既有类似《我的第一个师父》这样的温婉的幽默，也有鲁迅杂文惯有的辛辣的讽刺。我们朗读起来，语调要不断变化，要更丰富些。

从鲁迅不断变化自己的笔调这里，我们不仅可以发现鲁迅写作风格的多样性，更可以感觉到鲁迅写作的自由感。（板书：自由感）他没有一般写作者那样的紧张、拘谨，该怎么写，就怎么写，该用什么笔调，就用什么笔调写。你会觉得他的笔在他的手里玩转了，他对汉语言文字的把握几乎达到了随心所欲的地步。本来很简单的故事，到他笔下，就表达得非常有趣，很好玩，非常丰富，内容的丰富，叙事的丰富，还有情感的丰富，而又极其轻松，从容，达到了我们称之为的"化境"。

我们再来作一次朗读试验：读鲁迅的《阿长与〈山海经〉》。在鲁迅的《朝花夕拾》的童年回忆里这是一篇很有特色的文章。我们已经读过鲁迅回忆父亲的文章，而且有两篇之多。但是，鲁迅却没有留下关于母亲的回忆，虽然在临死之前，曾表示过他要写"母爱"，但他最终也没有写。这大概是因为母爱太深刻与神圣，他不愿轻易去触动。但鲁迅却在《阿长与〈山海经〉》里写出了他对保姆的爱，还在好几篇文章，如我们所熟悉的《从百草园到三味书屋》以及《狗·猫·鼠》这些文章中都一再写到阿长，可见阿长在他心目中地位的重要。那么，为什么这样一个普通的保姆，会引发鲁迅不断的回忆和怀念呢？我们就带着这个问题来读这篇文章吧。

先请同学们来朗读。

（先后两个学生朗读）

这两位同学读得怎么样？朗读，第一要把字读准，这个很难，因为我们有许多字都读习惯了，其实是读错的，所以我在每次读之前，都要拿字典来查。这两位同学基本上错的很少，而且读得很流畅，很清晰，这就达到了朗读的基本要求。如果有缺陷，就是读得平了一点，没有把节奏和味道读出来。我已经说过，鲁迅作品的语言有很强的节奏感，（板书：节奏感）读的时候，就要处理好几个关系，一是轻、重、高、低的音量，二是快、慢，也就是语速，三是停顿，还有音色、语调，或明亮或阴涩等，即所谓抑扬顿挫，声情并茂，就读出了节奏和感情。这当然有朗读技巧的问题，但不完全是，或者主要不是一个技巧问题，决定于你对作品的感悟和理解。我自己在朗读时，特别注意作品的"文气"，（板书：文气）好的文章，特别是鲁迅的文章，是有"文气"的，就是作者的情感，表现在文章里，就有一种流动的气韵，由情感的孕育，蓄势，到爆发，到余韵，都有一个过程，把它抓住了，就自然有起伏，自然掌握了节奏。

这里还有一个语感的问题。（板书：语感）鲁迅作品有一个特点，他表面说的意思和他背后所含的意思不完全一样，他有言外之意，他用词的表面上的感情色彩和他实际要表达的感情有时是不一样的。像这篇对阿长的回忆，就用了大量的贬义词，如果你真以为小鲁迅特别讨厌长妈妈，你就把他的感情简单化、表面化了。在憎恶的背后，其实是深藏着爱恋的，这就需要靠你对语言的这种微妙的感觉，并通过朗读把它读出来。

读一篇文章还要把握好它整体的语言风格，定一个基本的调子。（板书：调子）比如说《社戏》，就要用一种梦幻式的调子来读，轻轻的，缥缈的；《我的第一个师父》就要用一种温婉的语调来读，缓缓的，把深情和欣赏都蕴含在不动声色之中；《阿长与〈山海经〉》的基调应该是温馨的，但其中又不乏调侃。

讲这些，同学们可能会觉得有些空洞；那么，我就来朗读几个片段，一边读，一边作一点讲解。

长妈妈，已经说过，是一个一向带领着我的女工，说得阔气一点，就是我的保姆。（开始读的时候，要平缓，不能一开始就是高潮，要让听者有一个适应过程，不能太突兀。）我的母亲和许多别的人都这样称呼她，似乎略带些客气的意思。只有祖母叫她阿长。我平时叫她"阿妈"，连"长"字也不带；但到憎恶她的时候，（这里"憎恶"这个词是重点，重点的字词要读重一点。）——例如知道了谋死我那隐鼠的却是她的时候，就叫她阿长。（这里要读得快一些，就好像一个小孩子在那里恨恨地说：你把我的小隐鼠都弄死了，我不叫"长妈妈"，就叫"阿长"！但这又不是真恨，是一种很微妙的情绪，要把它读出来。）

另外还有一个小高潮，就是她送我福橘的时候——

第三讲｜儿时故乡的蛊惑

但是她懂得许多规矩；这些规矩，也大概是我所不耐烦的。（"不耐烦"要读重点。）一年中最高兴的时节，自然要数除夕了。辞岁之后，从长辈得到压岁钱，红纸包着，放在枕边，只要过一宵，便可以随意使用。睡在枕上，看着红包，想到明天买来的小鼓，刀枪，泥人，糖菩萨……。（这一段，要读得快些，渲染一种欢乐的情绪。）然而她进来，又将一个福橘放在床头了。（正高兴的时候，长妈妈来了，又不知道她会有什么新花样，欢乐的情绪陡然变了。）

"哥儿，你牢牢记住！"她极其郑重地说。"明天是正月初一，清早一睁开眼睛，第一句话就得对我说：'阿妈，恭喜恭喜！'记得么？你要记着，这是一年的运气的事情。不许说别的话！说过之后，还得吃一点福橘。"（极其郑重地，急促地，注意把握语气的轻重。）她又拿起那橘子来在我的眼前摇了两摇，"那么，一年到头，顺顺流流……。"

梦里也记得元旦的，第二天醒得特别早，一醒，就要坐起来。她却立刻伸出臂膊，一把将我按住。我惊异地看她时，只见她惶急地看着我。（"立刻""一把""按住""惊异""惶急"，都要用夸张的语气念出来，以取得调侃的效果；这位迷信得如此认真的长妈妈看似可笑，其实是可爱的。）

她又有所要求似的，摇着我的肩。（这里，要有一个停顿，好像长妈妈在紧张地看着我，等待着我的回答。）我忽而记得了——

"阿妈，恭喜……。"（语气是迟疑的。）

"恭喜恭喜！大家恭喜！真聪明！恭喜恭喜！"（快速地讲，语气是非常欢喜的。）她于是十分喜欢似的，笑将起来，（"笑"字要拖长了读）同时将一点冰冷的东西，塞在我的嘴里。我大吃一惊之后，也就忽而记得，这就是所谓福橘。（"冰冷""塞""大吃一惊"，充满了无奈;"所谓福橘",不以为然的语气。)

元旦辟头的磨难,总算已经受完,可以下床玩耍去了。("磨难""总算",松了一口气。)

这里的"磨难"的感觉,既是真的,小鲁迅确实对长妈妈的这些规矩有些无奈,不耐烦;但也不完全是真的:他还是懵懵懂懂地感觉到长妈妈的善意。可以说长妈妈是用冷冰冰的福橘表达她的爱,孩子看起来很讨厌她,实际上也是很爱她的,这样一种以特殊方式表达出来的爱,懵懵懂懂的爱,是非常感人的,我们要把这种爱读出来。

长妈妈为"我"买《山海经》无疑是这篇回忆的高潮。但高潮的出现是有一个铺垫的。先写从一个叔祖那里看到一本,一心一意地想得到这么一本,可是又得不到,到处去寻找,谁也不肯真实地回答"我"。在这整个的叙事过程中,阿长没有出场,但实际上,你可以感觉到长妈妈在旁边一直紧张地充满同情地观察着"我"。在读这一段"我"的自述、独白时,一定要听到想到长妈妈的存在。

大概是太过于念念不忘了,连阿长也来问《山海经》是怎么一回事。这是我向来没有和她说过的,我知道她并非学者,(这里有点瞧不起阿长的意思。)说了也无益;但既然来问,也就都对她说了。(有了这样的"前因",才会有下面的"后果"。)

过了十多天,或者一个月罢,我还很记得,是她告假回家以后的四五天,她穿着新的蓝布衫回来了,一见面,就将一包书递给我,高兴地说道:

"哥儿,有画儿的'三哼经',我给你买来了!"(不叫"鲁迅",也不称"迅哥儿",就径直叫"哥儿",这亲昵的语气,给人以温馨的感觉;把《山海经》念作"三哼经",当然不是故意的,但就是这样的"误读",把不识字的长妈妈对"我"真心实意的爱,全写出来了,而且和前面写到的不肯认真回答"我"的"学者",形成了鲜明的对比,而且有嘲讽的意味;"我给你买来了",这一句要念得快,声音要高扬,以显示长妈妈内心的得意,和她快人快语的爽朗性格。)

我似乎遇着了一个霹雳,全体都震悚起来;(这里用了很大的词,有点异乎寻常。)赶紧去接过来,打开纸包,是四本小小的书,略略一翻,人面的兽,九头的蛇,……果然都在内。(这一段也要快速地读,显示"我"的惊喜,一睹为快的迫切心情。)

这又使我发生新的敬意了,别人不肯做,或不能做的事,她却能够做成功。她确有伟大的神力。(又用了分量很重的词,看起来有点突兀。其实也不尽然。我们小时候,每个人心目中,都有一个崇拜的人物,从小孩的眼光看去,确实是有"伟大的神力"。)谋害隐鼠的怨恨,从此完全消灭了。

到了这里,大家注意,"我"对长妈妈的感情,已经发生了变化。由"怨恨"(尽管背后有爱恋)到佩服她有"伟大的神力"。长妈妈的形象在"我"的心目中逐渐高大起来,情绪也逐渐推向高潮。

但高潮前,还有一个顿挫——

我的保姆,长妈妈即阿长,辞了这人世,大概也有了三十年了罢。(写长妈妈的辞世,语速突然变缓,语调也变沉重,"三十年"要读得重。)我终于不知道她的姓名,她的经历;仅知道有一个过继的儿子,她大约是青年守寡的孤孀。(依然是缓缓的,沉沉的。)

然后,突然爆发——

仁厚黑暗的地母呵,愿在你怀里永安她的魂灵!

这是从灵魂深处发出来的,给人一种巨大的震撼。整个情绪上来了,前面所有的铺垫、蓄势,到这里一下子喷发了。前半句要以沉郁的语调去读,"仁厚""黑暗""地母",每一个词都似有千钧之力;后半句，要有爆发力，"怀——里""永——安""魂——灵"，要有拖音，并逐渐上扬。而这一切都是自然的喷发，也是从朗读者内心发出的。

这确实是鲁迅生命的呐喊。因为此时（1926年3月）正是鲁迅大病（1925年9月至1926年1月）之后，面对了死亡的威胁，他如此怀念自己的保姆，并祈愿她的魂灵"永安"在"仁厚黑暗的地母"（大地母亲）的怀里，当然是意味深长的。他祈愿魂灵"永安"时，他的眼前，或许就闪动着他的父亲，他的母亲，他的乡亲们的身影，更包括了他自己：这正是他的"安魂曲"。领悟到这一点，我们再来朗读这最后的一句，会有怎样的感受？——

仁厚黑暗的地母呵，愿在你怀里永安她的魂灵！

看来同学们也被震撼了。是不是大家的情绪也上来了？那么，我们就即兴地再作一次朗诵试验。请同学们翻开读本里附录的萧红《后花园》里的一个片段，也是对她童年生活的回忆。但有着和鲁迅完全不同的语言风格，像阳光一样明亮，像飞鸟一样自由飞翔。她的文字不只是要朗读，还要喊。我先读一遍，然后，全班同学站起来，跟着我大家一起喊读！

（读完后，全班起立，目光闪闪，齐声喊读——）

> 太阳在园子里是特大的，天空是特别高的，太阳的光芒四射，亮得使人睁不开眼睛，亮得蚯蚓不敢钻出地面来，蝙蝠不敢从什么黑暗的地方飞出来。是凡在太阳下的，都是健康的、漂亮的，拍一拍连大树都会发响的，叫一叫就是对面的土墙都会回答似的。
>
> 花开了，就像花睡醒了似的。鸟飞了，就像鸟上了天似的。虫子叫了，就像虫子在说话似的。一切都活了。都有无限的本

领,要做什么,就做什么。要怎么样,就怎么样。都是自由的。倭瓜愿意爬上架就爬上架,愿意爬上房就爬上房。黄瓜愿意开一个谎花,就开一个谎花,愿意结一个黄瓜,就结一个黄瓜。若都不愿意,就是一个黄瓜也不结,一朵花也不开,也没有人问它。玉米愿意长多高就长多高,他若愿意长上天去,也没有人管。蝴蝶随意的飞,一会从墙头上飞来一对黄蝴蝶,一会又从墙头上飞走了一个白蝴蝶。它们是从谁家来的,又飞到谁家去?太阳也不知道这个。

只是天空蓝悠悠的,又高又远。

很好,喊得痛快!不过,最后一句前应有一个停顿,然后,突然降低语调,缓缓地、抒情地轻声朗读——

只是天空蓝悠悠的,又高又远。

我们的课就上到这里。

附:学生作业

我读《我的第一个师父》

这是一篇不折不扣的奇文,如此写和尚,写如此的和尚,中外少见。

无论是师父,还是师兄,个个都率真而有个性,大有别于和尚传统的古板、静默形象。而且都犯了不少戒,佛门看来也许是罪过,世人如读者我却喜欢得很。也许是这样的和尚作为人来说更像"人",自然而真实的"人"。

请看龙师父"恋爱"那一段,从戏台上一展风采,到身处险境,再到后来柳暗花明,遇见未来鲁迅师母,情节一波三折,结局是大欢喜,俨然一个颇浪漫的爱情短剧。主人公一副"五陵少年"的"情郎"形象,哪有一点和尚的拘泥与刻板。加上鲁迅欲说还休的"不甚了然",留给读者无限的好奇与遐想。

　　写这样的文章,不仅要有驾驭文字的技巧,更重要的是要有一颗自由的、无拘束的、本真的心。我想鲁迅所赞许和奉行的生活方式也从此文中表现出来,这是一种最自然的,作为一个独立的、正常的生命个体的存在方式。这样的生命健康、完整、活泼、阳光,而不是被种种教条和戒律所包裹住的病态、残缺、压抑、阴暗的各式嘴脸,而这样的嘴脸在中国是很不少见的。

　　但也正因为还有那么一部分如鲁迅和他笔下的那群和尚存在着,健康地生活着,在这个飘满了道学家和"正人君子"们的口臭的社会,这个仍有许多不健全的压抑的生命的社会,还有几分清新的空气,也还有希望。

(北师大实验中学高二1班　牛耕)

评语 读出了鲁迅无拘的文字背后的健康、自由的生命形态,这是你的一大发现。由此生发的感慨,令人深思。　钱

第四讲 | 鲁迅与动物

从这一堂课开始,我们的"鲁迅之旅"要进入一个更为愉快的行程,我们将要接触一个有趣的,也更为丰富的鲁迅。我们将要讨论一些非常好玩的话题,例如,鲁迅与动物,鲁迅笔下的鬼与神,鲁迅的想象力,鲁迅与绘画,等等。同学们也可以以一种更加放松的心态,从容不迫地和我一起阅读与讨论。

今天讲第一个题目:鲁迅与动物。(板书:鲁迅与动物)

我们从一件小事说起。1929年鲁迅从上海到北京(时称"北平"),看他母亲,这是他和许广平结婚之后的第一次离别,因此,京、沪两地有很多通信。我带来了鲁迅给许广平的两封信的影印件。请大家注

鲁迅手绘的象(见《两地书》)

意，信的最后，没有署名，却画了一头象。你看这头象，（示图）长鼻子高高昂起，得意扬扬的，说明写信人情绪很好。再看这一幅，长鼻低垂，很有点泄气的样子，说明写信时心情不好。这头象显然就是鲁迅的化身和象征。许广平后来解释说，这是鲁迅的老朋友林语堂取的绰号，他把鲁迅叫作"白象"，而且"是一只令人担心的白象"，（板书：白象）因为大多数的象是灰色的，这样的白象是很少有的，是稀有动物。这倒是很能显示鲁迅特点的。因此，鲁迅很喜欢这个绰号，在许广平的面前，也自称"白象"。这就是他们通信中出现了象的形象的缘由。

故事还没有完。1929年，许广平怀孕了，海婴要出世了，夫妻俩讨论，未来的孩子应该有个小名。鲁迅说，就叫他小白象吧。但又产生了一个问题：住在上海的弄堂里，地方那么狭窄，到哪里去寻找"抚育白象那么广大的森林"呢？到海婴出世了，鲁迅高兴极了，抱着他念念有词："小红，小象，小红象；小象，红红，小象红；小象，小红，小红象；小红，小象，小红红。"不知怎的，"小白象"变成了"小红象"，大概是新生儿红润的皮肤引起的联想吧。许广平静静地在一旁观察这父子俩："一遍又一遍，十遍二十遍地，孩子在他两手造成的小摇篮里，安静地睡熟了。有时看见他也很吃力，但是总不肯变换他的定规，好像那雄鸽，为了哺喂小雏，就是嘴角被啄破也不肯放开他的责任似的。"——在许广平的眼里，鲁迅和海婴变成了"雄鸽"和"小雏"：多么可爱，多么动人！

我们再回过头来看鲁迅给许广平的信，信的开头，把许广平称作"小刺猬"，这大概是丈夫对妻子的昵称吧。这背后也有一个故事。当年在鲁迅故居（就是今天的鲁迅博物馆）的小院子里，突然出现了一只小刺猬，鲁迅的母亲非常喜欢，就收养了下来。鲁迅和许广平也经常和小刺猬玩，一碰它就缩成一团，像一个大大的毛栗子，可爱极了。

鲁迅手绘猫头鹰

有一天鲁迅看着看着就笑了,许广平问他,你笑什么,鲁迅说,我看你就像小刺猬。后来这个小刺猬,有一天不见了,大家都很悲伤。第二天许广平收到鲁迅一封情书,画了一个小刺猬,拿着一把伞。据许广平回忆说,这幅画后来不见了,但"小刺猬"的绰号却留下来了。

鲁迅画过的动物,还有猫头鹰。(示图)看到猫头鹰人们都会联想起鲁迅。他的老朋友回忆说,他在大庭广众中,有时会凝然冷坐,不言不笑,衣冠又不甚修饰,毛发蓬蓬然,大家给他起了一个绰号,叫作"猫头鹰"。(板书:猫头鹰)鲁迅本人也接受这个绰号。他曾批评徐志摩的诗,说那是甜蜜之音,并且呼唤:"只要一叫而人们大抵震悚的怪鸱的真的恶声在那里!?"他欣赏猫头鹰发出的怪异的恶声,他自己发而为声的文章,也是让人震悚的。

鲁迅还写过一首打油诗,叫作《我的失恋》,提到要给情人送什么礼物,他说我不送玫瑰花,我要送猫头鹰,还有赤练蛇,这都是我真正所爱,也要送给我的情人。赤练蛇,大家应该熟悉,在《从百草园到三味书屋》里就有一条赤练蛇,长妈妈还因此讲了一个美女蛇的故事。赤练蛇是无毒的,鲁迅更喜欢毒蛇。(板书:毒蛇)他有一句很有名的话：要"像毒蛇似的在尸林中蜿蜒，怨鬼似的在黑暗中奔驰"，这"毒蛇蜿蜒""怨鬼奔驰"几乎可以看作鲁迅的人格，以及他作品的一个象征。他就像毒蛇、怨鬼那样，和黑暗势力纠缠、搏斗了一辈子，他就是用这样的纠缠与搏斗为我们"肩住了黑暗的闸门"的。

这样一些鲁迅和动物的故事，既有趣，又逗人遐想。我甚至觉得，它为一个长期困扰我们的问题："鲁迅是谁"，提供了一个新的观察、思考视角。我们完全可以说：鲁迅是白象，鲁迅是猫头鹰，鲁迅是蛇，等等。这都是他的性格、人格精神的外化。而从"鲁迅和动物"的角度是可以揭示出鲁迅思想与艺术的许多奥秘的。

其实，"人和动物"的关系就是一个典型的"五四"命题。我们在讲《我们现在怎样做父亲》时提到"生物学真理"，所谓"生物学真理"的一个核心，就是强调人和自然（动物和植物）的内在的一致性——都是生命，由此产生了强烈的生命意识，强调对一切的生命：人的生命，动物的生命，植物的生命的广泛的爱。我们在讨论中，还谈到了"五四"的人性观：把人看作是"进化的动物"，认为"兽性神性结合起来就是人性"。今天我要作一点补充：鲁迅那一代人用这样的人性观，来考察中国的国民性，就发现了两个问题。首先是发现人和动物所共有的天性丧失了，中国人不知道爱了，中国人没有野性了，民族的反抗精神消失了。另一方面，又发现人在退化，出现了返祖现象，人越来越凶恶，互相残杀，动物的嗜血性在人身上复活了。这两方面的问题：爱和野性的丧失与嗜血性的复活，都引发了鲁迅那一代人的忧虑。因此，他们讨论"人和动物"的关系，就有了两大关注点，或者是两大主题，一是从生命的角度，考察生命的价值，一是讨论国民性的改造问题。（板书：生命，国民性）在文学家鲁迅的笔下，"动物"也就具有了某种隐喻性。

以上算是一个背景介绍吧。下面我们就进入具体文本的阅读和讨论。

鲁迅笔下的动物有三种类型：小动物；猛兽；处在猛兽和小动物之间的，和人关系最密切的动物，如狗、蚊子、苍蝇之类。

我们先讲鲁迅笔下的小动物，（板书：小动物）重点读一篇《兔和猫》。

还是从朗读开始——

住在我们后进院子里的三太太，在夏间买了一对白兔，是给伊的孩子们看的。

这一对白兔，似乎离娘并不久，虽然是异类，也可以看出他们的天真烂熳来。但也竖直了小小的通红的长耳朵，动着鼻子，眼睛里颇现些惊疑的神色，大约究竟觉得人地生疏，没有在老家时候的安心了。

注意这里对小白兔形象的描述：小小的通红的长耳朵是"竖直"了的，小小的鼻子是"动着"的，多可爱！更重要的是眼睛的神态："颇现些惊疑的神色"，因为是"离娘并不久"，来到一个陌生的世界，自然是又惊奇，又疑惧。也许读到这里，你的心也会一动：如果自己离开了老家，比如考上大学，到异地去读书，大概也会有这样的短暂的"惊异"吧。原来，这小白兔和我们大家都一样，有共同的情感。鲁迅的动物世界和我们是这样的近！

我们再来看鲁迅对小兔子动作的描写——

这小院子里有一株野桑树，桑子落地，他们最爱吃，便连喂他们的波菜也不吃了。乌鸦喜鹊想要下来时，他们便躬着身子用后脚在地上使劲的一弹，豎的一声直跳上来，像飞起了一团雪，鸦鹊吓得赶紧走，这样的几回，再也不敢近来了。

你看这段文字："躬"起身子——使劲的一"弹"——"豎"的一

声——直"跳"上来——"飞"起一团雪,(板书:躬,弹,耸,跳,飞)不仅有极强的动感,而且有声("耸")有色("雪"),声情并茂。而且是那样地单纯而干净,完全是本色的,没有任何着意的修饰。——我们又享受了一次鲁迅语言的纯净之美。(板书:纯净之美)

而且有动物,必然有孩子——

孩子们时时捉他们来玩耍;他们很和气,竖起耳朵,动着鼻子,(鲁迅观察得非常细致。)驯良的站在小手的圈子里,(一双双胖乎乎的小手中间一个小兔子驯良地站着:这是多么美妙的一个图景!)但一有空,却也就溜开去了。

有一天,太阳很温暖,也没有风,树叶都不动,我忽听得许多人在那里笑,寻声看时,却见许多人都靠着三太太的后窗看:原来有一个小兔,在院子里跳跃了。这比他的父母买来的时候还小得远,但也已经能用后脚一弹地,迸跳起来了。孩子们争着告诉我说,还看见一个小兔到洞口来探一探头,但是即刻缩回去了,那该是他的弟弟罢。

原来小兔子又有了小小兔子了!这样,就出现了一个多层次的"看兔图"。(边讲边画示意图)画面的中心是那只小小兔子,在那里"跳跃"着;周围是一群小孩子一边看,一边也跳着。而我们还可以想象,在画面外,小小兔子的父母小兔子也在看。既骄傲:孩子被欣赏,父母是最高兴的;又有几分担心:这些"人"会不会欺负、伤害自己的孩子呢?同学们还可以想象一下:在后面看着这一切的,还有谁?对了,还有鲁迅在看!他以欣赏的眼光默默地看小小兔子,看小孩子如何看小小兔子,想象小小兔子的父母如何看它们的孩子!这几层"看",(板书:看)看来看去,鲁迅的心柔软了,发热了。

可以说,一触及这些小动物,这些幼雏,鲁迅的笔端就会流泻出无尽的柔情和暖意。(板书:柔情,暖意)而我们每一个读者,也被深深地感动了。

但是,鲁迅并不沉浸在柔情和暖意里,他不回避这样的事实:还有"一匹大黑猫,常在矮墙上恶狠狠的看"。这另一种"看",是不能不正视的。于是,就有了悲剧性的结局:这对小小兔子被黑猫活活地吞吃了!

这是惊心动魄的一笔,这是鲁迅式的"美好无辜的生命的毁灭"的主题的突然闪现。(板书:美好无辜的生命的毁灭)

而鲁迅还有更深刻的反省。两只小小兔子消失了,生活照样在进行,幸存的七只小小兔子在善良的人们的精心照料下,终于长大,"白兔的家族更繁荣;大家也又都高兴了"。曾经有过的生命的毁灭,被遗忘了。

本来,这也是人之常情:人不能永远沉浸在痛苦的记忆中。但鲁迅不能,他在这集体遗忘中感到了深深的寂寞。他不但拒绝遗忘,而且要追问:我自己,以及我们大家,为什么会遗忘?于是,就有了这篇文章最重要的一段文字——

但自此之后,我总觉得凄凉。夜半在灯下坐着想,那两条小性命,竟是人不知鬼不觉的早在不知什么时候丧失了,生物史上不着一些痕迹,并S(指家里的一只狗)也不叫一声。我于是记起旧事来,先前我住在会馆里,清早起身,只见大槐树下一片散乱的鸽子毛,这明明是膏于鹰吻的了,上午长班来(旧时官员的随身仆人,一般也叫"听差")一打扫,便什么都不见,谁知道曾有一个生命断送在这里呢?我又曾路过西四牌楼,看见一匹小狗被马车轧得快死,待回来时,什么也不见了,搬掉了罢,过往行人憧憧的走着,谁知道曾有一个生命断送在这里呢?夏夜,窗外面,常听到苍蝇的悠长的吱吱的叫声,这一定是给蝇虎(就是壁虎)咬住了,然而我向来无所容心于其间，而别人并且不听到……

假使造物（指万物的制造者）也可以责备，那么，我以为他实在将生命造得太滥，毁得太滥了。

这是典型的鲁迅式的反思，鲁迅式的命题。老实说，前面的对小动物，小小兔子，小兔子和小孩子的描写，虽然非常精彩，但别的作家也可以写出来。但是，这一段文字里的这样的反省，这样的追问，却是一般人写不出来的，甚至可以说是仅鲁迅所有，鲁迅所特有的。因此，值得我们认真琢磨、讨论。请同学们谈谈你对鲁迅这段话的理解。

学生一 老师在念这段话时，我想到了这堂课一开始时，老师讲的故事：当鲁迅抱着刚出世的海婴时，在许广平的眼里，鲁迅变成了"雄鸽"，海婴成了他要保护的"小雏"。在鲁迅这里，他自己的生命，海婴的生命，和动物的生命是融为一体的，海婴就是他的"小雏"，他对小动物的生命的爱，和他对儿子生命的爱是一样的。我想，这就是他为什么对小小兔子、小鸽子、小狗，以至小苍蝇的死，念念不忘，并且对大家的遗忘感到痛苦的原因。

学生二 鲁迅一定从小动物的生命想到了人的生命，由人们对小动物的生命的丧失的麻木，想到对人的生命的麻木，人们对周围人的不幸，以至死亡，越来越不在乎，这样的越来越冷漠的人际关系，越来越麻木的人心，让鲁迅感到痛苦。

学生三 我觉得鲁迅更关注的，是生命的被毁灭的问题，就是他最后说的，造物主既然把人造出来了，为什么造得这么滥，而且又毁得这样滥呢？我想这是最本质的问题。

学生四 我最感动的，是鲁迅并没有谴责别人麻木，而是首先反省自己：为什么"无所容心于其间"？这是非常难得的。因为在我们的日常生活中，这样的小苍蝇的挣扎的叫声，是谁也不会注意的，鲁迅不但对自己的"不注意"进行反省，而且还要追问：为什么"不注意"？这就太少有了，难怪林语堂要说他是"令人担心的白象"。（众生笑）

钱 大家都说得非常好，很多地方我们都想到一块儿去了。因为时间的关系，不能让大家继续展开讨论，就把这发挥和总结权交给我吧。我想讲三点。

首先，请大家再回到文本上来。请注意：鲁迅在叙述几个小动物，小兔子、鸽子、小狗的"小生命"不知不觉地丧失了的时候，不时插话："谁知道曾有一个生命断送在这里呢？"这句话重复了两遍。可以说这是鲁迅情感的一个自然流露：他为这个问题弄得十分不安，所以要反复追问。同时，也说明这个问题在他的思想中的重要性。这里的关键词就是"生命"，这表现了鲁迅强烈的生命意识。就像第一位同学所说，在鲁迅的意识里，宇宙万物，包括人，包括动物、植物，都是一种生命，是一个生命共同体，这是一个"大生命"的概念。由此产生的，是"敬畏生命"的观念。（板书：敬畏生命）生命是神圣的，是至高无上的，我们对生命要保持最大的敬意，在生命面前，我们要有所畏惧。而且这里所说的"生命"不是一个抽象的概念，而是具体的，要落实到每一个生命个体。也就是说，每一个人，每一只兔子，每一条狗，每一朵花，每一株草的生命，都应该得到尊重和爱护。这里还有一个生命之间的相互关联，相互依存的问题。任何一个生命的不幸和灾难，也就是我的不幸和灾难；对任何生命的威胁和摧毁，就是对我的生命的威胁和摧毁。鲁迅之所以对小兔子之死，小狗之死，对苍蝇的呻吟，作出这么强烈的反应，就是因为他有一种内心之痛，是他自己生命之痛。这是真正的"博爱"之心。（板书：博爱）

其二，鲁迅特别感到痛苦，并且不能容忍的，是被毁灭的都是弱小的生命，年幼的生命。在他看来，越是弱小的生命，年幼的生命，就越应该珍惜和爱护。鲁迅在他晚年写的一篇文章里，特意谈到，在中国农村，母亲往往对"不中用的孩子"特别爱护，原因也很简单：母亲不是不爱中用的孩子，只因为既然强壮而有力，她便放了心，"去注意'被侮辱的和被损害'的孩子去了"。这就是鲁迅生命意识的另一个重要方面，就是强调"弱者、幼者本位"。（板书：弱者、幼者本位）这是和主张"弱肉强食"的社会达尔文主义观念相对立的，后者强调的是"强者本位"。"弱者、幼者本位"还是"强者、长者本位"，这是关系到一个社会发展方向的问题，这个问题在当下中国社会并没有解决，在现实生活中，对弱小者生命、年幼者生命的漠视，以至摧残，还是随处可见的。

这也涉及一个中国国民性的问题，这就是鲁迅对生命的思考的第三个方面。刚才那位同学谈到了鲁迅的自我反省，他的反省实际上也是指向中国国民性的。他在日本读书时就和他的好朋友讨论过这个问题，结论是中国人缺少两个东西，一个是"爱"，一个是"诚"。"诚"的问题我们以后再谈。所谓"爱的缺失"，最重要的方面，就是对人的生命的不尊重，不重视。刚才有位同学注意到鲁迅所说的生命"造得太滥"和"毁得太滥"的问题，在我看来，主要就是指中国的问题：一是人口太多，一是任意毁灭人的生命。中国人太多，生命也太无价值，以至于谁也不把人的生命当作一回事，无辜生命的毁灭，已经成为常态，人们真正是"无所容心于其间"了。这样的一种全民性的"无爱"状态，是让鲁迅深感痛心的。

由此形成的，是鲁迅作品的基本母题："爱"——对每一个生命个体的关爱；"死"——生命无辜的毁灭；以及"反抗"——对生命的被摧残、被毁灭的抗争。（板书：爱，死，反抗）

你们看，在鲁迅对小动物的描写，在人和幼雏的关系的背后，竟包含了如此丰富的内容，确实耐人寻味。

我们再来看鲁迅笔下的动物的第二种类型：猛兽与恶鸟。（板书：猛兽，恶鸟）

其实我们在这堂课一开始就谈到的"猫头鹰"就是一种恶鸟。鲁迅在夜莺和猫头鹰之间显然更喜欢猫头鹰。

还有，鲁迅喜欢什么样的狗？请看《秋夜纪游》里的这一段描写——

我生长农村中，爱听狗子叫。深夜远吠，闻之神怡，古人之所谓"犬声如豹"者就是。倘或偶经生疏的村外，一声狂嗥，巨獒跃出，也给人一种紧张，如临战斗，非常有趣的。

但可惜在这里听到的是吧儿狗。它躲躲闪闪，叫得很脆：汪汪！

我不爱听这一种叫。

鲁迅喜欢听"犬声如豹"，因为会联想起旷野里豹的嚎叫。"巨獒（庞大的恶狗）跃出"，让鲁迅感到"有趣"，是因为有一种如临战斗的兴奋与紧张。

但鲁迅却不喜欢听巴儿狗的脆叫，因为那是一种讨好主人的媚态。

我们从《一点比喻》里，还知道鲁迅不喜欢羊，因为它总是"凝着柔顺有余的眼色"，"挨挨挤挤"地走向屠宰场。鲁迅喜欢野猪："君不见夫野猪乎？它以两个牙，使老猎人也不免于退避，这牙，只要猪脱出了牧豕奴所造的猪圈，走入山野，不久就会长出来。"

鲁迅还写过一篇奇文《略论中国人的脸》，里面列了一个算式："人+家畜性＝某一种人"。他谈到了动物的被驯化："野牛成为家牛，野猪成为猪，狼成为狗，野性是消失了，但只足使牧人喜欢，于本身并无好处。"他其实更关心的，是人的被驯化，野性消失了，剩下的就只有"家畜性"，就成了驯服工具了。我们在前面谈到"五四"时期鲁迅那一代人认为"人性是兽性与神性的统一"，如果"兽性"中没有了猫头鹰、巨獒、野猪的野性，只剩下巴儿狗、羊这类家畜的媚态、柔顺，那也就意味着人性的扭曲与丧失。

鲁迅还有过这样的奇思异想：如果自己死了，像西藏人的天葬一样，必须用我的血肉喂养动物，那我情愿喂给"狮虎鹰隼"，因为"它们在天空，岩角，大漠，丛莽里是伟美的壮观，捕来放在动物园里，打死制成标本，也令人看了神旺"。他同时又表示：绝不愿意"养胖一群癞皮狗，只会乱钻，乱叫，可多么讨厌！"。

因此，我们从鲁迅对猛兽（巨獒、野猪、狮虎）的描写里，看到的是对生命的野性，充满了力的"伟美的壮观"的赞叹，是对不受束缚的自由生命的呼唤，实际上就是对理想人性的召唤。

鲁迅同样也把自己的生命投入到他笔下的猛兽中。这里我们要特别讨论的，是"受伤的狼"的形象。在鲁迅小说《孤独者》里，有这样一段经典描写——

> 一匹受伤的狼，当深夜在旷野中嗥叫，惨伤里夹杂着愤怒和悲哀。

我们知道，在世界各国的民间传说、文学作品中都会出现狼的形象，但在不同的文化体系里，狼的形象，却具有不同的意义。有一位美国学者对中国民间故事作了类型研究，发现中国民间故事里的"狼"，有三种类型，一类是凶残的，一类是愚蠢的，一类是忘恩负义的。大家耳熟能详的中山狼，就既忘恩负义，又愚蠢。但无论是什么类型，都是负面形象，而且是以道德与智力的标准去作否定性评价的。但在西方文化体系里，狼的形象却相当正面。无论是北欧神话里的芬里斯狼，还是杰克·伦敦《热爱生命》里的荒原狼，都是充满了原始的野性、勇力、反叛精神的。

我们现在来看看鲁迅笔下的狼，好像有两种情况。鲁迅在《狂人日记》里写到"海乙那"（鬣狗），那是"狼的亲眷"，是要吃人的。《铸剑》里的"饿狼"也是两口吞噬了眉间尺的身体，"血痕也顷刻舔净"：这都是凶恶的狼。但我们这里讨论的"受伤的狼"，则显然是充满野性的反叛者的象征。但鲁迅却赋予这样的反叛的"狼"以身体与精神上均已"受伤"的特征，让其在"深夜"和"旷野"里发出"惨伤里夹杂着愤怒和悲哀"的"嗥叫"声。这显然是鲁迅的独特创造，这是集中了鲁迅对中国的反叛者的命运的深刻观察的。我们读过的鲁迅小说《药》里的夏瑜大概就是一只受伤的狼。

有意思的是，许多人都发现并强调，鲁迅自己也就是一只受伤的狼。最早将鲁迅与狼联系在一起的，是瞿秋白，他把鲁迅比作是罗马神话里"野兽的奶汁喂养大的"莱谟斯。而日本友人增田涉在看到重病中的鲁迅时，就直截了当地说：他的"风貌变得非常险峻，神气是凝然的，尽管是非常战斗的却显得很可怜，像'受伤的狼'的样子了"。其实鲁迅自己就说过，他在遇到不能忍受的痛苦时，就"索性躺在荒山里"，"总如野兽一样，受了伤，就回头钻入草莽，舐掉血迹，至多也不呻吟几声的"。——过去，我读到鲁迅的这段话时，总以为这是一种文学化的表达；后来，读到许广平的回忆，才知道鲁迅在受到打击以后，确实会在空地上躺下，仿佛受伤的狼回到旷野：这样的平息内心痛苦的方式，是很能显示鲁迅心灵深处的大旷野情怀的。（板书：大旷野情怀）

和鲁迅对幼雏的一往情深、对猛兽的无限神往形成对比的，是对处于二者之间的，与人更为接近的，更具有人（某一种人）味的中间型动物，诸如猫、狗、苍蝇、蚊子之类，鲁迅就止不住内心的愤怒和蔑视之情。

他公开宣布自己是"仇猫党"。其中一个很重要的理由，就是那两只可爱的小小兔子是被一只黑猫吃掉的，他要为小小兔子和它们的父母小兔子复仇。他还宣布了猫的两大"罪状"："一，它的性情就和别的猛兽不同，凡捕食雀鼠，总不肯一口咬死，定要尽情玩弄，放走，又捉住，捉住，又放走，直待自己玩厌了，这才吃下去，颇与人们的幸灾乐祸，慢慢地折磨弱者的坏脾气相同。二，它不是和狮虎同族的么？可是有这么一副媚态！"

鲁迅讨厌巴儿狗，是很有名的，他所反感的，也是被豢养的媚态。

最有趣的还有一篇《夏三虫》，说夏天的三种小虫：跳蚤、蚊子、苍蝇，都令人讨厌，但比较起来，同样是吸人血，跳蚤一声不响就是一口，何等直截爽快，而蚊子却要先发一篇议论，大谈吃人血如何有理由，这就令人憎恶了。而苍蝇对美的玷污，就更让人难受了。

在鲁迅看来，猫、狗、蚊子、苍蝇的"罪状"集中到一点，就是它们失去了动物的本性，而得到了某一种人性，它们是"人（某一种人）化"了的动物。因此，在鲁迅这里，真正被置于历史审判台的是"人"——某一种人。

今天同学们对你们身边的这些动物，特别是猫和狗，或许有和鲁迅完全不同的感受：它们很可能就是你们的小宠物，你们或许会在它们身上发现另一种人性，这都是很正常的。你们也不妨写写你们所喜爱和不喜欢的动物，更重要的是，要思考你们和动物的关系，这对你们自己生命的成长，也是至关重要的。

第五讲 | 鲁迅笔下的鬼和神

我们在第一堂课的讨论中，就已经说到了"鲁迅与鬼"这个话题，当时我说，这是鲁迅生命中的一个基本命题，但未能展开。今天，我们就来进行集中讨论，题目是"鲁迅笔下的鬼和神"——把"神"拉进来，是因为在中国民间社会里，鬼与神总是连在一起的。

（板书：鲁迅笔下的鬼和神）

我们先"谈鬼"。这也是一个有趣的文化现象：世界各民族都有许多关于鬼的故事，因此，"谈鬼"是一个世界性的话题。我们在第一堂课里，介绍过鲁迅生前最后一次聊天，就是和日本友人谈鬼。鲁迅问："日本也有无头鬼吗？"日本朋友回答说："无头鬼没有听说过，脚倒是没有的。"鲁迅又回应说："中国的鬼也没有脚；似乎无论到哪一个国家的鬼都是没有脚的。"然后，他们就大谈起古今东西文学与民俗学中的鬼来……可以说正是关于鬼的共同话题，让鲁迅和日本朋友超越了国界而达到了心灵的沟通：这本身就是耐人寻味的。

而且我们发现，在一个国家内，不但民间社会的聊天中老百姓喜欢谈鬼，文人的清谈里，鬼也是一个最有吸引力的话题，以至于鬼字已经渗透到我们民族的语言中了。今天发给大家的材料里，就有一篇朱自清先生写的《话中有鬼》。他谈到了许多有关鬼的语言现象："鬼"通常不是好词儿，说"这个鬼"是在骂人，说"死鬼"也是的，还有"烟鬼""酒鬼""馋鬼"等，都不是好话。但骂人有怒骂，也有笑骂；怒骂是恨，笑骂却是爱。而骂人是鬼，却常常含有爱意。比如女人骂丈夫："你这个死鬼"，大人骂小孩儿"小鬼头"，都是亲亲的，热热的。还有，从来没有听说过"笨鬼"，鬼大概总得有点聪明，所谓"鬼聪明"，尽管是小聪明，毕竟还是聪明。而且还有"鬼才"，大家熟悉的李贺就是诗人中的鬼才。还有"鬼斧神工"这样的成语，鬼和神就这样连起来了，不过，一样艺术品达到了极致，就有"神品"之说，但却没有"鬼品"一说，可见鬼还是低于神，不在一个品位上。——同学们听了这些有关鬼的语言故事，大概就可以体会到鬼的话题的趣味了。

我们还要追问一个问题：民间社会和文人为什么这样津津乐道于鬼的故事呢？鲁迅的弟弟周作人（他也很喜欢谈鬼）有一个说法，很有意思。他说，我不信"人死为鬼"（因此谈鬼绝不是宣传迷信），却相信"鬼后有人"。就是说，"鬼为生人喜惧愿望之投影"，人有许多愿望在现实生活中得不到实现，就创造一个想象的鬼的世界，来满足内心的某种欲望。而以生前的感觉推想死后的情状，也是人之常情，鬼性、鬼情背后依然是人性与人情。（板书：鬼性，鬼情——人性，人情）因此，周作人说："我们听人说鬼即等于听其谈心。"这是说到了点子上的：我们今天听鲁迅谈鬼，也是听其谈心：通过鲁迅讲的鬼的故事，以及他怎样讲鬼的故事，来进入鲁迅内心世界的某些重要方面。

鲁迅写鬼的文章主要有两篇：《无常》和《女吊》，写的就是他的故乡绍兴的两个鬼——据说绍兴还有一个名鬼，叫"河水鬼"，周作人也写了一篇同名文章，我们也选入了读本，同学们有兴趣可以和鲁迅的两篇对照起来读。

有意思的是，鲁迅写的，实际上是绍兴戏剧舞台上的两个鬼的形象，是民间鬼戏的两个角色，他小时候看过，因此终生难忘。这就说

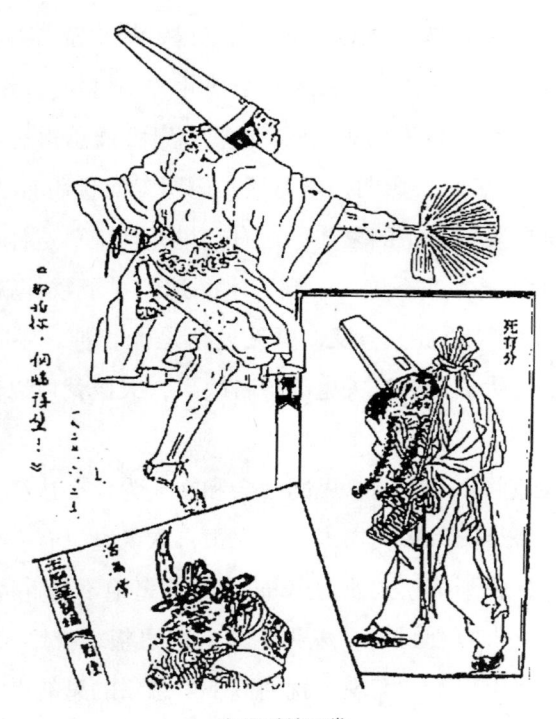

鲁迅手绘无常

到了绍兴的民间习俗：每逢过年过节，都要举行迎神赛会。我们读过的《五猖会》，其实写的就是这样的迎神赛会。所谓"五猖"，就是五个凶神，农民为了免灾避祸，就把他们供起来，并每年请出庙来一次，周游街巷，在迎神仪仗队里，就有鬼王、鬼卒，还有活无常。除了举行赛会，还要演戏，我们读过鲁迅的《社戏》，看的就是这样的地方戏剧表演。鲁迅在《女吊》里介绍，这样的社戏，主要是请神看的，就便也请鬼看戏，也就是说，台上演鬼戏，台下鬼看戏，他们是主体；人去看戏，完全是"叨光"，是占了神和鬼的便宜，搭车看戏。

绍兴民间鬼戏中的鬼，最受欢迎的是无常。原因是他是阎罗王的使者，人快死了，阎罗王就派他来到阳间，勾了魂以后再送入阴间，这样，无常鬼就经常出入于阳间和阴间，他身上当然有鬼气，但同时也会沾染点人气，而且每一个人都会死，也都迟早要和他打交道，这样，人们就觉得无常鬼最可接近。但也因为如此，人们对无常也就会有不同的想象，或者说，他给人们留下了很大的想象空间，这也是他特别有吸引力的一个原因。

那么，在绍兴民间社会里，在鲁迅的想象中，无常是一个什么样的形象呢？鲁迅在文章里，有一段描写，他还特地为无常画了一幅像，（演示）我们正好对照起来读和看——

身上穿的是斩衰凶服（是一种重孝丧服，用粗麻布裁制，不缝下边），腰间束的是草绳，脚穿草鞋，项挂纸锭（用纸或锡箔折成的元宝，阴间用的钱币）；手上是破芭蕉扇、铁索、算盘；肩膀是耸起的，头发却披下来；眉眼的外梢都向下，像一个"八"字。头上一顶长方帽，下大顶小，按比例一算，该有二尺来高罢；在正面，就是遗老遗少们所戴瓜皮小帽的缀一粒珠子或一块宝石的地方，直写着四个字道："一见有喜"。有一种本子上，却写的是"你也来了"。

你看，这个鬼，没有任何神秘可怖之处，是那么平常，甚至可以说其貌不扬，在老百姓的日常生活中，是经常可以遇到的，这是一个"平民化"的鬼。（板书：平民化的鬼）本来，他担负的任务是勾人的魂，是很恐怖的，但他却不但可亲，而且可笑，是一个好玩的喜剧角色。因此，他给你的第一感觉是"一见有喜"。这其实是表达了普通老百姓的死亡观的：人一辈子活得太苦太累，人一死，两眼一闭，一切苦难都结束了，因此，死亡不是悲剧，而是喜事，"一见"这位勾魂的使者就"有喜"。还有这句："你也来了"，也很耐寻味。这是普通老百姓之间最普通的对话：人总有一死，这是必然要有的一天，因此,见到了勾魂的无常,就平平淡淡地说一句:"你也来了"。这样以平常心对待死亡,也是反映了老百姓的死亡观,(板书:老百姓的死亡观)现在,都寄寓在无常的形象里了。

还有无常的舞台形象。先是渲染气氛:戏从头一天的黄昏就已经演起,现在是第二日的天明,恶人早已"恶贯满盈",该由无常来收场了,于是,专为鬼物演奏的细而长的号角响起来了——

在许多人期待着恶人的没落的凝望中,他出来了,服饰比画上还简单,不拿铁索,也不带算盘,就是雪白的一条莽汉,粉面朱唇,眉黑如漆,蹙着,不知道是在笑还是在哭。但他一出台就须打一百零八个嚏,同时也放一百零八个屁,这才自述他的履历。

这是多么鲜亮的一笔!先给你一个总体印象:"雪白的一条莽汉",再作细描:"粉面朱唇,眉黑如漆",似显出几分妩媚:这样一个既威风又妩媚的鬼,(板书:威风,妩媚)实在是妙极了,观众一下子就被抓住了。但他又双眉紧蹙,不知是哭是笑,似有隐情,就更吊起了观众的胃口。但此刻他在台上的表演,却是十分活跃的。所谓"一百零八个嚏"和"一百零八个屁",自然是民间艺术的夸张,这就有点像民间表演中的小丑,在做打嚏状和放屁状,引得观众一阵一阵的哄笑。——连我们读者都被感染了。

这才进入正题,也是本文的重心:无常鬼的苦恼。(板书:鬼的苦恼)前面所有的描写,都只是铺垫。我们听他的带哭的唱,就明白了:原来他这回担负的任务有点特别:是自己堂房的侄子(鬼在阳间有亲戚,这本身就有点奇特和滑稽)得伤寒外带痢疾病,被江湖郎中开错了药而要死了,这在民间社会是经常发生的悲剧。恰好阎罗王派他来勾魂,而他看阿嫂哭得太伤心,就发了同情心,擅自决定"放阳半刻",不过是晚死半点钟,却可以使母子俩多相聚一会。这样的同情,本是"人"之常情,但在"鬼"的世界却不允许,阎罗王指责无常"得钱买放",犯了受贿罪,因此重罚捆打四十大板。无常自然觉得万分委屈,以至有"冤苦"之感。为了表明自己的清白,他发誓要秉公执勾魂之法,"他更加蹙紧双眉,捏定破芭蕉扇,脸向着地,鸭子浮水式的跳舞起来",并朗朗唱道——

那怕你,铜墙铁壁!

那怕你,皇亲国戚!

……

这就是:在死亡面前,人人平等。可以想见,无常鬼唱到这里的时候,台下一定掌声雷动:他唱出了普通老百姓的心声。正像鲁迅所说,台下的观众,也就是中国的"下等人",他们"活着,苦着",受够了"铜墙铁壁"似的官府,"皇亲国戚"的欺辱,他们渴望着有人秉公执法,为他们主持公平和正义。但这样的理想、要求在现实世界里完全不能实现,就只能创造出这样一个阴间世界,刻画出这样一个拒绝贪赃枉法的无常鬼的形象,在这个既亲近,又可爱可敬,还有几分可笑,就像他们自己一样的无常鬼身上,寄托了他们的理想和希望。也如鲁迅所说,这些被视为"愚民"的乡下人,他们心里是有一杆秤的,若要问他们公理、公法何在,他们一定会"不假思索地回答你:公正的裁判是在阴间!"。——在无常鬼的故事的背后,就是这样的人间理想与人间社会批判。

我们更要重视的,是这样的民间记忆,对鲁迅的深刻影响——

我至今还确凿记得,在故乡时候,和"下等人"一同,常常这样高兴地正视过这鬼而人,理而情,可怖而可爱的无常;而且欣赏他脸上的哭或笑,口头的硬语与谐谈……

这是全篇的点睛之笔。这里,对无常的形象,作了一个准确的概括：他既是"鬼",讲鬼"理",有鬼的"可怖",但他更有"人"的一面,讲人"情",像真正的人一样"可爱"。——也就是说,这里讲的人是理想的人,他是体现了鲁迅对理想的人性的追求的:通过鬼的描写来谈理想的人性,这本身就是一个独特的创造。(板书:借鬼写理想人性)

而这样的创造又是直接受到民间艺术的启发的。这就要谈到鲁迅这一段总结里的几个关键点,这就是"故乡",鲁迅的童年记忆;(板书:故乡,童年记忆)"下等人",鲁迅通过民间节日和戏剧活动和"下等人"即底层老百姓所建立起的精神联系。(板书:民间节日和戏剧,下等人)这段话中谈到的"硬语"和"谐谈",指的就是绍兴乡下人的地方语言和性格的两大特点,在无常的表演里得到集中的体现:一是硬气,一是诙谐。这些对鲁迅后来之所以成为鲁迅,以及今天我们来认识鲁迅都是非常重要的。

下面,我们再来读鲁迅另一篇写鬼的散文:《女吊》。和《无常》不同,《女吊》从一开始就引述前人的话,点出自己的故乡绍兴(古会稽)"乃报仇雪耻之乡,非藏污纳垢之地",并且赞誉女吊是体现了这一家乡精神传统的,"带复仇性的,比别的一切鬼魂更美,更强的鬼魂"。这样先声夺人的讲述,就把女吊的形象极其鲜明地推到读者面前。

但作者却并不急于让我们和女吊见面,却从容不迫地把笔拉开,讲了一系列的背景故事。前面我们已经介绍过,社戏主要是演给鬼、神看的;鲁迅又告诉我们,《女吊》的演出,招待的都是些"横死者",用今天的话来说,就是"非正常死亡者",其中最重要的是明末清初,为反抗异族统治,"越人起义而死者不少,至清被称为叛贼,我们就这样一同招待他们的英灵"。——祭奠"叛贼"的"英灵",这真是一个非凡之举!因为正如鲁迅所说,中国"少有敢抚哭叛徒的吊客",人们见了为统治者所不容的反叛的异端,是避之而不及的;而在鲁迅的故乡,牺牲的起义战士却成为"鬼雄"受到浙东民间的礼拜,这是充分地显示了这里的"民气"的。(板书:民气)

于是,就有了这样的"起丧",即"召鬼"的仪式——

在薄暮中,十几匹马,站在台下了;戏子扮好一个鬼王,蓝面鳞纹,手执钢叉,还得有十几名鬼卒,则普通的孩子都可以应募。我在十余岁时候,就曾经充过这样的义勇鬼,爬上台去,说明志愿,他们就给在脸上涂上几笔彩色,交付一柄钢叉。待到有十多人了,即一拥上马,疾驰到野外的许多无主孤坟之处,环绕三匝,下马大叫,将钢叉用力的连连掷刺在坟墓上,然后拔叉驰回,上了前台,一同大叫一声,将钢叉一掷,钉在台板上。我们的责任,这就算完结,洗脸下台,可以回家了。

这真是一段不寻常的童年经验和体验。想想看:"薄暮"中,扮作鬼卒,骑着大马,飞驰于"野外无主孤坟"之间,这有多么神秘和刺激。"拥上""疾驰""环绕三匝""大叫""刺""拔""驰回""掷""钉",这一连串的动作,又是何等的干净、利落,何等的神勇!对孩子来说,这不仅是一种仪式,更是一种游戏。——在座的诸位恐怕很难再有这样的经历和体验了。

而且就经过这一番仪式,"种种孤魂厉鬼,已经跟着鬼王和鬼卒,前来和我们一同看戏了"。——这又是一个奇妙的生命体验:超越了时空,跨越了生冥两界,也泯灭了身份的界限,沉浸在一个人鬼交融、古今共存、贵贱不分的"新世界"里。我们不妨设想一下,身处其间的鲁迅,假设还有我们自己,将会有怎样的感受:你会觉得无数的"孤魂厉鬼"就在自己身边游荡,你自会有一种沉重感,同时夹杂着几分恐惧几分神秘，说不定会有一种微微的感动掠过心头，说不出的新奇与兴奋……

就在这样一种气氛中，戏开场了，而且"徐徐进行"：先后出场的是火烧鬼、淹死鬼、科场鬼（死在考场上的）、虎伤鬼……这都是民间常遇的灾难而化作了鬼，就是前面所说的"横死者"。不过看戏的观众都不把它们当作一回事，这大概就是鲁迅说的"对于死的无可奈何，而且随随便便"的"无常"式的态度吧。突然，"台上吹起悲凉的喇叭来，中央的横梁上，原有一团布，也在这时放下，长约戏台高度的五分之二"，"看客们都屏着气"：女吊要出场了！不料，闯出来的却是"不穿衣裤，只有一条犊鼻裈（指形如牛鼻子的当地叫'牛头裤'的短裤），面施几笔粉墨的男人"，原来是"男吊"。尽管他的表演也颇为出色，尤其是在悬布上钻和挂，而且有七七四十九处之多，这都是民间艺术的夸张，但也是非专门的戏子演不了的；但观众，也包括我们读者，却沉不住气了：女吊该出场了。

果然，在翘首盼望，急不可耐中——

自然先有悲凉的喇叭；少顷，门幕一掀，她出场了。大红衫子，黑色长背心，长发蓬松，颈挂两条纸锭，垂头，垂手，弯弯曲曲的走一个全台，内行人说：这是走了一个"心"字。……

她将披着的头发向后一抖，人这才看清了脸孔：石灰一样白的圆脸，漆黑的浓眉，乌黑的眼眶，猩红的嘴唇。

这是一个期待已久的闪光的瞬间，这也是一幅绝妙的肖像画。我们在前面讲过鲁迅作品有着极强的色彩感，这是一个范例。纯白，漆黑，猩红，就是这三种基本色。大家回忆一下，鲁迅写"无常"，说他是浑身"雪白"，"粉面朱唇"，"眉黑如漆"，也是白、红、黑三色。（板书：白，黑，红）我曾经对鲁迅《呐喊》《彷徨》《故事新编》

和《野草》四部作品的色彩作了统计，发现用得最多的色彩恰恰依次是白、黑、红，这大概不是一个巧合。鲁迅引用古人王充的话说，汉朝的鬼的颜色就是红的，而绍兴一带的妇女，至今还偶有搽粉穿红以后，这才上吊的，这是因为"红色较有阳气，易于和生人相接近"。其实中国的农民都是喜欢大红、大黑和纯白的，农民的穿着，民间艺术的用色，都有这个特点。鲁迅选用红、黑、白三种颜色来描绘女吊的形象，既是写实，也是表现了他对中国农民和民间艺术的审美情趣的敏感和直觉把握的。——当然，鲁迅的色彩选择的内涵是更为丰富的，和农民、民间艺术的联系只是一个方面。我们今天不在这里作详尽讨论。同学们对这个问题有兴趣，是可以作为一个专题来研究的。

我们再继续看鲁迅对女吊的表演的观察与描述，这也是全文最重要最精彩的一段文字——

她两肩微耸，四顾，倾听，似惊，似喜，似怒，终于发出悲哀的声音，慢慢地唱道：

"奴奴本是杨家女，

呵呀，苦呀，天哪！……"

这里又给我们读者一个艺术上的惊喜：你看鲁迅对女吊的外在的动作、表情以及内心的感受，可谓体察入微，且能用如此简洁的语言表达得如此准确，简直到了出神入化的地步。读这样的文字，真是一种享受！

更重要的是，这里的一声"苦呀，天哪！"是不能不让台下的观众为之动容的。如鲁迅在《无常》里一再强调的，观戏的"下等人"在漫漫无尽的苦难中煎熬着，那一腔苦情是无法、无处可诉的；因此，女吊的这一声"苦呀，天哪！"简短的四个字，其实是包含了无数隐情，是喊出了底层民众的心声的。而由此激发而出的，是反抗的力量，女吊本身就是以一种自尽的方式来表示复仇之意的。鲁迅分明感觉到了底层心灵的颤抖，但他的表达却是如此的有节制，或许正是这样，更使我们感动。

我们同时感受到的是鲁迅自己心灵的颤抖。我们也终于读出了、读懂了鲁迅所讲的鬼故事背后的人情：所要展现的，是构成鲁迅生命底蕴的童年故乡记忆和民间记忆。（板书：童年故乡记忆，民间记忆）而这两大记忆的核心则有二，一是和"乡下人"即底层民众的精神共鸣，一是和民间艺术（特别是民间戏剧）的血肉联系。（板书：乡下人，民间艺术）这是鲁迅生命成长的"底气"，是他的"根"，他的"精神家园"。（板书：底气，根，精神家园）

于是，我们就注意到，鲁迅这两篇谈鬼的散文写作的时间，以及它们在鲁迅散文写作，以至整个创作中的地位。我们在上一讲中，曾经提到鲁迅的《阿长与〈山海经〉》这样的童年故乡记忆的文章，写在1926年3月，那是他1925至1926年间一场大病之后，鲁迅的《无常》写在1926年6月，有着同样的从死亡中挣扎而出的背景。而《女吊》则写在1936年9月，他已经"被死亡所捕获"并不再走出——我们在前面曾经介绍，鲁迅在1936年10月17日那天，去和日本朋友聊天，送去了刚刚发表的《女吊》，并因此而露出灿烂的笑，接着又谈了许多鬼的故事，在谈的时候不断咳嗽，当晚回家即病倒，两天后（10月19日）就离开了这个世界。我们可以说，鲁迅的生命最后一程是沉浸在鬼的记忆，也就是他的童年故乡记忆和民间记忆里的。这当然不是偶然的。他的这些回忆散文的写作，就具有了生命的回归的意义：（板书：生命回归）面对死亡威胁时，就回归到自己的童年和民间社会（下等人，民间艺术）里，在"归根"中"安魂"——我们因此也更深刻地理解了《阿长与〈山海经〉》结尾那声仰天长叹的意义:"仁厚黑暗的地母呵,愿在你怀里永安她的魂灵!"

我还注意到一点:正是1925—1926年间和1935—1936年间,鲁迅创作出现了两个高峰:鲁迅的《野草》、《朝花夕拾》、《彷徨》(部分)、《故事新编》、《夜记》(生前未编集)都写于这两个时期。而《无常》和《女吊》正是鲁迅散文的两大极品。这些事实大概很能说明,鲁迅的死亡体验、童年民间记忆和他的文学创作之间的联系;(板书:死亡体验,童年民间记忆,文学创作)而"鬼"的描述正是这三者的联结点:《无常》《女吊》的意义和价值就在于此。

最后,还要补充一点,鲁迅这类谈鬼文章写作上的一个特点。以《女吊》为例,我们刚才已经谈到,文章最重要、最精彩的文字是关于女吊的出场和表演那两段,这构成了全文的一个核心,我们可以称作"文核",(板书:文核)那是极具冲击力的文字,给读者留下了难忘的强烈印象。但同学们可以数一下,作者写了多少字:不过九行,而全文却有一百二十八行,也就是说,"文核"只占百分之七的篇幅。其余那么多的文字干什么去了?一是作铺垫。(板书:铺垫)你看,单是女吊的出场,就作了多少铺垫:由"起丧"仪式,到火烧鬼、淹死鬼徐徐登场;以为女吊就要出来了,上场的却是男吊;最后,才是"千呼万唤始出来"。但一出场,就满堂喝彩;但刚喝彩,就结束了。正是:该蓄力就慢慢蓄力,该发力就突然发力,该收力就猛然收力,(板书:蓄力,发力,收力)完全控制在自己手里。(板书:控制)铺垫之外,还有大量的笔之所至,随意发挥。(板书:笔之所至,随意发挥)光是"女吊"这个名称,就作了一大番考证;写了女吊的打扮,就顺便议论起当下的"时式打扮",等等等等。这就是我们前面讨论过的文章的"闲笔",这样的闲笔里的枝枝蔓蔓,就增加了文章的知识性、趣味性,就可以做到有张有弛,摇曳而多姿。但也不是放马乱跑，而是随时可以拉回来，即所谓"收放自如"。（板书：有张有弛，收放自如）——这就是我们说的"散文"。鲁迅的写作，给我们提供了很好的范例，值得好好琢磨。

谈完鬼，应该"说神"了。（板书：说神）但时间已经不多了，只能简要地说一说。

鲁迅写神的文章主要集中在《故事新编》里。我曾经说过，《故事新编》是鲁迅一个奇思异想的产物：那些神话里的"神"，还有历史与传说中的英雄、圣贤，如果有一天还原为普通老百姓，会有什么遭遇和命运？反过来，如果一个普通的人，有一天突然被神化了，又会发生什么事呢？鲁迅关心的，是"人"与"神"，"普通人"与"英雄、圣贤"的相互转化所发生的故事。（板书：人和神，普通人和英雄、圣贤）

我们先来读《奔月》。小说里的主人公羿，（板书：羿）原来是一个射日的英雄，也可以说是一个神吧。天上有十个太阳，老百姓被晒得受不了了，是羿运用他的神力，把九个太阳射了下来，留着最后一个保证人的生存发展。对于这样一个为人间办了好事的英雄神，鲁迅并没有写他当年所创造的丰功伟绩，而是写他射下九个太阳以后，同时也把天下的奇禽怪兽也都射死了，他再也无处可以施展自己的神力，就由神变成了一个普通人，于是就遇到了许多意想不到的问题。

首先是生存问题。尤其是他的夫人嫦娥是天下第一美女，珍禽打不着了，就只有每天请她吃"乌鸦炸酱面"，夫人大发脾气了。这一天一大早，嫦娥就蛾眉直竖，对羿说："今天你给我吃什么？乌鸦炸酱面我吃腻了，必须给我找到别的东西，否则就不准回家。"这就是所谓"妻管严"，是普通老百姓生活里很常见的事情。就像天下所有的丈夫一样，羿也只得听夫人的话，骑马到几百里之外。他远远看见一匹飞禽,像是很大的鸽子,非常高兴,一箭射去,那"鸽子"应声倒地。但就在他赶过去想拾取猎物的时候,被一个老太婆一把抓住。原来他射中的是一只鸡,而老太婆正是鸡的主人。"赔我鸡来!""这鸡我已经射死了。""那不管,你得赔。"羿没有办法了,就把身上所有值钱的东西都给她了。"不行,还不够。"羿万般无奈,只有亮了身份:"你知道我是谁呀?""我管你是谁?""我是羿呀!"没料到老太婆反问道:"羿是什么东西?"人们已经把当年射日的神彻底遗忘了。最后只好答应说:"明天这个时候我准时来,拿更好的东西给你。"这样,羿才好不容易脱了身。

但刚走没多远,只见远处一枝箭飞过来,这是他当年的学生逢蒙射来的:连学生也背叛他了。

好不容易摆脱了逢蒙回到家里,却接到仆人的报告:"夫人跑了",这就是著名的"嫦娥奔月"。——连老婆也背弃自己了。

羿真正地愤怒了,大喊一声:"拿我的射日弓来!和三枝箭!"他要射月了。这里,鲁迅有一段很精彩的描写,我们一起来读——

> 他一手拈弓,一手捏着三枝箭,都搭上去,拉了一个满弓,正对着月亮。身子是岩石一般挺立着,眼光直射,闪闪如岩下电。须发开张飘动,像黑色火,这一瞬息,使人仿佛想见他当年射日的雄姿。

请注意:羿的形象依然是黑色的。可以说是"神姿"仍在吧。但不可回避的事实却是当他褪去神的光彩,还原为普通人,他就不能避免被遗忘、被背叛、被遗弃的命运。这其实是一切为老百姓做好事的先驱者(也包括鲁迅在内)的命运:神的命运背后依然是人的命运。

最后剩一点时间,再来说说《理水》,而且也只能从一个角度来说。《理水》讲的是大家都很熟悉的大禹治水的故事。鲁迅塑造大禹的形象，一个最大特点是强调他的平民性。但鲁迅最独特之处，却在对大禹功成名就"以后"的命运的描写。首先是称呼变了，不再叫禹，而是"禹爷"——大禹成了"爷"了。大街小巷都在传诵禹爷的故事，而且越说越玄，越说越神。说他夜间变成一头熊，用嘴和爪开通了九条河；说他把天兵天将请来，把兴风作浪的妖怪压在山脚下。这样，在老百姓的传说中，大禹被神化了。本来治水对于大禹来说，是一件利国利民的严肃的事，现在却变成了老百姓聊天、谈笑的神话故事。于是就出现了万头攒动，争相看禹爷的场面，这也就意味着，大禹治水的意义同样被遗忘，其价值同样消失殆尽。从表面上看，大禹是热闹的，不像羿那样寂寞，但他是热闹中的寂寞，是更具悲剧性的。而且大禹自己也不可避免地变了，他本来的穿着是相当平民化的，现在成了"禹爷"，就必须穿上漂亮的官服。面对这样的人被神化以后的异化，鲁迅内心的悲凉是无以言说的。

无论谈鬼说神，鲁迅关注与思考的中心，始终是鬼、神背后的人。

附：学生作业

我读《铸剑》

我第一次阅读《铸剑》，曾惊讶于对眉间尺砍下的头颅的描写："秀眉长眼，皓齿红唇。"如此美艳的头颅，却肩负着复仇的使命。而这种美又是建立在残破的肢体上的，正如废墟上盛开的鲜花，充溢着"恶之美"，不能不让人震惊。然而，我们发现在眉间尺出场时，却未曾有过如此细致的外貌描写，甚至于在复仇的路上，眉间尺还是"肿着眼眶"的，如何在自刎之后却变成了一位美少年？

我们注意到，在小说的开头，眉间尺表现出了性格中善良、犹豫、软弱的一面。但在自刎之后，这一切似乎都不复存在，剩下的只是美艳背后近乎邪恶的诱惑和对对手的残忍。看来，自刎是一个转折点，是性格转变的外化。他的头颅与身躯分离的同时，性格变软弱、善良的部分也被分开了，善良似乎也不再成为一种美德。眉间尺似乎变成了一个邪恶的天使。但他身上天使的一面真的消灭殆尽了吗？他在与王的对战中处于下风，是因为王的狡猾，还是他本性里残存的怯懦？在他的咀嚼肌一张一合的撕咬之中，是否又体会到了杀老鼠时的感受？眉间尺毕竟只有十六岁！

复仇的主角是眉间尺，复仇的策划者与执行者却是另一个人——宴之敖者。鲁迅对他的描写是一个"黑"字。平心而论，这样的描写不能算很突出，古代多少侠义之士都是一身黑色的。直到在杉树林边写了他的"两点磷火一般"的眼光，才让读者明白：这不是一双普通的眼，是从地狱里来的眼；这不是普通的侠士，这分明是一位地狱来客。

进一步，在宴之敖者与眉间尺的对话中，我们发现，原来，这场复仇是将正义、侠义排斥在外的："仗义、同情……我的心里全没有你所谓的这些，我只不过要给你复仇！"黑衣人（也是鲁迅）所关心的，只是复仇本身。甚至，我们可以从黑衣人的语言中听出他对复仇的渴望，正如鲨鱼对血腥的敏感。这时再看他一身黑，似乎又有了一些神秘感。再配上他的冷峻的外表，"鸱鸮"一般的声音和那几首神秘的歌，我们似乎同样能感到一种诱惑力。和眉间尺的诱惑一样，带给人的是对复仇本身的渴望，一种恶的力量。这两个人后来的表现是如此的相像，使我们可以做出这样的假设：黑衣人正是眉间尺的复仇性格的一个升华。

　　复仇的对象是王。一方面，鲁迅详细描写了他的铺张，他的荒淫无度；另一方面，却对他的外貌模糊化，连名字也模糊，是只用了一个"王"字。我想，这不应该只是想用他代表统治阶级，而是想用他代表普遍的被复仇者，或者说是普遍人类，因为如前文所说，这场复仇已经摒弃了正义、善恶。进一步，我们可以把复仇看作是一种人生态度的象征，象征着抗争，不妥协，对对手的不妥协，人与人之间的不妥协，人和自然的抗争，人与社会的抗争，甚至是灵魂与肉体的抗争。所谓的"复仇"，不论成败，也许正是人类存在的意义。

　　终究说来，《铸剑》仍是一部悲剧。它的"悲"，不在主角的死去，而在于结尾"看客"的出场。复仇者并没有打败被复仇者，被复仇者也没有打败复仇者；最终的胜利者属于看客们。这场摒弃了善与恶，跨越了生死的复仇终于在看客的目光中变得毫无意义，变成了一出荒诞的滑稽剧，空中飞舞的一张苍白的废纸，或者，用米兰·昆德拉的话说，这场复仇成为了"不朽"。这种不朽，是一种无奈，一种痛苦，它的存在，宣告了人性的死亡。

　　然而我相信，鲁迅是不会如此悲观的。尽管我找不出足够的证据，但我仍然记得这样的一段描写："（黑色人和眉间尺的头）待到知道王头确已断气，便四目相视，微微一笑，随即合上眼睛，仰面向天，沉到水底去了。"这样的境界，似乎让两位地狱的复仇者变为了升天的圣徒，又好像圆寂的法师。这似乎是在告诉我们：只有通过复仇的抗争，才能达到真正的内心的平静。

（南师大附中高二2班　陈桦）

评语 这是真正的读书"心得"，它是你自己的独特体味与理解，而且有深度，并自成一说，因而难得可贵。　钱

第六讲 | 生命元素的想象

我们这堂课将从另外一个角度，进入鲁迅世界：鲁迅的想象力，而且不是一般的想象，是对生命元素的想象。（板书：鲁迅对生命元素的想象）

大家知道，大概从远古时候起，人们就开始讨论：这个世界生命的源泉是什么，生命的基本元素是什么？有的人认为是火，有的人认为是水，有的人认为是空气，等等。按中国的传统说法，就是金（矿物）、木、水、火、土。于是，就有了关于基本生命元素的文学想象，有人说，这是对"高度宇宙性形象"的想象。

古往今来关于这样的生命基本元素的文章可以说是多如牛毛，写火的，写水的，写土的，几乎是写不尽的。在某种程度上，怎么想象火、想象水、想象土，是最具有挑战性的，最能激发创造力。如果大家要比赛谁的文章写得最好，就可以以此为题，你能写出一个和别人不一样的火，这就是你的本事。这是一个很好的考题，能考出你的想象力、创造力、驾驭文笔的能力。有一年清华大学尝试自主招生，我就出了这么一个题目：找三篇不同国家、民族描写"火"的文章，比较它们的不同，然后自己写一篇描写火的文章。

我们现在就来作试验，现场考考大家：如果是你，你会怎么写？

学生一 火会把人的生命吞噬，我想到了战争、毁灭。

学生二 火有威严，不容易接近；但火又给人以温暖。

学生三 我想到了小小的烛火，那跳动的火苗十分可爱。真想用手去抓。但第一你的手不能接近它，第二即使接近了你也抓不住它。小的烛火是可爱的，但如果变成大火，整个房子都被烧的时候，你的第一个反应是逃离它。但当你脱离了危险，站在远处看那熊熊燃烧的火焰，你又会觉得很壮观。

钱 同学们的想象和描写都很好。看来，火的内涵相当丰富，人和火的关系也很复杂，人在不同的情境下，对火的观察和感情也都不一样。这就为我们想象火，提供了非常广阔的空间。不过，时间有限，我们不能这样无限地想象下去。就留给同学们到课外继续想象吧。

我们现在来读发给大家的阅读材料。这里有一首《炉火之歌》，哪位同学来朗读。

学生四（朗读）

是的，我们安全而强壮，因为现在

我们坐在炉旁，炉中没有阴影，

也许没有喜乐哀愁，只有一个火，

温暖我们的手和足——也不希望更多；

有了它这坚强、实用的一堆火，

在它前面的人可以坐下，可以安寝，

不必怕黑暗中显现游魂厉鬼，

古树的火光闪闪地和我们絮语。

钱 你读的时候，有什么感觉？

学生四 我觉得很温暖。

钱 你有没有注意到这两个词："安全"和"安寝"……

学生四 对了，还有一种安全感，"不必怕黑暗中显现游魂厉鬼"。

学生五 我觉得这首诗写得最有诗意的，是最后一句："古树的火光闪闪地和我们絮语"。把劈柴想象为"古树"的幽灵，人类老祖宗的幽灵，在闪闪的火光中和我们低低絮语……

钱 是不是有一种既神秘又温馨的感觉？这首诗选自美国作家梭罗的《瓦尔登湖》，你到美国和欧洲国家的老式家庭里，都会看到古老的大壁炉，晚饭后，全家围炉闲话，直到深夜。因此，对欧美人（至少是老一代的欧美人）来说，谈到火，首先想到的是"炉火"。那是和家庭的温暖、温馨、安宁、安详、安稳、安全联系在一起的。围炉闲话，不仅是家人谈心，也是和古老的家族絮谈的机会。也就是说，炉火是具有"家园"的意味和意义的，对炉火的描述里，寄寓着对古老、安详、温暖的生命的向往。——所以说，火的想象背后，是有一种文化做背景的，不同国家、民族的文化，不同时代的文化，会有不同的想象。不同的生命个体更会有不同想象。

现代人，包括现代的中国作家，他们在写火的时候，常常把火想象成一个健康活泼的生命，无拘无束的，自由创造的生命。表现这方面的活的生命想象的作品很多，就不再举例了。

但鲁迅却选择了"死火"，停止燃烧的，失去了生命的火。不是从单一生命的视角，而是从生命与死亡的双向视角去想象火。（板书：生命和死亡的双向视角）——这是非常奇特的，而且是鲁迅所独有的。

于是就有了"我"的一个梦，"我"和"死火"的一次奇遇。（板书：奇遇）

我们一起来读这篇《死火》，看奇遇如何发生，"我"有什么奇异的发现、感受和思考，最后的结果如何。

我梦见自己在冰山间奔驰。（注意："奔驰"是一个动态，和后面的静态,形成"一动一静"的对比。)

这是高大的冰山,上接冰天,天上冻云弥漫,片片如鱼鳞模样。山麓有冰树林,枝叶都如松杉。一切冰冷,一切青白。(青白是死亡的颜色。但并不让你觉得恐怖,反而给你非常安宁的感觉。)

但我忽然坠在冰谷中。(先是拼命地跑,又忽然坠下,我们平时就经常做这样的梦。我怀疑鲁迅真的做了这么一个梦,不过后来的情节有发展,就有了鲁迅的想象。)

上下四旁无不冰冷,青白。而一切青白冰上,却有红影无数,纠结如珊瑚网。(注意:红色出现了,生命的颜色出现了,在死亡颜色的上面出现了生命的颜色。)我俯看脚下,有火焰在。(这里有颜色的转换,先是一片青白,然后是红色的出现,在死亡和生命的颜色的转换中,我发现了死火。)

这是死火。有炎炎的形,但毫不摇动,(这正是死火的特点:看起来是动了,但是它是不动的。)全体冰结,像珊瑚枝;尖端还有凝固的黑烟,(这里又写到了颜色,白色、红色之后出现了黑色。)疑这才从火宅中出,(人在火宅中被烧是非常痛苦的。)所以枯焦。这样,映在冰的四壁,而且互相反映,化为无量数影,使这冰谷,成红珊瑚色。(瞬间,一片青白变成一片红色:注意色彩的变幻。)

哈哈!(这哈哈声是神来之笔,别的作家都不会这么写。这是鲁迅写文章的特点,情之所至,文字自然流出,而全然不管是否符合写作规矩。)

当我幼小的时候,本就爱看快舰激起的浪花,洪炉喷出的烈焰。(这些都是活的。)不但爱看,还想看清。可惜他们都息息变幻,永无定形。(注意这"息息变幻,永无定形"八个字,这是生命的特点,每一个瞬间都在变,刚要看清,它又变了。生命的本质是不间断的死亡，又不断新生。）虽然凝视又凝视，总不留下怎样一定的迹象。（因为它瞬息万变，每一个瞬间既是生，又是死，留不下来。）

死的火焰，现在先得到了你了！（"我"终于看到"你"了，"你"不动，"我"可以抓住"你"了。下面就是写"我"和死火的接触，"我"把死火抓住了是什么感觉，看他是怎么写的。）

我拾起死火，正要细看，那冷气已使我的指头焦灼；（注意"焦灼"这个词，一般情况下，火焰会使人有焦灼感，但这里却是冷气使"我"的指头焦灼，这是真实的：最冷的时候，也会有焦灼感。在鲁迅看来，冰会有火的感觉，冰和火有不容的一面，但同时也是相容的。）但是，我还熬着，将他塞入衣袋中间。冰谷四面，登时完全青白。我一面思索着走出冰谷的法子。（这里的色彩又变了，红色又变成了一片青白。）

我的身上喷出一缕黑烟，上升如铁线蛇。（鲁迅从来就是喜欢蛇的。）冰谷四面，又登时满有红焰流动，如大火聚，将我包围。（"红焰流动"四个字值得推敲，火焰一般是向上跳跃的，现在却如水一般向四边流动了。）我低头一看，死火已经燃烧，烧穿了我的衣裳，流在冰地上了。（写死火和"我"的身体接触，感觉非常奇特：从冰的冷气里感受火的焦灼，火竟如水一般流动。这里隐含了鲁迅对水与火这样的生命元素的理解：它们相互依存，又相互渗透。这本来就够奇的了，下面又有了一场神奇的谈话，而且是关于人生哲学的对话。）

"唉，朋友！你用了你的温热，将我惊醒了。"他说。

我连忙和他招呼，问他名姓。

"我原先被人遗弃在冰谷中，"他答非所问的说，"遗弃我的早已灭亡，消尽了。我也被冰冻冻得要死。倘使你不给我温热，使我重行烧起，我不久就须灭亡。"

"你的醒来，使我欢喜。我正在想着走出冰谷的方法；我愿意携带你去，使你永不冰结，永得燃烧。"

"唉唉！那么，我将烧完！"

"你的烧完，使我惋惜。我便将你留下，仍在这里罢。"

"唉唉！那么，我将冻灭了！"

"那么，怎么办呢？"

"但你自己，又怎么办呢？"他反而问。

"我说过了：我要出这冰谷……"

"那我就不如烧完！"

　　这里提出的是一个或者"冻灭"或者"烧完"的生命选择问题；（板书：冻灭，烧完）而死火做出的选择是："与其冻灭，不如烧完。"这是什么意思呢？在"冻灭"和"烧完"的背后有一个生和死的关系问题。在生和死的对立中，死亡更加强大，任何人都逃避不了死亡，因此，不管"冻"还是"烧"，结果都是"灭"和"完"，生命的尽头就是死亡，这是每一个人都逃脱不了的结局和命运。但问题在于，从"生"到"死"的路上，我们的生命有没有选择的余地？当然有，这就是"冻"与"烧"两种不同选择。选择"冻"，就是把生命冻结了，什么事也不做，在哲学上就是"无为"，这样的无为的生命是没有任何意义的；另一种就是"烧"，知其不可为而为之，总要努力，总要挣扎，总要燃烧。虽然最后还是"烧完"，但在燃烧的过程中，却发出过灿烂的光辉；而冻灭，永远不动，一事无成，生命没有发过光就熄灭了。这其实是一个古老的人生哲学命题：所谓"冻灭"就是"无为之死"，所谓"烧完"就是"有为之死"。（板书：无为，有为）这两者是有着不同价值的，其背后是有一个生命价值观的：生命的价值不在结果，而在过程；结果都是死，但过程不一样，就有不同价值，也就是说，我们要追求的是生命过程中的价值。这个问题说起来好像有些抽象，其实并不难理解：同学们所熟知的奥林匹克运动精神，不是强调"重在参与"吗？不可能每一个运动员都拿奖牌，"虽然我名落孙山，但是，我参与了，这就够了"。死火最后说："与其冻灭，不如烧完。"所要选择的就是积极参与，知其不可为而为之的人生态度。

他忽而跃起，如红彗星，并我都出冰谷口外。有大石车突然驰来，我终于碾死在车轮底下，但我还来得及看见那车就坠入冰谷中。

"哈哈！你们是再也遇不着死火了！"我得意地笑着说，仿佛就愿意这样似的。

这个结局很出乎我们的意料。这个大石车是有象征意义的，象征着黑暗的反动的势力，这也表达了鲁迅的一个思想，就是我与其这样活着，不如和这些黑暗的势力同归于尽。于是又发出了"哈哈"的笑声："你们再也遇不着死火了！"我已经彻底地摆脱了，我死了，可是我自由了。这死火的"哈哈"，我给它起了一个名字，叫作"红笑"。这意象也是非常奇特的。

这确实是一篇奇文：奇特的想象力，奇特的创造力，对生命的奇特感悟，奇特的美，以及背后深刻而奇特的思想。（板书：奇特的美，奇特的创造力）

于是就引发出了许多的思考和联想。学术界讨论得最多的，是"死火"的象征意义。大体上有三种意见：一是象征"青年"，一是"曾经的革命者"的象征，一是鲁迅的自况。同学们也可以发表自己的意见，谈谈你对《死火》的感悟。

学生六 读这篇《死火》，我首先想到的是青年。青年没有热情，冻结了，国家就没有希望了；但青年真的烧起来，最后却不免牺牲，而青春的毁灭，又是鲁迅所绝对不能接受的：这反映了鲁迅面对青年，内心的矛盾和痛苦。

钱 《野草》里还有一篇《希望》，讲的就是"我"发现"世上的青年也多衰老"，也就是他们的生命已经冻结，"我"只能独自和"暗夜"肉搏，因此感到非常"寂寞"。——这大概可以作为你的观点的一个佐证吧。

学生七 我还是倾向于把死火理解为革命者。当时的社会不允许革命者存在，革命者的感觉就像在"冰谷"里一样，没有任何人给他们以温暖。他们的选择，一是继续革命，结果是"烧完"，一是放弃理想，甘于在浑浑沌沌的平庸生活中"冻灭"，最后的选择是和"大石车"同归于尽。

学生八 这样理解太消极了吧。在我看来，死火也是火，就算是被冻住了也是火，只要有条件还会烧起来。而且即使被熄灭了，还有别的火继续燃烧，这就是中国古诗里说的："野火烧不尽，春风吹又生。"

学生九 我不赞成去分析象征意义。我觉得这是反映了一种矛盾的心态，一种选择的困惑。很多事你想做，却不能做，不敢做，或者做了却失败了，一次又一次的挫折，就"心如死灰"，绝望了，什么也不做了；但又不甘心就这么"冻灭"，又反过来选择继续燃烧；但又明明知道燃烧也是"完"，还是摆脱不了绝望。最后的选择是："与其冻灭，不如烧完。"心里绝望也要烧，烧完时，就拉着敌人一起完。

钱 我赞成你的意见，这就是鲁迅的"反抗绝望"的人生哲学：即使绝望也要反抗，而且要反抗自己的绝望。这就是知其不可为（因此绝

望）而为之（反抗绝望）。（板书：反抗绝望，知其不可为而为之）

因为时间的关系，我们的课堂讨论就暂时到这里。同学们有兴趣可以在课外写"读后感"，或者做你自己的文本分析。像《死火》这样的文本，内涵非常丰富，可以引发许多的联想，是有很大的发挥余地的。这就是我们在"单元读写活动建议"里所说："数学可以一题多解，文学作品也可以，而且应该提倡从不同的角度去解读。鲁迅作品内涵十分丰厚，更是可供'多解'的开放性的文本。本单元以'生命元素的想象'的视角去观照鲁迅《野草》里的作品，于是就有了许多感悟和体认；但单一的视角可能遮蔽了作品中也许是更有意思的东西。你是否可以换一个视角，对其中一两篇做出你自己的另一种解读，并且和同学一起交流。"我们说对火的想象是对人的创造力、想象力的一个挑战，同样，对作品的解读也是对大家想象力、创造力的挑战。我希望同学们对我挑战，你也讲一个你理解中的《死火》或《野草》里的其他作品，我们大家一起讨论。

（第二次课）

今天我们改变上课的方法，不由我一个人讲，请两位同学上来讲一讲他们对鲁迅的《雪》和《死火》的新的见解。

学生十 我读《雪》

我在读了鲁迅《雪》之后，产生了一个非常强烈的感觉，他的这一章虽然文字很短，但是里面充满蓬勃的生命意识。

首先第一点，就是文章中洋溢的动感。我读文章第四段，脑子里马上跳出"动感"这个词语。"在晴天之下，旋风忽来，便蓬勃地奋飞，在日光中灿灿地生光，如包藏火焰的大雾，旋转而且升腾，弥漫太空，使太空旋转而且升腾地闪烁。"这样的视觉冲击是相当强烈的，雪不仅在天地间飞腾，而且冲出了太空，使太空也跟着旋转而且升腾，这都让我们感觉到生命的无尽的力量，很强的动感，让我们对生命产生一种敬仰。

第二点，我想谈的是，这篇文章中随处都流露出的生机和对生命的爱，主要是三个地方的描写。首先是第一段，一种颜色的组合：血红的宝珠山茶，白中隐青的梅花，深黄的腊梅花，还有冷绿的杂草。读到这里我的第一感觉是，色彩是掩盖不住的，不管雪有多厚，有多白，也掩盖不住。那么再往下想，万物的生机也是无论什么都掩盖不住的。其次是对孩子们堆雪罗汉的情景的描写。孩子就是一个个天真的生命，鲁迅对新生的生命是珍爱的，对于孩子的感情也是非常单纯的，他不像平时写中国国民的时候，可能流露出哀其不幸，怒其不争的那种感觉，但是他对孩子是绝对不会产生那样的感觉的，他对于孩子的感觉完完全全是单纯的爱和期望，从这里我们可以读出一种温馨。其三写孩童堆雪罗汉，一群年幼的孩子，用自己的小手创造一个新的生命，而且他们把雪罗汉当成一个真的人，去访问他，和他拍手，点头，嬉笑，这里我仿佛能听到孩童们和雪罗汉之间无邪的生命的对话。鲁迅在这里给我们展现出一个纯美的画面。如果说，前面写色彩交融给我们的是一个视觉的震撼和心灵的震撼的话，那么，写这些孩子堆雪罗汉的情景，就给我们更多的感动。这两者共同的作用就是能够用一种很现实很真切的画面激起我们对生命的热爱和向往，同时进一步唤起我们每个人的生命意识。

第三点，想谈谈鲁迅实际上是把自己的感情融入了他对雪的描述中，这是一种相当个性化的写作。我们可以看一下文章的结尾一段，"是的，那是孤独的雪，是死掉的雨，是雨的精魂"。我觉得这句话，至少可以引起我们两个思考：雪的孤独从何而来；为什么把雪说成是死掉的雨，又比喻成雨的精魂？我谈谈自己的看法。雪的孤独何来？我在思考这个问题的时候，就想起了我们常常说的一句话："阳春白雪，下里巴人"，雪是一个比较高级的形象，而高尚的往往不能被庸常所理解。我们可以由此推测到鲁迅本人，我们知道鲁迅他对中国国民性的认识应该是相当深刻的，他至少看到了国民性的弱点，并且预见到这些弱点将来会带来的危机，这些都构成了他思想中的远见。他这里写雪也是希望自己不仅能像雪一样旋转升腾闪烁，而且更应使整个太空一起旋转升腾闪烁，他心中怀有火一样的热情，希望改变民族的命运。但是在现实中他所面对的是一群麻木而且冷漠的国民，他是势单力薄的。所以先知先觉常常是孤独而痛苦的。鲁迅在这里表现出来的不仅是雪的孤独的生存状态，更是他自己的孤独的生命状态，他把他自己的生命的情感都投入进去了。

再说鲁迅关于雪和雨的关系的思考。可以把雨转化成雪的过程，想象成一个动态的生命转化的过程，也是一个凝聚成一种强大生命力的过程。我们可以想象一下，雨不可能在太空中旋转奋飞，它只有转化成雪以后，才具有那飞翔的动力；而同时雪又是易化的，所以它的生命不可能长久。所以说雨凝聚为雪的过程，是一种牺牲，也可以说是一种升华。鲁迅对雪的价值和意义还是持肯定态度的，因为从这句话当中可以读到他对雪的讴歌，也可以感到鲁迅自己的信仰和信念。总而言之，我认为，在鲁迅的观念里，雪是高于雨的，而且北方的雪在某种程度可能更贴近鲁迅的灵魂。

最后我想讲一下，我在读这个《雪》的时候产生的一个联想，我突然想到了中国古代诗人李白的一首诗《独坐敬亭山》。李白写这首诗的时候，正是他的政治理想遭受破灭的时候，他经历了人生的酸甜苦辣，内心深处就产生了"世人弃我"的孤独感。所以他写这首诗，是借山来写他自己的感情，山本来是一种无情之物，但是在诗人的眼中，什么都走掉了，天地间只有山与他静静对坐。这既是李白和山的性情的吻合，也是感情的交流，其实，李白在这里是把山和人同化了，山就是人，人就是山，山的个性就是人的个性，人的个性就是山的个性，他借山表达自己的孤独和傲岸的个性和情感。那么鲁迅呢，他当时所处的状态和李白是有一点相似的，他在写雪的时候同样是把自己的灵魂融入到雪中去，鲁迅把雪的形象赋予了自己，而把自己的灵魂给了雪。把李白的诗和鲁迅的这篇文章放在一起，其实是有点可比性的，它可以加强我们对鲁迅文章的理解。

钱 她讲得不错，她是从生命的意识的角度来解释的，她特别强调了她感受到鲁迅更像北方的雪，这和我们大家的感觉差不多。她拿李白的诗来比，也很有启发性。李白和山是静态的相对，而鲁迅和雪则是动态的相融后的腾飞。既有相同的地方，有孤独感，有大自然的那种感受，同时也有不一样的地方。

下面我们再请一位同学谈他对《死火》的理解和联想——

学生十一 我看"冻灭"和"烧完"

死火在冰谷里活着，似生非生，处于似死非死的这样一个状态。这是不能持久的，必须做出一个选择。如果不愿意苟活，就只有走出冰谷燃烧，然后烧完。燃烧是痛苦的，是彻心、彻骨、彻灵魂的痛苦，全身无情的被烈焰吞噬，鲜血与火焰一样的红，是轰轰烈烈地死去，而不是平平淡淡地永生。

然而对鲁迅而言，这不仅是个人有为与无为的选择问题，而事关民族的前途。火应该是我们这个古老民族的古老生命的图腾，火的喧腾，火的跳跃，显示的是民族的生命活力。红色是所有色彩中最接近太阳本色的色彩，火红宣泄着我们的生命激情：钟爱，尊崇，祈愿，热忱，愤怒，呐喊……但是这火红已经越来越少，越来越淡，似乎只剩下了祭祀案子上的那供品上的一点红。

　　我们的民族怎么了？也许是千百年里中国人经历了太多的风风雨雨，似乎一切都看得开了，到了无喜、无怒、无嗔的境界，好像没有什么值得关心的了。好奇心丢失了，同情心麻木了，连欲望也开始冻结了，无论遭受多少屈辱和苦难都无法触及他们的坚硬的心，甚至连挣扎都忘记了。他们念着明哲保身的古训，或者根本没有听过一句古训，都但求活着，没有爱，没有恨，没有尊严，麻木地活着，只求苟活。于是有了阿Q，有了鲁镇的居民，有了华老栓，眼睁睁地看着同胞被杀，仍然能够无动于衷地活着。面对国民精神的"冻灭"，面对民族精神的"冻灭"，鲁迅忧心如焚。"冷气已使我的指头焦灼"，这只是指头的疼痛吗？那是鲁迅内心中无比的焦灼，这个被遗弃在冰谷的火种，难道就是这样被熄灭了吗？然而总有一些火焰是不会熄灭的，就像鲁迅心中的烈火。

　　钱 这位同学依据自己对《死火》的理解，联想到整个中国的历史和现实，算是他个人的读后感，也是他的一个创造性发挥吧。当然，其他同学也可以做另外的发挥。这也就是说，鲁迅的作品是最能激发我们的想象力的，读鲁迅作品也需要一定的想象力。鲁迅自身的想象力和我们每一个读者的想象力结合起来，就使得鲁迅作品获得了巨大的阐释空间，这也是鲁迅作品的魅力所在吧。

附：学生作业中的多样解读和发挥

在"烧"与"冻"之间徘徊

喜欢"'那我就不如烧完！'他忽而跃起，如红彗星"这个结尾。虽有些感伤，但骄傲和欣喜压过感伤，并能引发思考：关于生和死的意义。

有人说：死火烧掉自己多么不值得，只为了一瞬的光辉，得不偿失。真的这样吗？我一直认为，只盯着终点的运动员不会创造奇迹，因为他们眼里只有输赢。突然想到海明威的《老人与海》，圣地亚哥像真正的战士，与鲨鱼搏斗，最后拖回一副空空的巨大骨架。于是又有人说"得不偿失"，那又怎样？谁来决定得与失？要知道，老人正梦见狮子！

死火以生命为代价，换来了如红彗星般的光明。历史上有太多太多的同样的人，为了自由，为了正义，为了祖国，牺牲自己而不悔。但我们身边似乎有更多的人，为了一己私利，日夜奔波而消耗着自己的生命，这也是一种"冻灭"，也许比"烧完"能多存活一段时间，但这样的麻木的苟延残喘，没有意义，没有真正的快乐，还是"烧完"来得灿烂啊！

是的，选择就是一种放弃：选择"冻"，得到安逸，放弃了生命的真谛；选择"烧"，也许失去了安逸，得到的是幸福，是骄傲的人生。当选感动中国十大人物的年轻大学生徐本禹，放弃了留校当研究生的机会，到深山当教师，生活的种种不便，深夜的孤独……他全部咬牙承受了下来。他是真正的智者，他是苏醒的死火，他选择了燃烧自己。他的生命因此而发光，并且刺痛了我们的眼睛，让无数的中国人流下泪来。

"烧"和"冻"之间,你选择哪一个?

(北师大实验中学高二14班 余佳音)

评语 这其实是一个"人为什么活着"的人生大问题,它是需要思考、追问与实践一辈子的。 钱

火与生命

人们想起火,总是想起希望,想起热情,想起激烈,而我总是想起永恒。

它们总是在灰烬中重生,总是不受时空的限制,在每一个能够燃烧的地方,放出它的光芒。

每一次激烈的碰撞,都成为它的机会。纵然人用水浇灭了火,纵然火苗不再跳动,但只需再一次碰撞,它又会重新发热发光。

火的永恒是一种坚强不息,是一种隐忍,更是一种低调的伟大延续。

生命也是。不,生命更甚。活的存在是亘古不变的。生命除了拥有火的永恒,火的延续,它更追求自身的不断完善。在比火还要短暂的历史中,生命从细菌繁衍到人类,从微不足道到和自然和谐相处,更是伟大的奇迹。

我赞美火,更赞美生命。

(北师大实验中学高二8班 周为雨)

评语 注意到火的永恒性,这是你的一个发现。 钱

死火和死水

鲁迅先生笔下的"死火",我看并不可完全称作"死"。火的生命在于跳跃的热量,而真正的死火应该是完全灭尽的火,如同一个烧尽的火把留下的炭灰,不冒一丝烟,甚至没有了热度,再没有复燃的可能,这才是真正的死。而鲁迅先生梦中的冰谷里炎炎的形,不过是火的休眠和缄默罢了。作者将火与水这并不相容的两者放置在同一个梦境中,让僵化的火在冰的怀抱里接受死亡,的确是奇丽的幻景。火焰一旦静止下来,便已经劫数难逃。作者给我们展现的,正是一段等待着死亡的似乎静止着的沉默。而这静止,却无法遮掩着自然与生命本来的跃动,火被冰吞没,冰也会被炽热的火融化,在这一种往复中,才有时代的更替,生命的代谢,物种的进化。鲁迅先生把进化的一个片断放慢下来,更加叹出了时空的飞逝,"死火"的命运停顿代表着痛苦的抉择过程,生命没有停顿的安逸,世界和人总要有一条出路,不过选择不同罢了。

这让我想起了闻一多笔下的"死水",确与这"死火"有几分貌似。首先它们都被冠以"死"字,就是不流动,缺少生命的特征。不过貌虽似则神离,且是背向而驰的。"死火"是垂死的冻火,它明白了自己的终往,倒反有了选择的机会和勇力,无非冻灭与烧完,痛苦伴随生命的结束而结束,一切来得很简单。而"死水"则不同,一汪死水,多半是要腐败的,寄生虫们在这儿安居乐业,恶臭往往总招来更臭的败物,"死水"像是被玷污过的垂死的神灵,神似乎是不死的,可"死水"的一切迹象都是向着死亡发展的,所以"死水"忍受的不仅是被不断玷污的痛苦,而且时刻辗转于死与不死之间,寻不着命运的终点,在两难里越发的迷茫。彻底的死,似乎很难;不死只有把自己弄干净，可自己早与败物相融。所以我认为这"死水"比"死火"更带悲剧性。

"死火"与"死水"分别代表着觉醒者和觉醒者所在的社会，觉醒者绝望得反抗，用生命的消逝消灭自己的污秽，净化着这一汪死水。

觉醒比睡着痛苦，醒了，睁了眼看到了，包括自己与自己身边的人痛苦的死去的过程，我们对这些民族的先觉，理解胜过盲目的顶礼。

（南师大附中高二12班　李嘉）

评语 将"死水"引入，确实可以加深对"死火"的理解。赞成你的观点："对民族的先觉，理解胜过盲目的顶礼"。　钱

一点联想

我读《死火》，想起了史书记载的一个故事——

魏晋之际，曾有一位大名士为了躲避黑暗的时局，入深山追随一名隐士，希望从此忘怀物我，学道求仙。这名隐士就是《大人先生传》中记述的苏门先生孙登，而那位大名士便是以《广陵散》流传千古的嵇康，据说孙登整天沉默寡言，没和嵇康说一句话，对于嵇康所提出的社会、历史、人生问题从不回答，也没有接受他的意思，终于逼得嵇康告辞了。临别时，孙登缓缓地说："子识火乎？火生而有光，而不用其光，果在于用光；人生而有才，而不用其才，而果在于用才。故用光在乎得薪，所以保其曜；用才在乎识物，所以全其年。今子才多识寡，难乎免于今之世矣！"

当然，《死火》中的火与孙登话中的火是完全不同的，这里显然

存在着有为与无为，入世与出世，儒家知其不可为而为之与道家的隐逸养生的区别。但用火为喻谈人生哲学，却是相同的。熟知魏晋文章的鲁迅，会不会从中受到某些启发呢？

（南师大附中高二3班　鲍梦寒）

评语 一个中学生如此熟悉魏晋文章，这是难能可贵，为我所不曾料及的。作者还交上一篇《鲁迅与魏晋文人》的六千字长文。说他们所处的时代的类似：面临"无序的黑暗"，"历史失去了放得到桌面上来的精神魂魄，手段性的一切成了主题"。由"对生命的感悟是魏晋之际的最高命题"，谈到鲁迅的生命意识的特点：他"写死火，写鬼，从死中了解生命的意义"；尽管"也有对生命的博爱"，但"也许是对人生的沧桑看得太透彻，鲁迅对待生命的态度已近乎冷峻"。还有比较鲁迅与嵇康的处世：鲁迅确有嵇康"刚肠疾恶，轻肆直言"的一面，"却更老辣"，"更注意斗争方法"，"把历史看得更透，不做无谓的牺牲"。还论及文章的笔法，生活方式与追求，等等，都有自己的见解和一定的深度。　钱

《死火》新解

倘拿着"死灰"做文章，那人便断不会是鲁迅先生，而是吊唁的公务人员，或者领赏庆功的癞头皮鬼罢了。

倘拿着"死火"做文章，便是个活人，如鲁迅先生。

活的人，哪怕不能呼吸天地，也还有气；就算不懂妙手回春，也还求生——求精神之生。"死火"与"死灰"的区别，便在于前者虽死尚热，后者却灰飞烟灭，死便死了罢！

我想知道谁遗弃了这火，教他如此受冻难过；谁温热了死火，又

乘着那最末的火光走出冰谷了的？我更想知道死火究竟是谁？

我猜测。

那死火，应当是先生自己了。先生梦遇死火，不过是梦见自己；和死火的一番探讨，不过是一个迷途的自己和一个献身的自己的商磋。请注意，死火何以在两难选择中做出了抉择的——是"我"告诉他"我要走出这山谷"，于是死火把生的热赠给"我"，我以为先生说过希望青年超越了自己去，就有这层意思；而那"肩住了黑暗的闸门，让青年们过去"，不也正是死火用烧完的方式帮青年走出"冰谷"吗？

可是先生太残酷了，青年们才走出冰谷，便又用性命把大石车送进了死地，难道一定要青年这样的牺牲，才可葬送旧的老的硬的冷的臭的黑暗么？倘黑暗已死，而新生的青年也死，那么谁造一轮红日，又谁来托起她呢？

要是我，便不这样写，尽管明知不这么写，不过是制造新的幻觉……

（南师大附中高二 7 班　林叶）

评语 的确是"新解"，区别"死火"与"死灰"，说鲁迅梦遇自己，谈鲁迅的"残酷"，都是你自己的理解。语言也很好，有杂文味。用杂文笔调讲鲁迅，自是再合适不过。　钱

我读《雪》

鲁迅笔下的雪很美，有强烈的动感。我把它称之为"孤独的舞者"。因为孤独，所以漫天飞旋时的激情更让人震撼；因为孤独，所以义无反顾地挥洒生命时，那种魄力让人动容；因为孤独，所以独自

舞动下去的毅力让人赞叹。飞雪中，我似乎看见了一个坚毅地步步前行的鲁迅。

但这绝不是一个孤冷的形象。阅读中我深深感受到一种生命的温暖。我仿佛看到鲁迅脸上挂着温暖的微笑，在他的文字背后静静地看着雪和雪中的孩子们。鲁迅的博爱情怀让冰雪也有了温热的感觉。

鲁迅选择了雪，却又把它说成是"死掉的雨，雨的精魂"。为什么鲁迅不选择雨？

雪和雨本是同一种物质构成的，差别只在处于不同的状态，就有了不同的属性。雨是柔于雪的。因为它无法控制自己的去路，在风和引力的作用下，它别无选择的皈依，在落地之后，它必然朝着地势低洼之处流去。它没有意志，它永远依附于得风得势的人。而雪，当它经过冰寒的淬砺，有了自己的形态，结成片打着旋儿下来，纵然仍不免落地的命运，但它始终不渝地抗争着，落地后固守着一方土地，只有当太阳无情地将它融化，才完结它固执的一生。雪经历痛苦而生，经历痛苦而死，在一生一死之间，完成了 H_2O 一族光辉的历史。

（南师大附中高二3班　陈晓娟）

评语 感觉鲁迅式的冰冷中的温热，发现孤独中的坚毅，更思考雨和雪的不同属性与价值：这都是创造性的解读，阅读的乐趣和意义就在这里。　钱

我的"雪"

一直很诧异，雪是冰，是比水更坚固的冰，但雪永远都比雨轻灵、飘逸。它飞舞，它飘落，无声无息，那样一种安详是雨所无法带来的。也许，是上天赐给了它一双翅膀，它才能这样的飞翔。有时，

我很想去云端看看，看这六角形的花是如何绽放，是如何跃入天空，飞向大地。它会眩晕吗？会恐惧吗？还是充满了兴奋？

总是以为雪就是这样柔弱，但有一天我发现自己错了，毕竟它还是冰，无比坚硬的冰。曾经抬起脸去迎接它，却在它落在脸上那一瞬间，感觉到了针刺般的疼痛，视线中是无数从天际坠落的雪片，如流星雨一般，冲击着我的心灵。于是忽然想到，雪那轻盈飞舞的舞蹈中，是否也包含着一丝炽热的，渴望生命的信念，甚至，是无法逃避的绝望的痛苦呢？

雪终究是要落下，终究是要死去的。那屋檐下融化了的雪水滴下来的声音，宣告着雪的生命的消逝，奏响了雪的生命的挽歌。从水到雾，由雾变花，最后又回到水，雪的一生，就是这早已注定好的轮回。然而它曾飞舞过，它在一片沉闷的灰色中注入了生机。如同流星，那普普通通的沉默了几千年几万年的石头，义无反顾地冲入大气层，燃烧，滑落，那一瞬间的绚丽与壮观，点亮了天际，也照亮了生命。

现在懂得了，雪的水做的身躯，是它无法抗拒的悲剧般的命运，然而它有一颗飞翔的心，塑成了它轻曼的舞姿。在那样的舞姿中，我们所看到的是忘记了死亡的严酷而尽情绽放的生命之花。

"生如夏花之绚烂，死如雷电之壮丽。"

雪是漫天飞舞的白色精灵。即使肉体会消失，但精灵是永远不会消亡的。

（南师大附中高二11班　鲁沛）

评语 这是属于你的"雪"的想象和理解。这也是关于"生"与"死"的意义、价值的思考，这又可以视为你读鲁迅《死火》的心得。　钱

我读《腊叶》

残缺是一种美。当美好的事物被打碎以后,你才会恍悟它曾经是多么美好。《腊叶》中"一点蛀孔,镶着乌黑的边"的那片枫叶,会让人有种心底的难过。落叶归根,当你脱离你所恋着的,走到生命的那一端,岁月的烙印,让你苍老而且丑陋。不过也并非如此。你有没有被垂死的老人搭在床边干枯的手感动过?你是否被病人沉重的咳嗽和无奈的潮状的呼吸震动过?如果有,那么你受过悲剧美的洗礼,你也一定能感悟这"将坠的病叶"的美。

(南师大附中 孙国力)

评语 视病叶之美为残缺的悲剧美,确有新意。 钱

在引导学生读《死火》《雪》《腊叶》,感悟鲁迅对宇宙生命基本元素:火、水、草、木的想象以后,又将《野草》里的几段文字辑录成一篇《天·地·人》的短文,让全班同学站起来,"放声吟诵",以"进入一个生命的大境界"——

但我坦然,欣然。我将大笑,我将歌唱。

天地有如此静穆,我不能大笑而且歌唱。天地即不如此静穆,我或者也将不能。

——《题辞》

她在深夜中尽走,一直走到无边的荒野;四面都是荒野,头上只有高天,并无一个虫鸟飞过。她赤身露体地,石像似的站在荒野的中央,于一刹那间照见过往的一切:饥饿,苦痛,惊异,羞辱,欢欣,于是发抖;害苦,委屈,带累,于是痉挛;杀,于是平静。……又于一刹那间将一切并合:眷念与决绝,爱抚与复仇,养育与歼除,祝福

与咒诅……她于是举两手尽量向天,口唇间漏出人与兽的,非人间所有,所以无词的言语。

当她说出无词的言语时,她那伟大如石像,然而已经荒废的,颓败的身躯的全面都颤动了。这颤动点点如鱼鳞,每一鳞都起伏如沸水在烈火上;空中也即刻一同振颤,仿佛暴风雨中的荒海中的波涛。

她于是抬起眼睛向着天空,并无词的言语也沉默尽绝,惟有颤动,辐射若太阳光,使空中的波涛立刻回旋,如遭飓风,汹涌奔腾于无边的荒野。

——《颓败线的颤动》

在无边的旷野上,在凛冽的天宇下,闪闪地旋转升腾着的是雨的精魂……

——《雪》

这次吟诵也给学生带来了巨大的情感的冲击和心灵的震撼。一位学生后来写了一篇诵后感——

我高声朗读,身躯和心灵一起颤动

开篇即给我强烈的震撼,没有人能像鲁迅那样坦然。

"天地有如此静穆,我不能大笑而且歌唱。"我读出了寂寞和悲怆。孤独的战士,受伤的狼。

在深夜中尽走……无边的荒野……无词的言语……沉默无声里蓄满了野性的力量。

颤动……颤动……颤动……身躯的颤动……荒野的颤动……天空的颤动……奇峻的想象,后现代的画面,受伤的力量的感性表达,母爱因此变得可怕,因此变得伟大。

我高声朗读，自己的身躯，心灵，也随着"暴风雨中的荒野"，随着"空中的波涛"，一起颤动起来。

"在无边的旷野上，在凛冽的天宇下"，在混沌的天地间，站立着人间至爱至勇之人，忽而化作受伤的狼，崩天裂地的嗥叫，忽而化作雪的精灵，漫天遍地的飞舞……

（南师大附中高二2班　宋志清）

评语 通过朗读，感悟到了鲁迅语言魅力的许多重要方面：奇峻的想象，后现代的画面，受伤的力量的感性表达。　钱

台湾学生对《死火》的解读

依我的解读而言，那"冰山"是人的内心世界，唯有在梦中人们才有机会能进入自我内心的冰山世界，去探索和一窥自己发自内心最深切真实的渴望，而那"死火"正象征了人们内心最真切的渴望，它可以是任何事物，举凡人类所竭尽一生想要追求的目标都是。文中的"我"则代表了每一位阅读《死火》的读者，鲁迅希望读者通过阅读此文进行一趟探索自我内心渴望的旅程，借此更加了解自己，鼓励读者思考自己的内心渴望为何及其重要性。

"唉，朋友！你用了你的温热，将我惊醒了。"这句话意味着人们探索了自己的内心，发掘了自己真实的渴望。在一连串和死火的对话中道出了追求梦想的两种态度：在认清自己的梦想后去努力付出，使梦想化为事实，抑或是放弃怀抱理想，不去思考自己的梦想为何，让自己活在庸庸碌碌的现实生活中。即使两种态度的结果是相同的——渴望本身会消失。但鲁迅希望我们能有勇气去追求自己的梦想，即使过程辛苦要付出代价，或不一定会带来令人满意的结局，但人生就这

么短短几十年，积极地过日子来丰富自己的生命才是较明智的选择。

文末的"哈哈"，具体地写出了获得心灵满足后的得意感，即使最后葬身于车轮之下，但拥抱了梦想后便使人不再感到遗憾，能坦然面对一切，心灵的富足便是这样一个人们竭尽一生所要追求的东西。

（姚维欣）

我将"死火"解读为"鲁迅最大的生命热情"，也可视为"鲁迅生命的初衷"。而"冰谷"则象征着鲁迅自我生命抉择的隐性空间。他先是在梦中奔驰，希望能跑出这片冰冷的混沌，跑出一条正确的解答（出冰山的路），然而他非但没有走出，反而掉进了冰谷，却因此进入自己内心更深层的世界。他看到自己年轻时曾经燃烧的火，那是他生命的初衷，如今却再也烧不起来，徒留一个火的形体和褪红的颜色。但一旦面对，本来槁如死灰的生命开始有了温度，尤其当鲁迅以更加诚实的态度将困惑与犹疑袒露，这股源自生命的最初热情便自然给了解答："与其冻灭，不如烧完。"

（范华君）

那火并非真正的"死火"。只能说是"休火"，因先人的遗弃，那火在冰谷间休眠，以纠结的红珊瑚之姿，等待下一次燃烧，灿烂地迎向灭亡。

突然想起千年以前，意大利的庞贝城。一直被认为是死火山的维苏威火山突然爆发，城内的一切生灵，整个地封存地底。几年后，漫布灰土的大地抽发了新苗的几枝，柔嫩翠绿的草色蓬勃生起。人们又回到了这块土地，遗忘了曾有的华靡之城，遗忘了毁天灭地的灾难，建筑起了新的，更美丽的城市。

（李盈颖）

"死火"之于我,是炙热燃烧的爱情。

爱情可能冰冻三尺之下,虽然弱小但仍是缓缓徐徐地燃烧,如一支伫立不动的红珊瑚枝。爱情让人向往,渴望看清,但总是息息变换永无定形。当你得到了爱情,它的火热让你焦灼,燃烧渗透侵入你的肢体,你的心房。

炙热的爱情伴随着残酷的毁灭,得不到就要玉石俱焚的毁灭。当你沉醉其中被它摆布,左右为难渴望挣脱,却又无法将它轻易抛弃,你只能选择垂死挣扎或是坐以待毙。狂热的爱情将你逼到绝路,同归于尽也许是唯一的救赎。

爱情是"死火",只要轻触它便会被唤醒而后剧烈燃烧。倘若从未遇见那死火,也许就可以避免最后被大石车碾毙的命运吧。但人就是如此,即使遍体鳞伤,人还是会不断地陷溺在爱情中。

(吴云亘)

我感觉"死火"就像命运一样。息息变换,永无定形,让人捉摸不定。是生是死?——死火像是死了,它却又活了。是热是冷?——它应该是极为炙热的,拾起火却有冷气让手指焦灼。它是在生、死,热、冷两者中间的模糊灰色地带,或许兼而有之,但不属于任何一方。

命运也是这样:成事在天还是在人?有时候两者的面貌都显露出来,有时候却一片空白和茫然,两个通通消失无踪。下一步该怎么走?选择是人为的还是注定的?这都是必须面对的人生问题。

我觉得"死火"的主题在于人活着的态度。个人在选择的时候会遇到很多挣扎,很多矛盾,又需要为自己的选择承担后果。

(蔡嫚婵)

"死火"是介于生和死之间：它是黑暗的终结，同时也烧出了新生之路。

"死火"就是鲁迅自身。

一句"仿佛就愿意这样似的"，传达了一种无可奈何、无所选择下的妥协之感。虽带着鲁迅式的"反抗绝望"，但又有着对于死亡、消逝的不甘。鲁迅对于生命（特别是年轻的生命）是珍惜的，他并不会从"反抗绝望"的逻辑直接推至死亡、燃尽的必然选择，而任何牺牲对鲁迅一定是"不愿意这样"的。鲁迅不会想要让任何生命成为必须要在冻灭和燃尽间做出选择的死火。因此，鲁迅只好自己"仿佛就愿意这样似的"成为死火，和黑暗共同燃尽坠入深谷中。

"哈哈！你们再也遇不着死火了！"因为黑暗的力量（大石车）已经和死火一同埋葬，因此也不需要死火了。鲁迅从不要求人人牺牲，都成为铺路的基石；如果要牺牲，就应该仅止于他一个人。

鲁迅希望自己是唯一的，最后的"死火"。

（陈幼唐）

"我"和"死火"的对话，让我想起鲁迅与《新青年》创办人之一"金心异"的对话：假如有一屋子的人即将被烧死了，那么我们应该唤醒他们，让他们试着挣扎仍不免一死呢，还是让他们在不自觉中死亡好呢？"那我就不如烧完！"与其要待在不属于自己的环境中死去，不如依着自然，接受原本属于生命的火焰的命运，燃烧殆尽。这就是"五四"启蒙者的选择和选择的困境。

（庄依真）

如同处在庞大都市丛林中的人们，一栋栋矗立的大楼，钢筋水泥的建材，还包括了社会压力，社会关怀的减少，家庭的重担等各式各样关乎生命、关乎生活的事情，如同死亡一样，在城市里无所不在，内心的空虚更加强冰冻的白，"一切冰冷，一切青白"。

但这团放置于深处的死火，其实并非完全熄灭，只是人们常常自以为社会压力和生活重担已经将曾经有过的灵魂之火吹灭，喘不过气的人们再大声呼救时，却突然发现，自己的灵魂似乎从来没有离开，他一直在等待，等待文中的那个"我"将他拾起，再度彼此救赎，重新点燃生命的人们再生了，即使付出再大的代价也在所不惜。

（陈品聿）

冷漠的氛围，使我们处在大环境的冰库中。理想主义的热情不再，在现实的环境中，我们依照生物性来继续生活着。我们会注意他人身上穿的名牌、潮牌的衣着，但似乎不曾静下心来和他人促膝聊聊，现代学生似乎失去了精神性的谈话精神。大学，好像仅成为入社会前的职业训练所。人人关乎的是自己的利益，人人想要当的是安全的中产阶级。当大学里，社会上，大多数人只想躲在布尔乔亚的硬壳中，思考停滞，精神萎缩时，整个社会都被"死火"所包围。

在现实的冷漠里，我们等待理想主义的温热，带领我们走出冰谷。

但鲁迅又清醒地预言理想主义最终"烧完"的命运。

于是，我们需要理想主义，又不能"过"。或许我们应该选择"现实的理想主义"，从自身所在的位置开始，兼及身边的公共事务，最后思及全世界的整体未来。

（曾一平）

第七讲 | 作为艺术家的鲁迅

我们今天这堂课,有一个更轻松的话题,也尝试改变上课的方式:我们一起来欣赏鲁迅最欣赏的绘画。或许我们可以想象一下:鲁迅在和我们一起看画,并且给我们讲解,那将是怎样的一个情景。

在听鲁迅讲解之前,恐怕还是要讲一点背景材料。

首先是鲁迅和绘画的关系。这也涉及对鲁迅的认识。昨天下午我正好和曾经拍摄过电影《孙中山》《周恩来》的著名导演丁荫楠先生聊天,他正在准备把鲁迅搬上银幕,我对他说,长期以来,我们认为鲁迅只是一个思想家、文学家,却忽略了,或者说没有认识到鲁迅同时是一个艺术家,他有很高的艺术造诣,如果不懂得艺术家的鲁迅,其实是读不懂鲁迅的作品的:他的作品里有着强烈的音乐感、绘画感与镜头感。(板书:艺术家的鲁迅,音乐感,绘画感,镜头感)关于鲁迅作品中的音乐感,其实我们在前面几堂课朗读鲁迅作品时已经有所体会了。我们之所以强调必须通过朗读来进入鲁迅世界,是因为不读就感悟不到鲁迅语言的节奏感和韵味,而鲁迅作品中的音乐感,主要是来自他对汉语的精确的把握。鲁迅的弟弟周作人就说过,中国的汉语言文字有三大特点:一是游戏性,二是装饰性,第三就是音乐性,因此中国自古就有吟诵作品的传统。(板书:游戏性,装饰性,音乐性)

今天我们主要讨论作为美术家的鲁迅,也附带讨论鲁迅作品的镜头感。

我们发给大家的材料中有《许寿裳谈鲁迅"提倡美术"》和《鲁迅论如何衡量现代中国绘画艺术》，据他的老朋友许寿裳介绍，鲁迅小时候除爱看戏之外，还喜欢绘画——大家还记得鲁迅画的"射死八斤"那幅画吧。到了中年他就开始研究汉魏六朝的画像。晚年的鲁迅又热衷于引入外国的版画、现代派绘画，收集、印行中国民间笺谱，提倡木刻运动。而鲁迅自己更具有很高的美术造诣，同学们还记得我们在讲鲁迅《女吊》时所提到的他最喜欢运用的色彩是什么吗？（学生回答：红、黑、白。）你们看过鲁迅的绘画作品吗？（学生回答：猫头鹰、象、无常。）这里，我们再给大家介绍几幅鲁迅设计的书籍封面画。

这是《心的探险》,（演示）是曾经是鲁迅的小朋友的高长虹写的散文集，书的目录后注明："鲁迅掠取六朝人墓门画像作书面。"我们刚说过，鲁迅对汉魏六朝的画像有过专门的研究，现在他将墓门画像运用于现代图书封面，自然是一个大胆的创造，是追求装帧艺术的"东方情调"的自觉尝试。封面用青灰色发丝纸，印赭色图案，你们看群鬼腾云作跳舞状，给人以怪异、自由感，和作者所要作的"心的探险"正是相得益彰。你们再看图案的排列，从上边排到下面，书名、作者名都放在左面图案空白处：这些地方都可以看出鲁迅的尽力与精心。

这是《木刻纪程》,（演示）这是鲁迅的又一个尝试：在现代图书设计中借用传统线装书的形式。用赭石底色，浅赭色的横长色块放在书中间略偏上方，为整个封面，也为全书营造了一种暖色的调子。鲁迅所书五个活泼有力的行书字作书名，一条黑色手书横线把四个字上下隔开，窄长形的"壹"字写在四个字的右边；字体和结构巧妙安排，显得典雅和大气。

再看这一幅《华盖集续编》的封面。（演示）书名用手写黑宋体

鲁迅封面设计：《心的探险》 　　　　　　鲁迅封面设计：《木刻纪程》

鲁迅封面设计：《华盖集续编》

第七讲｜作为艺术家的鲁迅

字，作者的名字是横写的外文，用两个黑点与书名隔开，端正而活泼。绝妙的是，将"续编"二字画成一方图章，用红色倾斜地印在书名之下，并紧挨着，形成"黑"与"红"的鲜明对照：在我看来，这是鲁迅的神来之笔。下面是大面积的留白，底部横写的"一九二六"四个黑字，正与顶部的作者名相呼应。

可以看出，鲁迅的封面设计，是以"字"为主体的：他灵活地运用行书、楷书、宋体字、黑体字，这都表现了他对汉字美的体味和把握，他的装帧艺术的精妙之处，就在于对周作人说的汉字的装饰性的尽兴发挥。特别是他在封面艺术中引入中国传统的治印艺术，更是出于他对中国书、画、印一体的传统的深刻理解和身体力行。

谈到鲁迅对汉字美的把握，就不能不谈到鲁迅的书法趣味、书法艺术。（板书：书法艺术）在读本里，我们介绍了郭沫若对鲁迅书法的一个评价："鲁迅先生也无心作书家，所遗手迹，自成风格。融冶篆隶于一炉，听任心腕之交应，朴质而不拘挛，洒脱而有法度。"这是一个内行的评价。因为时间关系，我们不准备在课堂上对鲁迅的书法作进一步讨论；有同学对书法有兴趣，可以在课下再作探讨。

我们还是回到鲁迅和绘画的关系上来。这里需要特别介绍的是，鲁迅在他生命的最后一年，和一位德国女画家，发生了非同寻常的艺术和精神的交往，我称之为鲁迅生命中的重大事件。这位德国女画家名叫凯绥·珂勒惠支，（板书：凯绥·珂勒惠支）这是一位左翼版画家，鲁迅称她是为"被侮辱和被损害的"人"悲哀，叫喊和战斗的艺术家"，这其实说的也是他自己，大概也就是珂勒惠支的画能够引起鲁迅强烈共鸣的原因。有意思的是，鲁迅不但编选、出版了《凯绥·珂勒惠支版画选集》，设计宣传广告，还亲自为她的画一幅一幅地作了讲解，这是一个将绘画语言转化为文学语言的尝试。（板书：绘画语言，文学语言）

也就给我们提供了一个机会：同时欣赏珂勒惠支的画与鲁迅的文字，这是我们进入"文学家和艺术家的鲁迅"的世界的一个很好的途径。这也是我们今天这堂课所要作的试验：我们先一起来欣赏珂勒惠支的画，然后再去看鲁迅的解说文字，两相对照，或许会得到许多启示。

大家先看这一幅珂勒惠支的《自画像》，也算是先获得对画家的感性认识吧。（演示）我们首先注意的，大概是画家深凹的眼睛和紧闭着的嘴唇，同学们看了以后，有什么感觉？

学生一 我感到她有男子的气象，坚毅的性格，不屈的意志。

钱 你的感受，和法国大作家罗曼·罗兰很接近，他也说珂勒惠支是一个"有丈夫气概的妇人"。现在我们看鲁迅的观察和感受——

"这是作者从许多版画的肖像中，自己选给中国的一幅，隐然可见她的悲悯，愤怒和慈和。"——鲁迅在"愤怒"之外，还看出和强调了"悲悯"和"慈和"：应该说这是一个相当独到的观察。

我们再看这幅《死亡》。（演示）同学们首先注意到的是什么？

学生二 那个瞪大了眼睛的孩子。

学生三 还有背后的死神，挺恐怖的。

学生四 在写实的作品中突然出现具有象征意义的死神，我觉得挺怪异的。

钱 你们有没有注意到这幅画的构图？

学生五 孩子和死神处于画面的中心，为强光所照射；父亲和母亲分处两旁的黑色的阴影里。黑白对比非常强烈。

学生六 但母亲的手和脸也有光照射。尤其那双手无力地下垂，很有表现力。

珂勒惠支《自画像》

《死亡》

钱 同学们观察得很细。我们来看鲁迅的讲述——

"还是冰冷的房屋,母亲疲劳得睡去了,父亲还是毫无方法的,然而站立着在沉思他的无法。桌上的烛火尚有余光,'死'却已经近来,伸开它骨出的手,抱住了弱小的孩子。孩子的眼睛张得极大,在凝视我们,他要生存,他至死还在希望人有改革运命的力量。"你们看鲁迅的讲述有什么特点?

学生七 我觉得鲁迅仿佛在讲一个故事,有小说家的笔法。

学生八 鲁迅还点明了孩子的"凝视"背后的意思。这是在画面里无法表现的,文字就说出来了。

钱 我们来看第三幅:《耕夫》。(演示)大家看,画面上出现的有几

《耕夫》

个耕夫？

学生九 有两个，一个在靠近我们观众的这一面，另一个只看见脚和头部的阴影。整个身子都压得很低，可以感受到他们背负的沉重。

钱 这幅画在构图上有什么特点？

学生十 画面的重心在左下方，而且人的下沉的躯体形成一条斜线，上面是灰色的天空。

钱 我们一起来看鲁迅的解说——

"这里刻划出来的是没有太阳的天空之下，两个耕夫在耕地，大约是弟兄，他们套着绳索，拉着犁头，几乎爬着的前进，像牛马一般，令人仿佛看见他们的流汗，听到他们的喘息。后面还该有一个扶犁的妇女，那恐怕总是他们的母亲了。"

看看和我们刚才的观察有什么不同?

学生十一 鲁迅一句"没有太阳的天空",就把阴冷、沉重的气氛烘托出来了。

学生十二 还有"仿佛看见他们的流汗,听到他们的喘息",就有一种现场的动感。

学生十三 也把鲁迅的感同身受的感情表达出来了。

学生十四 "像牛马一般",这就不只是描述,还包括了同情和批判。

钱 几位同学说得很对:这里的描述就不是纯客观的,而是把主观的感受、感情和价值判断融入了。

学生十五 画面上是弟兄两个,但是鲁迅却想起了后面还有一位母亲,这幅画就给我们一个很大的想象的空间。

钱 也可以说是鲁迅的讲述极大地开拓了画面的想象空间。而且大家注意到没有,鲁迅关注的中心,始终是妇女,是母亲,还有儿童,这其实也是画家珂勒惠支最关心的:他们都有着博大的人道主义的情怀。

我们再看下一幅:《凌辱》。(演示)大家有什么感觉?

学生十六 非常凌乱,似乎看不清楚了。

学生十七 仔细看,还是可以看出画面的中心,是那位被凌辱的妇女。

钱 看看鲁迅的观察——

"农妇也遭到可耻的凌辱了;她反缚两手,躺着,下颏向天,不见脸。死了,还是昏着呢,我们不知道。只见一路的野草都被踩躏,显着曾经格斗的样子,较远之处,却站着可爱的小小的葵花。"

鲁迅确实观察得很细,而他的描述却有说不出的感人之处。

学生十八 "死了,还是昏着呢,我们不知道。"看似客观的叙述,却饱含着悲悯和愤怒,让我们感动。

《凌辱》

学生十九 还有鲁迅从中看出了"格斗的样子",这样的反抗力,也给人以震撼。

学生二十 我最感动的,是鲁迅对"可爱的小小的葵花"的发现——我刚才看画时就没有注意到这朵葵花。突出"小小的葵花",不仅和前面被践踏的花朵形成对照,而且体现了鲁迅对弱小生命的关爱,对生命力量的赞美。

钱 说得好。我们是可以把经过鲁迅强化的这朵"可爱的小小的葵花"看作是一个隐喻的。我们不仅会联想起这位被凌辱的妇女,而且也会想起一切受侮辱与被损害者:他们弱小,却有着顽强的生命力。

我们再看《磨镰刀》。(演示)这幅画给大家最强烈的印象是什么?

学生二十一 当然是那双手,一手按着镰刀柄,一手用力地磨:太有力了。

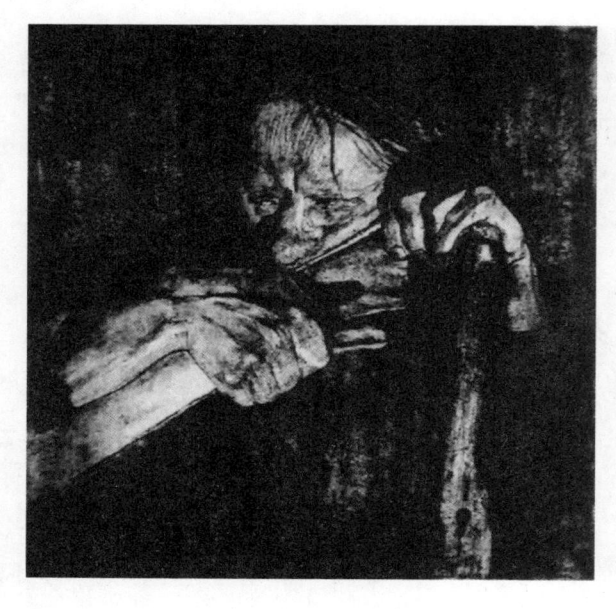

《磨镰刀》

学生二十二 我觉得画家有些着意的夸张：手比半边脸都大。

钱 我们看鲁迅的描述——

"这里就出现了饱尝苦楚的女人，她的壮大粗糙的手，在用一块磨石，磨快大镰刀的刀锋，她那小小的两眼里，是充满着极顶的憎恶和愤怒。"

学生二十三 啊，鲁迅还特别关注那双"小小的两眼"，他从中看出了"憎恶和愤怒"，而且是"极顶"的。

学生二十四 我觉得这女人紧闭的嘴唇，也是"充满着极顶的憎恶和愤怒"的。

钱 鲁迅这样的关注不是偶然的：他总是在被侮辱、受损害者那里寻找和发现反抗的火种。

《反抗》

  我们看这一幅《反抗》。（演示）这是前面的《死亡》的痛苦、《耕夫》的艰辛、《凌辱》的屈辱、《磨镰刀》的愤怒，郁积而成的爆发。画面的中心依然是妇女。

学生二十五 我觉得画家的处理很有特点：她让这位反抗的妇女背对着我们，而且高举双手，就给观众留下了很大的想象空间。

钱 那我们就看看鲁迅是怎么想象的——

  "谁都在草地上没命的向前，最先是少年，喝令的却是一个女人，从全体上洋溢着复仇的愤怒。她浑身是力，挥手顿足，不但令人看了就生勇往直前之心，还好像天上的云，也应声裂成片片。她的姿态，是所有名画中最有力量的女性的一个。"

学生二十五 鲁迅的观察比我们要细。特别是他提示的那个"最先"的"少年"，是我刚才忽略了的。鲁迅一提醒，我就注意到，这位少年身子压得很低，手指着前方，真的是"没命的向前"。而他那大声呐喊的口，圆瞪的眼睛，都充满了反抗的力。

学生二十六 我觉得这位少年和这位妇女正是一个有力的相互对照：少年正对着我们，妇女却是背对的；少年手指前方，妇女举手向上。但我们可以想见，他们的情感和表情都是一样的，像鲁迅说的那样，都"洋溢着复仇的愤怒"。

学生二十七 后面那位屈着腿的老人也很值得注意。他似乎有些跑不动了，而他那饱经风霜的脸却说明了他的苦难的深重。

钱 这位同学的观察也很细。这幅画既是以这位鲁迅说的"喝令"的妇女为中心，又以这位少年和老人为刻画重点，形成画面上的三个支点。现在，我们再回过头来看，鲁迅对这位妇女形象的描述有什么特点？

学生二十八 "浑身是力，挥手顿足"几个字，就把这位"所有名画中最有力量的女性"的形象刻画出来了，用笔十分简劲。

学生二十九 最精彩的还是这一句："好像天上的云，也应声裂成片片。"这既是鲁迅看了这幅画以后的感受，同时也是他的想象和发挥。

钱 我们通常只会说："很受震撼。"鲁迅却把他的震撼感化为具体形象，也将其诗化了：想想天上的云彩"应声裂成片片"，这是怎样的壮观和气势！还要请大家注意：这样的力是由这位妇女引爆的。由此又引出了鲁迅的这番议论："女性总是参加着非常的事变，而且极有力，这也就是'这有丈夫气概的妇人'的精神。"

但这样的反抗最终都不免失败。于是，又回到了"死亡"的主题上。我们看这一幅《妇人为死亡所捕获》。同学们看见了什么？用你们自己的话来作一番描述。

学生三十 画面中心依然是妇女，她的双手被缚，头后仰着，显出极

《妇人为死亡所捕获》

度痛苦的样子。

学生三十一 前面是一个赤裸的孩子,双手扑向母亲的乳房。

学生三十二 后面的阴影里,是狰狞的骷髅,形成黑与白的强烈对比。

钱 我们再来看鲁迅的描述——

"'死'从她本身的阴影中出现,由背后来袭击她,将她缠住,反剪了;剩下弱小的孩子,无法叫回他自己的慈爱的母亲。一转眼间,对面就是两界。'死'是世界上最出众的拳师,死亡是现社会最动人的悲剧,而这妇人则是全作品中最伟大的一人。"

同学们觉得鲁迅的这一解说有什么特点?

学生三十三 我觉得最大特点,就在"解说",和前面的重在描述不同，这里的重点是发议论：由《妇人为死亡所捕获》而谈鲁迅对死亡的独特感受和理解。

钱 我们在前面说过：爱、死亡与反抗，是鲁迅作品的三大主题；其实这也是珂勒惠支绘画的主题，鲁迅解说的重点所在。我们在讲"鲁迅和鬼"时，也提到鲁迅和他的故乡的老百姓，都是以平常心看待死亡的。这幅画表现的既是死亡的痛苦，又将死亡视为人生之必然。我要提醒大家注意的是，鲁迅在写这段解说时，他自己正在重病中。也就是说，"为死亡所捕获"的不仅是这位伟大的母亲，更是鲁迅自身，他忍不住要发表这些议论，也可以说是在思考自己的死亡。

我们来看这一幅珂勒惠支的代表作:《面包！》。画面中心又是一位母亲，一边一个孩子。鲁迅为什么这样倾心于描绘母亲的绘画作品？

学生三十四 记得老师在讲《阿长与〈山海经〉》时曾经谈到鲁迅写过父亲、保姆，却没有写过母亲，临死前曾经想写"伟大的母爱"，却没有写出来。那么，鲁迅是不是要通过对珂勒惠支的母亲题材的作品的讲述，来完成他未写出的歌颂母爱的文章呢？

钱 至少是可能有这样的想法吧。即使没有明确的意图，但对母爱的眷恋，肯定是鲁迅生命最后一段的一个情结，现在借珂勒惠支的画，发泄出来了。

同学们可能也会注意到，这幅画里的母亲，也是背对着观众的。这又引发了鲁迅怎样的想象呢？我们再来看鲁迅的描述和讲解——

"饥饿的孩子的急切的索食，是最碎裂了做母亲的心的。这里是孩子们徒然张着悲哀，而热烈的希望着的眼，母亲却只能弯了无力的腰，她的肩膀耸了起来，是在背人饮泣。她背着人，因为肯帮助的和她一样的无力，而有力的是横竖不肯帮助的。她也不愿意给孩子们看

《面包!》　　　　　　　　　　　　　　　　　　　《德国的孩子们饿着》

见这是剩在她这里的仅有的慈爱。"

请注意：这里有了对母亲心理的入微的分析。这就充分发挥了文字的功能，把绘画作品内含的意义发掘出来，揭示出来，就有了更为感人的力量。鲁迅可以说是琢磨透了"母亲的心"，他如此强调母亲的"慈爱"，又使我们想起前面讨论中谈到的鲁迅对画家本人"慈和"的心的强调：鲁迅不仅注意发掘受侮辱者的"反抗"的种子，也注意发掘人性中的"慈爱"的因子，这是不可分割的两个侧面。

我们看最后一幅画：《德国的孩子们饿着》。（演示）这也是珂勒惠支的代表作。这幅画，最引人注目的是什么？

学生三十五 四只空碗。

学生三十六 还有孩子圆睁着的冒着饥饿之火的眼睛。

第七讲 | 作为艺术家的鲁迅

钱 说得很对。这也是鲁迅想说的——

"他们都擎着空碗向人，瘦削的脸上的圆睁着的眼睛里，炎炎的燃着如火的热望。谁伸出手来呢？这里无从知道。"

请注意：在鲁迅的理解里，"炎炎的燃着"的不仅是饥饿之火，更是生命的热望之火。而鲁迅最后提出的问题："谁伸出手来"援助这些孩子？更是指向他自己，指向我们每一个人的良知的。直到今天，也还在逼问着每一个看珂勒惠支的画的观众和读鲁迅解说的读者。这大概也就是这两位东西方"最强有力的男性与同样强有力的女性"的文学与绘画的不朽的生命力所在。

我想，以珂勒惠支的绘画为桥梁，我们已经更深地进入了鲁迅的艺术世界和心灵世界了。

还有一点时间，我们再简要地谈谈鲁迅作品的镜头感。（板书：镜头感）这也是我读鲁迅作品的一个感受：鲁迅的许多作品，都是由一个个镜头所组成，是很适合于拍成电影或电视短片的。比如鲁迅《野草》里的《求乞者》，《彷徨》里的《示众》都是很好的范例。我曾经做过一个试验，把《示众》的文字稍加删节，分行排列，就自然成了电影里的分镜头剧本。例如小说的开头——

火焰焰的太阳。

许多的狗，都吐出舌头。

树上的乌老鸦张着嘴喘气。

远处隐隐有两个铜盏相击的声音，懒懒的，单调的。

脚步声。车夫默默地前奔。

"热的包子咧！刚出屉的……"

十一二岁的胖孩子，细着眼睛，歪了嘴叫，声音嘶哑，还带着些睡意。

破旧桌子上，二三十个馒头包子，毫无热气，冷冷地坐着。

　　这是可以叫作"街景一"的。整篇小说就是由这样的七个街景组成，拍出来就是一部短片。

　　我们还可以再作一个试验：把你们所熟读的《记念刘和珍君》转化为一个个由画面、色彩和声音组成的场景——

（追悼会场外）

鲁迅独在徘徊。

后景中可以看见刘和珍的灵堂。

女学生程君："先生可曾为刘和珍君写了一点什么没有？"

鲁迅："没有。"

程君："先生还是写一点罢；刘和珍君生前就很爱看先生的文章。"

（深夜，鲁迅的"老虎尾巴"里）

鲁迅独坐，手里拿着一支烟。

画外音："可是我实在无话可说。我只觉得所住的并非人间。"

鲁迅凝视着烟，突然产生幻觉：四十多个青年的血，洋溢周围，将他淹没，使之艰于呼吸视听……

画外音："真的猛士，敢于直面惨淡的人生，敢于正视淋漓的鲜血。这是怎样的哀痛者和幸福者？"

鲁迅伸手拿笔。

画外音："忘却的救主快要降临了罢，我正有写一点东西的必要了。"

（幻景一）

刘和珍在宗帽胡同听鲁迅讲课，"微笑着，态度很温和"……

刘和珍君在读鲁迅主编的《莽原》，依然"微笑着"……

刘和珍在鲁迅和其他师长面前，"黯然至于泣下"……

（幻景二：3月18日，"老虎尾巴"里）

鲁迅在埋头写作。

一女学生冲进门来，报告消息。

鲁迅惊愕地站起："我不信竟会下劣凶残到这地步！"

（幻景三：执政府前）

刘和珍和她的同伴们"欣然前往"。

枪声。

刘和珍突然倒下——子弹"从背部入，斜穿心肺"。

张静淑想扶起她，"中了四弹"，"立仆"。

杨德群又想去扶起她，"也被击"，"也立仆"。

特写：刘和珍的尸骸。杨德群的尸骸。张静淑在医院呻吟。

（幻景四）

杀人者"昂起头"，"个个脸上有着血污"……

正人君子在散布流言……

饭店、茶馆里，"闲人"们起劲地将刘和珍们的牺牲作为"饭后的谈资"……

画外音："惨象，已使我目不忍视了；流言，尤使我耳不忍闻。我还有什么话可说呢？我懂得衰亡民族之所以默无声息的缘由了。沉默呵,沉默呵!不在沉默中爆发,就在沉默中灭亡。"

(重又回到鲁迅"老虎尾巴"的小屋里)

烟雾缭绕中显出鲁迅身影。

画外音:"然而既然有了血痕了,当然不觉要扩大。至少,也当浸渍了亲族,师友,爱人的心……"

(闪回)刘和珍"微笑的和蔼的旧影"。

画外音:"这一回在弹雨中互相救助,虽殒身不恤的事实,则更足为中国女子的勇毅,虽遭阴谋秘计,压抑至数千年,而终于没有消亡的明证。"

(闪回)刘和珍、杨德群、张静淑在弹雨中互相救助。

特写:鲁迅手持烟卷的侧影。

画外音:"苟活者在淡红的血色中,会依稀看见微茫的希望;真的猛士,将更奋然而前行。"

"呜呼,我说不出话,但以此记念刘和珍君!"

(闪回)刘和珍的灵堂,遗像逐渐拉近,她微笑着,向着我们每一个人。

其实,鲁迅的许多作品都是可以作这样的由文字到电影的场景的转换的。这说明,"电影性"是内在于鲁迅作品中的。和电影艺术的这种联系,也是作为艺术家的鲁迅的一个重要方面。自由出入于文学和音乐、美术、书法、电影艺术之间,这也都是能够显示鲁迅的自由无羁的创造力的。

第八讲 | 睁了眼看

我们这个课程从一开始我就说过，是一次学海漫游，精神散步。我们已经漫游了将近两个月了，主要还是在鲁迅的青少年时期漫游，讲了鲁迅的几个永恒的记忆：关于父亲，关于故乡的童年生活，关于民间戏曲，关于各类动物，各种鬼神。讲到他的生命意识，爱、死和反抗的三大文学和生命主题，讲到他的自我定位：自己肩住黑暗的闸门，放年轻人到光明中去，还讲到他奇特的想象力，和自由出入于文学与艺术之间的创造力，他的语言的美，等等。这都形成了他的生命和文学的底色，这底色是很明亮的，（板书：生命和文学底色，明亮）并不是像过去大家理解的那么黑暗，正因为有这么明亮的底色，他后来才能面对黑暗的现实，不会被黑暗所压倒、吞没。

应该说，这些话题都比较愉快，比较轻松，同学们看到的是一个比大家的想象更为丰富、有趣的鲁迅，是你们过去所不了解的，因此许多同学都有一种新奇感。但看多了，讲多了，也会产生怀疑。前几天就有同学来问我：这样讲鲁迅，会不会把鲁迅讲浅了，忽略了更为重要的东西？我的回答是，我们讲的其实都是鲁迅生命之根、文学之根，本身并不浅，在轻松的话题中是有着深刻的内容的。当然，这并不是鲁迅的全部，鲁迅思想与文学中确实有或许是更为重要的东西。

这里，还涉及一个问题。这些年，人们为了打破对鲁迅的神化，非常强调"鲁迅也是人"，强调鲁迅是个"好父亲，好儿子，好丈夫"

等，其实这也是我们前面几讲所谈到的话题，这样讲，可以使大家对鲁迅产生亲切感，是有必要的。但任何事情都应该有个限度，如果只讲"好父亲，好儿子，好丈夫"，而不讲别的，也会产生一个问题：天下"好父亲，好儿子，好丈夫"多的是，为什么我们偏偏需要鲁迅？可见鲁迅还有他特别的方面。也就是说，关于鲁迅，我们应该要讲两句话：一方面，鲁迅也是和我们一样的"人"，另一方面，鲁迅又是一个和我们不一样的"特别的人"，他有一般人所不及的特别的思想，独特的见解，非同寻常的想象力和创造力，能够给我们以从别的思想家、文学家那里得不到的特别的精神启迪和享受。

所以，从今天开始，我们就要逐渐进入鲁迅世界中那些仅属于他的独特方面，也可以说是鲁迅思想与文学的更深层面。我们要讲的是"鲁迅的命题"，讲他对中国历史和现实的独特观察和表达。而且我要告诉大家，这些鲁迅式的命题都是比较沉重的，有许多是大家从来没有想过的，和你们所受到的教育、固有的观念，可能发生冲突，更是一种预言式的表达。（板书：预言式的表达）什么叫"预言式的表达"？用鲁迅自己的话来说，就是他说的话早了一些，所以大家不理解。

有的话当年大家可能觉得很难懂，到了今天就比较容易懂了，也就是说，鲁迅当年的某些预言性表达在某种程度上可以看作是对当下中国的一个发言。因此，我常说鲁迅是"现代进行式"的作家，不是"过去式"的作家，（板书：现在进行式的作家）也就是说，我们今天可以和鲁迅进行对话，进行一些更深层次的交流。

我还要强调一点：我们讨论鲁迅式命题，不仅仅要了解鲁迅对某个具体的问题有什么看法，这当然很重要，但不是最根本的，最根本的是了解鲁迅的眼光，他的独特的思维方式，或者说，他是怎么看待这个世界的，以及他是怎么感受这个世界的，这对我们来说，可能更重要。鲁迅对我们习惯的观察方式和思维方式，常常形成挑战，他是另外一种声音，你不大听到的另外一种声音，所以刚听到的时候，你可能不大适应，会本能地拒绝他，但是你继续想下去，和他的对话时间长了，慢慢了解他的意思，你会觉得他的想法虽然特别，但是会对你有一种启发，他甚至会不知不觉地改变你的观察方式和思维方式，这可能是鲁迅对我们更重要的一个方面。当然，也不排除另外一种可能性，就是你和他对话了半天，你觉得他讲的没有道理，最后你拒绝了他，这也是很自然的。这样就形成一个很有意思的现象：人们对鲁迅，要么喜欢他，要么讨厌他，很难有第三种立场，这就是阅读鲁迅和其他作家不同的地方。

从今天的课开始，我们讲课的方式和以前有一点变化，以前主要是文本的分析，引导大家和我一起一字一句读作品，或者其中一个片段。以后，主要讲鲁迅的一些基本观点，大多数是我讲，有点类似于大学里的讲课。同学们一边听，一边要作些笔记。然后在课后自己去阅读我在讲课中提到的鲁迅作品，最终还是要读鲁迅原著，读出你自己的理解。我的讲解只是一个引导。

现在，我们开始讲鲁迅的第一个命题："睁了眼看"。（板书：睁了眼看）鲁迅专门写了一篇文章来讨论，题目就叫《论睁了眼看》。

本来孩子一出生，他就睁着眼睛看世界了。我们从小时候一直看到现在，你们看了十来年，我看了六十来年。这本来是一个常识：人是要睁着眼睛看世界的。鲁迅在讨论中国的历史和现实问题的时候，他首先就要回到这个常识上来。

但是在中国，要真正落实到常识，睁着眼看，是非常困难的。因为中国的文化，中国人，对于社会采取的态度，常常是闭着眼看的。

闭了眼睛（裘沙　王伟君）

鲁迅在文章一开头就提出两个命题，一个是睁了眼看，一个是闭着眼看。（板书：闭着眼看）我们不妨先看一幅画。（演示）这是一幅阿Q的画像："这闭着的眼睛便看见一切圆满。"某种程度上，这也是中国国民的画像。中国国民对一切事情，特别是受到了欺负、侮辱的时候，第一反应就是闭上眼睛，好像闭上眼睛这个侮辱就不存在了，一切就圆满了。这是中国人最基本的看世界的方式。

　　鲁迅要追问的是，这样闭着眼睛看，又意味着什么呢？鲁迅说，这意味着六无。什么意思呢？一，无问题，闭着眼睛看就没有问题了；接着就是无缺陷，一切都圆满了；于是就无不平，没有问题，一切圆满，还有不平吗？因此就无解决，问题还是存在，只是你不承认它存在，问题就解决不了；最后是无改革；进而无反抗。无问题，无缺陷，无不平，无解决，无改革，无反抗，（板书：无问题，无缺陷，无不平，无解决，无改革，无反抗）这就是闭着眼睛看世界的后果，其要害就在维护既定的统治秩序，维护既得利益。这也是中国人处世的方法，即所谓"万事闭眼睛，聊以自欺，而且欺人"，鲁迅把它概括为"瞒和骗"。（板书：瞒和骗）这是一个很重要、很深刻的概括，中国人就是讲瞒和骗，什么事都瞒，什么事都骗，历史如此，现实也如此。

也就是说，这在中国是自有传统的，我们的中国文化、中国文学就有一个瞒和骗的传统。鲁迅分析了中国写才子佳人故事的戏曲，开始可能有一点不幸，小小的不幸，然后才子考试中举了，奉旨完婚，一切问题都解决了，就"大团圆"了。鲁迅因此给曹雪芹写的《红楼梦》以很高评价，因为他"敢于实写"，说出世事的真相，但高鹗写的后续，结尾也落入了"大团圆"的窠臼，虽然被抄了家，最后还是"家业再振"，连宝玉也"入圣超凡"了。从《红楼梦》的后续对原作的变动，就可以看出中国"瞒和骗"的传统的深厚，你是很难挣脱的。

鲁迅还考察过一个民间传统故事的演变的过程。故事的原初，是一个女子自愿服侍病危的丈夫，最后治疗无效，两人感情太深，就一起自杀了。这本是个因爱殉情的动人故事，但还是有一个缺陷，不管怎么样，这两个人都死了。于是就有人把它改编了，说妻子如此尽力照顾丈夫，就感动了神仙，变成一条小蛇，跑到药罐子里，丈夫把药吃了就痊愈了，终于皆大欢喜。鲁迅因此发出感慨：在中国，"凡有缺陷，一经作者粉饰，后半便大抵改观"，读者因此而陷入迷误，"以为世间委实尽够光明，谁有不幸，便是自作，自受"。这是很能说明瞒和骗的本质的，就是要粉饰太平，制造一派光明的假象。而这样的粉饰太平的文学是代代相传的。

如果有些事情无法回避，又怎么办呢？比如岳飞死了，关公死了，这总是无法改变的事实。但中国人还是有办法，就说岳飞是前世命中注定要死的，死了也是一种圆满。关公就更简单，他死了干脆把他变成神，供起来，就更圆满了。你看中国人的聪明、智慧就都用在这"别设骗局"上了。

鲁迅由此得出了一个十分沉重的结论——

> 中国人的不敢正视各方面，用瞒和骗，造出奇妙的逃路来，而自以为正路。在这路上，就证明着国民性的怯弱，懒惰，而又巧滑。一天一天的满足着，即一天一天的堕落着，但却又觉得日见其光荣。

这里所谈的，是中国国民性的一个根本性的弱点：一方面，不敢正视自己和社会的问题，表现出本质上的"怯弱"；一方面，又始终感觉良好，陷入自我"满足"，显示出自欺欺人的"巧滑"。明明是"堕落"，却"日见其光荣"，真是无可救药了。

问题是这样的"瞒和骗"的国民性的背后，是一个体制问题，体制需要通过瞒和骗来粉饰太平，维护其统治秩序。同时，如上所说，这样的瞒和骗又受到中国文化和文学传统的支持和影响，有着深厚的文化基础。因此，在中国，只要体制不改革，文化、文学不变革，中国人就很难走出"瞒和骗"的大泽。同学们只要看看周围的社会，就不难明白，我们今天还生活在瞒和骗的大泽中；如果再反观自己，也会发现我们也都自觉、不自觉地在不同程度上陷入了瞒和骗的大泽。

同学们大概也由此对我在这堂课一开始就说的那句话有了具体的理解：鲁迅对于我们，是一个"现在进行式"的存在，他的命题，不只是历史问题，更是现实问题，他当年的召唤，今天也依然有力——

> 世界日日改变，我们的作家取下假面，真诚地，深入地，大

胆地看取人生并且写出他的血和肉来的时候早到了；早就应该有一片崭新的文场，早就应该有几个凶猛的闯将！

鲁迅要召唤的，当然不只是中国的作家，也是针对今天中国的国民，"真诚地，深入地，大胆地看取人生"，应该是我们每一个人的人生选择和态度，不管现实多么严峻和残酷，都要有勇气去正视它。而作为中国的年青一代的一员，更应该要求自己成为这样的"凶猛的闯将"，这也是我们的历史责任。——我想，这就是鲁迅提出的"睁了眼看"这一命题的意义所在。

无可讳言，鲁迅所生活的时代，以及今天，许多历史与现实的真相，都是被遮蔽的。因此，鲁迅就要追问：那些竭力被遮蔽的历史与现实的黑暗与真相，究竟是什么？这是一个很大的问题，可以从不同方面来揭示。我们这里主要向大家介绍，鲁迅所揭示的中国历史和现实的三大真相，或者说是他对中国历史和现实的三大黑暗面的判断和揭示，从而构成了三大"鲁迅式命题"。就我们今天的"睁了眼看"这一话题来说，所要进一步讨论的，是鲁迅睁开眼后，他看见了什么？

一、鲁迅指出，中国的文明，中国的社会，是一个"吃人肉的筵宴"。（板书：吃人肉的筵宴）

这自然是一个十分严峻的判断。很多人都指责说，这是鲁迅的偏激之论。同学们猛一听，大概也很难接受。但我还是这样的态度：大家不要忙着指责与拒绝，而要先弄清楚，鲁迅是在什么情况下，他是针对什么问题，提出这样的命题的？他的这一命题的真实含义是什么？他的依据是什么？

我们先看鲁迅为什么要提出这个命题。于是，我们注意到鲁迅是在《灯下漫笔（二）》里第一次提出这个命题的，［板书：《灯下漫笔（二）》]而且是从大家司空见惯的一件事引发的。鲁迅在考察当时（1925年）中国的思想文化状况时，发现了一个现象："赞颂中国固有文明的人们（突然）多起来了，加之以外国人。"很多外国人，都在写文章赞扬中国的文明，有一个日本人，就写了一本书，叫作《北京的魅力》，说北京最大的魅力就是北京的东西好吃。鲁迅分析说，这大概是因为外国人来了，中国人总是招待他们"在华屋中享受盛宴"，在酒足饭饱之后，他们就盛赞中国的"吃文化"所代表的"固有文化"了，中国的"乐观的爱国者"也就"欣然色喜"，飘飘然以为中国文化真的"全球第一"了。——不知道同学们读鲁迅在1925年写的这些文字有什么感觉，我总是觉得他写的就是2004年、2005年的中国。今天不仅是北京，全国各个地方都在宣传自己的吃文化，外国人也在起劲地赞扬，仿佛中国的吃文化，以至整个中国文化，再一次"誉满全球"了。历史就这样重演着，可谓"八十年不变"。

而且从表面上看，中国的吃文化，中国的固有文化，确实有它独到之处，在世界文化中当然应该有它的地位，赞扬本身似乎也没有错。但是，鲁迅在"睁了眼看"以后，却发现了在这样的一片赞扬声中，却遮蔽了在他看来也许是更为重要、更应该正视的中国现实，中国文化的另一面。他尖锐地指出——

> 我们在目前，还可以亲见各式各样的筵宴，有烧烤，有翅席，有便饭，有西餐。但茅檐下也有淡饭，路傍也有残羹，野上也有饿莩；有吃烧烤的身价不资的阔人，也有饿得垂死的每斤八文的孩子。

这就是说，在考察中国吃文化时，不能只看到烧烤、翅席，而看不到残羹、淡饭；观察中国现实时，更不能只看到"吃烧烤的身价不资的阔人"，而看不到"野上"的"饿莩"，"饿得垂死的每斤八文的孩子"。——这样的冷言提醒,对那些"乐观的爱国者"自然有点扫兴,无疑是当头棒喝;但却是犀利、深刻的,揭示了中国的两种吃文化。忽视了贫富不均这一中国基本国情,是永远看不清中国的文化和中国的现实的。

而且鲁迅还要追问:为什么我们的眼睛里,只看见吃烧烤、翅席的中国,而感受不到"饿得垂死的每斤八文的孩子"的痛苦?鲁迅把它归之于中国的"有贵贱,有大小,有上下"的等级制度。(板书:等级制度)在这样的等级制度下,每个人都处在某一等级上,自己被等级在上的人凌辱,但也可以再去凌辱等级在下的人,即使是农民,处在等级的底层了,回到家里,也还可以凌辱地位更为低下的老婆和孩子,而老婆也还有希望:等到"多年媳妇熬成婆",又可以凌辱媳妇了。这就是"自己被别人吃,但也可以吃别人"。(板书:被别人吃,吃别人)鲁迅指出,正是这样的等级制度造成的等级社会,把人们"各各分离",就"不能再感到别人的痛苦;并且因为自己各有奴使别人,吃掉别人的希望,便也就忘却了自己同有被奴使被吃掉的将来"。这样也就不会有反抗,因为他也可以通过压迫别人,吃别人获得补偿,这就是中国天下太平的原因。因此,在鲁迅看来,中国的等级制度、等级社会,就是一个"大小无数的人肉的筵宴","人们就在这会场中吃人,被吃,以凶人的愚妄的欢呼,将悲惨的弱者的呼号遮掩,更不消说女人和小儿"。——鲁迅做出这样的判断时内心是十分沉重的:我们在前面几讲中已经反复提到,鲁迅从他的"弱者,幼者本位"的价值观出发,他是始终站在受压迫、被奴役的普通民众的立场上观察和评论中国历史和现实的,他尤其关心的是妇女和儿童的命运;他之所以断定中国的等级制度、等级社会是一个"人肉的筵宴",就是因为他看到了在这样的社会里,吞噬了无数的弱者和幼者,他最感痛心的"饿得垂死的每斤八文的孩子"就是这样被吃掉的。鲁迅之所以不能容忍那种盲目赞扬所谓中国"吃文化"的理论或言说，就是因为在他看来，这就是"以凶人的愚妄的欢呼，将悲惨的弱者的呼号遮掩，更不消说女人和小儿"。而我每回看到这里的时候，都受到震动，因为我觉得现在的中国就是这样，用世纪初的狂欢，遮掩了悲惨的弱者的呼号，当人们向世界炫耀中国的吃文化时，又有谁像鲁迅这样想到，并关心着今天依然存在的饥饿的孩子呢？只要中国的等级制度和等级社会依然存在，鲁迅对"人肉的筵宴"的批判，就永远没有过时，是不可以用"偏激"一词轻易否定的。

而且我们还要进一步讨论：鲁迅所说的"吃人"，其内涵究竟是什么？

应该说"吃人"这是鲁迅的一个最基本的概念。最早提出这一概念的，是他的第一篇小说《狂人日记》："我翻开历史一查，这历史没有年代，歪歪斜斜的每叶上都写着'仁义道德'几个字。我横竖睡不着，仔细看了半夜，才从字缝里看出字来，满本都写着两个字是'吃人'。"他在写《狂人日记》的同时，给他的老同学写了一封信，说他最近读了中国的《资治通鉴》，有一个大发现，就是"中国人尚是食人民族"，（板书：食人民族）并且说，这个发现"关系亦甚大，而知者尚寥寥也"。恐怕许多人至今也不理解。

我想向同学们谈谈我的理解。在我看来，鲁迅说的"吃人"，包括两个方面的含义。

首先，这是实指，就是真的吃人、杀人。《狂人日记》讲了很多的这样的故事，这些故事不完全是狂人的狂想，往往是有历史根据的，当然在细节上可能有出入。比如说，小说提到的中国古代的易牙蒸子，把自己的孩子蒸了吃了，这在《管子》里就有记载。《左传》中还有这样的记载：当年的宋国的都城被楚国围困的时候，宋国人为饥饿所逼，就互相交换了儿子来吃。《狂人日记》中提到徐锡林（麟），他是秋瑾的战友，被捕以后，他的心就被清兵炒着吃了。

　　本来吃人的现象在人类的历史上早就有了，不只在中国，各个民族都有。人类在追求生存的过程中，在原始社会的历史中，因为灾荒，因为战争，都会发生人吃人的现象，这叫作"求生性吃人"。（板书：求生性吃人）中国的特点是吃人事件特别多。有一位韩国的学者，他写了一本《中国古代的食人》，根据中国古书（其中也包括鲁迅读了的《资治通鉴》）的记载，列举了因为战争的吃人，就有三十九例，而且都不是吃一个人，而是大规模的相互吃，也就是说，平均每一个朝代都有好几次，还不包括因饥荒而吃人。到清代，据记载，有三百五十二次灾荒，就有十九次吃人的事情，也就是清朝统治的二百五十年期间，大概每十五年就有一次吃人的事件发生。这在世界历史上是罕见的。

　　更可怕的是还有一种"习得性"吃人，（板书：习得性吃人）就是在一种理论指导下的理直气壮地吃人。比如中国就鼓励为"尽孝道"而献身，把自己身体的某一部分献给自己的父母长辈给他们治病，让他们吃。鲁迅曾专门写过一篇文章，批判《二十四孝图》，就是因为它歌颂这样的孝道鼓励的吃人。听说这些年又有人在向青少年推荐《二十四孝图》，莫非又要鼓励这样的为"尽孝"而自愿被人吃？真是不可思议！中国还有一种迷信，认为吃人肉或人的某个器官，可以增加性功能，很多人就因此想方设法吃人。这大概就是为养生而吃人吧。中国最多的就是这样的习得性吃人，"食人"是和"忠""孝""养生"这样一些中国传统儒家、道家文化的基本概念联系在一起的，是在伦理道德的美名之下，在道德理想主义的旗帜下吃人。这样的肆无忌惮地大规模地吃人，而且是被中国传统文化所默认和鼓励的，这在世界上也是罕见的。

而且更令人恐惧的是，这种吃人已经进入了中国的文学，被审美化了。中国老百姓家喻户晓的《水浒传》《三国演义》，都有吃人的描写，而且都是绘声绘色，涂以"道德美"的神圣光圈。《三国演义》第十九回就讲了这样一个"故事"：刘备被吕布打败了，想投靠曹操，在投奔的路上住在猎户刘安家里，刘安很崇拜刘备，想随他去打仗，但他家里有一个老母，为了尽孝道，他不能走，最后就杀了妻子，给刘备吃了。这样，他就用吃人的行为实现了"忠孝两全"的儒家最高理想。问题是，不仅作家赞美这样的"德行"，我们读者（包括我自己）读到这里竟然一点不觉得可怕，没有人进行谴责，我们都觉得这是很自然的事情，甚至是很美好的事，可见我们的心灵麻木到了一个什么程度！这也折射出中国文化、中国文学的问题：它把吃人的现象赋予了伦理的、审美的合理性，而且把我们的心灵也毒化了。鲁迅说中国是一个"食人民族"，这绝不是危言耸听。

问题是这样的"食人"，在鲁迅以后的中国，依然不断发生。而且还有新的理论，就是为了"革命"而吃人、杀人。这是因为在那个年代，"杀反革命，天然合理"已经成为主流意识形态，甚至集体无意识。而所谓"反革命"，并非因为其触犯了法律，而是由掌握了包括杀人权在内的一切权力的统治者决定的。鲁迅早就说过，在中国，杀人有一个办法，就是先宣布你不是人，清朝皇帝要杀自己的亲兄弟，先把他们的名字改了，管叫"猪"叫"狗"，既然是猪是狗就可以随意杀戮了。现在的办法是先宣布你是"反革命"，把你从"革命队伍"中开除，要杀要吃就由"革命者"说了算了。其实并不是因为他真的反对革命，而是因为他的意见或行为违背了掌权者的意志，是一个异己者，有的干脆就因为掌权者看着不顺眼，这样的"杀反革命"实际上就是滥杀异己和无辜。鲁迅对此做了一个深刻的概括："革命，反革命，不革命。革命的被杀于反革命的。反革命的被杀于革命的。不革命的或当作革命的被杀于反革命的，或当作反革命的被杀于革命的，或并不当作什么而被杀于革命的或反革命的。革命，革革命，革革革命，革革……"这样的以"革命"的"大义"滥杀异己和无辜的历史，几乎是贯穿了20世纪的。

因此，我要提醒大家，这样的"习得性吃人"，在道德、正义的旗帜下的杀人，离你们并不遥远，在你们脚下的这块土地上，就发生过这样的人杀人（实际上就是人吃人）的人间惨案。你们女师大附中的一位老学长王友琴根据她的实际采访，写了一本《"文革"受难者》的书，就记录了这样的触目惊心的事实：1966年8月5日，你们的老校长卞仲耘被活活地打死在你们的校园里，而施暴者就是她的学生，也是你们的老学长。这样的学生打死老师的惨剧也发生在北大附中，学校教务处的李杰老师，也是在1966年8月，学生命令她跪进一只抽屉里，使她动弹不得，然后用通炉子的铁条打她。到1968年，她又遭到了一批刚升入初中的学生的毒打，不治而亡，医院的诊断书说是死于"脾脏破裂"。北大附中的红卫兵在"文革"中还打死了学校附近工厂里的工人陈彦荣。学生中也有被毒打的，北大附中初一女生万红，和高中部的男生朱同都因为父亲是"右派"而被打成重伤，朱同还被关在一间地上有水的小房间里"示众"。许多人都对"文革"中这些学生（尤其是女学生）的暴行觉得不可理解，其实，道理很简单，他们从小接受的教育就是"对敌人要像秋风扫落叶一样无情""杀反革命天然合理"，"文革"用"革命"的名义宣布这些校长、老师都是十恶不赦的"反革命"，他们就出于"革命"的"义愤"，把校长、老师活活地打死，吞噬了。这就是鲁迅所批判的"吃人"文化、"吃人"教育结出的恶果，在这个意义上，"文革"就是鲁迅所批判的"人肉的筵宴"。——坦白地说，我在你们面前讲述这些带着血腥味的，而且是发生在你们校园里的残酷的历史，心情是非常沉重的，而且直到今天上课前，我还在犹豫：到底要不要向你们说出这一切。最后我还是决定要讲，而且非讲不可。原因就是鲁迅说的，必须"睁了眼看"，正视历史和现实的一切苦难，唯有正视了，才会去反抗，去改革，才有希望。其实这也是做人的一个基本原则：活着，就是要"睁了眼看"。我们作为年长者更有责任把历史的真相告诉你们年青一代。而且作为一个高中生，你们都已经长大了，已经是，或者接近是一个公民了。你们有权利知道校园里曾经发生过的事情。你们迟早要对社会有所承担，而承担的前提，就是要正视历史与现实。

当然，更重要的是，要从历史中吸取教训。这也是我最想和同学们讨论的：这样的"吃人"的悲剧是怎样产生的？原因自然是复杂的，而且主要是一个社会的制度的问题。但我们今天要探讨的，是思想、文化上的原因。我觉得这里的一个关键，就是我们在前几讲已经讨论过的对人的生命的漠视的问题。也就是鲁迅在《兔和猫》里所说的，"将生命造得太滥，毁得太滥了"，所以中国人就缺少一个生命的概念，珍惜、敬畏生命的观念。缺少对生命的珍爱，就形成一种内在的嗜杀性，或者说嗜血性。如果这个问题不解决，历史就有可能重演。我这样讲，绝不是危言耸听。这几年为什么出现那么多的杀人事件，父母杀孩子，孩子杀父母，同学杀同学，原因就是缺少一种生命意识，不懂得生命的价值，不尊重和珍惜人的生命。经常在报纸上看到，有学生轻生、自杀，我每一次看到这些报道，心里就非常痛苦，年青的一代不爱惜别人的生命，也不爱惜自己的生命，可以为很小的事情丧生，也可以为很小的事情杀人，这是非常令人痛心而担忧的：在我看来，这都是另一种形式的"吃人""吃自己"。在这个意义上，鲁迅说的"人肉的筵宴"在中国还在延续着，还是一个生活的现实，是必须正视而不能闭着眼睛，回避了之的。

这里，还需要谈到鲁迅所说的"吃人"的第二个方面，就是象征的意义，也可以说是更深层次的"吃人"。这里涉及鲁迅对"人"的独特理解，他有一个最基本的命题，叫"立人"。（板书：立人）他曾明确地表示，"立人"的基本道路就是"尊个性而张精神"，就是说，他所看重的是人的生命个体的精神自由。（板书：个体精神自由）他认为，中国所要创造的"近世文明"（有点类似于我们今天所说的"现代化"），不能仅限于物质的富有、科技的发达、民主政治的推行，还要有人的个体精神的自由发展。因此，他提出："首在立人，人立而凡事举。"鲁迅之所以如此强调"立人"，而且把"立人"的重心放在人的个体精神自由上，就是因为这样一种人的个体精神自由的观念，恰好是我们中国传统文化中所欠缺的。我们比较强调人的群体性、集体性。传统观念中的"人"，是家庭的人，是父亲的儿子，是国家的人，是皇帝的臣民，而很少强调个体的独立和权利。尽管强调人的集体性和群体性，自有其不可忽视的意义和价值，但它同时也遮蔽了人的个体性，忽略了人的个体的精神自由。在鲁迅看来，这是构成了中国文化的重大缺失的，对人的个体精神自由的压抑和剥夺，也是一种"吃人"，而且是更深层面的"吃人"，即精神的"吃人"。（板书：精神的"吃人"）这自然是一个十分深刻的观察，直到今天的社会生活中，也包括学校的教育中，我们都不难发现，对人的个体精神自由的压抑，同学们对此都有亲身的体验，我就不多说了。

现在，我们可以做一个小结：鲁迅所讲的"吃人"包括两个方面：一是把人的生命不当回事，对人的生命的漠视和残杀；一是忽视人的精神发展，对人的个体生命的精神自由的压抑和剥夺。在他看来，这构成了中国社会和文化的两大基本问题，这也就是他所要揭示的中国的"人肉的筵宴"的基本内涵。一切残杀人的现象，一切奴役人的现象，都是他所不能容忍的，是他要反抗和批判的；只要出现了对人的残杀，对人的精神的奴役，他就会感到"人肉的筵宴"还在继续，并因此而作出强烈的情感反应。这样的反应常常使人们感到不可思议，或者就干脆指责他反应过激。在我看来，这恰恰反映了我们许多人都已经麻木，见怪不怪了。而鲁迅却依然坚守着他的"立人"理想，对一切"吃人"现象保持高度的警惕和敏感，并因为这样的坚守、警惕和敏感而不被理解，这也是鲁迅的宿命吧。

二、鲁迅在"睁了眼看"中国历史时，发现所谓"一治一乱"的历史，不过是"暂时做稳了奴隶的时代"和"想做奴隶而不得的时代"的"循环"。（板书：暂时做稳了奴隶，想做奴隶而不得）——他的这一概括是在《灯下漫笔（一）》里作出的。[板书：《灯下漫笔（一）》]

鲁迅对中国历史和现实的这一概括，是由他对中国社会、中国人的命运的一个基本判断引申出来的。他指出："实际上，中国人向来就没有争到过'人'的价格，至多不过是奴隶，到现在还如此。"——这自然是一个十分严峻的论断，但鲁迅却说出了真实，包括他所说的"到现在还如此"。在我看来，八十年后的"现在"，也"还如此"。

但鲁迅之为鲁迅，不仅在于他敢于正视中国人"至多不过是奴隶"的历史与现实，更在于他还要进一步追问和揭示：处在奴隶地位的中国人的心理状态，他们是如何对待自己的奴隶地位的。

于是，鲁迅就有了更令人惊骇的发现："我们极容易变成奴隶，而且变了之后，还万分喜欢。"

原因就在于，中国人经常处在"下于奴隶"，也就是连奴隶都不如的状态。用鲁迅的话来说，就是"有一种暴力，'将人不当人'，不但不当人，还不及牛马，不算什么东西"，这就是所谓"乱离人，不及太平犬"。像明代的张献忠统治下，"不服役纳粮的要杀，服役纳粮的也要杀，敌他的要杀，降他的也要杀；将奴隶规则毁得粉碎。这时候，百姓就希望来一个另外的主子，较为顾及他们的奴隶规则的，无论仍旧，或者新颁，总之是有一种规则，使他们可上奴隶的轨道"。像元朝就明令打死别人的奴隶，赔一头牛，"人们便要心悦诚服，恭颂太平的盛世。为什么呢？因为他虽不算人，究竟已经等于牛马了"。——这样的分析，是非常犀利的，是摸透了奴隶心态和精神奴役状态的。这是一个更深刻的悲剧命运。

由此而揭示出了历史的真相：中国的"乱世"，就是"想做奴隶而不得的时代"；所谓"治世"，就是统治者"较有秩序地收拾了天下。厘定规则：怎样服役，怎样纳粮，怎样磕头，怎样颂圣"；而所谓"太平盛世"，不过是"暂时做稳了奴隶的时代"。（板书：太平盛世）儒家所津津乐道的"一治一乱"，不过是"想做奴隶而不得的时代"和"暂时做稳了奴隶的时代"的循环，从根本上并没有走出"奴隶时代"，中国人始终是奴隶。

鲁迅说："现在入了那一时代，我也不了然。"但他指出了一点："现在"许多人"于现状都已不满"，但人们并不想改变现状，却"神往于三百年前的太平盛世，就是'暂时做稳了奴隶的时代'了"，可见人们的"不满现状"，不过是因为"想做奴隶而不得"，不仅事实上，而且在心理上都没有走出"奴隶时代"。

鲁迅的这一分析，简直可以看作是他对八十年以后的今天的一个"预言"。当今的中国，不是正有许多人既不满足于现状，却又歌颂

"三百年前的盛世"吗？读本里有一个题目，就是要大家关注与思考这样的思想、文化现象："有关康熙、雍正、乾隆王朝的影视片的纷纷上演，引起了舆论界和学术界关于如何看待历史上的'太平盛世'的论争，试查阅有关资料，发表自己的意见。"我这里就不多说了。不过，只想提醒一点：对历史上的"太平盛世"的歌颂，其实也是有现实指向的，有的确实是因为不满意于"想做奴隶而不得"，但也有的干脆就是要歌颂当下的"太平盛世"的，"不满意现状"不过是一个遮眼法。

因此，鲁迅当年的召唤，今天依然有力——

彻底走出"想做奴隶而不得的时代"和"暂时做稳了奴隶的时代"循环的怪圈，"创造这中国历史上未曾有过的第三样时代，则是现在的青年的使命"！

（第二堂课）

趁着还有同学没来之前，我们讲一些闲话。我在来上课的路上，突然想起今天是愚人节，于是我就想起，鲁迅在去世之前，写过一篇文章，题目叫作《我要骗人》。（板书：我要骗人）这篇文章写得非常感人。他讲了一个故事：一个冬天的早晨，鲁迅一大早就出门，碰见一个小女孩，那个时候中国每年都有旱灾、水灾之类的灾荒，而这个女孩就是募捐的。鲁迅一听到说是捐款，他心里想，那个时候国民政府非常腐败，这个小女孩辛苦募捐来的钱，绝对到不了灾民的手里，连那些水利局的大爷们抽烟的钱都不够，所以在鲁迅看来，小女孩募捐这个事情，是毫无意义的。但是鲁迅说，面对这么一个天真热情的小女孩，我能对她说真话吗？我能说你这样做是毫无意义的？我不能这么说，还得骗她，我要对这个孩子说，小姑娘，你做的这个事情非常有意义，非常有价值。于是鲁迅就拿了一大把钱给她，这个女孩非常感动地说，我要不了这么多。鲁迅就拉了她的小手到一个商店里把钱换成零碎的小钱给她，小女孩紧握住鲁迅的手说，你太好了，还打了一个收据给鲁迅，说以后再有人要你捐款的话，你可以不捐。在这个冬天的凛冽的寒风中，鲁迅眼看着这个小女孩的背影越走越远，他的手上还可以感到她的小手的体温，正是这个温暖像火一样地烧灼着鲁迅的心，因为他骗了这个孩子！于是鲁迅反问自己：难道我能时时刻刻都说真话吗？那是不行的，就像老母亲，八十多岁了，快要死了，她整天就想她死以后可不可以进天堂，作为儿子，是一个唯物主义者，但能对母亲说，你死后进不了天堂？不能这么说，相反的要反复地对母亲说，老人家做了一辈子的好事，你死了以后一定上天堂，他骗了他母亲！于是，鲁迅对自己，也对我们，提出一个非常尖锐的问题：在现代中国或者在人世上，能够时时刻刻说真话吗？我每次看到这段话的时候都非常地感慨，我们都说一个人说真话很难，很可贵，但是我觉得，事实上，我们每个人时时刻刻都面临着一个说真话还是骗人的选择，这是人生来的困境，但是有多少人像鲁迅这样敢于正视这个困境，而且公开表达出来，"我要骗人"？所以我觉得说真话的鲁迅固然可贵，而说"我要骗人"的鲁迅可能更可贵。他敢于正视我们自己生存的困境，言说的困境。我们上次讲的《论睁了眼看》也包含这样的意思，不仅敢于看周围的现实和黑暗，同时也要敢于正视自己言说的深层的困境：说真话还是骗人，你敢不敢正视这个问题。我所说的这些话，是由愚人节引起的，我这里还要强调一点，今天虽然是愚人节，但是我下面所说的话，都是真话。

我们今天要讨论的是，鲁迅对中国历史和现实的第三个重要发现，重要判断。当鲁迅强调中国的文明是一个"人肉的筵宴"，指出人们所神往的所谓"太平盛世"不过是"暂时做稳了奴隶的时代",许多人在承认他的认识的独到和深刻时,也不免要怀疑,鲁迅是否把中国社会和文化看得过分黑暗?中国社会和文化难道没有光明面吗?后来,鲁迅写了一篇《中国人失掉自信力了吗》,(板书:中国人失掉自信力了吗)就是回答这个问题的。他有这样一段话——

> 我们从古以来,就有埋头苦干的人,有拼命硬干的人,有为民请命的人,有舍身求法的人,……虽是等于为帝王将相作家谱的所谓"正史",也往往掩不住他们的光耀,这就是中国的脊梁。

> 这一类的人们,就是现在也何尝少呢?他们有确信,不自欺;他们在前仆后继的战斗,不过一面总在被摧残,被抹杀,消灭于黑暗中,不能为大家所知道罢了。说中国人失掉了自信力,用以指一部分人则可,倘若加于全体,那简直是诬蔑。

我们一起来琢磨鲁迅这段话。我以为它包含了三层意思。

首先是肯定中国历史和"现在"都存在着真正的"人"。尽管如我们在前面的讨论中说到中国是一个"人肉的筵宴",无数中国人在肉体上被残害,在精神上受奴役,但依然有埋头苦干、拼命硬干、为民请命、舍身求法的人,他们是"中国的脊梁",(板书:中国的脊梁)构成了中国社会和文化的真正的光明面。因此,鲁迅强调,我们必须有民族"自信力",要"自信",而不是"他信",要把命运掌握在自己手里,自己反抗黑暗,自己解放自己,而不能寄希望于他人的恩赐。——可见说鲁迅否认中国的传统,鲁迅眼里只有黑暗,没有光明,缺乏民族自尊、自信,不是误会,就是鲁迅说的"污蔑"。

但这里还有一个问题:中国的脊梁在哪里?我们寻找中国的光明,眼光应往哪里看?鲁迅说,在"等于为帝王将相作家谱的所谓'正史'"里,是看不到这些真正代表光明的中国的脊梁的,他们是被瞒和骗的历史叙述所遮蔽的,"要论中国人,必须不被搽在表面的自欺欺人的脂粉所诓骗,却看看他的筋骨和脊梁。自信力的有无,状元宰相的文章是不足为据的,要自己去看地底下"。(板书:自己去看地底下)——这又是一个极重要的提醒:不要被自欺欺人的谎言所欺骗,才能看到真正的民族的脊梁;不要只看高高在上的帝王将相,要目光向下,看立足在中国的土地上,切切实实为中华民族的生存发展艰苦奋斗流血牺牲的那些人,地底下的那些中国老百姓,普通的知识分子,他们才是中国的筋骨和脊梁。

第三个方面,也是鲁迅最感痛心的,他要着重讨论的,就是这些代表着光明的中国的筋骨和脊梁,在中国历史与现实中,"总在被摧残,被抹杀,消灭于黑暗中,不能为大家所知道"。这就是我们所说的"历史的被遮蔽"的问题。(板书:历史被遮蔽)鲁迅在和朋友的通信中,专门讨论过这个问题。他说,我们看外国的历史,包括外国的文学,比如俄国的文学,你常常可以感觉到,俄罗斯民族有许多的硬汉,但是中国历史给人的印象就好像比外国的少,这到底是什么原因?他分析有两个原因:一是中国刑法的残酷是全世界少有的,即使是在西方的中世纪,许多基督教的教徒被当作异教徒残杀,也没有像中国这么厉害,持续时间这么长。硬汉少,这大概就是我们前面所讨论的中国式的"吃人"的一个恶果吧。更重要的原因是在西方国家里,一旦出现在酷刑下能够坚持自己信仰的硬汉,整个民族就给他很高的评价,称他为圣徒,而且代代传下来。但是中国恰好相反,中国出现硬汉,不但不表彰,还要想方设法地把他遮蔽起来,不发表,也不进入历史记载。这样就造成一个假象,好像人要活下去,就必须要妥协、屈服,反抗毫无意义,不仅要承受酷刑,而且还要被抹杀,这就实际上鼓励那些卖友求荣的人,背叛自己理想的人,屈服于现实、苟且偷生的人，而且造成一个假象，在后人看来，似乎中国历史上就没有什么硬汉，一片黑暗，不见光明。鲁迅说，如果这个情况继续下去，酷刑就永远不会停止，作为民族脊梁的不屈的硬汉永远被遮蔽，我们民族的精神传统就会中断，那整个民族就真的没有希望了，这是一条民族灭亡之路。

这是真正的振聋发聩之言。

我读到鲁迅这些话，很受震动，因为这也是我们今天所面临的现实，或许还要更为严重。历史的血腥事件，历史上的有血性的人物，不仅不能进入历史记载，连谈论也不允许。以致在座的同学们，根本就没有听说过这些事、这些人，于是，历史的传统，到你们这里就被强制割断了。这样的对年青一代的瞒和骗，是可怕的。因此我们今天必须"拒绝遗忘"。（板书：拒绝遗忘）曾经有过的血腥的历史，历史上一些有血性的人物，我们都不能忘记，套用我们年轻时候经常说的一句话：忘记，就是背叛！

我在这里，特别要和诸位讲述一位不应该被忘却的人物的故事。几天前，我参加了南师附中校园胡风塑像揭幕仪式，有很多的感慨。胡风案曾经是中国的一大冤案，这是同学们都知道的；但是，大家想过没有，知不知道，为了胡风的冤案的平反，有很多人都献出了自己的生命。其中就有我在北大的老学长刘奇弟。（板书：刘奇弟）他是1957年北大物理系四年级的学生，多才多艺，会拉小提琴，会作曲，还会下棋，文学作品也读得非常多，是一位高才生。1957年号召大鸣大放，他就公开贴出大字报，要求为胡风平反，他大声疾呼："胡风不是反革命，我要求政府释放胡风。要知道救人一命，不是仅仅胜造七级浮屠，更是为了维护正义，维护《宪法》和法律的尊严。"他为维护真理而为胡风辩论，结果被打成"反革命"，判了十五年的徒刑。在劳改农场里，他已经病得很厉害，但是他死不认罪，就被不断地吊起来毒打，最后被逼疯了以后，又被塞进一个狗洞一般的小洞里，宽只有八十厘米，高一米，长一米五，躺在里面，伸不开腿，只能勉强地支腰，下面铺着一些稻草，身上还戴着镣铐，每天只有三两八钱的粮食，在零下二十多度的冬天，最后活活地饿死冻死。死了以后，家里人不敢来认他，所以到现在为止还没有人为他说话，已经被人们彻底地遗忘了。1957年我当时正在读大学二年级，刘奇弟，还有很多比我优秀得多的人，都死了，而我活下来了。作为幸存者，(板书：幸存者)就觉得有一种历史的责任，把这些被遮蔽的历史真相告诉大家，把被抹杀的民族脊梁介绍给大家，请同学们以后在校园里走过胡风铜像、鲁迅铜像时，多想想这些为真理而献身的中国的"硬汉"。这也是你们的历史责任。

我又想起了鲁迅在《记念刘和珍君》里的一句话，这也是大家都很熟悉的："真的猛士，敢于直面惨淡的人生，敢于正视淋漓的鲜血，这是怎样的哀痛者和幸福者！"所谓"直面""正视"，就是要"睁了眼看"。按鲁迅的观念，主要有两方面，一是要敢于直面历史和现实的"吃人"的血腥：以任何形态出现的，对人的生命的残杀和对人的精神的奴役；一是要不要遗忘历史和现实的血性硬汉，为他们抹去血污：他们是民族的脊梁和希望。这样睁着眼去看，揭示真相，当然需要勇气，因为它会给你带来真正的痛苦，沉重的精神的负担；但你也会感受到真正的幸福，敢于正视，也就意味着敢于承担：这样的生命才是有意义有价值的。

第九讲 | 要有会看夜的眼睛

我们今天来讨论一个新的话题。"睁了眼看"以后,还有一个问题:会不会看?

我们还是从鲁迅的一篇文章说起。题目叫《夜颂》,一开始就宣布自己是一个"爱夜的人"。接着,就说了一番意味深长的话——

> 人的言行,在白天和在深夜,在日下和在灯前,常常显得两样。夜是造化所织的幽玄的天衣,普覆一切人,使他们温暖,安心,不知不觉的自己渐渐脱去人造的面具和衣裳,赤条条地裹在这无边际的黑絮似的大块里。

在白天,人是穿着衣服,戴着面具的。比如说,我现在站在大家面前,就戴了一个"北京大学教授"的面具,也就是说,自觉、不自觉地,我的言行就要受到某种限制,对我自己就有所遮蔽,你在课堂上看见的我,和在我家里看见的我,是不完全一样的。你在白天,在光天化日之下看见的我,和黑夜中的我,也是不一样的。到了晚上,特别是一人独处的时候,把衣服脱下,面具也拿下了,这时,就露出了一个真实的赤裸裸的自我。——我想再补充一句:这还不够,因为还有皮肤,皮肤也是一种掩饰,只有连皮肤也撕开,露出血淋淋的筋骨,那才是血淋淋的真实。鲁迅的作品就是这样产生的:那里有血淋淋的真实。没有足够的勇气,是不敢面对的。

鲁迅的这一描述,可以看作是一个隐喻:白日,就意味着掩饰、遮蔽；只有黑夜，才有真实。这样，我们就能理解，鲁迅为什么说他是一个"爱夜的人"："爱夜的人于是领受了夜所给与的光明。"

一夜已尽，人们又小心翼翼的起来，出来了；便是夫妇们，面目和五六点钟之前也何其两样。从此就是热闹，喧嚣。而高墙后面，大厦中间，深闺里，黑狱里，客室里，秘密机关里，却依然弥漫着惊人的真的大黑暗。

现在的光天化日，熙来攘往，就是这黑暗的装饰，是人肉酱缸上的金盖，是鬼脸上的雪花膏。

这是一个重要的警示：表面上看，是一个大白天，社会一片光明，但是，在光明之下正"弥漫着惊人的真的大黑暗"。鲁迅连用两个比喻，"人肉酱缸上的金盖"，"鬼脸上的雪花膏"，提醒我们中国的"吃人肉的筵宴"里的人肉酱缸上面，有着金盖，吃人肉的鬼魅脸上是涂着雪花膏的。因此，不是你一睁开眼睛，就能一眼看出的，这就有了一个识别的问题，去掉伪饰的问题。能不能看到白日背后的大黑暗，能不能透过种种装饰、层层遮蔽，看到真实，这需要眼力，需要智慧。鲁迅因此提出一个重要的命题："爱夜的人要有听夜的耳朵和看夜的眼睛。"（板书：要有看夜的眼睛）

这就是我们今天这一讲的主题：睁了眼之后，还要有会看夜的眼睛。

我们来具体考察：鲁迅是如何看的？他练出了怎样一双会看夜的眼睛？这也就是前面所讨论过的，我们读鲁迅作品，不仅要了解他的独特见解，更要了解唯他所独有的看世界的方法。在我看来，鲁迅看世界的方法，有四个特点。

一、往深处看，仔细看，看出隐蔽的内情（板书）

鲁迅说过，他看事情太仔细，他对中国人的内情看得太清楚。一个看得太仔细，一个看得太清楚，这大概就是鲁迅看事情不同寻常之处。他喜欢往深处看，希望看出内情，他要关注的，他要在他的文章里揭示的，是人最隐蔽的心理状态，而且是人自己也未必自觉的，即所谓无意识的隐藏心理。因此，在一般人看来没有什么问题的地方，鲁迅却一眼看出背后的内在问题，揭示出来，就让大家大吃一惊。

举几个例子。

鲁迅有一篇奇文，题目就很怪：《论"他妈的！"》。"他妈的"堪称中国的"国骂"，每个中国人都会骂，即使不在公开场合骂，私下的暗骂也是有的。鲁迅在他的文章里，就提到过这样的趣闻："我曾在家乡看见乡农父子一同午饭，儿子指一碗菜向他父亲说：'这不坏，妈的你尝尝看！'那父亲回答道：'我不要吃，妈的你吃去罢！'"鲁迅说，这里的"国骂"，"已经醇化为现在时行的'我的亲爱的'的意思了"。

问题是，全民都这样骂，却从来没有一个人去认真地想过：这样的"国骂"意味着什么，背后隐藏着什么，更不要说写成文章。在人们心目中，这是不登"大雅之堂"的。但人们忽略之处，正是鲁迅所要深究的；人们避之不及，鲁迅却偏要大说特说，要"论"。"论"什么呢？论"国骂"的背后隐藏着的国民心理，以及造成这种国民心理的社会原因。于是，鲁迅就做了"国骂始于何时何代"的考证。这样的考证，也是非鲁迅所莫为的，现在的学者是不屑于做，也想不到要做的。但鲁迅认真地做了，而且得出了很有意思的结论。

他发现，"他妈的"这种"国骂"大概始于晋代，因为那个时代强调"门第",即所谓"出身"。人的地位价值不是取决于你的主观的努力,也不是取决于你的才能,而是取决于你的出身。出身于大家族,就可以当大官,这就是"倚仗祖宗,吃祖宗饭"。这样的遗风犹存:过去是"学好数理化,走遍天下都不怕",现在是"有个好爸爸,走遍天下都不怕"。这个大家都很熟悉,仗势欺人,就是仗自己父母、祖宗的势力欺人。当一个人受到仗势欺人的人的欺负,他心里有股怨气,特想反抗,但是又不敢反抗,那怎么办呢?于是就走一条"曲线反抗"的路:你不是靠着父母,吃祖宗饭吗?我就诅咒你的父母、祖宗,骂一声"他妈的",出一口恶气,心理就平衡了。这可以说是一种反抗,但却是靠骂脏话来泄愤,是一种被扭曲的,甚至可以说是卑劣的反抗。这是典型的阿Q心理,"他妈的"一骂,心里满足了,就忘记了一切屈辱,还是"闭了眼睛",天下也就太平了。

你们看,鲁迅对人们司空见惯、习以为常的"国骂"看得多细,多深,他看出了内情:一个是中国社会无所不在的等级制度,一个是中国人一切倚仗祖宗,不思反抗,自欺欺人的国民性。而且鲁迅说:"中国至今还有无数'等',还是依赖门第,还是倚仗祖宗。倘不改造,即永远有无声的或有声的'国骂'。"不知道同学们读了鲁迅这样鞭辟入里的分析有什么感觉,至少以后再有意无意地口出"国骂",就会有某种反省和警诫吧?鲁迅这双"会看夜的眼睛"实在太厉害了,他把我们中国社会制度的毛病,我们国民心理的弱点,看得实在太透了。

这里还有一例。许多人都喜欢看京剧,尤其喜欢看男扮女装的戏,这本来也没有什么,无非是人们的欣赏兴趣和习惯。但鲁迅却要往深处看,要追问这背后隐藏的心理。于是,他发现,同是欣赏,男观众和女观众,欣赏的重点不一样,他们所要看的不一样:同是"男人(男演员)扮女人(女角色)",男人(男观众)看见"扮女人",

女人（女观众）看见"男人扮"。（参看鲁迅：《论照相之类》）——这又是一个十分独到而深刻的心理分析。它所揭示的，是在中国长期的封建禁欲主义桎梏下所形成的变态性心理：在封闭的社会里，剧场就是一个男女间交往的场所，更重要的是，他们可以借看"男人扮女人"的戏来满足被压抑的性欲。而这样的男人扮女人，不男不女，亦男亦女，也正好符合中国的中庸之道。所以鲁迅说："我们中国的最伟大最永久，而且最普遍的艺术也就是男人扮女人。"从很普通的看戏，鲁迅却看出了如此深的"内情"：不仅是民族的心理变态，还有中国传统的中庸之道，这都是人们并不自觉的"集体无意识"，却被鲁迅毫不留情地揭示出来，自然难以被接受，直到今天还被中国的京剧迷们视为鲁迅"全盘否定京剧和中国传统"的"罪证"。面对这样的误读和隔膜，我们也只有感叹而已。

鲁迅还有一篇分析张献忠杀人心理的文章《晨凉漫记》，我们的选本有一个摘要。大家知道，中国历史上的农民起义领袖中，最喜欢杀人的是张献忠，鲁迅从他反对滥杀无辜的立场出发，自然有尖锐的批评，这和毛泽东视农民起义为历史发展动力的立场，是有很大不同的。鲁迅最不能容忍的，是张献忠见人就杀，"仿佛他是像'为艺术而艺术'的一样，专在'为杀人而杀人'了"。很多人都把张献忠的杀人，归结为他性格的凶残；鲁迅却不满足于这样的肤浅之论，而要深究其内在的心理动因。于是，他发现，张献忠并不是一开始就是这样胡乱杀人，而是有所节制的，因为那时他和李自成争夺天下的时候，胜负未定，他还有可能当皇帝，就不能把老百姓都斩尽杀绝。直到李自成在北京坐稳了天下，张献忠知道大势已去，就开始乱杀人了，心想反正这天下不是我的，就要通过杀人来泄愤，"现在是在毁坏别人的东西了"。因此，这是一种失败的没落的心理下的疯狂杀人，

"这和有些末代的风雅皇帝（或许还有破落家庭的子女），在死前烧掉了祖宗或自己收集的书籍古董宝贝之类的心情，完全一样"。——鲁迅这里实际上是揭示了一种普遍的社会心理：处在没落地位的阶级、个人和国家，常常会有疯狂的报复和破坏，看起来好像很猖狂，内心却是虚弱的。同学们可以以此来观察许多国内、国际现象，是可以明白许多事情的真相与内情的。

但这些隐蔽的心理，都是人们（特别是当事人）所不去想，不敢想，更不说出来，不愿说，不便说，不敢说的。鲁迅却一语道破，就让人很尴尬，很不舒服，于是就说鲁迅"毒"，有一双"毒眼"，实际就是"会看夜的眼睛"；更有一支"毒笔"，不过是写出了被着意遮蔽的黑暗的真相和内情。

二、换一个角度看（板书）

鲁迅还有一类文章，所讨论的问题，别人已经议论过，而且也很有道理，但是鲁迅却从另外一个角度来看，就提出了另一种非常独到的见解。

我们读本就选了这样一篇：《〈杀错了人〉异议》。当时有一个很著名的学者，也是新闻记者，叫曹聚仁，写了一篇《杀错了人》，谴责袁世凯不应该杀革命者，特别是不应该杀年轻的革命者。他的观点很有意思，他说，你要杀，就杀那些中年人，年轻人你别杀。这里有一个道理：在"五四"时期，有一种进化论的观点，认为年轻人必然胜过老年人。所以钱玄同有一句名言："人到四十该枪毙。"人活到四十岁的时候就该枪毙，像我这样的六十多岁的人就不知道该枪毙多少回了，在座的诸位可以活着，而我却该死了。这是很典型的

"五四"时期的极端进化论。曹聚仁就是顺着这样的"五四"时期的观点说的,在当时是很流行的观点,大多数人都这么看,而且也不无道理。但鲁迅却提出"异议",这也是鲁迅的特点:他从大家普遍认同的也是可以成立的观点中,总能看出问题,从另外一个角度看,就可以把对问题的认识更加深入一步。鲁迅说:"从袁世凯那方面看来,是一点没有杀错的,因为他正是一个假革命的反革命者",他杀革命党人,正是他的反革命本质所决定,也是他反革命本质的暴露,不过是"显了本相",是一点也不奇怪的。问题是年轻的革命党人,被袁世凯"假革命"的表象所迷惑,对他心存幻想,以为他"真是一个筋斗,从北洋大臣变了革命家了",这回一看到袁世凯大杀革命党人,就惊呼"杀错了人"。在鲁迅看来,真正错了的是"革命者受了骗",相信袁世凯不会杀革命党人,从而放弃了对他的警惕。鲁迅由此而得出结论:"中国革命的闹成这模样,并不是因为他们'杀错了人',倒是因为我们看错了人。"——这样的"异议",就不局限于对袁世凯杀革命者的谴责,而是从中总括出应吸取的历史教训,这就深刻多了。至于曹聚仁文章中"多杀中年以上的人"的主张,鲁迅自然也有"异议",但他说自己早已是"中年以上",为避嫌疑,也就不多说了。

鲁迅还有一篇很有名的文章:《倒提》,也是对看似合理的观点,换一个角度看,就提出了"异议"。大家知道,在过去上海、北京都有外国"租界",也就是帝国主义在中国进行殖民统治的地方。当时的法租界发布了一个公告,说不许虐待动物,以后如果将鸡鸭倒提着在街上走,就要罚款。结果引发了一些中国人的抗议,说你们如此优待动物,却"虐待华人,至于比不上鸡鸭"。这样的出于民族主义情绪的抗议,看起来自有它的合理性。但鲁迅却从另一个角度提出了问题:你们抗议外国人优待动物而虐待华人,其实正是暴露了你们在潜在心理上,希望外国人给予中国人鸡鸭一样的地位和待遇。这不仅是一种民族自卑心理,更是在乞求"恩赐"了。鲁迅因此提出,与其"自叹不如租界的鸡鸭",不如自争自强:"我们该自有力量,自有本领,和鸡鸭绝不相同。"鲁迅这样换一个角度看,就形成了一种深度的思考,却很难为满足于表面的、惯常的思维的一般人所理解。当时就有一位年轻的革命者写文章批评鲁迅,说他是为帝国主义辩护。我们今天来看这类思维,这类文章,开始时,也会觉得不可理解,因为它对我们的习惯性思维形成了挑战,但细加体味,却不能不承认其内在的深刻性和说服力。

这对我们也是有启示的:许多事情,许多问题,是可以从多个角度去观察和思考的,所谓"退一步,海阔天空",换一个角度,就会发现新的思考空间。特别是在常规思维之外,另辟蹊径,别出心裁,就可以打开全新的思路。

三、正面文章反面看(板书)

鲁迅说:"我的习性不太好,每不肯相信表面上的事情",常有"疑心"。这是历史的血的教训教给他的。鲁迅多次谈到中国是一个会"做戏"的民族:所谓"戏场小天地,天地大戏场",在后台这么做,在前台又那么做。中国更是一个"文字游戏国",我们日日所见的文章,都不那么简单,"有明说要做,其实不做的;有明说不做,其实要做的;有明说做这样,其实做那样的;有其实自己要这么做,倒说别人要这么做的;有一声不响,而其实倒做了的"。鲁迅说,年轻人如果不知底细,轻信表面文章,那就会上当,有时连性命也会送掉。

鲁迅因此提倡"正面文章反面看"。他说,这是中国传统的"推背图"的思维:从反面来推测未来的事情。用这样的方法,去看报纸上的文章，有时会有毛骨悚然的感觉。他举了一个例子。当时（1933年）中国正面临日本军队入侵的危险，国民党政府的态度自然成为一个关键。这时候，报上登了两条消息："（日本外交官）芳泽来华，据云系私人事件"，"××（官员）谈话：决不与日本直接交涉，仍然不改初衷，抵抗到底"。把这两条新闻合起来，从反面去看，"可就太骇人了"：原来日本当局正在派人来华招降，而中国政府也有意"与日本直接交涉"，放弃"抵抗"。

用这样的方法去读报纸上的宣传文字，确实可以看出许多被着意遮蔽的东西。鲁迅还谈到这样的经验："人必有所缺，这才想起他所需。"他举例说，"我们平时，是决不会记得自己有一个头，或一个肚子，应该加以优待的，然而一旦头痛肚泻，这才记起了他们，并且大有休息要紧，伙食小心的议论"，听到这样的议论，不但绝不可因此认定他是一个"卫生家"，却要从反面看，认定他平时是不讲卫生的。鲁迅因此写了一篇奇文：《由中国女人的脚，推定中国人之非中庸，又由此推定孔夫子有胃病（"学匪"派考古学之一）》。推定孔夫子有胃病，理由就是他在《论语》中大谈"食不厌精，脍不厌细"。这自然是给孔夫子（也是给孔夫子的吹捧者）开了一个玩笑，但确实提供了一种看文章和报纸的方法。特别是那些"瞒和骗"的宣传，是可以从他宣传什么，反过来看出实际生活中缺失什么的。比如，如果一个时期，报纸上突然大讲某个地区如何稳定团结，那就一定是这个地区的稳定团结出了问题。但鲁迅又提醒说，善于瞒和骗的报纸宣传，也不会处处都说谎话，它也要夹杂着真实的记载，真真假假混在一起才有欺骗性，因此，也不能处处都"正面文章反面看"，那也是会把自己搞糊涂的。如何把握，就得靠各人的智慧和判断力了。

鲁迅自己则依据这样的"正面文章反面看"的思维方法，对他所生活的纵横捭阖的现实政治和变幻莫测的险恶人心，做出了许多极为犀利的判断。例如——

  自称盗贼的无须防，得其反倒是好人；自称正人君子的必须防，得其反则是盗贼。（《小杂感》）

  一，自称"铁血""侠魂""古狂""怪侠""亚雄"之类的不看。二，自称"鲽栖""鸳精""芳侬""花怜""秋瘦""春愁"之类的又不看。三，自命为"一分子"，自谦为"小百姓"，自鄙为"一笑"之类的又不看。四，自号为"愤世主""厌世主人""救世居士"之类的又不看。（《名字》）

鲁迅的这些话，就像是对当下中国社会的一个警示：这些自作"正人君子"状，自作狂态怪状，自作多情，自作谦虚状，自作救世姿态的人现在是越来越多了，打开书籍、报刊和网站，几乎比比皆是。这是我们非用"会看夜的眼睛"认真辨别不可的。

四、看几乎无事的悲剧和喜剧（板书）

  这也是鲁迅的一大发现："人们灭亡于英雄的特别的悲剧者少，消磨于极平常的，或者简直近于没有事情的悲剧者多。"鲁迅还说："中国现在的事，即使如实描写，在别国的人们，或将来的好中国的人们看来，也都会觉得 grotesk（按：德语，古怪、荒诞之意）。"从人们见怪不怪的日常生活现象的背后，去发现和揭示"几乎无事的悲剧和喜剧"，这也需要有"会看夜的眼睛"。

  比如说吧，走到大街上，随处可以看见人们在挤着，推着，撞着，爬着，踢着，冲着……报纸上也经常报道由此引发的各种"社会新闻"，但人们似乎也都视而不见，听而不闻。但今天鲁迅却要引导我们仔细地看，而且要深深地想，这一看一想，就穿透到更深层面，发现了内在的荒诞和残酷，这些街头小景里的社会现象，就成了某种社会痼疾的象征。于是就产生了《推》《"推"的余谈》《踢》《爬和撞》《冲》这一组杂文。

我们来看读本里选的这一篇《推》。文章从报上的一条社会新闻说起：一个卖报的孩子，误踹住了一个从电车上下来的客人的衣角，那人大怒，用力一"推"，孩子跌入车下，被碾死了。——一个穷苦的报童的死，谁也不注意，但对以弱者、幼者为本位的鲁迅，却是非同小可，让他十分震惊。他念念不忘，想了几个月。他要追问：推倒孩子的是什么人？报道说那位客人穿着长衫，那么，他大概属于"上等人"。鲁迅立刻联想起在上海马路上经常遇到的两种"横冲直撞"的人，一是"洋大人"，一是"上等华人"，于是，又产生了一系列"推"的联想——

> 上车，进门，买票，寄信，他推；出门，下车，避祸，逃难，他又　　推。推得女人孩子都跟跟跄跄，跌倒了，他就从活人上踏过，跌死了，他就从死尸上踏过，走出外面，用舌头舔舔自己的厚嘴唇，什么也不觉得。

在这里，鲁迅从"这一个"报童的跌死，联想到他"这一类"女人孩子的被践踏而死，于是就产生了一个认识上的飞跃："住在上海，想不遇到推和踏，是不能的，而且这推与踏也还要廓大开去。要推倒一切下等华人中的幼弱者，要踏倒一切下等华人。""推和踏"成了一个象征，它所揭示的，是上海社会结构的不平等，"上等华人"对"下等华人"，尤其是"下等华人中的幼弱者"的践踏和残害。鲁迅由此而产生了"从死尸上踏过"的幻觉：他又发现了"吃人肉的筵宴"。

谁也不注意，"几乎无事"的街头小景，就这样，在鲁迅"看夜的眼睛"的烛照下，显出了它内含的大问题、大悲剧。

还有这街头变把戏——现在街头不大见到了，但在鲁迅那个时代，以及我小时候，大概就是上世纪的三四十年代吧，这样的变把戏是每天都要见到的。鲁迅描写的就是这样一场街头变戏法：先是猴子"戴起假面，穿上衣服，耍一通刀枪"，"已经瘦得皮包骨头的狗熊"玩一些把戏，"末后是向大家要钱"；然后，"将一块石头放在空盒子里，用手巾左盖右盖，变出一只白鸽来"，又"装腔作势的不肯变了"，最后还是"要钱"；"在家靠父母，出门靠朋友"，吆喝了一阵，收够了钱，就结束表演，走了，"看客们也就呆头呆脑的走散"。"过了些时，就又来这一套，俗语说，'戏法人人会变，各有巧妙不同'，其实许多年间，总是这一套，也总有人看……"

请注意：从表面上看，鲁迅是在客观地描述，也就是指引着我们看，但敏感的同学也许会感觉到鲁迅似乎在揭示着背后的什么东西，文章结束了，鲁迅突然宣布：我"写错了题目"。经他这么一提醒，我们才注意到文章标题居然是《现代史》，这才恍然大悟：鲁迅是要我们通过看街头小景看中国现代历史！猛一听，这有点风马牛不相及，但仔细想想：现代中国历史中这样的"变戏法"难道还少吗？也真的是"戏法人人会变，各有巧妙不同"啊，就是今天，也还在继续上演啊。于是，你会心地笑了，笑完了，又有一丝悲凉：现代史就是这样的悲喜剧啊。

这样，鲁迅也改变了我们的"看"。你们每天在上学的途中，都要经过大街小巷，看到各种街头小景，但过去都熟视无睹，不加留意。现在，你们是不是可以用鲁迅教给我们的"看夜的眼睛"，重新去看一看，想一想？相信你们会有新的发现，新的思考，看出许多"几乎无事的悲剧和喜剧"。

鲁迅还教会我们如何看报纸。每天报纸上都有许多新闻，不会看的人，扫一眼就过去了，会看、会想的人，就能看出许多日常生活中的"几乎无事的悲剧和喜剧"。这就是鲁迅在《"滑稽"例解》（此文选入了读本）里所说的："在中国要寻求滑稽，不可看所谓滑稽文，倒要看所谓正经事，但必须想一想。这些名文是俯拾即是的，譬如报章上正正经经的题目，什么'中日交涉渐入佳境'呀，'中国到那里去'呀，就都是的，咀嚼起来，真如橄榄一样，很有些回味。"这里的关键自然是去不去想，我们因为懒于观察和思考失去了许多读报的乐趣。但也还有一个会不会看、会不会想的问题。就拿鲁迅所举的这个例子来说吧："九月间《自由谈》所载的《登龙术拾遗》上，以做富家女婿为'登龙'之一术，不久就招来了一篇反攻，那开首道：'狐狸吃不到葡萄，说葡萄是酸的，自己娶不到富妻子，于是对于一切有富岳家的人发生了妒忌，妒忌的结果是攻击。'"我们可以感到这样的反攻有些滑稽，但似乎说不清楚；我们看看鲁迅怎么说："这也不能想一下，一想'的结果'，便分明是这位作者在表明他知道'富妻子'味道是甜的了。"——读到这里，是不能不失声一笑的。

鲁迅还举了一个例子。那是《论语》杂志上选登的"冠冕堂皇的公文"：四川营山县长禁穿长衫令："须知衣服蔽体已足，何必前拖后曳，消耗布匹？且国势衰弱，……顾念时艰，后患何堪设想？"——真像鲁迅所说，这本身就是一幅漫画，只要稍微一想，就会忍俊不禁的。

但鲁迅仍然认为这或许过于奇诡。在他看来，滑稽却不如平淡，唯其平淡，也就更加滑稽，因此，他说："在这一标准上，我推选'甜葡萄'说。"

鲁迅还有一类特殊的文章，叫"立此存照"，就是把报纸上的文章或标题原封不动地抄下来，而不加评论。但这么一抄，就好像聚光灯一照，引起了读者的特别注意，一注意看，一仔细想，就发现了许多让你又想笑又想哭的人间悲剧和喜剧。譬如读本所选的这一篇《双十怀古》。双十节是中华民国的国庆节，自然要做纪念，鲁迅就把这一天报纸上的新闻标题照录下来："举国欢腾庆祝双十"，"叛逆削平，全国被欢祝国庆，蒋主席昨凯旋参与盛典"，"首都枪决共犯九名"，"林棣被匪洗劫"，"老陈圩匪祸惨酷"，"海盗骚扰丰利"，"程艳秋庆祝国庆，蒋丽霞不忘双十"，"南昌市取缔赤足"，"今年之双十节，可欣可贺，尤甚从前"。粗粗一看，这都是凌乱的新闻，无足可观，但细细一想，就颇可回味。比如刚宣布"叛逆削平"，蒋主席"凯旋参与盛典"，一片太平盛世景象；但紧接着的"枪决共犯""被匪洗劫""海盗骚扰"，却露出了"天下并不太平"的真相，两相对照，就把蒋主席置于十分尴尬的境地，而显得滑稽可笑了。还有，堂堂国家大庆，却要靠京剧演员（程艳秋，即程砚秋）、运动员（蒋丽霞）来撑门面，岂不荒唐？再说，"取缔赤足"又算什么名堂，还要大肆宣传，是不能不让人哑然失笑的。再往深处想，那"枪决共犯""匪祸惨酷"的背后，又不知道演出了多少酷烈的人间惨剧！你不免会去想：同一时刻，同一块土地上，所谓"举国欢腾"之下，正有人哀哀饮泣；什么"可欣可贺"，人与人之间的悲欢，竟至于如此地不相通，你难道不会感到一丝悲凉袭上心头？鲁迅完全无意于在对生活的漫画化中去寻找悲剧感和喜剧感，而只是把生活的原样保留下来，这中间就蕴涵着悲剧和喜剧的默默渗透，它已经融入日常生活中，淡化到了不加注意就会忽略过去的地步，这就是"几乎无事的悲剧与喜剧"，要发现它，就必须有一双"会看夜的眼睛"。

  同学们以后再读报纸，打量自己的日常生活，会不会有一种新的眼光？

第十讲 | 另一种看

我们讨论"鲁迅的命题",一直是围绕着"看"来说的:说了"睁了眼看",是讲看世界的态度问题;又说了要有"会看夜的眼睛",是讲看世界的方法问题,无论谈态度,还是谈方法,都介绍了鲁迅对中国历史和现实的一些基本看法、基本判断。今天我们要讲"另一种看",(板书:另一种看)讨论的是鲁迅对"中国人的看"的分析,其中也包含了他的许多重要思想。

我们从鲁迅的一篇不太引人注意的小说《示众》说起。这也是一个"街头小景",一个几乎无事的悲喜剧——

闷热的夏日,街头上突然出现了一个警察,牵着一个犯人,于是,人们——卖馒头的胖孩子、秃头的老头子、赤膊的红鼻子的胖大汉……从四面八方奔来看——

刹那间,也就围满了大半圈的看客。……(板书:看客)

秃头站在白背心(犯人)的略略正对面,弯了腰,去研究背心上的文字,终于读起来:

"嗡,都,哼,八,而……"

胖孩子却看见那白背心正研究着这发亮的秃头,他也便跟着去研究,就只见满头光油油的,耳朵左近还有一片灰白色的头发,此外也不见得有怎样新奇。……

"他,犯了什么事啦?……"

大家都愕然看时，是一个工人似的粗人，正在低声下气地请教那秃头老头子。

秃头不作声，单是睁起了眼睛看定他。他被看得顺下眼光去，过一会再看时，秃头还是睁起了眼睛看定他。他于是仿佛自己就犯了罪似的局促起来，终至于慢慢退后，溜出去了。

请注意这里的描写始终围绕着一个"看"字：先是大家"看"犯人；然后犯人也"看"大家；最后，大家相互"看"："阿，阿，看呀！多么好看哪！……"

看来看去，没有什么好看了。"什么地方忽有几个人同声喝采。都知道该有什么事情起来了"，于是又都赶着去看。原来一个车夫摔倒了，又很快爬起来走了，"大家就惘惘然目送他"。实在没有什么可看，"胖大汉就在槐阴下看那很快地一起一伏的狗肚皮"。

小说也就这么结束了。

没有故事，没有景物、对话，连人的名字都没有。所有的人只有一个动作："看"；人与人之间也只有一个关系：既"看别人"，也"被别人看"。（板书：看别人，被别人看）鲁迅对他们有一个命名："看客"。这使我们想起了《娜拉走后怎样》里的一句十分沉重的话："群众——尤其是中国的，——永远是戏剧的看客。"中国人在生活中不但自己做戏，演给别人看，而且把别人的所作所为都当作戏来看，看戏（看别人）和演戏（被别人看）就成了中国人的基本生存方式，也构成了人与人之间的基本关系，这里存在着一个"看/被看"的模式。（板书：看/被看）这一模式揭示了中国人的基本生存状态：每天每刻，都处在被众目睽睽地看的境遇中，自己也在时时窥视他人。

《示众》就是这样一篇很特殊的小说：看起来写得非常简单，没有故事，没有人物姓名，却有着丰厚的象征意义，也就具有了多方面的生长点。在某种意义上,鲁迅的许多作品,如《呐喊》里的《狂人日记》《孔乙己》《药》《明天》《头发的故事》《阿Q正传》,《彷徨》里的《祝福》《长明灯》,《故事新编》里的《理水》《铸剑》《采薇》,等等,都可以看作是《示众》的生发和展开,《示众》是可以作为鲁迅小说的"纲"来读的。

现在,我们就来作一个尝试:从《示众》所提供的"看/被看"的角度,重读大家已经学过的《孔乙己》《祝福》《药》《阿Q正传》这些小说,或许可以读出一些新意,同时也可以深化我们对"看/被看"模式的认识。

先读《孔乙己》。小说有一个关键性的情节:孔乙己被丁举人吊起来拷打,以致被打断了腿。它血淋淋地揭示了爬上高位的丁举人的残酷和仍处于社会底层的孔乙己的不幸,一般作者都会借此大做文章,从正面进行渲染。但鲁迅是怎么写的呢?我们一起来看——

> 有一天,大约是中秋前的两三天,掌柜正在慢慢的结账,取下粉板,忽然说,"孔乙己长久没有来了,还欠十九个钱呢!"我才也觉得他的确长久没有来了。一个喝酒的人说道,"他怎么会来?……他打折了腿了。"掌柜说,"哦!""他总仍旧是偷。这一回,是自己发昏,竟偷到丁举人家里去了。他家的东西,偷得的么?""后来怎么样?""怎么样?先写服辩,后来是打,打了大半夜,再打折了腿。""后来呢?""后来打折了腿了。""打折了怎样呢?""怎样?……谁晓得?许是死了。"掌柜也不再问,仍然慢慢的算他的账。

鲁迅着意通过掌柜和酒客的议论来叙述这个故事。这当然不是一个所谓"侧面描写"的写作技巧,而是包含着鲁迅对孔乙己的不幸的独特理解。鲁迅所关注的,不仅是孔乙己横遭迫害的不幸,他更为重视人们对孔乙己的不幸的反应和态度。掌柜就像听一个有趣的故事，一再追问："后来怎么样？""后来呢？""打折了怎样呢？"只是一味追求刺激。酒客呢，轻描淡写地讲着一个与己无关的新闻，还不忘谴责被害者"发昏"，以显示自己的高明。"谁晓得？许是死了"，没有人关心孔乙己的生和死。在这里，掌柜和酒客所扮演的正是"看客"的角色：他们是把孔乙己被打折了腿当作一出"戏"来"看"的。孔乙己的不幸中的血腥味就在这些看客的冷漠的谈论中消解了：这正是鲁迅最感痛心的。

这背后仍然是一个"看/被看"的模式。鲁迅把他的描写的重心放在掌柜和酒客（后来又加入了叙述者"小伙计"）如何"看"孔乙己。于是，我们注意到小说始终贯穿了一个"笑"字——

只有孔乙己到店，才可以笑几声，所以至今还记得。

孔乙己一到店，所有喝酒的人便都看着他笑。

众人都哄笑起来：店内外充满了快活的空气。

孔乙己是这样的使人快活，可是没有他，别人也便这么过。

孔乙己已经失去了一个"人"的独立价值，在人们心目中他是可有可无的，他的生命的唯一价值，就是成为人们无聊生活中的笑料，甚至他的不幸也只是成为人们的谈资。——这正是鲁迅对孔乙己的悲剧的独特认识和把握。在他看来，孔乙己也是"人肉的筵宴"的牺牲品。问题是，不仅丁举人这样的统治者是吃人的元凶，而且所有这些看客也都参与了吃人，他们也许并不自觉，却是扮演了帮凶的角色。鲁迅在同时期写的杂文中，将其称为"无主名无意识的杀人团"。（板书：无主名无意识的杀人团）他们是无名的大多数，也非有意，有时甚至还抱有善意，但又确确实实在"杀人"：唯其如此，就更显得悲哀。

这样的"看客"，这样的"无主名无意识的杀人团"也存在于鲁迅的《祝福》里。

大家可能还记得小说里的这个情节：祥林嫂的阿毛不幸被狼吃了，她到处向人倾诉自己的痛苦；人们如何反应呢？

> 有些老女人没有在街头听到她的话，便特意寻来，要听她这一段悲惨的故事。直到她说到呜咽，她们也就一齐流下那停在眼角上的眼泪，叹息一番，满足的去了，一面还纷纷的评论着。

我们一起来琢磨这段描写。这些乡下老女人特意寻来，和《示众》里的胖小孩、胖大汉一样，都是"看客"，是在无聊的生活中来寻求刺激的。请注意"听她这一段悲惨的故事"里的"故事"这两个字：（板书：故事）她们根本不关心祥林嫂的不幸，不去体察一个失去了孩子的母亲内心的痛苦，尽管她们自己也是母亲，但已经麻木了，现在只是想把祥林嫂的不幸当作供消遣的"故事"来听，坦白说，她们是来"看戏"的。一面将祥林嫂痛苦的述说、呜咽，都当作演戏来鉴赏；一面自己也演起戏来："流下那停在眼角上的眼泪"，又"叹息一番"，其实就是表演同情心，以获得自我崇高感，终于"满足"地去了：她们本也是不幸的人，也有自己真实的痛苦，但已在鉴赏祥林嫂的痛苦的过程中得到宣泄、转移，以至遗忘，那无聊的生活也就借此维持下去，还要"纷纷的评论"，充分地利用祥林嫂的不幸，作饭后的谈资。如果可利用的价值也失去了呢？于是就有了这样的触目惊心的事实和描写——

> 她的悲哀经大家咀嚼赏鉴了许多天，早已成为渣滓，只值得烦厌和唾弃……
> 这百无聊赖的祥林嫂，被人们弃在尘芥堆中的，看得厌倦了的陈旧的玩物，先前还将形骸露在尘芥里，从活得有趣的人们看来，恐怕要怪讶她何以还要存在，现在总算被无常打扫得干干净净了。

祥林嫂和孔乙己一样，在众人眼里，也是一个"玩物"，咀嚼鉴赏够了，就无情地抛弃：这里有一种真正的人性的残酷。

这样，鲁迅就通过孔乙己、祥林嫂的命运的描写，揭示了"看客"的本质，就是咀嚼和鉴赏不幸者的痛苦，将其转化为一己的快乐，借此偷生，并充当吃人筵宴的帮凶。

鲁迅的《药》里，也存在着"看／被看"的模式。但处于"被看"地位的夏瑜，却不是孔乙己和祥林嫂这样的不幸的人，而是中国的改革的前驱，是鲁迅所说的自己"肩住了黑暗的闸门"，放年青一代"到光明的地方去"的先觉者。因此，这篇小说里的"看／被看"就具有了另一种含义。

而且小说的写法，也不同于《孔乙己》和《祝福》："被看"的夏瑜始终隐藏在文字之外，"看客"占据了一切，全篇就是写各样的人如何"看"夏瑜。

华老栓这样"看"夏瑜——

> 他的精神，现在只在一个包上，仿佛抱着一个十世单传的婴儿，别的事情，都已置之度外了。他现在要将这包里的新的生命，移植到他家里，收获许多幸福。

请注意"移植"这个词：他手里抱着的"包"是什么？是人血馒头，是被残杀的夏瑜的生命啊！他要"移植"的就是夏瑜的生命，而且幻想着因此而"收获许多幸福"：这是愚昧，更是残酷。

再看刽子手康大叔如何看夏瑜——

> "这小东西不要命，不要就是了。……"

> "……这小东西也真不成东西！关在牢里，还要劝牢头造反。"

这是冰炭不能相语：刽子手眼里，"造反"者永远"不成东西"。

看看茶馆里的闲人怎样看夏瑜——

"阿呀，那还了得。"坐在后排的一个二十多岁的人，很现出气愤模样。……

"阿义可怜——疯话，简直是发了疯了。"花白胡子恍然大悟似的说。

"发了疯了。"二十多岁的人也恍然大悟的说。

这里的闲人也没有名字，他们都是《示众》里的看客。从这些良民看来，造反自然是大逆不道的："那还了得。"夏瑜这样的先觉者在他们眼里，都是"疯子"：这里所存在着的深刻的隔膜，是让人感到悲哀的。

最重要的，是看夏瑜的母亲怎样看她的儿子——

……惨白的脸上，现出些羞愧的颜色；但终于硬着头皮，走到左边的一坐坟前，放下了篮子。……

"瑜儿，他们都冤枉了你，你还是忘不了，伤心不过，今天特意显点灵，要我知道么？"

注意"羞愧"这二字：我们可以从中感受到在这个把造反者视为"疯子"的舆论环境里，一个母亲所感到的精神压力；但同时也表明母亲并不懂得儿子的作为，只是认为受了"冤枉"，而不可能懂得造反的意义。也就是说，夏瑜的造反革命，不但不为民众所理解，连他的母亲也不能理解：这才是最大的悲哀！

现在我们终于明白，鲁迅将夏瑜置于"被看"的地位，所要讨论的，是一个先觉者的命运问题。（板书：先觉者的命运）在小说一开始，就布置了一个恐怖的气氛；读完小说，我们就懂得了，真正令人恐怖的，不仅是一个有价值的生命的被杀害，更在于即使牺牲了生命，其价值也得不到社会的体认，只成为闲人们饭后的谈资，甚至连自己的母亲也不能理解,连自己流淌的鲜血也要被无知的民众所吞食!这样,"看/被看"的模式,就转化为"吃/被吃"的模式:而这正是更能显示"看客现象"的本质的。(板书:看/被看,吃/被吃)

于是,我们又想起了鲁迅的开山之作《狂人日记》。小说一开头就提出这样的问题:"那赵家的狗,何以看我两眼呢?"还有那碗蒸鱼,"这鱼的眼睛,白而且硬,张着嘴,同那一伙想吃人的人一样"。这"白而且硬"的眼睛是无所不在的,"被看"的恐惧,更时时追随着中国的有理想有追求的志在改革的战士。

因此,这恐怖也属于鲁迅自己,这"先觉者的命运"的问题也是鲁迅的问题。由此展开的,是一个"改革和民众的关系"问题。(板书:改革和民众的关系)这是由"看客"引发的鲁迅改造国民性思想的一个引申和发展。就以我们刚讨论过的《药》里的夏瑜的悲剧而言,他的所有努力和价值都在作为看客的老百姓的"哈哈一笑"中被消解了,这固然显示了中国国民性的愚昧与残酷,但从夏瑜这一方面来看,也未尝没有应该吸取的教训。在鲁迅看来,这里有一个简单而重要的道理:中国的改革事业要成功的话,关键在于中国的普通老百姓怎么接受。因此,你要在中国做一个改革者,你要为中国的发展做出贡献,就有一个问题:你能不能了解中国老百姓的心理,如果你不了解,你所做的许多事,可能就是无谓的牺牲。夏瑜的悲剧就在这里:他鼓动阿义造反,固然表现了他的革命精神,但他却根本不了解阿义以及中国的老百姓到底在想些什么,所以他的被误解,以至被利用,他自己也是有责任的。鲁迅正是这样提出问题的:中国的革命者要想对中国进行改革,就必须首先懂得中国老百姓的心理,要正视革命与民众真实的关系。

鲁迅自己,就非常注意从民间风俗习惯、民间文学(民歌、民谣、民间戏曲、传说）中去了解"民众的心"。

这里有一篇《太平歌诀》，讲的就是你们南京的故事。中山陵今天已经是南京的标志性建筑，是一个旅游胜地；但大家可能不知道，在八十年前，即1929年，南京国民政府为孙中山先生行安葬大礼时，却发生了一点小曲折：南京民间突然传出"在陵墓竣工时，石匠将摄取幼童灵魂，以做合龙的祭品"的谣言，并且还流传着几首"歌诀"，据说幼童们挂上写着歌诀的红布，就可以躲避危险。一般人多视为迷信而一笑置之，鲁迅却认为可以从歌诀中看出"市民的见解"，因此而细加研究。于是，就有了触心动魄的发现。歌诀里这样写着："人来叫我魂，自叫自当承，叫人叫不着，自己顶石坟"；"石叫石和尚，自叫自承当，急早回家转，免去顶坟坛"；"你造中山墓，与我何相干？一叫魂不去，再叫自承当"。鲁迅说："虽只寥寥二十字，但将市民的见解：对于革命政府的关系，对于革命者的感情，都已经写得淋漓尽致。"鲁迅看得很清楚，在中国市民的心目中，孙中山领导的革命、革命政府和老百姓没什么关系，即所谓："你造中山墓，与我何相干？"因此，老百姓是不会响应革命者的召唤的，也不愿意和革命者以及革命政府共同承担责任、付出代价，只能"自叫自承当"。鲁迅说："'叫人叫不着，自己顶石坟'则竟包括了许多革命者的传记和一部中国革命的历史。"这话说得非常沉重，却也说出了真实：想想我们刚刚讲过的夏瑜的悲剧、狂人的恐惧，就不难懂得这一点：孙中山领导的革命的失败，最大原因，恐怕就在于没有得到老百姓的真正支持，"叫人叫不着"，只能"自己顶石坟"。

鲁迅要追问的是，为什么老百姓觉得革命和他没有关系，不愿意做出响应？在鲁迅看来，原因是双方面的。首先是老百姓自身没有这样的要求，他们宁愿充当看客。如鲁迅在另一篇文章里说，要宣传革命思想，必须"别人有精神的燃料"，"别人的心上须有弦索，才会出声"，"别人也必须是发声器，才会共鸣，中国人都有些不很像，所以不会相干"。鲁迅说："市民是这样的市民"，"革命者们总不能背着这一伙市民进行"，也就是说，如果市民的思想不改变，国民性得不到改造，中国老百姓就永远和革命是隔膜的。鲁迅最感不满的，是中国的革命者，包括中国的所谓"革命文学家"，不愿意正视中国老百姓精神的"厚重的麻木"状态，他们"畏惧黑暗，掩藏黑暗"，不承认老百姓和革命与革命政府之间的隔膜，不仅完全放弃了改造国民性的努力，而且完全不理解老百姓的真正利益和要求，使革命越来越脱离大多数民众，变成了"和老百姓没有关系"的"革命"：在鲁迅看来，这才是革命的真正危险所在。——可以看出，鲁迅这里的批判是双向的，既指向老百姓，指出了中国国民的弱点，又批评了中国的革命者、改革者脱离了中国的民众。

我们再看另一篇文章：《习惯与改革》，看他的这个论断——

> 多数的力量是伟大，要紧的，有志于改革者倘不深知民众的心，设法利导，改进，则无论怎样的高文宏义，浪漫古典，都和他们无干，仅止于几个人在书房中互相叹赏，得些自己满足。

这里所讨论的实际是有志于改革的知识分子和民众的关系问题，有两个要点。一是强调"多数的力量是伟大，要紧的"。这是有别于一些自由主义知识分子（鲁迅点名是以梁实秋为代表）的，他们认为历史是少数精英所创造的，而多数民众却是愚昧的，是无关紧要的，甚至是讨厌的，应该排斥在改革之外的。而鲁迅则认为，不能忽视"多数（也即普通民众）的力量"，改革绝不能脱离多数人，既要照顾多数人的利益，同时要取得多数人的支持，而绝不能由少数知识分子"在书房中相互叹赞"。二是强调要"深知民众的心，设法利导，改进"。这又有别于另一类把民众理想化的知识分子，主张知识分子对民众有"引导"，促其"改进"的责任，但引导与改进的前提又是要"深知民众的心"。

鲁迅接着又把讨论深入一步：怎样才能"深知民众的心"？他引述了"乌略诺夫先生"即列宁的话，要"将'风俗'和'习惯'，都包括在'文化'之内的，并且以为改革这些，很为困难"。这又包含了两个意思：一是老百姓的风俗、习惯是最见"人心"的，二是因此强调改革必须要深入到文化领域，进行风俗和习惯的改革，"我想，但倘不将这些改革，则这革命即等于无成，如沙上建塔，顷刻倒坏"。他以辛亥革命为例，认为其教训就在于仅限于"排满"，甚至提出要"光复旧物"，而恰恰没有对"旧物"即旧的风俗习惯进行根本改革，"就着着失败"，以至"改革一两，反动十斤"。鲁迅的结论是——

> 倘不深入民众的大层中，于他们的风俗习惯，加以研究，解剖，分别好坏，立存废的标准，而于存于废，都慎选施行的方法，则无论怎样的改革，都将为习惯的岩石所压碎，或者只在表面上浮游一些时。

这里所强调的是，对民间风俗、习惯要采取研究、分析的态度，既不能全部废弃，也不能全盘保存，而必须"慎选施行"。

> 现在已不是在书斋中，捧书本高谈宗教，法律，文艺，美术……等等的时候了，即使要谈论这些，也必须先知道习惯和风俗，而且有正视这些的黑暗面的勇猛和毅力。因为倘不看清，就无从改革。仅大叫未来的光明，其实是欺骗怠慢的自己和怠慢的听众的。

这又回到了鲁迅的基本立场：要"正视这些的黑暗面"，睁了眼看，而不要盲目"大叫未来的光明"，自欺欺人。而其中的关键，就是要走出书斋，"深入民众的大层中"。

现在我们可以做一个总结。这一讲《另一种看》，实际是讨论鲁迅的"改造国民性"思想，（板书：改造国民性）是从两个方面展开的。

首先是对"看客现象"的解剖，也是本讲讨论的重点。所谓"看客"，有两个方面的功能。一是将像孔乙己、祥林嫂这样的受凌辱、被压迫的人的不幸，变成哈哈一笑，一是将夏瑜、狂人这样的先觉者、改革的先驱者为理想的牺牲奋斗、真正的价值，也变成哈哈一笑。鲁迅因此说中国是一个"游戏国"，（板书：游戏国）一切真实的不幸，一切真诚的努力，都化作游戏而回避，而消解，中国最后就会亡在这哈哈一笑中。这两方面都集中显示了中国国民性的弱点：鉴赏他人的不幸，说明中国人已无爱心；嘲笑先驱者的牺牲，表明中国人更无信仰。（板书：无爱心，无信仰）可以说，无爱心，无信仰，已成痼疾，至今犹然。这是鲁迅和我们最感痛心的，并应该引发自我反省：我们是怎样对待生活在自己周围的不幸的人们，怎样看待那些为改革而献身的先驱者的？这是每一个人都必须扪心自问的。

面对这样的现实，鲁迅提出，一要正视，二要行动，即深入到民众中去，了解、研究他们的风俗、习惯，慎重改革，或存或废，以从根本上改造中国的国民性。鲁迅这一方面的召唤，对于我们，或许有更大的启示：作为一个中国人，作为中国的年青一代，一定要了解自己生活的这块土地，了解土地上的老百姓，了解民心、民情、民俗。（板书：民心，民情，民俗）如果在中国想做事情，这是一个基础性的工作。我因此给同学布置了一个作业："到你所在的农村或城市小区，选几个老百姓最关注的问题，作一番社会考察，多角度地听取意见，或搜集民歌、民谣，以了解民情民意，触摸民众的心，并写成调查简报。"听说同学们后天就要去作社会调查，那么，我们今天的课就算是为社会调查提供一个理论依据吧。另一方面，同学们去调查，也是一个实践鲁迅思想的机会。相信大家走出书斋，走进民间社会，以后再回到学校，和我一起读鲁迅，一定会有更多更新的体会。

下面还剩一点时间，就留给大家提问吧。最近这几堂课一直是我一个人讲，没有时间和同学交流，这是一个遗憾。现在我们就一起聊聊天吧。

学生一 老师在讲课中提到那位北大的学生为胡风平反而写大字报，但是他不仅没有为胡风平反，反而把自己搞得那么惨，这是不是一种白白的牺牲？

钱 这个问题涉及一个代价的问题，我们做事情是需要考虑代价的，所以鲁迅反对人们无谓的牺牲，没有意义的牺牲，但是鲁迅同时说了一句话，他说煤的形成，当时用了大量的木材，结果却只是一小块，这其中就会有许多牺牲。所以历史的进步，是需要很多人付出代价的。胡风之所以得以平反，之所以能在附中立起他的塑像，这是经过很多人的牺牲换得的。可以设想，如果所有的人，都默认胡风案件，没有人为他说话，没有人做出牺牲，那么胡风不会平反，更不可能在附中立塑像。当然，这并不是那个北大学生一个人呼唤的结果，但其中确实有他的贡献。当时我也在北大读书，我记得刘奇弟同学的呼喊是震撼了很多人的，也震醒了很多人，他让我们许多人懂得了维护宪法的重要。大家知道，今天依照宪法治国，已经成为社会的共识，也为政府所接受，但这绝不是当局给我们的恩赐，而是无数人斗争的结果。我相信任何统治者都喜欢无法无天，都不愿意受到法律的制约，今天之所以接受法律的制约，之所以接受宪法的制约，这是长期斗争的结果。这其中包括我的那位北大学长的牺牲，历史是会记下他的贡献的，这样的牺牲是有意义的。

这是一个意义。另一个意义可能更深刻，但同学们可能不大容易理解，我还是要说一下。请同学们看读本里的屠格涅夫的《门槛》的节选，一个人选择了革命，在跨进门槛前，接受了几个问题的考验，先问他："你知道参加革命就意味着寒冷，饥饿，监狱，疾病，甚至死亡吗？"回答说"我知道"。接着问："你准备着无名的牺牲吗？"这大概就是刚才这个同学的问题，回答是"我不需要名声"。最后一个问题是："你知道吗，将来你会不再相信你现在这个信仰，你会认为自己受了骗，白白地毁了你年轻的生命？"回答说："这我也知道。然而我还是要进来。"这是一个相当尖锐的问题：为"正确"的信仰而牺牲，其价值比较容易被确认，问题是，如果你的信仰最后发现是错的，你的牺牲还有价值吗？你会不会因为当初的选择而后悔呢？我想，首先要对"信仰"做一个界定，所谓"信仰"是指发自内心的一种选择，是自我生命发展的需要，因而必然是超功利的，不是他人所强制灌输的，也不是为了迎合某种势力，达到某种私利而做出的适应性的选择，那是鲁迅所说的"有信仰之名，而无信仰之实"的"伪信"。（板书：信仰，伪信）在确认这一前提以后，我们可以讨论两个方面的问题。首先是，信仰是否正确的问题——这是一个第二层面的问题，因为信仰是否正确，是需要由以后的社会实践来解决的，绝不可能在选择一开始就确认的，就是说，如果我们把选择"正确的信仰"作为前提，那几乎就等于不要有信仰。其实人的信仰在社会实践中不断做出某种调整、修正，都是十分正常的事，其中也包括最后发现所选择的信仰是错误的，这都是难免的。何况我们所说的"错误"里还可能包含着局部的正确因子。因此，在信仰问题上，和一些人在发生争论时，在据理力争，指出其谬误的同时，对他坚守自己的信仰这一点上，我们还是要对之保持足够的尊重和尊敬。只有那些打着"信仰"的旗号，谋求一己私利，维护既得利益集团的利益的，如鲁迅所说的"伪士"，（板书：伪士）才要坚决鄙弃，给予无情的揭露。这里也就包含了第二层意思：有信仰的活着，还是没有信仰的苟活，（板书：活，苟活）这是不同的。为信仰活着，哪怕最后证明信仰是错误的，或者有很大的缺陷，其生命还是比没有信仰的苟活者的生命有价值。确认这一点，也是非常重要的。我常常想，许多仁人志士也许会因为当年的许多理想、追求都没有实现，甚至走到反面去了，而感到痛苦。但是我们能不能因此否定他们的选择，以及所做出的牺牲呢？当然不能。我们不能以成败论英雄。我们在总结历史的经验教训的同时，也要对他们的信仰和牺牲，表示敬意，他们也同样为后人留下了宝贵的精神遗产。当然，这都是我个人的理解，仅供同学们参考吧。

学生二 老师在讲鲁迅改造国民性思想时，我总觉得鲁迅思想上存在着一些矛盾。老师能不能把这个矛盾说得更清楚一些？

钱 这个问题提得很好。鲁迅和民众的关系是很复杂的，有两个层面，可以说，这也是鲁迅内在的一个矛盾。我们反复讲，鲁迅对于大多数普通民众，特别对于底层的民众，有一种天然的近乎血缘的联系，鲁迅生命的本质和底层的民众是内在的相通的，这是鲁迅的一个特点，是鲁迅不同于其他思想家的地方，他在《习惯与改革》里强调"多数是重要的"，也就是不同意一些知识分子中的精英意识。但是鲁迅面临一个矛盾，就是他面对现实生活中的民众，现实生活中的祥林嫂，现实生活中的阿Q、闰土等等，他作为一个思想的先觉者，一个出身上等社会的知识分子，就明显地感觉到彼此巨大的差距，这既有现代知识分子的新思想和农民意识、市民意识之间的矛盾，因此鲁迅说他对阿Q们是"哀其不幸，怒其不争"，他要提出"改造国民性"，此外也还有思想和情感上的隔膜，大家该记得在《故乡》里，当闰土分明地叫道："老爷！……"时，鲁迅似乎打了一个寒噤，并且意识到他和闰土之间"已经隔了一层可悲的厚障壁了"。因此，他在《〈阿Q正传〉序》里说，他对阿Q们的灵魂是"隔膜"的，他所能写出的，只是"我的眼里所经过的中国的人生"，而不可能成为底层民众的代言人。

鲁迅的信仰还有一个特点，他非常清醒自己理想的彼岸性，可以不断地趋向，但是不可能达到。因此，他对此岸所能达到的目标，是非常怀疑的，所以他反复讲，他自己的奋斗、抗争，是不抱希望、不计后果的，反正就是要一直往前走，要不断抗争。他在给许广平的一封信里就说过，我和你们这些年轻人最大的区别就在于，你们是为自己的理想奋斗，而且坚信理想一定可以实现，我的奋斗不是这样，我就是要捣乱，并不期望理想的实现，所以他说这是"反抗绝望"。（板书：反抗绝望）

学生三 老师刚才讲到鲁迅内在的矛盾，这一点我很感兴趣。老师能够做进一步的阐述吗？

钱 这个问题，我们在下面的讲课里，会进一步展开。你既然问到了，我就简单地再说一点，就是鲁迅启蒙主义的内在矛盾，或者说是鲁迅对启蒙主义的复杂态度。鲁迅一方面希望通过他的写作唤醒民众和青年学生，但他自己也在探索中，也没有找到路。他因此就会面临一个尴尬，也是他经常反问自己的：你唤醒了青年，又不能给他们指出出路，而人醒了又无路可走，这会造成更大的痛苦，这岂不是害了青年？因此，对青年读他的书，鲁迅一则以喜，一则以忧：他实在害怕误导了青年。下面我们会谈到，鲁迅拒绝充当青年学生的导师，原因就在于此。所以，他一方面在坚持为启蒙而写作，另一面却又在怀疑启蒙的作用，这也是他的矛盾。

学生四 我读鲁迅的作品，常常感到特别沉重。我有时觉得我们的生活已经够沉重了，何必再去读这些沉重的东西？

钱 你这个问题问得很好。这里包含了好几个方面的可以讨论的问题。鲁迅作品岂止沉重，甚至是有毒的，这一点鲁迅自己也是承认的。我们都觉得他的文章杀伤力很大，这是一把双刃剑，在杀伤敌人的同时也会杀伤自己。我们说鲁迅是"反抗绝望"的，但是，如果不能反抗，就很有可能陷于绝望而不能自拔。因此，鲁迅自己也说，他的作品没有一定的阅历，是不能读的，他甚至说："我的作品二十岁以下的不适合看。"因此，坦白地说，我这次来中学讲鲁迅，学术界、教育界都是有不同看法的。但我仍然坚持要来讲，这是什么道理呢？这固然和我对鲁迅的价值和意义的认识有关：在我看来，鲁迅和英国的莎士比亚、俄国的托尔斯泰、德国的歌德一样，是民族的思想源泉式的文学家、思想家，是应该扎根在民族心灵深处的，因此，必须进入国民基础教育。更重要的是和我对鲁迅的认识有关。这也就是这一阶段的教学中，我一再向大家强调的，鲁迅的内心是充满了大爱的，对生命，对弱者、幼者的爱，他和底层社会、民众的血肉联系，他和中国民族、民间文学艺术的血肉联系，都构成了他内心的光明的底子。这在鲁迅是根本性的，他的批判，他对黑暗的正视和揭示，都是由此出发的，或者说以此为底气的。而且鲁迅的反抗绝望的人生哲学，其重点是在反抗，不管把现实看得多么黑暗，他所采取的始终是一个积极进取的人生态度。也就是说，在这些根本方面，鲁迅都是和诸位的心是相通的，对诸位的引导也是积极向上朝前的。我想，这一点，同学们经过这一段的学习，应该是有体会的。

至于你说到的沉重，也正是像你所说的，首先是生活本身的沉重，而且你们已经深有感受了。问题是面对客观存在的沉重，我们采取什么态度。这也是鲁迅所提出的问题：是"闭了眼睛"回避它呢，还是"睁了眼看"？鲁迅那些沉重的文字，正是帮助我们睁了眼看，只有正视了，并且搞清楚这些沉重的现实的本质是什么，产生原因何在，我们才有可能有一个正确、积极的态度，而不至于被它压倒。我始终认为，高中的学生已经是公民或准公民了，应该逐渐面对生活中沉重的东西，思考一些社会和人生的重大问题。我们的教育，以及你们自己，都不应该将高中学生过于"幼龄化"，那对你们的成长是不利的。在这个意义上，我认为你们适当地读一些鲁迅沉重的文字，是有好处的。

这里说的是"适当"，鲁迅有一些文章，确实不宜过早接触，可以留待以后去读。总之，我的观点是：中学生应该而且可以读鲁迅，问题是读什么，以及怎么读，我们的这门课实际上就是想在这些方面作一些尝试。

学生五 我读过一本《鲁迅批判》的书，作者说他是从纯文学的角度去批评鲁迅的。比如他认为鲁迅有些小说没有情节，鲁迅杂文过于激烈，影响了语言的美，还说鲁迅不善于写长篇小说，因此，他不是一个大作家，等等。老师你怎么看这些批评？你认为鲁迅在文学上有可以批评的地方吗？

钱 你说的这些是当下颇为流行的观点，越是流行，你们越要注意独立思考，因此，这个问题首先是应该问你自己的。不过你问到我，我也无妨谈谈我的看法，供你自己思考时参考。我觉得这里有几个问题需要讨论。

首先是什么是"纯文学"，"纯文学"是否存在？"纯文学"对鲁迅的批评，主要是说他太关心政治，现实性太强；那么，所谓"纯文学"就是脱离政治和现实的文学了。问题是文学能不能脱离政治和现实？我们通常说文学是人学，而人既是个体的，又是群体的、社会的，个体的人是不能脱离社会、群体而存在的，因此，人就是社会关系的总和，而社会关系的一个重要方面就是政治关系。这就是说，从来没有脱离社会现实，脱离政治的人，自然也就没有完全脱离现实社会和政治的文学。批评鲁迅太关心政治，现实性太强的人，其实也是有自己的政治立场，自己的现实关怀的，不过是有意无意地将它遮蔽起来而已。当然，一个作家，也不能只是紧贴着现实、政治，他还应该有超越性的关怀和思考。在我看来，没有现实关怀的作家，绝不是一个伟大的作家；而没有超越性关怀的作家，也不是伟大的作家，而鲁迅恰恰是将这二者较好地结合起来。他的小说不仅深刻地反映了现实，而且揭示了人性的深。他的杂文，从表面上看，都是对当下现实生活所提出的问题的及时回应，但它总是把问题挖掘到历史、社会和人性的深处，因而又具有超越性，以至于可以超越时空，使我们常读常新。

其次，还有一个批评者的文学观念、文体观念的问题。比如你所提到的这位作者批评鲁迅的小说没有情节，这说明他心目中的小说是必须有情节的，而这恰恰反映了批评者小说观念的狭窄。我们读过的鲁迅的小说大部分都是有情节的，但他的《示众》就没有情节，是一篇没有故事的故事，鲁迅正是要做新的文体的实验，而他的实验是成功的。鲁迅是这样的作家，他绝不被任何文学教科书上关于文学的教条所束缚，他无羁的文学创造力使他总是自觉地进行文学形式，包括文体的实验，这是他能够成为中国伟大的具有开创性现代作家的重要方面。至于说到鲁迅不善写长篇小说，是有这种可能，鲁迅主要是一位短篇小说家；但批评者据此认为鲁迅不是一个伟大的作家，这也暴露了他自己文学观念的褊狭，世界文学史上许多作家都是以写短篇小说而成为大家的，法国的莫泊桑、俄国的契诃夫都是这样的伟大作家。鲁迅是无愧于和他们并肩而立的。

你问到鲁迅的文学有没有可以批评的地方，鲁迅自己就有过这样的自我批评。他在写给《新潮》杂志编辑的信里就说："《狂人日记》很幼稚，而且太逼迫，照艺术上讲，是不应该的。"在和他的学生的谈话里，他也说到像《药》这样的小说都写得不够"从容不迫"。所谓"逼迫"，不够从容，就是指在艺术表现上比较显露，比较急促，显得不留余地。比如《狂人日记》里的那句名言："仔细看了半夜，才从字缝里看出字来，满本都写着两个字是'吃人'！"这样写，一方面确实有很强的思想冲击力，但从艺术表现上来说，还是直露了一点。读《狂人日记》《药》这样的作品，总体感到痛快淋漓，但却有点满，回味的余地不多。相比较而言，鲁迅自己认为，《孔乙己》就写得"从容不迫"。这里涉及鲁迅的美学观，也关乎鲁迅的思想追求，今天来不及细说，同学们如果有兴趣，可以参考我写的《与鲁迅相遇》这本书，其中第四讲有详尽的讨论。这里要强调的是，鲁迅常说他是历史的中间物，"并非前途的目标，范本"，他的思想和文学也都不是目标和范本，只是中国现代思想、文学发展长河中的一个阶段——当然是极其辉煌的。

看来同学们还有许多问题要问，但限于时间，我们只能讨论到这里，以后再找机会私下聊吧。

第十一讲 | 聪明人和傻子和奴才

我们这个课,是从鲁迅和我们每一个人的生命的关系入手的,(板书:鲁迅,我们)以后我们就逐渐进入了鲁迅的世界,特别是最近这三讲,讲鲁迅的基本命题,讲鲁迅的思维方式,也就是他以什么眼光,什么态度,什么方法看世界,他对中国历史和现实,对中国人,做出了一些什么样的重要概括,重要判断。我们越来越被鲁迅独特的思想,独特的眼光所吸引,同时,也就产生了一个问题,这就是前几天有一个同学,在课后向我提出的:我们应该怎么办?(板书:我们应该怎么办?)也就是说,我们在了解了"鲁迅"的思想以后,还要回到"我们"自身这里来。因此,我们这个课,从今天开始,就要进入一个新的阶段,要来讨论我们自己的问题。我们的方法,也还是先读鲁迅的作品,看看鲁迅在我们关心的这些问题上,他是怎么想的,他提出了一些什么样的有意思的命题,能够给我们怎样的启发。

今天这一讲,主要讨论鲁迅提出的一个人生选择的命题:"聪明人和傻子和奴才",(板书)也就是我们要怎么做人,做什么样的人。(板书:做什么样的人)

我们还是用老办法:做文本细读,我们一起来读鲁迅《野草》里的这一篇《聪明人和傻子和奴才》。

先看奴才——

奴才总不过是寻人诉苦,只要这样,也只能这样。(他只能诉苦,除了诉苦之外的他就不会做，也不愿做了。）

有一日，他遇到一个聪明人。

"先生！"他悲哀地说，眼泪拉成一线，就从眼角上直流下来，"你知道的，我所过的简直不是人的生活。吃的是一天未必有一餐，这一餐又不过是高粱皮，连猪狗都不要吃的，尚且只有一小碗……"

"这实在令人同情"，聪明人也惨然说。（聪明人和奴才一样，他也是只能这样，只要这样，他只是限于同情。但聪明人一同情，奴才有什么表现呢？）

"可不是么！"他高兴了。"可是做工是无昼夜无休息的：清早担水晚烧饭，上午跑街夜磨面，晴洗衣裳雨张伞，冬烧汽炉夏打扇。半夜要煨银耳，侍候主人耍钱；头钱从来没分，有时还挨皮鞭……"

"唉唉……"聪明人叹息着，眼圈有些发红，似乎要下泪。

注意：奴才的诉苦，全是七字句，还押韵，就像说快板，顺顺溜溜的，可见他说过不止一次，已经说油了。而聪明人的反应则是，或者说应该是"叹息"。还要注意他的表情："眼圈有些发红"，似乎要下泪，这就是聪明人的聪明之处，他要做出表现同情的样子，但是又不能真的下泪，因为真的下泪会引起麻烦。

"先生！我这样是敷衍不下去的。我总得另外想法子。可是什么法子呢？……"

"我想，你总会好起来……"

"是么？但愿如此。可是我对先生诉了冤苦，又得你的同情和慰安，已经舒坦得不少了。可见天理没有灭绝……"

奴才因为聪明人对他表示了同情，觉得舒坦。聪明人的作用就在这里：当奴才有一肚子的怨气，你不让他说出来，可能会出问题；正好聪明人对他表示同情，他得到了发泄，得到了安慰，他也舒坦了，一舒坦，气就没有了，就不会再去反抗了：这就是聪明人的特殊功能。

但是，不几日，他又不平起来了，仍然寻人去诉苦。

"先生！"他流着眼泪说，"你知道的，我住的简直比猪窠还不如。主人并不将我当人；他对他的叭儿狗还要好到几万倍……"

可见这奴才对自己的处境并不是不了解，说得还相当深刻。但是这一次他诉苦对象不同了，不是聪明人了。

"混帐！"那人叫起来，使他吃惊了。那人是一个傻子。

傻子的反应是大叫一声，而奴才反而吃惊了，因为奴才本来不是准备大声叫唤的，也没有打算反抗。

"先生，我住的只是一间破小屋，又湿，又阴，满是臭虫，睡下去就咬得真可以。秽气冲着鼻子，四面又没有一个窗……"

"你不会要你的主人开一个窗么？……"

傻子的逻辑很简单：你既然受压迫，你就应该反抗。

"这怎么行？……"

奴才根本没有想到，也从来不会去想要打开窗子。他只是想诉苦，他也只能这样，只要这样，只想别人同情他，并没有想要打破这个铁屋子。

"那么，你带我去看去！"

傻子跟奴才到他屋外，动手就砸那泥墙。

"先生！你干什么？"他大惊地说。

"我给你打开一个窗洞来。"

"这不行，主人要骂的！"

情急之中，说出心里话：奴才还是怕主人。

"管它呢！"他仍然砸。

"人来呀！强盗在毁咱们的屋子了！快来呀！迟一点可要打出窟

窿来了！……"

这里的"咱们"，包括主人和奴才，当然还有聪明人，他们面对傻子，就成一家人了。而傻子则被判定是"强盗"，因为他要砸窗，还要毁屋子，尽管他是为奴才才这么做的。但奴才却是毫不犹豫，甚至是出于本能地把自己和主人放在同样一个位置上对付傻子，对付真正的反抗者。

　　他哭嚷着，在地上团团地打滚。

这里可以有两个解读：一个是他真正着急了，他是真的不愿意铁屋子被摧毁的，因为他自己的利益是和铁屋子连在一起的，没有铁屋子，就没有奴才了。另一方面他又是表演给主人看的，他要在主人面前表现自己的忠诚。

　　一群奴才都出来了，将傻子赶走。

注意：不是一个奴才，而是"一群奴才"；真正赶走傻子的，不是主人，也不是聪明人，而是奴才自己。自己动手赶傻子，就不是主人，也不是聪明人了，他们都是害人、吃人又不露痕迹的。这些都值得分析，琢磨。

　　听到了喊声，慢慢地最后出来的是主人。

注意这句话的表达方法。本可以这样写："听到了喊声，主人慢慢地最后出来了。"这是一个普通的陈述句。而鲁迅却精心选择了这样一个过程性的描写：先听见走路的声音，慢慢的走出来一个人，一看，是主人。这样才能显出主人的威严。

　　"有强盗要来毁咱们的屋子，我首先叫喊起来，大家一同把他赶走了。"他恭敬而得胜的说。

他在主人面前是恭敬的。

　　"你不错。"主人这样夸奖他。

在专制统治结构里，主人是控制一切的，他不需要自己费劲直接对傻子下手，自有聪明人帮忙，自有奴才主动去做，他只需要事后称赞一句"你不错"就够了。

这一天，就来了许多慰问的人，聪明人也在内。

注意：刚才在赶傻子的时候，聪明人是不会出场的，他聪明就聪明在这里，他明明是帮主人忙的，但是又不肯留下痕迹，所以真正赶傻子的时候他是不会出来的，等到傻子赶走了，他就出来了。

"先生，这回因为我有功，主人夸奖了我了，你先前说我总会好起来，实在是有先见之明……"，他大有希望似的高兴地说。

"可不是么……"聪明人也代为高兴似的回答他。

注意"代为高兴"这四个字，这正是聪明人之为聪明人：他只是代奴才高兴，好像不是他自己高兴，以避免落下个"幸灾乐祸"的罪名。到这里为止，他还没有一句话是谴责傻子的，也没有一句话正面吹捧主人，他只在旁边搭腔，同时又留有余地：这都可以看出聪明人的圆滑。

故事读完了，我们有什么感想？

我们前面几讲里已经谈到，鲁迅认为中国人从来没有获得真正的"人"的地位、"人"的资格，始终处于被奴役的状态，中国的历史，不过是在"做稳了奴隶的时代"和"想做奴隶而不得的时代"之间循环。而现在，鲁迅又要把问题的讨论再深入一步：当人处在被奴役状态时，面对人压迫人、人奴役人的奴隶制度，形象点说，就是面对窒息人的"铁屋子"，应该作怎样的选择？现在鲁迅通过这篇寓言故事，告诉我们：人可以有三种态度，三种选择。

首先是奴才的选择。鲁迅告诉我们，奴才他并非没有怨言，但只限于诉苦，没有任何反抗的意识，他甚至没有想过要改变自己的现状，他只希望得到别人的同情，所以只要聪明人一表现同情，他马上就满足了，舒坦了，感到安慰。事实上他不仅习惯于被奴役，甚至于离不开被奴役的状态，他能够在被奴役状态中寻找出美来。鲁迅说奴隶和奴才的区别就在这里：奴隶受到压迫，他要反抗，即使失败了他仍然是奴隶，但他绝不会安于其位；而奴才，恰恰是安心做奴隶的，他从被奴役中寻出美来，并且竭力从中获取利益。这篇寓言故事里的奴才，不是因为主动赶走傻子邀功，并得到主人的夸奖了吗？在某种意义上，奴才和主人是一个利益共同体，他们都离不开奴隶制度。

聪明人其实也是奴才，但他有特殊的地方——鲁迅说他是"特殊知识阶级"。他处在主人、傻子和奴才三者之间，从表面上看，他谁也不得罪：他对奴才表示同情，奴才自然感激他；对傻子他也不正面攻击，赶傻子时他并不在场；对主人他似乎也没有特别的巴结，但他骨子里是和主人紧密相连，有着共同的利益，都离不开奴隶制度。他的特殊作用，是抚慰奴隶的不平，让他们都成为安于其位的奴才，反抗的火种熄灭了，天下就太平了。聪明人从根本上是维护铁屋子的统治秩序的，但他的"聪明"之处，在于他不露痕迹，他是不动声色地维护奴隶制度。

只有傻子不同于奴才，也不同于聪明人，他是奴隶制度的天敌，他是要彻底捣毁铁屋子，创造"第三个时代"，彻底改变中国人的被奴役状态的。在这篇寓言故事里，傻子的最鲜明的特点，就是他不仅叫，而且动手砸，不仅说，而且要行。这就是鲁迅所赞扬的"中国的精神界的战士"的特点："立意在反抗，指归在动作。"这是行动的、反抗的知识分子，（板书：行动的、反抗的知识分子）是鲁迅所寄以希望的"中国的脊梁"。但在这个寓言故事里，鲁迅把他们命名为"傻子"，则是深刻地揭示了这些中国的脊梁在中国真实的处境：他们是被中国大多数老百姓视为"傻子"的。其实他们还有一个称呼，叫"疯子"，《狂人日记》的主人公、《药》里的夏瑜不是都被人们看作是疯子吗？而动手赶走傻子、疯子的，不是主人，不是聪明人，而恰恰是奴才，这个事实是最让鲁迅感到痛心的。

这是鲁迅和我们都必须面对的：中国的傻子很少，命运也不济；而奴才和聪明人却所在多有，并有繁衍的趋势。由此发现的，是在长期的专制体制的奴役下形成的中国国民性中的奴性。于是鲁迅把他的主要精力，集中在对奴性的各种形态的揭示和分析，以及造成这样的奴性的原因的追问。（板书：奴性的各种形态，原因的追问）这构成了鲁迅思想的重要方面，或许也是最能触动我们每一个人的良知的部分。面对鲁迅犀利的剖析，是不能不引起我们的自我反省的。

下面，我们就展开来谈。

一、主奴互换（板书）

我们还是先来读鲁迅的一篇妙文：《论照相之类》。讲的是一个"老照片的故事"。大概是清朝的末年，西方的照相技术传到了鲁迅故乡绍兴。中国人对外来的技术一开始总是本能地拒绝，于是就有了一些稀奇古怪的传说，例如人照一次相，就要丢一次魂，照相是要折寿的，等等，因此，老太太坚决不肯照相。但是时间久了，大家又觉得很好玩，就接受了，而且还创造性地"为我所用"。比如中国的老百姓总是希望全家团圆，现在，有了照相技术，就可以照一张"全家福"。中国人还有一些稀奇古怪的想象，现在也可以利用西方的技术来实现了，于是，就出现了一些稀奇古怪的照片。我们一起来看读本里的这张漫画："二我图"，就是依据鲁迅文章里提到的当时流行的

二我图（裘沙　王伟君）

照片画的。图片（照片）里画（照）的是同一个"我"，不过分裂成"二我"："一个自己傲然的坐着，一个自己卑劣可怜地，向了坐着的那一个自己跪着"，因此又可以叫"求己图"。

这当然是一个游戏之作，利用西方照相中的合成技术，来制造一张新奇的照片，博人博己一笑而已。但我们说过，鲁迅有一双"会看夜的眼睛"，他要追问促成这样的游戏之作背后的心理动因，于是又有了不同寻常的发现。在他看来，这恰恰是反映了照相设计者的心理需求的：既希望自己成为一个傲然坐着的主人，又想当一个卑劣可怜的跪着的奴才，或者说，其理想的身份，是"既为主，又为奴"，这就是所谓"二我图"的内在心理内容。（板书：既为主，又为奴）

鲁迅抓住这点，就对此进行了更加深入的分析。他首先引用了德国心理学家李普斯在其《伦理学的根本问题》一书中的论断："凡是人主，也容易变成奴隶，因为他一面既承认可做主人，一面就当然承认可做奴隶，所以威力一坠，就死心塌地，俯首帖耳于新主人之前了。"这就是所谓"主奴互换"。鲁迅由此又想起中国的历史：三国时吴国最后一个皇帝孙皓，他当皇帝的时候非常凶残，但一旦降晋，就成了一个卑劣无耻的奴才。鲁迅接着又想起中国一句成语"临下骄者，事上必谄"，这就是中国至今不变的国民性：在上级面前，一副谄相，但在部下面前，却一副骄横之相，一个人可以有两副面孔，不同的身份有不同的面孔。所以鲁迅说："这（二己图）是世界上最伟大的讽刺画家也万万想不到，画不出的。"

这是更深刻地揭示了中国国民性的特点的：中国人的奴性，不是单独存在的，是和主子性联系在一起的。在中国，主人和奴才是可以统一在一个人身上的。这就是鲁迅所说的，专制的反面就是奴才，有权的时候，无所不为，失势的时候，就奴性十足。

这样的国民性是怎样形成的？为什么说这是中国的国民性？这样的国民性与中国的社会结构有什么关系？这都是鲁迅所要追问的。这里，我要请同学们回忆一下，我们在以前讲课时曾经说到的鲁迅在《灯下漫笔》（二）里对中国社会结构的分析。鲁迅强调中国是一个等级社会："有贵贱，有大小，有上下"，每个人都处在某一个等级位置上，对上面的等级的人，你是奴才，但对下面的等级的人，你就是主人。处在这样的等级结构里，"自己被人凌辱，但也可以凌辱别人；自己被人吃，但也可以吃人"。因此，可以说，我们这里讨论的"集主人性与奴性于一身"的国民性就是这样的等级制度的产物。

问题是，这样的等级制度不仅存在于中国封建社会，还一直延续下来。我们在讲《推》那篇文章时,就说到了30年代上海的社会结构:最上面是洋人,然后是高等华人,再下面就是所谓低等华人。高等华人对洋人来说,他是奴才,但在所谓下等华人面前,他可以又推又踢。其实,我们看看今天的中国社会,也不难看到这样的等级制度并没有根本的改变。当今中国的许多现象都和这样的等级制度有关。

就说至今还紧紧控制着诸位的应试教育吧。所谓应试教育的本质,就是通过高考来根本改变人的命运,而所谓改变命运,就是从社会底层爬到上层去,成为"人上人"。这就是中国传统的科举制度,即所谓"朝为田舍郎,暮登天子堂",在考试前,没有中举之前,你是一个奴才,一旦中举,马上升官,至少有可能变成主人。你们学过《范进中举》吗?那是一个很典型的例子,范进中举前,他的老丈人就是他的主人,可以任意打骂他;范进中举了,他们两个人的关系马上就有了变化,老丈人在他面前,立刻显得奴性十足。

我们还可以讨论一个问题:这样的主奴迅速互换,关键在什么地方?关键就在于权力:有权就是主人,可以无所不为;没有权就是奴才,只能奴性十足。因此在中国非常容易形成权力崇拜,形成权力至上的观念,有权就有一切,没有权就什么也没有:这几乎成为中国人的集体无意识。在当下中国,还存在着钱权交易,有权就有钱,有钱就有办法得到权,所以现在社会盛行一种说法:"有权不用,过期作废。"为什么很多的腐败分子都在五十九岁的时候腐败,即所谓黄昏腐败,就是这个原因。下台之前,就是主人,一下台就变成奴才了,所以要趁着现在还是主人的时候捞一把。

问题是我们现在的腐败可以说是大面积腐败,就是说很多人都充分利用手中权力,哪怕是社会分工给予的权力,来捞一把,或者表现一下主人性。有这样的故事:有些小学老师,因为社会地位不高,别人老是把他当作奴才欺负他,他满肚子的怨气,没有地方发泄,就利用自己是班主任的权力,专门找那些当大官、大款的学生家长来训话,那他就可以充分地表现主人性了,而那些大官、大款也就只能表现出奴性了。同学们不要只觉得好笑,其实我们每个人身上都或多或少地有这样的"主奴互换性":我们不总是自觉、不自觉地在强者面前示弱,又在弱者面前示强吗?讲到这里,我突然想起了鲁迅的一个比喻,他说我们中国人总是"对于羊显凶兽相,而对于凶兽倒显羊相",他希望年轻人改变这样的状态,"反过来一用就够了:对手如凶兽的时候就如凶兽,对手如羊时就如羊!"——在我看来,鲁迅的这一希望,或者说期待,还没有过时。

二、奴才造反(板书)

这是一个很有意思的问题:如果奴才真的造了反,又会是什么样子呢?不知道同学们还记不记得,在前面讲课中曾经提到,鲁迅和毛泽东对农民起义的看法有些不同,那么,鲁迅又是如何看待中国农民起义,也就是农民造反的呢?收入读本的鲁迅的《学界的三魂》里,讨论的就是这个问题。

他在文章中讲到学术界有三种人,有三种魂。有的知识分子是我们下文还要分析的"聪明人",总是和官方有这样那样的联系,所以他们说官话、打官腔,就露出了骨子里的"官魂"。还有的知识分子因为得罪了官和皇帝,就被称为"学匪"——鲁迅自己就被戴上了"学匪"的罪名。鲁迅因此对学匪有一个很有意思的分析。他一方面说,你们说我是学匪,我就是学匪,又怎么样呢?他还有意地把自己的书房称为"绿林书房",显然对匪表现出了某种程度上的认同。我理解他的这个认同，大概有三个层面：第一，匪一般都在下层；第二，匪是反抗的；第三，匪有野气，或者说有草根性，这三个方面是引起鲁迅共鸣的。鲁迅正是在这个意义上承认自己是匪。

但是我们又不能简单地把他看成匪，因为鲁迅对匪魂是有所保留的，这涉及到鲁迅对农民起义的看法。鲁迅对农民起义、造反是有同情的，但是更多的是批判，这也是鲁迅和毛泽东的区别所在。毛泽东对农民起义是无条件的绝对的肯定和赞扬，而鲁迅却有很多的批判。他在《学界的三魂》里特意引述了一位学者的意见，指出："农民是不来夺取政权的"，农民造反的目的，就是"将皇帝推倒，自己过皇帝瘾去"，鲁迅说："这时候，匪便称为帝，除遗老外，文人学者却都来恭维，又称反对他的为匪了"——这是一个很深刻的分析：农民造反并不是要根本上结束人压迫人、人奴役人的等级制度，而是要自己当奴役他人的主人，依然没有跳出我们在前面所讨论的"主奴互换"的模式，是以新的奴役制度代替旧的奴役制度，这样以自己当主人为目的的造反，实际上就是"奴才造反"。

于是，鲁迅又说了一句话——

> 记得在日本留学的时候，有些同学问我在中国最有大利的买卖是什么，我答道："造反。"

造反是一个最大的买卖，这是一语道破了奴才造反的本质的：它只是一个投资，即使付出了一些代价，也是为了明天造反成功获取更大的利益。在鲁迅看来，阿Q造反就是这样的奴才造反。小说里专门写到阿Q造反的梦，想要的就是三样东西：元宝、女人和权势。值得注意的是，鲁迅逝世前三个月在写给一位朋友的信中不无感慨地谈到，"《阿Q正传》的本意"，"能了解者不多"。那么，鲁迅的本意何在呢？他在《〈阿Q正传〉的成因》里已经讲得很清楚："以后倘再有改革，我相信还会有阿Q似的革命党出现"，"恐怕我所看见的并非现代的前身，而是其后，或者竟是二三十年之后"。鲁迅真正担心的是"二三十年后"，中国的革命、改革，还是阿Q式的奴才的造反。

三、奴才的破坏

我们一起来读鲁迅这篇著名的杂文《再论雷峰塔的倒掉》。

鲁迅依然从一件小事说起。杭州西湖边的雷峰塔突然倒掉了，许多人都把它当作一条社会新闻，随便议论一番就算完了。鲁迅却要追问：为什么会倒掉？他后来了解到了其中的原因，"是因为乡下人迷信那塔砖放在自己的家中，凡事都必平安，如意，逢凶化吉，于是这个也挖，那个也挖，挖之久久，便倒了。"由此引发了鲁迅许多的联想和思考。

他首先想到，"雷峰塔砖的挖去，不过是一条小小的例，龙门的石佛，大半肢体不全，图书馆中的书籍，插图须谨防撕去，凡公物或无主的东西，倘难以移动，能够完全的即很不多。"也就是说，这样的破坏不仅仅发生在杭州，不仅仅是杭州的农民、市民这样破坏，这在中国是一件非常普遍，经常发生的事，它已经成了中国人的一个毛病，只是大家见怪不怪。

鲁迅却要用他"会看夜的眼睛"看这背后隐藏着什么东西。

他先问：这是怎样一种破坏，有什么特点？他说："但其毁坏的原因，则非如革除者的志在扫除。也非如寇盗的志在掠夺或单是破坏，仅因目前极小的自利，也肯对于完整的大物暗暗的加一个创伤。"

鲁迅在这里区分了三种破坏。一种是革除者的破坏，他扫除旧的，目的是要建设新的，是建设性的破坏。一种是寇盗的破坏，比如外国入侵者的破坏，国内奴才的造反的破坏，他们的目的就是要掠夺。而现在这些普通老百姓的破坏，仅仅就是为了眼前的极小的自利。比如看到图片很好看，就撕回去；听说雷峰塔的砖可以保一家平安，就搬回去。这样的老百姓的破坏，还有两个特点。一是参与的人多，是集体破坏。如果是一两个、几十个老百姓搬砖，雷峰塔不会倒，成百上千的人都来搬，日子一久，就搬倒了。二是倒了之后，还无法找到责任人，一来查不到人，连名字都没有留下。这是无名的多数人的破坏，就无从定罪，即所谓"法不责众"。也正因为如此，搞破坏的人没有心理负担。单独一个人，或少数几个人，他不敢干，怕以后追究责任；现在大家都来撕书、搬砖，他就敢干了。这样的出于个人小利的，多数人的，无法追究责任的，老百姓的破坏，鲁迅称之为"奴才的破坏"。

鲁迅说："这一种奴才式的破坏，结果也只能留下一片瓦砾，与建设无关。"也就是说，它是破坏性，而无任何建设性的，而且在某种程度上，它的破坏性比寇盗的掠夺还要大。就拿圆明园的破坏来说，英法联军"火烧圆明园"自然是一个起因，也可以说是一个主因。但这样的寇盗式的破坏，并没有把圆明园全部烧毁，还留下了很多东西。最后圆明园破坏得如此彻底，原因就是后来北京的老百姓一哄而上，把能够抢走的东西全部抢走了，连北大门口的两个柱子也是从圆明园搬来的，这就是奴才的破坏。在一定的意义上，可以认为，圆明园与其说是被外国人烧了的，还不如说是中国的老百姓自己把它破坏了，而破坏的目的是为了非常小的私利。

鲁迅由此引申出一个非常严肃、严重的话题："岂但乡下人之于雷峰塔，日日偷挖中华民国的柱石的奴才们，现在正不知有多少。"这是一个提醒：真正动摇国家、民族的柱石的，不完全是外国的入侵,而是中国老百姓出于自己私利的群体的破坏。外人入侵,有时还能起到凝聚人心的作用;而自己人的内部破坏,谁也不觉察,有时甚至会涣散人心,因而更加可怕。

鲁迅的提醒,好像有一种预见性。看看当下的中国,就不难发现,日日偷挖共和国的柱石的奴才们,"现在正不知有多少"。首先是有那么多的贪官、奸商,也包括一些被收编的知识分子,都在公开地、肆无忌惮地挖共和国柱石,影响所及,中国的老百姓现在也来乘机捞一把了,就是前面提到的利用自己手中的任何一点权力,或者钻国家政策的空子,千方百计为自己谋利益,哪怕是一点点小利。从表面上看,这未尝不是一种潜在的反抗:你当大官的捞了那么多,我小老百姓为什么不可以捞一点?这大概是一种普遍的心理;问题是这样的"反抗",不过是鲁迅所说的"奴才的破坏",它是并不具有建设性的。我们说现在是大面积腐败,就是说,很多的人(从各级官员到老百姓)都不感觉到这个国家是自己的,因此谁都可以捞一把,人人都"吃国家",谋求个人私利,自觉或不自觉,有意或无意地挖共和国的柱石,这就是当代中国的现实,这是孕育着巨大的民族、国家危机的。

鲁迅因此说:"我们要革新的破坏者,因为他内心有理想的光,我们应该知道他和盗寇奴才的分别。"区别在哪里呢?"革新",或者说改革,它确实要"破旧"(改革一切不适应社会发展需要的旧思想、旧观念、旧制度、旧方法),同时更要"创新"(创立新思想、新观念、新制度、新方法),而"破旧"(破坏)的目的是要"创新"(建设),也就是说,建设是更根本的。这就根本区别于盗寇和奴才的破坏:它们只有破坏,而无任何建设。更重要的是,盗寇和奴才是为了私利,而改革者们不是为了私人的利益,是为了国家和民族的利益,大多数老百姓的利益。如果再追问一句:为什么会有这样的区别?鲁迅的回答是：革新的破坏者、真正的改革者们"内心有理想之光"。有理想，还是没有理想，这才是问题的根本所在。用我们前面所讨论的话题来说，真正的改革者，他们改革的目标是要实现根本改变人压迫人、人奴役人的历史和现状的理想，使人真正成为人；而盗寇、奴才的破坏，不过是要继续维护等级、奴隶制度，在其中谋求一点好处，分得一杯羹而已。

鲁迅最后说："应该留心自己堕入后两种。这区别并不烦难，只要观人，省己，凡言动中，思想中，含有借此据为己有的朕兆者是寇盗，含有借此占些目前的小便宜的朕兆者是奴才，无论在前面打着的是怎样鲜明好看的旗子。"

这里鲁迅提醒我们：不仅要"观人"，还要"省己"，也就是说，"奴才的破坏"这类话题，绝不是与己无关的；如前面讨论中已经一再提到，其实，我们每一个人的内心，都是不同程度上存在着奴性的，因此，我们因不满现实而产生破坏、反抗的冲动时，必须区分：我们要选择的，是盗寇、奴才的破坏，还是革新者的破坏。这里的关键又是我们内心必须为"理想之光"所照耀。

四、奴才的残暴（板书）

我们来读这一篇《暴君的臣民》，看这些十分严峻的判断——

暴君治下的臣民，大抵比暴君更暴；暴君的暴政，时常还不能餍足暴君治下的臣民的欲望。

猛一听，似乎很难接受；仔细想想，就明白了。鲁迅举了一个例子。大家读"圣经"的故事就知道，耶稣之所以被钉上十字架，主要是老百姓的强烈要求，而罗马帝国的总督原本是要释放耶稣的。鲁迅要追问的是，这样的"暴君的暴民"有什么样的心理？

暴君的臣民，只愿暴政暴在他人的头上，他却看着高兴，拿"残酷"做娱乐，拿"他人的苦"做赏玩，做慰安。

这里有三层心理。面对暴君的暴政，臣民首先想到的，不是反抗，而是最好暴政暴在他人头上，自己——或者扩大点，连同自己的家人——能够幸免：这是典型的卑怯的奴才心理。在自己和家人幸免以后，暴政就似乎与己无关，自己反而成为旁观者了，于是，就以"看客"的心态，拿残酷做娱乐，拿他人的痛苦做赏玩了。这样的看客现象，鲁迅已有过讨论，就不多说了。

问题是还有第三层心理，就是鲁迅这里说的，臣民（奴才）们并不满足于看，他们要自己施暴，而且比暴君还要残酷。

这样的心理和行为，是怎样造成的？这是鲁迅更要追问的。

这就是在《偶成》一文里所提出的——

奴隶们受惯了猪狗的待遇，他只知道人们无异于猪狗。

奴隶们受惯了"酷刑"的教育，他只知道对人应该用酷刑。

"酷刑的教育"：这又是一个鲁迅式的残酷的命题。（板书：酷刑的教育）如鲁迅所说，"'酷刑'的记载，在各地方的报纸上是时时可以看到的"。鲁迅的文章里，就写到了一个绑匪的酷刑："法以布条遍贴背上，另用生漆涂敷，俟其稍干，将布之一端，连皮揭起，则痛彻心肺，哀号呼救，惨不忍闻。"问题是这样的酷刑，不仅鲁迅那个时代有，今天的中国与世界，也依然时有发生。我在昨天的报纸上就看到了这样的报道：伊拉克人袭击了美国的一辆车，把车上四个美国雇员杀了，杀了以后，一群对美国充满仇恨的人，欢呼着把这些尸体烧焦、肢解、鞭打，还拖着在街上游行，最后把两具尸体悬挂在桥梁上。可以发现，无论是中国的农村绑匪，还是伊拉克的这些暴民，他们自己都处在社会的底层，受到了他人的迫害。这些中国的农民原来可能不是绑匪，因为受到压迫太深，活不去了，自己就去做了匪。伊拉克的暴民，也都是萨达姆的独裁统治和美国的入侵的受害者。也就是说，首先是暴君或入侵者施加暴政、酷刑，在这样的"酷刑的教育"下，受迫害者也学会了使用酷刑，不仅"以其道还治其人"，对施暴的暴君或入侵者施暴，用酷刑来反抗、报复，而且也对无辜者用酷刑，拿残酷做娱乐，而且还不以为残酷。鲁迅举了一个例子，"一个农民杀掉了一个贵人的孩子，那母亲哭得很凄惨，他却诧异，哭什么呢，我们死掉那么多孩子，一点也没哭过。"这个农民他一辈子受到欺负，死了多少孩子，所以他就麻木了，他不觉得死一个孩子有什么可怕，他觉得这是一件很正常的事。所以鲁迅说："他不是残酷，他一向不知道人命会这么宝贵，他觉得奇怪了。"老百姓是非常简单的，他不像知识分子有那么多想法，他看的是事实，而他从小所看到的事实，就是人的生命可以任意摧残，这样的事实教育使他形成了"人的生命微不足道"的观念，"人无异于猪狗"，是可以随意杀害，任凭宰割的。另外他有一个很简单的逻辑，就是你怎么对待我，我就怎么对待你，你把我当作猪狗，我当然也把你当作猪狗。

从表面看，这样的"酷刑的教育"是自成逻辑的；但鲁迅却从这样的逻辑里看出了问题。首先是"酷刑的教育，使人们见酷而不再觉其酷，例如无端杀死几个民众，先前是大家就会嚷起来的，现在却只如见了日常茶饭事。人民真被治得好像厚皮似的，没有感觉的癫象一样了"。这样的对人的生命的麻木，在鲁迅看来，是非常残酷的。

更重要的是，"把人不当人"，视普通民众为猪狗，本来是统治者的意识形态，是专制体制的逻辑，现在，通过"酷刑的教育"，却被普通民众所接受，成为全民意识形态，甚至产生了"比暴君更暴"的

"奴才的残暴"。鲁迅由此看到的,是专制体制的奴役,不仅是肉体上的残酷摧残,更是精神上的毒害,(板书:精神毒害)甚至施加酷刑本身,都会造成奴隶精神上的病态。在鲁迅看来,这是更为残酷的。

鲁迅还发现了奴隶体制自身的矛盾:他们对奴隶施加酷刑,其本意是要对奴隶起到精神威慑作用,防止"奴隶造反";但现在人们见酷而不再觉其酷,威慑已经失效,反而会"踏着残酷前进",用酷刑施加报复。鲁迅说:"这也是虎吏和暴君所不及料,而即使料及,也还是毫无办法的。"

但奴隶的反抗也就走上了"以暴易暴"的道路。(板书:以暴易暴?)而这样的"以暴易暴"就依然走不出轮回杀人的怪圈,其结果是人的生命越来越不值钱,无数的普通人的生命就在以暴易暴的过程中不断丧失,而且没有结束的希望。如何走出这样的恶性循环,是至今还困惑着我们大家的全球性的大问题。把鲁迅关于"奴才的残暴"的命题,放在这样的背景下,就不难看出它的深远的历史与现实的意义。

五、聪明人的特殊功能(板书)

我们在前面说过,聪明人在某种意义上也是奴才,不过他有知识,比没有文化的愚民高一层,就是鲁迅所说的"特殊知识阶级"。(板书:特殊知识阶级)鲁迅要讨论的是,这样的特殊知识阶级,在中国的奴隶体制中,起到什么作用?

鲁迅有两个很形象的概括。一个是在《春末闲谈》里提出的。鲁迅说,在春末的晚上,经常看到一种叫细腰蜂的虫子,它抓住小青虫,却不立刻吃,因为小青虫要反抗挣扎,吃起来就很不舒服。怎么办呢?细腰蜂用根毒针,猛蜇一口,小青虫就麻木不动了,但是还活着，处在不死不活的状态。细腰蜂就可以不慌不忙地一口一口地把它吃了。既能吃掉小青虫，又不会遭到反抗，而且还是活的，这有多好！这里的奥妙，就在于细腰蜂的毒针里，含有麻醉药。

鲁迅就由此联想到中国的知识分子。他说，这些细腰蜂式的知识分子，解决了历来统治者的一个矛盾。统治者都要别人做他的奴隶，为他效劳。但是奴才一做事情，他就有思想，有思想就会反抗。所以从统治者的角度来说，最好有这样一群奴才，既能干活，又没有思想，或者说这些人有运动神经，而没有感觉神经，这是最理想的奴才。统治者最苦恼的就是找不到这样理想的奴才，但有些知识分子就可以做到，他们能对人进行精神的麻醉。他们的最大功能，就是找出各种理由来说明专制统治的合法性，合道德性。听了他们的说教，奴隶就能从专制体制中看出美来，变成奴才，既忠心耿耿地为专制体制服务，又毫无怨言。这样，鲁迅说的"吃人肉的筵宴"就可以永远排列下去，这些自称"聪明人"的特殊知识阶级自然也可以从中分得一杯肉羹。而专制体制也绝不能离开他们：他们的"麻醉剂"作用是无可替代的。（板书：麻醉剂）

还有一篇《一点比喻》，是从北京的"老街景"说起的。鲁迅那个时代，经常可以看到一群羊在街上走，现在见不到了。羊有两种，一种是山羊，是所谓带头羊，昂首阔步走在前面，背后一大队低眉顺眼的跟着走的胡羊。鲁迅注意到带头羊有一个特点，它的脖子上挂一个小铃铛。看着看着，鲁迅就产生了一个幻觉：山羊的小铃铛变成了知识分子的徽章。这就是知识分子的特殊作用：他们是中国专制体制的"带头羊"。（板书：带头羊）他们要把中国的胡羊们带到哪里去？带到主人要求他们去的地方，最后就是屠宰场。主人用不着出场，只要和特殊知识阶级的带头羊达成默契就行了。这是鲁迅对中国历史和现实的又一个非常深刻的概括。实际上中国历史和现实中的一切悲喜剧带头的无不是知识分子。中国的统治者每要做一件大事，必要由一部分知识分子出来造舆论，起带头作用，然后就会有许多受其蛊惑、愚弄的民众跟着走。因此鲁迅认为，要批判国民性，首先要反省知识分子；要批判奴才，首先要反省聪明人。所以鲁迅在审视中国人的奴性的时候，首先把批判的锋芒指向知识分子，指向聪明人。

鲁迅认为，知识分子的奴性，主要表现在三个方面：一是"帮闲"，二是"帮忙"，三是"帮凶"。这是因为中国的统治者，内心里是瞧不起这些聪明人的，他们只有在两种情况下想到知识分子。一就是刚掌权的时候，或者是处在所谓"太平盛世"的时候，就需要知识分子为他歌功颂德，歌唱太平盛世，圣君圣朝；有时候正因为矛盾重重，也需要知识分子唱赞歌，粉饰太平。这个时候知识分子就起到"帮闲"的作用。（板书：帮闲）也真有那么一些知识分子，在任何时候都在"莺歌燕舞"，他们是永远的"帮闲"，现在也到处可见。

统治者在另一种情况下，也会想到聪明人。就是遇到危机了，统治者也没有办法了，于是就礼贤下士，征求知识分子的意见了。而中国的诸葛亮们就得意忘形了，皇帝看中了，赶紧献策，殊不知自己所起的作用，不过是"帮忙"而已。（板书：帮忙）

也还有一些聪明人，他们的作用是把专制体制下的吃人的宴席的血迹涂抹干净，或篡改历史，或参与"强迫遗忘"，那就成了"帮凶"了。（板书：帮凶）

帮闲，帮忙，帮凶，要害就在"帮"上，完全处在依附的地位，失去了独立的地位和人格。这就是"奴性"。

而且，这样的奴性还有逐渐扩大的趋势。如果说传统的帮闲、帮忙、帮凶，主要是帮官，依附于官僚体制；但随着传统专制体制和现代资本的结合,形成现代专制体制,这些与时俱进的聪明人,特殊知识阶级,也摩登化了:继续充当官的帮闲、帮忙、帮凶外,还自觉地充当商的帮闲、帮忙、帮凶,大众的帮闲、帮忙和帮凶。(板书:官、商、大众)这就出现了一批时尚知识分子,一切赶时髦,赶商业的时髦,大众趣味的时髦,流行什么,就做什么。这些年连续出现的暴力文学、隐私文学,以及各式各样的黄色文学,就是为了满足市场上或所谓大众心理上的窥视、意淫需要所产生的。看起来,这些时尚文人占据了文学市场以至新闻媒体的主导地位,煞是风光,但他们已经失去了自己的独立性,骨子里还是依附人格,或依附于官,或依附于商,或依附于大众,恰恰没有自己的主体性,不过是奴才。

  应该说,在迎合市场和大众上,聪明人是找到了自己的"用武之地"的。他们极其敏感,能够迅速地做出反应,适应各种需要,不断变换自己的形象,而且做得非常漂亮,在这方面聪明人确实有才能。于是鲁迅有了一个新概括,叫作"才子加流氓"。(板书:才子加流氓)"才子"好理解,为什么又是"流氓"呢?鲁迅说:"无论古今,凡是没有一定的理论,或主张的变化并无线索可寻,而随时拿了各种各派的理论来作武器的人,都可以称之为流氓。"这些现代聪明人就是这样,他们实际上是没有信仰,没有内心深处始终坚守如一的信念的,他们从不执着一样东西,没有原则,因此就可以根据需要,变换着用"各种各派的理论来作武器",只要他的主人(官,商,大众,等等)的意志变了,他也变了,今天这样,明天那样,前后矛盾,自打嘴巴,连脸都不会红,这不是流氓又是什么?不过是文化流氓,有知识,有才气的流氓——如果没有才华,谁也瞧不起,也发挥不了他的特殊作用。要为官、商、大众所看重,就必须要有才华,所以鲁迅说才子加流氓,这是聪明人的一个本质的特征。

当然，没有才气，单凭勇气（即不要脸面）为主子卖力的"勇敢分子"也是有的；鲁迅说，那就不是帮闲、帮忙、帮凶，而是"扯淡"了。（板书：扯淡）这大概就是聪明人这样的特殊奴才及其主子的末路了。

六、追问奴性形成的原因（板书）

鲁迅的思想是彻底的，他还要进一步追问：奴才的奴性是怎么造成的，知识分子的奴性又是怎么造成的？这个问题很复杂，这里只能做一个简单的介绍。

首先是经济上的原因。鲁迅在《娜拉走后怎样》里有三句话，把问题说透了。第一句话是：钱是要紧的，就是不能没有钱，因为鲁迅说过，人一要生存，二要温饱，三要发展，前提是必须要有钱。没有钱，生存、温饱、发展都谈不上。第二句话是：自由不是钱所能买到的。就是说钱不是万能的，也不是有了钱，就有了自由。第三句话是：自由又是可以为钱所卖掉的。这里所讨论的，不是理论问题，而是一个历史与现实的问题。据我的观察，在两种情况下，都会发生"自由为钱所卖掉"的悲剧。这也是我们曾经经历过的历史，也是我们现在正面临的现实。曾有同学在课下问我，为什么在许多政治运动中，例如，反右运动、"文化大革命"，中国知识分子都表现得那么软弱，那么奴性十足，聪明人多而傻子少？我的回答是：原因很多，一个重要方面是经济原因。1949年以后，对知识分子采取的是"包下来"的政策，所有的知识分子都到国家机关当干部，吃皇粮。这样，知识分子就不再是"自由职业者"了。据说解放后只有一个职业作家，就是巴金，只有他是靠稿费生活的。其余的人全部都是国家干部，每个人都属于一个单位，单位把你的衣、食、住、行、子女教育，所有事情都包起来了，这就叫"单位所有制"。（板书：单位所有制）最初大家都觉得很好，因为一切都不用自己操心，都由"组织"管了。但慢慢就发现了问题：因为你的所有的一切都是你所在的单位给你的，因此你就不能得罪你单位的领导，一得罪他把你开除了，你就什么都没有了。这样你对你的单位，特别是单位的领导，就有一种依附关系。他批评你，你只能服从，只能检讨，你不检讨不行，否则就开除你。就算你不怕，"若为自由故，二者皆可抛"，可是你的子女怎么办？孩子要读书，要吃饭，只有一条路，就是投降，当驯服工具。为了吃饭，全家人吃饭，只得放弃自由。这就是"自由为钱所卖掉"，经济不自由，不独立，谈不上人的精神的自由和独立。

那么，现在，知识分子不缺钱了——不管怎么说，这总是一个历史的进步，一些知识分子又成了自由职业者，也就有了比过去多的自由。但依然还是有人放弃自由，这又是为什么？原因还是因为"钱"。现在，不用"不给饭吃"的方法控制你了，但仍然可以用钱来收买，或者叫收编，在经济上给你优待，"重赏之下必有勇夫"。只要你听话，就要钱给钱，要地位给地位，一路开绿灯；越听话，给你的待遇，经济的待遇、政治的待遇越高；不听话，就没有这样的待遇。逼着知识分子作出选择：或者做聪明人，或者继续当傻子，人常常有"趋利避害"的倾向，因此，聪明人多，傻子少，也是不难理解的。

当然，我们也不能夸大经济、政治的作用，变成经济、政治决定论。因为还有另一方面的事实：无论是在经济、政治的压力，还是在经济、政治的诱惑下，总有一些知识分子甘当傻子。可见，"聪明人多，傻子少"，还有更深刻的原因。于是，我们就注意到鲁迅对中国社会，中国思想文化，以至中国人的思维方式的一个独到的观察与分析。他提醒我们注意一个事实：中华民族总体来说，生存条件比较恶劣，生存比较艰难，这就形成中华民族思想、文化、思维"重实际，轻玄想"的特点，（板书：重实际，轻玄想）从另一个角度说，也是一个弱点。因为在中国生存太困难，第一大问题，就是讲生存哲学。用周作人的话来说，人怎么"得体的活着"，就成了整个中国文化的核心。对中国文化影响最大的是儒家，儒家就是充满人生智慧的学说，就是教你怎么活着，所以孔子不讲鬼神，轻玄想，缺少形而上学的思考。庄子的哲学本来是一种最具有玄想的哲学，但是他的哲学还有另一面，就是他的养生哲学，也是讲在险恶的环境中怎么活下去的问题。而值得深思的是，对以后大多数中国知识分子产生影响的，不是庄子的玄想哲学，而是他的养生哲学。这样就形成一个致命的问题，就是信仰的不足。和西方文化相比较，中国文化的一个很大的特点，也是它的弱点，就是彼岸的、形而上的关怀相对不足（不是没有），这是造成许多中国人信仰缺失更内在的文化上的原因。（板书：信仰的缺失）所以鲁迅说，俄国式的知识分子在中国是没有的，俄国有很多的殉道者，为他的信仰而牺牲，在中国就很少有殉道者，连殉情者也很少，即使有了，就像我们在第八讲里所说的那样，最容易被抹杀和遗忘。中国知识分子重实际，轻玄想，因此容易妥协，处处讲谋略，容易放弃自己的信念。骨头要硬必须有脊髓，就是信仰，信仰不坚定，脊梁怎么挺得起来，骨头怎么会硬？没有信仰的支撑，人的行为的驱动力就只剩下利益，单纯为利益，就什么都可以改变，以至出卖，是不会有任何坚守的，这才是在中国，聪明人多而傻子少的更内在的原因。

　　在我看来，这就是当下中国思想、文化问题的核心，坦白地说，也是诸位的问题的所在。诸位已经有了一个集体命名："80后"。如何看"80后"这一代人，是一个很大的也有争议的问题，不是我们在这里讨论得了的。我只谈一个看法：你们显然有许多优长之处，但有一个致命的问题，就是生活缺少目标，还没有建立起自己的信仰。这也是你们成长中所必须解决的问题。信仰是要在长期的学习、实践、磨炼中才能建立起来的；今天只是想借讨论鲁迅思想的机会，把"建立信仰"的问题向诸位提出来，希望引起注意。

从信仰的角度，我们也可以加深对鲁迅的思想——他对奴才和聪明人的批判，他对傻子的赞扬和期待的理解。

奴才和聪明人，最根本、最致命的问题，就是没有信仰；而傻子正是有信仰，能够坚守理想的知识分子：这是他们之间最大的，也是最本质的区别。后来，鲁迅在《关于知识阶级》一文中，提出了一个"真的知识阶级"的概念；（板书：真的知识阶级）在我看来，这是鲁迅关于"傻子"的思想的一个继续和发展。真的知识阶级的最大特点，就是他有信仰，有理想，有坚守；而绝不是鲁迅所说的"今天发表这个主张，明天发表那个意见"的"假的，冒充的知识阶级"，因此，他是"不顾利害"的，"要是发表意见，就要想到什么就说什么"。而他们所要坚守的理想，就是鲁迅一再强调的，消灭一切人压迫人、人奴役人的现象，彻底走出"奴隶时代"。由此而决定了真的知识阶级的两个特点：一是永远"为平民说话"，"倾向民众"，始终站在被侮辱被奴役的弱者一边。其二是"对社会永不会满意"，因为他坚持彼岸的信仰，对此岸的现实世界，"所看到的就永远是缺点"，永远不满足现状，就持永远的批判态度，于是"所感受的永远是痛苦"，但也因此获得了永远的独立和自由、自主。这也是鲁迅眼里傻子的真正意义和价值所在。

关于"聪明人和奴才和傻子"的话题，我们就讲到这里。剩下的是每一个人的选择问题：你愿意做聪明人、奴才，还是傻子？由各人去思考，去回答吧。

第十二讲 ｜ 生命的路：鲁迅的期待与嘱咐

　　时间过得非常快，我们这个课快要结束，进入最后一个阶段了。这一阶段的学习，我在上一讲开始，已经说过，主要是讨论"我们和鲁迅"的关系，而且把重点放在"我们"这里，就是讨论"鲁迅"对"我们"的启示。

　　上一讲讨论"聪明人和奴才和傻子"，讨论的是"要做什么样的人"；今天这一讲，主要介绍鲁迅对他那个时代的青年说的话，他的嘱咐、期待和要求。（板书：鲁迅的期待与嘱咐）现在是七八十年以后了，当年的青年，都成了老爷爷、老奶奶，今天的青年所遇到的问题，也远比当年复杂，或者说遇到的是一些新的问题。但是，各代青年之间，也会有共同的问题；何况鲁迅七八十年前所说的话，都是历史经验教训的总结，这本身就是一笔精神财富，对我们如何面对自己的问题，相信还是有启示作用的。

　　既然面对的是你们自己的问题，就应该由你们自己来阅读、思考和讨论，所以，我就不准备多讲了。我们可以尝试一种新的学习方式：在上课之前，我已经发给大家一个阅读提纲，同学们对鲁迅的相应文章做了预习，现在，我们就这些文章所提出的观点，进行讨论，最后我来做总结。

　　我们准备讨论的，有这几个问题。

第一个问题，是鲁迅在《导师》《生命的路》《忽然想到（五）》里提出的。

鲁迅生前，就不断有青年人问他："路应该怎样走？"我们在前几讲介绍了鲁迅对中国历史和现实的许多严峻的判断以后，也有同学问我：鲁迅的批判确实深刻，但是，他也应该给我们指出一条路来呀。也有同学干脆问我：老师，请告诉我，路该怎么走？鲁迅的这一组文章，就是回答这个问题的。

同学们已经预习过了，知道了鲁迅的回答。这个回答也许是出乎大家意料的。因为鲁迅明确地表示反对青年"寻求一个导师"，而希望年轻人自己"寻朋友，联合起来，同向着似乎可以生存的方向走"。

这就产生了一个问题：鲁迅为什么这样说？他的依据是什么？你怎么理解鲁迅的这一回答？你同意他的观点吗？你怎样看待"导师"问题？（板书：导师）

学生一 我还是不大能理解鲁迅的意思。作为一个正在成长的年轻人，特别是我们这样的中学生，我们最重要的任务就是学习，而学习是需要指导的，这就当然需要导师了。为什么要拒绝导师？

学生二 我觉得要区分两个概念："老师"和"导师"。这位同学讲的是"老师"，老师当然需要，导师就不一定了。

钱 我们现在大学里也有"导师"的称呼，叫研究生导师，我就是"博士生导师"。我们这个"导师"和"老师"是一个概念，任务是"传道，授业，解惑"，就是传授道理、知识，解答疑问的。鲁迅说的"导师"是什么意思？

学生二 鲁迅在文章一开始就说，不是所有的青年都要寻求导师，只有那些"要前进的青年们大抵想寻求一个导师"。我理解，所谓"要前进的青年",一定是不满意现状的,包括他自己的处境,所以他要"前进",就是要改变现状。但他又很苦恼,找不到出路,因此,就想"寻求一个导师",希望导师给他指出一条路,一条通向光明的路。我自己就有这样的苦闷,在小学、初中,我好像没有多少苦恼,也许我那时是属于鲁迅说的"睡着"的、"躺着"的、"玩着"的青年吧,根本就没有寻找导师的要求。现在我长大了,就想许多问题了。当然,我现在主要的任务是准备高考,上大学就是我要走的路。但有时也要想:就算我考上了大学,以后的路,又该怎么走呢?我总觉得应该有更广阔的路,这条路在哪里呢?上堂课听老师讲信仰问题,我就更觉得需要想想自己的人生之路该怎么走的问题了。这时候,我就特别想找导师来给自己指路。老实说,我选这门课,就是想让鲁迅给指指路。

钱 鲁迅给你指路了吗?

学生二 好像指了,好像又没有。我听老师讲解,又去读鲁迅文章,明白了许多事情,特佩服鲁迅那双会看夜的眼睛,觉得他把中国的历史、现实真看透了,这当然也能指导我如何去看。但具体到我该怎么去做,该怎么选择,他又没有说,就觉得有点不满足,有点遗憾。这是不是有人说的鲁迅的局限性呢?

钱 我想,这也是大家共同的感觉吧?我要问的是:鲁迅为什么不给大家指路呢?

学生三 是不是他自己也没有找到路?

钱 这位同学问得非常好,这正是关键所在。鲁迅在写《导师》时,还写过一篇《北京通信》,也是回答一个河南的青年所提出的"路应该怎么走"的问题。他说得很诚恳:假使我有这个力量,我自然极愿意有所贡献于河南的青年。但不幸我竟力不从心,因为我自己也正站在歧路上，说好听点，我是站在十字路口，好像有好些路可以走。我自己是什么也不怕的，生命是我自己的东西，选一条我自己以为可走的路走就是了，即使走错了，前面是深渊，是火坑，都由我自己负责。现在要向青年说话可就难了，如果盲人瞎马，把年轻人引入危途，那我就等于谋杀年轻人的生命，就罪孽深重了。——不知道同学们听了鲁迅的这番话，有什么感觉，我是非常感动的。

学生四 我感动的是，鲁迅对我们年轻人负责任的态度，他深怕指错了路，害了我们。

钱 这位同学的话，使我想起了鲁迅另一段也使我很感动的话。他在《写在〈坟〉后面》里谈到，曾有一个学生来买他的书，从口袋里掏出钱来放在他手里，那钱上还带着体温。鲁迅说："这体温便烙印了我的心，至今要写文字时，还常使我怕毒害了这类的青年，迟疑不敢下笔。"这样的对年轻一代的责任感，其实就是对国家、民族未来的责任感，（板书：责任感）使鲁迅平时写作就如履薄冰，就更不敢充当青年"导师"了。

学生四 不过，他把误导学生说成是"谋害年轻人的生命"，说得太严重了吧？

学生五 我倒以为这正是鲁迅思维方法的一个特点。记得老师在前面讲课中曾经提到鲁迅总觉得中国是一个吃人肉的筵席，他自己就绝不愿意成为也参与谋害青年的帮凶。

学生六 我最感动的，是鲁迅的真诚。像他这样的大家公认的大文学家、大思想家，却敢于在年轻人面前，承认自己没有找到路，承认自己的弱点，不足，这太难得了。大人们总喜欢在我们面前，摆出自己什么都知道的样子，像鲁迅这样说"我不知道"的，恐怕是头一份。

钱 这位同学说到鲁迅的"真诚"，非常重要。过去我们讲鲁迅的"真"，主要是指他敢于说出自己所看到的"真实"；现在，我们又懂得了鲁迅的"真"，还表现在他的"真诚"，敢于坦白地说出自己的困惑，这也是说"真话"。我觉得，同学们在年轻时候，能够结识这么一位"真"的成年人，是人生的大幸。（板书：真实，真诚）我之所以要把鲁迅介绍给诸位，这是一个重要原因。

学生七 我觉得鲁迅的困惑，可能不在于他真的找不到路，鲁迅自己也说，他站在十字路口，可走的路很多。他自己也是一直有一条路在走着的。他的困惑可能在他一边走着，一边又在怀疑，这条路走得对不对。自己都在怀疑，自然就不敢推荐给年轻人，更不用说给年轻人指路了。

钱 这一点确实很重要，这是表现了鲁迅的自我怀疑精神的。（板书：自我怀疑精神）这也和鲁迅的自我定位有关。我们在一开始就给大家介绍过，鲁迅认为自己的历史使命是肩住了黑暗的闸门，放年轻人到光明的地方去，他只是一个"历史的中间物"，（板书：历史中间物）而绝不是前进的目标和样板。因此他总在不断地怀疑、否定自己，不愿意把自己的选择绝对化。

学生八 是不是可以这样说，鲁迅并不认为自己是真理的掌握者。而"导师"却恰恰是自以为掌握了真理，他的任务，就是向青年宣讲真理，给青年指出一条通往真理的路。

钱 这正是鲁迅拒绝当"导师"的一个非常重要的理由。我曾经研究过鲁迅的演讲。他的演讲很特别，常常在提出一个观点以后，很快就自己把它否定或者淡化了。比如他有一篇演讲：《娜拉走后怎样》，说妇女解放,不能只像娜拉那样走出家庭,还要有经济的独立,不然走出家庭,还会回到家庭。这自然是一个非常深刻的观点。但他紧接着又说了一句:如果要问,妇女怎样才能获得经济独立,"我也不知道"。也就是说,鲁迅不仅告诉我们,他"知道"什么,更告诉我们,他"不知道"什么,这不仅是表现了他的真诚,更重要的是,他这是要表明,他不是真理的掌握者,只是一个真理的探索者。(板书:真理的探索者)他演讲、写文章,不是为了宣示他已经掌握了的真理,而是要和我们(听众和读者)一起探索真理,一起来寻找通往真理的道路。也就是说,他是和我们一起"探路",而不是"指路"的,(板书:探路,指路),当然就不是"导师"。这里也有一个人和人的关系问题:一起探路,彼此是平等的;而指路,就是我"指引,指挥"你"走",导人者和被导者之间就有了一个指导与服从的关系。

学生九 鲁迅不愿意把他自己选择的路指给我们,是不是还有一个原因,就是他认为人生的道路是多种多样的,每一个人都要找到适合自己的路,他选择的路,只适合他自己,并不一定适合我们,因此,就不愿意将自己选择的路强加给大家了。

学生十 我还是有点怀疑:如果每个人都在找自己的路,这样不断地找,那历史不是在不断地重复吗?路找得差不多的时候,人已经老了,为什么不愿意接受前人的教导呢?个人寻路和吸取前人的经验之间应该有一个什么关系?

钱 这个问题提得非常好,不考虑这个问题,我们的理解也会有片面性。请同学们注意鲁迅后面这句话:"我并非将这些人一切抹杀;和他们随便谈谈是可以的。""这些人"从字面上看,是指那些自命为"导师"的人,我们的理解可以宽泛一些,就是指这位同学所说的

"前人"，也包括鲁迅自己在内。"并非将这些人一切抹杀；和他们随便谈谈是可以的"，就是说，自己寻路，不等于一切抹杀前人，创造必须以继承为前提；前人（包括鲁迅）固然不能为我们指路，代替我们自己的寻路，但我们在寻路的过程中，却必须听他们"随便谈谈"，因为在这些"随便谈谈"里凝聚着他们宝贵的经验，有些还是用生命换来的；像鲁迅的"随便谈谈"，就是十分的特别，也就十分的珍贵，这是我们这一学期的学习，深有体会的。将前人（包括鲁迅）当"导师"是不行的；但听他们"随便谈谈"却是寻路中不可缺少的；但听取了各种意见、建议以后，最后做出判断、选择的还是你自己。这就是个人寻路和吸取前人经验之间的关系。

学生一 老师和同学们的分析，都有道理，特别是强调鲁迅的真诚、责任感，他的自我怀疑，他是要和我们一起探索真理，一起寻路，这都对我很有启发。但是，我还是觉得不能完全说服我，因为大家立论的基础是鲁迅自己就没有找到路，但这不能说明所有的人都找不到路，如有人找到了路，掌握了真理，他为什么不能充当导师呢？有这样的导师又有什么不好呢？

钱 你这个问题问得非常好，我来试着回答吧。即使有这样的导师，他掌握了真理——当然，这只是相对的真理，掌握了绝对真理的人是不存在的，给你指一条路，但他也只能告诉你、启发你，而不能代替你自己选择。因为即使有一条正确的路，也必须经过你自己独立的思考、判断，才能内化为你自己生命的要求，这才是你自己的路。这好像你学习知识，即便你学的知识是对的，也还要求你自己消化，通过自己的理解，才能成为你自己的知识。即使是真理，也不能迷信；即使是掌握了部分真理的导师，也不能盲从。一切要经过自己的独立思考,独立选择。通往真理的路是自己走出来的,而不是别人指出来,照着走就行了。鲁迅强调不要去找导师,是从他的"立人"的基本思想出发的,强调的是个体的精神独立,精神自由,精神自主,要自己寻路,然后自己负责,自己掌握自己的命运,而不要把自己轻易交给别人。(板书:独立,自由,自主,自己掌握命运)这里,是包含了许多血的教训的,许多人就是因为轻信、盲从自称掌握真理的所谓"导师",最后失去了自我的独立,这也是一种精神奴役。

  其实,鲁迅这篇文章是有一个重点的,就是告诫青年,要警惕那些"挂着金字招牌"的"假导师"。(板书:警惕假导师)大家看读本注释二:"鲁迅后来在《"田园思想"》(收《集外集》)一文中说:'我所憎恶的所谓"导师",是自以为有正路,有捷径,而其实却是劝人不走的人。倘有领人向前者,只要自己愿意,自然也不妨追踪而往。但这样的前锋,怕中国现在还找不到罢。所以我想,与其找胡涂导师,倒不如自己走,可以省却寻觅的工夫,横竖他也什么都不知道。'"我想,鲁迅的意思,在这个补充说明里,已经说得很清楚:他并不反对有人追踪真正的导师(他又称为"前锋"),但前提是必须"自己愿意",即通过自己的独立思考,做出的自主选择。但他更认为,在现实的中国,并没有真正的导师、前锋,却到处充斥着令人憎恶的"假导师"——在我看来,今天的中国也依然如此。这些假导师,他们早过了"而立"之年,已经没有年轻人的生命活力了,"老态可掬","圆稳而已",已经十分油滑了,还要向年轻人指示"正路""捷径","其实是劝人不走",不要反抗,不要前进,就是要维护既定秩序,维护鲁迅深恶痛绝的吃人肉的筵席。大家千万不要上当。

  学生一 我明白了:关键是要区分真、假导师。我突然想起老师介绍过的鲁迅的那句话:"自称盗贼的无须防,得其反倒是好人;自称正人君子的必须防,得其反则是盗贼。"我们是不是可以套用鲁迅的说法:"自称导师的必须防,拒绝当导师的却可信任"?(众生笑)

钱 你说得太好了,这也算是你创造的一句"名言"吧,我把它写下来。(板书:自称导师的必须防,拒绝当导师的却可信任)

我们现在就可以明白鲁迅要青年自己寻路的深意和良苦用心了。我们请一位同学来朗读鲁迅的这段文字。

学生一 我来念——

青年又何须寻那挂着金字招牌的导师呢?不如寻朋友,联合起来,同向着似乎可以生存的方向走。你们所多的是生力,遇见深林,可以辟成平地的,遇见旷野,可以栽种树木的,遇见沙漠,可以开掘井泉的。问什么荆棘塞途的老路,寻什么乌烟瘴气的鸟导师!

钱 这段文字写得极有激情和力量,是可以当警句背诵的。同学们对它的内涵有什么理解?

学生十一 它强调"寻朋友",朋友就是志同道合,共同探索真理,寻找道路的人,他们彼此是平等的,谁也不是别人的指导。

学生十二 它强调"联合起来",每一个要前进的青年,在自己的周围环境里,常常是孤独的,就需要联合起来,相互支持,也就是依靠群体的力量来自救。

学生十三 这里讲向着"似乎"可以生存的方向走,"似乎"是什么意思?

学生十四 我理解"似乎"有不确定的意思,就是说,谁也没有把握走哪一条路就可以保证生存,这需要探索,也可能走错。

学生十五 关键是要行动,看着似乎可以走,就先走起来,在行动的过程中寻路,如果走不通,就另选一条路,不能坐等。

钱 在行动、实践中寻路，这确实是鲁迅的一个重要思想。（板书：行动，实践）同学们可以看看《生命的路》里的这段话："什么是路？就是从没路的地方践踏出来的，从只有荆棘的地方开辟出来的。从前早有路了，以后也该永远有路。"这都是鲁迅的格言、警句。鲁迅还有一句类似的话，流传得很广，同学们还记得吗？

众学生（齐诵）：地上本没有路，走的人多了，也便成了路。

钱 对，一个"走"，一个"走的人多"，希望就在群体的实践中的积极创造，路就在脚下。还有一个问题：依靠什么力量去行动、创造？以怎样的精神状态去行动、创造？

学生十六 鲁迅强调"你们所多的是生力"，是不是鼓励大家要有自信，要依靠青年人特有的生命的活力？

钱 对，这就是你们的力量所在，你们无钱无势，也没有经验，靠的就是自己的生命活力。应该看到，年轻，是一种力量，是让我这样的老人羡慕不已的。鲁迅还提出了一个非常有意思的话题：年轻人要有年轻人的精神状态。这就是也选入了读本的《忽然想到（五）》里所讨论的问题。有些成年人总是希望你们"少年老成"，"两眼下视黄泉，看天就是傲慢，满脸装出死相，说笑就是放肆"，在鲁迅看来，这都是奴才相，绝不是青年应有的精神状态；因此，他号召：要"敢说，敢笑，敢哭，敢怒，敢骂，敢打"，（板书：敢说，敢笑，敢哭，敢怒，敢骂，敢打）一句话，不但要有真思想，还要有真性情，抒发自己的真感情：这才是年轻人应有的自由生命，你们自己的希望在这里，民族的希望也在这里。（板书：真思想，真性情，真感情，自由生命）

　　因为时间关系，"导师"问题的讨论就到这里。最关键的一句话就是：要自己掌握自己的命运，不要把自己轻易交给别人。（板书：不要把自己轻易交给别人）

现在我们来讨论第二个问题。

这个问题是鲁迅在《未有天才之前》里提出来的。这是鲁迅1924年在北京师范大学附属中学校友会上作的一篇演讲，也就是说，是给你们的老学长讲的，同学们在八十年后再来读这篇当年的演说词，也会觉得亲切吧。他在演讲中提出的观点，同学们在预习中已经知道了，简单说来，就是一句话："天才大半是天赋的；独有这培养天才的泥土，似乎大家都可以做"，也就是说，他号召大家做泥土。

为了帮助诸位理解鲁迅的这个意见，我在阅读提纲里，向大家介绍了胡适在北京大学开学典礼上的演讲。他提出了对青年学生的另一种期待："我不希望在北大来做浅薄的'普及'运动，我希望北大的同人一齐用全力向'提高'这方面做功夫。要创造文化、学术及思想，惟有真提高才能真普及"；"必须造成像军阀、财阀一样的可怕的有用的势力，能在人民的思想上发生巨大的影响"，"要造成有实力的为中国造历史，为文化开新纪元的学阀，这才是我们理想的目的"。很显然，胡适更强调天才、精英的作用。

这样，就提出了"天才和泥土，精英和民众"的关系问题。（板书：天才和泥土，精英和民众）——你们如何看待这个问题？你们怎样理解鲁迅和胡适对青年的不同期待？这就是我们要讨论的第二个问题。

在同学们发表意见以前，我想向大家做一点背景介绍。鲁迅和胡适应该是20世纪两种不同类型的知识分子，这两种类型中，他们两个又是最出色的，这就构成一个鲁迅的传统，一个胡适的传统，这两个传统都是20世纪中国非常重要的传统。他们之间是有矛盾的，常有非常激烈的争论。但是同时，他们也是互补的，我们不能只有鲁迅，没有胡适，也不能只有胡适，没有鲁迅，他们应该是一个互补的关系。他们为什么有这样不同的想法呢？这和他们有不同的建国思路有关系。

他们都面临着同一个中国问题，即怎样改变中国贫穷、落后、备受侵略和压迫的状况，建立一个独立、自由、富强的现代国家。因为面临的是同一个问题，也有基本一致的目标，这就决定了他们基本点上的相同与一致。但对于怎么解决中国的问题，他们却有着不同的思路。

鲁迅他更注意改变整个社会的基础，更注意社会大多数人的状况。他反复地讲，要改造国民性，他认为国民的大众的思想的变化是中国最根本的问题，只有大众都觉悟了，整个中国才能好起来。所以，解决中国问题时，他更着眼于大多数人，着眼于民众，着眼于底层社会的改革、变化，更同情处于社会底层的弱者，更关心他们的命运、地位和权利。——这都是我们在前面几讲里反复说到的，同学们应该不难理解。他提倡"泥土精神"就是建立在他的这样的民众观、底层关怀基础上的。所以他在文章一开始就说："没有这种民众，就没有天才"，"在要求天才的产生之前，应该先有要求可以使天才生长的民众"，这是他立论的基础。

而胡适呢，他认为要解决中国问题，关键在于国家制度的改革，而且要依靠国家的力量来推进改革。而谁能在国家上层的改革中起决定性作用呢？显然是精英。因此，他的治国方略，着眼点是在社会精英的培养，确立精英在国家体制中的领导地位，发挥他们在政治、经济、军事、思想、文化和学术上的建设性作用。他提倡提高，要青年学生立志做学阀，做军阀、财阀，就是这个意思，他要走的是一条"精英治国"的道路。

简单地说来，鲁迅与胡适，一个关注底层社会和思想的变革，因此呼唤"泥土"，着眼民众；一个着眼上层制度的变革，因此期待"天才"，注重精英。背景介绍清楚了，请同学们就泥土和天才的关系，发表你们的意见吧。

学生十七 我注意到鲁迅和胡适两篇演讲的对象。鲁迅是对中学生、中学校友讲的，他强调的自然是大多数人能够做的，所以他说："这培养天才的泥土，似乎大家都可以做。做土的功效，比要求天才还贴近。"而胡适他是对北大学生讲的，北大就不是一个普及的学校，它的任务就是提高，所以胡适说他不愿意北大做普及的工作，北大作为全国最高学府，他就应该培养精英，胡适号召北大学生做"有实力的为中国造历史，为文化开新纪元的学阀"，是理所当然的。

钱 这位同学对我讲的背景做这样的补充，是很重要的。事实上，鲁迅也并不否认天才，他在演讲里讲得很清楚；胡适自然也不会否认普及，他也重视提高民众的觉悟，否则他就不会提倡思想启蒙了。鲁迅和胡适都是中国伟大的启蒙主义思想家。但他们思想的中心点确有不同，再加上这位同学所说的，演讲的对象不同，自然就有不同的着重点了。

学生十八 我觉得鲁迅也非常重视精英的作用。记得在老师领着我们读的《我们现在怎样做父亲》里，鲁迅就强调中国的改革要从"先觉者"做起。就是说，中国太落后了，只能有少数知识分子先觉悟，然后由他们来推动中国的启蒙，中国的改革。这样的首先觉悟的知识分子，毫无疑问，就是精英。

钱 这一点非常重要。我们是不是可以再追问一下：鲁迅认为这样的先觉者，也可以说是精英吧，在中国的改革中应该做什么事，发挥什么作用？这在《我们现在怎样做父亲》里，也讲得很清楚，同学们还记得吧？

学生十九 他讲了六个字，一是"理解"，二是"指导"，三是"解放"。他虽然具体说的是先觉的父亲对子女的责任，我觉得也可以理解为先觉的精英对民众的责任。

学生二十 我记得鲁迅还有一句话，说觉醒的人，应该有牺牲精神，"用无我的爱，自己牺牲于后起新人"。

学生二十一 鲁迅自己就是这样的精英。他不是说，中国觉醒的人，应该"一面清结旧账，一面开辟新路"吗？他自己就是以"肩住了黑暗的闸门"，放我们大家到"宽阔光明的地方去，此后幸福的度日，合理的做人"为己任的。

钱 这就是鲁迅的"精英观"。（板书：鲁迅的精英观）在他看来，精英，就是中国社会首先觉醒的人，他对中国的未来，中国的年轻一代，中国的民众，是有责任的。也就是说，鲁迅首先强调的，不是精英的权利，而是精英的责任。（板书：责任）精英的责任就是要使大家——中国的年轻的一代，中国的老百姓，能够"幸福的度日，合理的做人"，而要做到这一点，作为精英的先觉者，应该自己肩住黑暗，做出牺牲。（板书：牺牲）这说明，鲁迅重视精英，从出发点到最后的归宿，都还是为了大多数人，普通民众的幸福。（板书：为大多数人）这是和我们在前面说的他的站在大多数民众这一边的基本立场是一致的。

鲁迅在晚年写过一篇《门外文谈》，专门谈到他理解的知识分子精英和民众的关系。他一方面说："由历史所指示，凡有改革，最初，总是觉悟的智识者的任务。"——这自然是对知识分子精英作用的充分肯定和期待。他接着又提出了知识分子和民众关系的两条原则：一方面是"不看轻自己，以为是大家的戏子"，也就是我们前面说过的绝不"迎合"大众，做大众的帮忙、帮闲；另一方面"也不看轻别人，当作自己的喽罗"，也就是绝不当救世主，随意驱使大众。他的结论是：知识分子精英"他只是大众中的一个人，我想，这才可以做大众的事业"。这就是说，精英和大众应该是一个平等的关系，彼此

是独立的，谁也不依附于谁，同时又是相互合作，相互尊重的。（板书：平等，独立，合作，尊重）

学生二十二 我大概因为不是天才，属于天赋不是太高的人，所以我更注意鲁迅关于泥土的观点。比如他说："没有这种民众，就没有天才"，"花木非有土不可，正如同拿破仑非有好兵不可"，我就联想起中国的乒乓球运动，之所以长盛不衰，除了我们有许多天才运动员，还因为乒乓球运动在青少年中比较普及，有很深厚的泥土，可以源源不断地培养、输送天才运动员，还有许多陪练的，没有这些从不出名，默默贡献的"泥土"，恐怕天才也出不来。

学生二十三 我补充一点：中国有些运动项目，也出现了一些天才运动员，但因为不注意普及，泥土不丰厚，结果就难以为继，就像鲁迅说的那样，"纵有成千成百的天才，也因为没有泥土，不能发达，更像一碟子绿豆芽"——我特别欣赏"绿豆芽"这个比喻，真是妙极了。（众生笑）

学生二十四 其实这些天才运动员在未拿冠军以前，还不是和普通爱好者、运动员一样，也是一块泥土。所以鲁迅说："即使天才，在生下来的时候的第一声啼哭，也和平常的儿童的一样。"天才也有一个从不成熟到成熟的成长过程。因为不成熟，甚至幼稚，就断定其没有发展前途，有时候是会将天才抹杀在萌芽里的。因此，我们每一个人都不要放弃自己发展、创造的机会，即使最后证明你不是天才，但最大限度地发挥了自己的能力，也是一种人生意义和价值。

学生二十五 我还特别赞成鲁迅的这个观点：做泥土"也难"。在这个竞争的社会里，你要甘于做泥土，别人会瞧不起你。这个社会又非常浮躁，大家都在想做大事情，你却在默默做小事情，别人说不定还要说你"傻"。我觉得"泥土"和我们在上堂课里讨论的"傻子",是差不多的,做泥土就得有傻子精神。老师说,在现实生活里,傻子很少,而聪明人则很多。泥土培育了天才,但人们只记得天才,早就把泥土忘了。要甘于寂寞,不怕被遗忘,这很难做到,但做到了,就很了不起。我觉得泥土的难得,泥土的可贵,都在这里。

学生二十六 我的看法和你们不一样。我现在在读文科试验班,一心一意准备考北大,考名牌大学,我的目标很明确,就是要当精英,做天才。在这个社会里,只有当精英,社会才承认你,你才有地位,才有幸福。而且社会的发展,也需要精英,国家、老师、家长培养我们,还不是希望我们成为精英?我们应该理直气壮地立志做精英。而泥土永远是做牺牲的,而且最后是应该淘汰、灭了的。

学生二十七 现在是一个竞争的社会,我们的教育也是层层选拔,因此,我也很希望通过竞争、选拔,成为一个社会精英,进入金字塔的尖顶。不是说"不想当元帅的兵不是好兵"吗?但我又觉得,刚才那位同学说的,应该淘汰泥土,最终要把他们灭了,有点不大对,但我又说不出道理来。

学生二十八 说要把泥土灭了,这有点社会达尔文主义的味道。社会达尔文主义就是讲弱肉强食,主张强者消灭弱者。发展到极端,就是法西斯,认为德意志民族是最优秀的,应该统治世界,而犹太民族就应该灭掉。两位同学都谈到我们的社会是一个竞争的社会;但我觉得不能把社会达尔文主义的弱肉强食这一套,引入我们的竞争。我们现在的竞争有两句话,一句是"让少数人先富起来",这大概就是培养精英吧;但是,还有一句:"共同富裕",最后还是要使大多数人都富裕起来。天才和泥土都在竞争中获得自己的发展机会,这才是我们的目的。

学生二十九 想当精英并不错,问题是要当什么样的精英。是当鲁迅说的那样的为社会发展负责任，做更大更多贡献，甚至做出牺牲的精英，还是一味追求个人利益、个人权力，甚至不惜牺牲别人的精英？这是有很大差别的。

学生三十 "不想当元帅的兵不是好兵"，这是鼓励大家立大志，就像奥运会那样，要追求"更高、更快、更强"；但实际上，真正当上元帅的还是少数。所以，我们不仅要想当精英，也要立志做泥土——就像鲁迅说的那样，泥土对大多数人可能是更"贴近"的，也有自己的价值。如果只准备当精英，不屑当泥土，就会把自己陷入非常尴尬的境地：在高考竞争中胜利了，就自认为是天才，要当人上人了；如果考不上，竞争失败了，又不愿意当泥土，做一个普通劳动者，那就会自暴自弃，甚至在社会上当"混混"了。

学生三十一 刚才那位同学谈到，不能把弱肉强食那一套引入我们的竞争，这在理论上当然是对的，但是，我们也不能否认这个事实：现实生活中的许多竞争，推行的就是弱肉强食的那一套。刚才还有同学谈到现在社会的金字塔结构，这都是我们必须面对的现实，我们也应该"睁了眼看"，不能回避。

学生三十二 但鲁迅还说过，要用"会看夜的眼睛"去看，也就是说，要看出背后的"黑暗"。正视现实是一回事，但还有一个如何认识的问题，也不等于我们就必须认同这样的现实。我以前也觉得现实就是这样，只能适应、顺从。现在，我用"看夜的眼睛"去看，就觉得还是应该有自己的是非观念，自己的独立判断和选择，不能随大溜。但我又觉得自己作为一个中学生，对这些社会的不合理现象，完全无能为力，这大概就是我们经常说的理想与现实的矛盾吧。

钱 大家的讨论确实越来越深入了，我也想谈一下自己的看法。刚才那位同学说得很对：关键是要当怎样的精英？我们每个人都希望自己获得自由的发展，所谓精英，就是这样的发展比较充分的人。过去我们那个时代，是限制，甚至禁止个人发展的，是只准做泥土，不准当精英，甚至是要消灭精英，扼杀天才的，而做"泥土"，实际上是提倡当驯服工具。现在，你们终于获得了个人发展的自由，社会允许，甚至鼓励精英、天才的存在与发展，这本身应该看作是一个历史的进步。但是，你们又面临着一个新的问题：要谋求什么样的个人自由发展？我觉得有三条原则是必须考虑和遵循的。第一，你的自由发展必须建立在自己的诚实的创造性的劳动基础上，而绝不能靠压榨、剥削他人，掠夺国家和社会财富，用不正当的非法手段来获取个人地位和权力。在这个意义上，精英也是自食其力的劳动者。（板书：自食其力）第二，你的自由发展要以承认和尊重他人的自由发展为前提，也就是说，要以多元发展为指归。（板书：尊重他人，多元发展）你可以选择做精英，但必须尊重别人做泥土的选择。在我们社会里，天才和泥土，精英和民众，应该是平等的，绝不能以居高临下的贵族态度，蔑视泥土，蔑视普通劳动者，更不能动不动就要把他们"灭"了。其实，你也灭不了，他灭了，你也不存在了。第三，尤其是在现代社会，全球化的时代，人只有在群体发展中才能获得个人的发展，人与人的生命是相互依存的。（板书：在群体发展中发展个人）这就是鲁迅所强调，刚才同学们在讨论中也一再提到的，天才的发展是离不开泥土的。因此，天才在发展自己的同时，就有一个回报社会，回报泥土的责任。这背后也有一个鲁迅所奉行的"大生命"的观念：别人不自由，你也是不自由的；别人没有得到发展，你的发展也是有限的。也就是说，我们追求的，应该是共同发展，天才与泥土、精英和民众的共同发展，在共同发展中，实现社会的平等。个人的自由发展、社会的平等，这应该是我们的两大理想，两大目标，是缺一不可的。（板书：个人自由发展，共同发展，社会平等）而且在这方面，精英是应该负有更多责任的，因为你在社会结构里是处在优势地位的，对弱势群体，对社会，就要有更大的承担。鲁迅强调先觉者要有牺牲精神，我想，这是一个重要理由。

在这里，我觉得我们需要重温鲁迅关于"吃人的筵宴"的论述——我们已经说过，这是鲁迅的重要思想，是他的一个警戒点。刚才好几位同学都谈到了"弱肉强食"的问题，社会的"金字塔"结构的问题，在我看来，要害就在于会形成新的"人肉的筵宴"。之所以要提出前面说的那三条原则，就是要防止新的压迫、新的奴役的产生。我们已经一再说过，立志当精英本身没有问题，甚至应该受到鼓励；我们在这里还要补充一句：做精英却不要做"人上人"，要防止成为新的压迫者，新的奴役者，绝不能走"踩着别人（弱者）往上爬"的道路，要知道，奴役他人者自己也是不自由的。同时，我们还要提醒一句：如果你一心想往上爬，以追求个人权势为目标，你就必然要成为更大权势者的依附。也就是说，今天依然存在着鲁迅所警告过的"既为主，又为奴"的双重危险，（板书：警惕"既为主，又为奴"的危险）对此，应该有一个清醒的认识，保持必要的警惕。——就像刚才那位同学所说，我们对于许多社会问题常常无能为力，但我们自己要清醒，要警惕，这却是应该而且可以做到的。

（第二节课）

上次大家的讨论，非常热烈，非常好，我回去以后，想了一下，有一个缺点，就是大家对鲁迅文本的理解还不够深入，比如，鲁迅在他的演说里，实际上是在提倡一种"泥土精神"，（板书：泥土精神）我们对此还没有讨论清楚，现在，我们就来补一个课吧。

请大家注意鲁迅的这段话——

> 做土要扩大了精神，就是收纳新潮，脱离旧套，能够容纳，了解那将来产生的天才；又要不怕做小事业。

同学们怎么理解鲁迅这段话？

学生一 看来，泥土也不是任何人都能做的，他要能"收纳新潮，脱离旧套"，这是一个并不低的要求：他必须是一个新知识分子，一个现代中国人。那么，他自身也是有价值的，也是自有发展的，并不是一些人所认为的"庸众"。泥土精神也是一种现代精神。

学生二 鲁迅强调泥土要"能够容纳，了解那将来产生的天才"，是不是可以理解为，泥土多少也要有一点精英精神？

学生三 其实，"不怕做小事业"的精神也是天才、精英所应有的：他们虽然是做"大事业"的，但大事业也是要从小事业做起的。

钱 同学们讲得很好。泥土需要有精英精神，精英、天才也需要有泥土精神，是相互渗透的。（板书：相互渗透）而且泥土和精英、天才是可以相互支持，相互促进的，这有点像水涨船高的关系：泥土培育了精英、天才；精英、天才又反过来提高了泥土，使整个民族精神、国民精神达到一个新的水平，又在新的水平上继续培育、提高，这就形成了一个良性互动发展。（板书：培育、提高，良性互动）

我们再回过来讨论泥土精神。鲁迅强调"不要怕做小事业"，是大有深意的。（板书：不怕做小事业）这是鲁迅的一贯主张，他在"五四"时期就向青年发出召唤："能做事的做事，能发声的发声。有一分热，发一分光，就令萤火一般，也可以在黑暗里发一点光，不必等候炬火。"这里还有一个很有意思的现象：鲁迅一生中最亲近的年轻朋友有一个共同特点，就是都不怕做小事情。和他一起编杂志、翻译书的"小朋友"韦素园病逝后，鲁迅满怀深情地写了篇《忆韦素园君》,赞扬他"愿意切切实实的,点点滴滴的做下去"的精神,并且说:"但素园却并非天才,也非豪杰,当然更不是高楼的尖顶,或名园的美花,然而他是楼下的一块石材,园中的一撮泥土,在中国第一要他多。他不入于观赏者的眼中,只有建筑者和栽植者,决不会将他置之度外。"——我想,这大概就是鲁迅的《泥土颂》吧。直到离世前,鲁迅还写信给一位朋友说:"中国正需要肯做苦工的人,而这种工人很少,我又年纪渐老,体力不济起来,却是一件憾事。"鲁迅这样呼唤不怕做小事业的"苦工",自己做了一辈子的苦工,又以少有苦工为憾事,这都是令人感动而深思的。

其实,鲁迅说的"泥土精神",内涵是十分丰富的。在我们已经读过的《中国人失掉自信力了吗》里,鲁迅谈到"我们从古以来,就有埋头苦干的人,有拚命硬干的人",这里讲的就是泥土精神。(板书:埋头苦干,拚命硬干)鲁迅还有一篇《杂感》,说"现在的地上,应该是执着现在,执着地上的人们居住的",也是在阐释泥土精神。(板书:执着现在,执着地上)因此,我们可以概括地说,泥土精神就是"埋头苦干,拚命硬干,执着现在,执着地上,不怕做小事业"的精神。鲁迅在《未有天才之前》演讲的最后,说"不是坚苦卓绝者"是不可能具有这样的精神的,"这一点,是泥土的伟大的地方,也是反有大希望的地方"。做具有泥土精神的"坚苦卓绝者"——这是鲁迅对年轻一代的一个重要嘱咐与期待。

现在,我们再来讨论第三个问题。

鲁迅说他的许多文章,"是见了同辈和比我年幼的青年们的血而写的"。鲁迅一生见过无数的流血,有 1911 年辛亥革命,1925 年五卅运动,1926 年"三一八"惨案,1927 年"七一五"广州大屠杀,以及1931年蒋介石政府对柔石等左翼青年的屠杀，前后五次大屠杀，给鲁迅留下了血的记忆。而他总能从痛苦中挣扎出来，写出血的文字，给当代青年，也给后人留下血的经验教训，以尽可能避免历史的重演。鲁迅认为，这是他作为幸存者的历史责任。

我们今天要读的是《忽然想到》《补白》《空谈》，这三篇都是鲁迅对五卅惨案和三一八惨案的历史总结，所涉及的问题很多，我们主要想和大家一起讨论其中的两个忠告。（板书：两个忠告）

还是先来介绍背景。同学们通过历史教科书，对五卅运动应该有一个基本的了解，就无须多说了。需要讲的是在运动过程中社会情绪，包括学生的情绪的变化。开始时，可以说是群情激奋，大家都以为通过工人、市民、学生的游行示威，就可以向帝国主义讨回"公道"，中华民族也可以从此振兴。结果却完全出乎预料，爱国运动遭到了残酷的屠杀，更暴露了中国自身的许多弱点，于是，许多人，包括青年学生，都非常失望了，对中国未来的前途感到绝望。这时候，又有人出来，指责青年学生是"五分钟热度"。（板书：五分钟热度）这样就提出了一个问题：如何看待所谓青年学生的"五分钟热度"？应该吸取什么样的教训？这就是鲁迅的《补白》所讨论，也是我们要讨论的第一个问题。

鲁迅首先不是指责学生，而是为学生辩护。他的辩护理由有二。第一，学生没有"三头六臂的大神力"，比之官员、商人，他们无钱无势；比之知识分子，他们知识有限。他们仅有一腔热血，"他们所能做的，也无非是演讲，游行，宣传之类"，在爱国运动中，他们所能发挥的作用是有限的。但本应对中国问题负主要责任的成年人，却对这些孩子，忽而"看得太低"，"要他们'莫谈国事'"，忽而又"看得过高"，"要他们独退番兵，退不了，就冷笑他们无用"，其实都是在推卸成年人的责任。——鲁迅这样为青年学生辩护是令人感动的，这是我们已经说过的他的"幼者本位，弱者本位"立场的表现，他是一以贯之的。他任何时候都要保护年轻人，他要追究的是成年人（当然包括他自己）的责任。因此，他为青年学生做的第二个辩护是："这'五分热'是地方病，不是学生病。这已不是学生的耻辱，而是全国民的耻辱了。"也就是说，所谓"五分钟热度"是鲁迅始终关注的国民性弱点，他要批判的是国民性，而那些"灰冷的民众，有权者，袖手旁观者"，本来应该自作反省，却来指责、嘲笑学生，在鲁迅看来，这"实在是无耻而且昏庸"！

鲁迅爱护青年学生，同时又严格要求青年学生。因此，在为他们做了辩护，分清了是非和责任以后，他又严肃地指出，"真诚的学生们"自身也是有"一个颇大的错误"。这应该是我们今天讨论的重点，我们一起来看鲁迅的批评——

> 开首太自以为有非常的神力，有如意的成功。幻想飞得太高，堕在现实上的时候，伤就格外沉重了；力气用得太骤，歇下来的时候，身体就难于动弹了。

大家讨论一下：怎样理解鲁迅的这一批评？

学生四 "自以为有非常的神力"，就是对自己估计太高，没有看到青年学生自身的局限性，所能发挥作用的有限性。这一点，和刚才鲁迅的分析一对比，就看得很清楚。这大概是我们这些青年学生的通病：有时候很自卑，觉得自己什么事都办不成，有时脑筋热起来，就又很自傲，好像要包打天下，什么事都能干，就是不能恰当地估计自己。

学生五 还有"幻想太高"，就像刚才老师在介绍背景的时候所说的，以为自己一游行示威，一喊口号，帝国主义就害怕了，问题就解决了。所谓"幻想"，就是脱离实际，对自己的对手估计不足，对解决中国问题的困难估计不足。这大概跟我们还是学生,社会经验不足,对中国问题的认识不足有关。

钱 这一点非常重要。在我看来,也是鲁迅所要总结的历史教训的重点所在。鲁迅认为,中国的青年学生、中国的改革者的一个根本弱点,就是"幻想太高",对中国的实际缺乏充分而清醒的认识,因此,需要总结历史经验教训,来重新认识中国,认识中国的改革,从而真正认清自己的责任。我们一起来看鲁迅《忽然想到》里的这两段话——

> 中国青年负担的烦重,就数倍于别国的青年了。因为我们的古人将心力大抵用到玄虚漂渺平稳圆滑上去了,便将艰难切实的事情留下,都待后人来补做,要一人兼做两三人,四五人,十百人的工作,现在可正到了试练的时候了。……
>
> 假定现今觉悟的青年的平均年龄为二十,又假定照中国人易于衰老的计算,至少也还可以共同抗拒,改革,奋斗三十年。不够,就再一代,二代……。这样的数目,从个体看来,仿佛是可怕的,但倘若这一点就怕,便无药可救,只好甘心灭亡。因为在民族的历史上,这不过是一个极短时期,此外实没有更快的捷径。我们更无须迟疑,只是试练自己,自求生存,对谁也不怀恶意的干下去。

这里,鲁迅强调了两点:一是中国有志于改革的青年,也就是中国的傻子,"负担的烦重"。(板书:负担的烦重)过去我们已经讨论过,中国的聪明人很多,而傻子很少,整个中国文化、教育,就是教人们如何当聪明人。在这种情况下,愿意做傻子,献身于改革事业的青年,就必须"一人兼做两三人,四五人,十百人的工作"。

其次,鲁迅强调了中国改革的长期性,需要三十年,几代人的奋

斗。(板书:改革的长期性)

鲁迅是在 1925 年说这番话的,到现在已经经过了八十年的奋斗,远远超过了鲁迅所说的"三十年"的时间,但距离当初的目标依然遥远,而且直到今天,还是有许多聪明人将心力用在玄虚漂渺平稳圆滑上,有志改革的年轻人,也还是只能一人兼做十百人的工作。一个"负担的烦重",一个"改革的长期性",八十年不变,看来还要延续下去。这都说明了一个问题:中国改革的特殊的复杂性,空前的艰巨性。(板书:特殊的复杂性,空前的艰巨性)这甚至超过了鲁迅的估计——鲁迅说过,他是不惜从最坏的方面去看中国人,想中国问题的。他都估计不足,就更不必说这些社会经验不足的青年学生了。可以想见,鲁迅当年向青年学生提出要准备"奋斗三十年",心情是十分沉重的。从这样的眼光和胸襟来看所谓"五分钟热度",其问题就非常明显了。

学生六 大概就是因为对改革的复杂性、艰巨性、长期性严重估计不足,就自然会开始"力气用得太骤",跌下来,不但伤害格外沉重,而且很难恢复元气,甚至"难于动弹"了,这突起大落,正是"五分钟热度"的典型表现。

钱 一个自我估计太高,一个幻想太高,一个突起大落,这大概就是"五分钟热度"的三大特点和弱点。这显然不符合准备"奋斗几十年,几代人"的要求,鲁迅因此提出,我们应该另做选择。我们一起来看《补白》里的这段话——

> 譬如自己要择定一种口号……来履行,与其不饮不食的履行七日或痛哭流涕的履行一月,倒不如也看书也履行至五年,或者也看戏也履行至十年,或者也寻异性朋友也履行至五十年,或者也讲情话也履行至一百年。记得韩非子曾经教人以竞马的要妙,

其一是"不耻最后"。即使慢，驰而不息，纵令落后，纵令失败，但一定可以达到他所向的目标。

这段话说得很风趣，也很深刻，诸位怎么理解？

学生七 我觉得比较好理解的，是鲁迅引用韩非子的话："不耻最后"，不逞一时之能，不求一时之功，不追求表面的输赢，即使落后也要前进。

钱 我这里补充一句：读本里还选了一篇《这个与那个》，其中一节《最先和最后》就是专门讨论"不耻最后"的，同学们可以参看。

学生八 我感兴趣的是鲁迅在这段文字里对"不耻最后"的解释。一是"慢"，就像刚才老师说的，改革是长期的，自然就是一个"慢"的事业，是急不得的；二是"驰而不息"，慢不等于不动，还是要"驰"，而且"不息"，永不停息，一步一个脚印地走，这是最难得的；三是不怕失败，不怕落后，失败了、落后了也要走。

钱 这位同学的理解很到位。鲁迅把这种认定一个目标，就坚持到底，"慢而不息"的精神称为"韧性精神"。（板书：韧性精神）他还举了一个非常有趣的例子：天津有一种无赖，人称"青皮"，在火车站为人搬行李，他开口就要两元。对他说行李小，他说要两元。对他说道路近，他说要两元。对他说不要搬了，他还是要两元。反正认准了就要两元，死咬住不放，不达目的绝不放弃，绝不罢休。鲁迅说："青皮固然是不足为法的，而那韧性却大可以佩服。"

学生九 但前面半句话：提倡边看书，边看戏，边谈爱，边履行自己选择的目标，为理想而奋斗，话说得很风趣，我还是不明白，这里面包含了什么深意。

钱 这个问题我来回答吧。鲁迅在给许广平的一封信里，说了类似的意思。他是这样讲的："对于社会的战斗，我是并不挺身而出的"，"欧战的时候（指第一次世界大战），最重'壕堑战'。（板书：壕堑战）战士伏在壕中，有时吸烟，也唱歌，打纸牌，喝酒，也在壕内开美术展览会，但有时忽向敌人开他几枪。"这里说的边抽烟、打牌、唱歌，边向敌人开枪，和在《补白》里说的边看书，边谈爱，边奋斗是一个意思。我想把它概括为"边打边玩"。（板书：边打边玩）所谓"玩"，包括抽烟、打牌、看书、谈爱，这都是人的日常生活，"边打边玩"，就是要把"打"——为理想的奋斗，以至和敌人的战斗，都变成我们的日常生活的有机组成部分，这样才能持续不断地做下去，不会变成"五分钟热度"。还有没有别的选择呢？有。比如说，"只打不玩"，（板书：只打不玩）就是鲁迅说的，不吃不喝，痛哭流涕地拼命奋斗，当然，读书、恋爱、打牌都顾不上了，这叫"非常时期非常态"的奋斗和战斗，坚持几天几个月还可以，时间一长，谁也受不了。这叫"精神可嘉，难以持续"。我们现在要准备长期奋斗，这样的"只打不玩"的战法，自然不可取。那么，我们是不是可以走到另一个极端："只玩不打"呢？（板书：只玩不打）恐怕也不行，那就等于放弃我们的理想，放弃奋斗和战斗，这叫"玩物丧志"，自然为有志向的青年所不取。我们既然选择了"长期奋斗"，就只能把"非常时期的奋斗"变成"日常生活里的奋斗"，由"非常态"变成"常态"：这就是"边玩边打"，也就是打"壕堑战"。

这大概就是鲁迅从五卅运动中暴露出来的中国国民和青年的弱点——所谓"五分钟热度"问题中所总结出的经验教训：一定要认识中国改革的特殊性、艰巨性和长期性，做好几代人持续奋斗的精神准备；因此，必须提倡"慢而不息"的韧性精神，并且把这样的奋斗变成日常生活化的"壕堑战"。

"壕堑战"其实还有一层意思，就是他在给许广平的信里一开始就提出的："对于社会的战斗，我是并不挺身而出的。"在三一八惨案以后，鲁迅更是一再地提醒青年们不要"赤膊上阵"。他是以此作为三一八惨案的主要教训提出来的。（板书：反对赤膊上阵）大家都读过《记念刘和珍君》，应该知道鲁迅是反对"徒手的请愿"的，因为在他看来，这样的徒手请愿就是赤膊上阵。今天我们要讨论的，是鲁迅为什么反对请愿，反对青年赤膊上阵？这个问题，鲁迅在读本所选的《空谈》里有明确、详细的分析。同学们已经预习过了，有谁能说出鲁迅的主要理由是什么？

学生十 鲁迅文章里的第二段有一句话，我读了以后，很受震动。鲁迅说："请愿虽然是无论那一国度里常有的事，不至于死的事，但我们已经知道中国是例外，除非你能将'枪林弹雨'消除。正规的战法，也必须对手是英雄才适用。"我想，这大概是鲁迅在三一八惨案中最感痛心的。因为在任何国家里，都会有请愿游行的事发生，在民主制度比较完善的国家，这样的请愿游行是每个公民的权利，是受到法律的保护的。有些国家也会镇压，但一般都是用水龙头、催泪弹驱散，我们在电影上看过这样的场面。但像三一八惨案这样军队开枪，而且是"枪林弹雨"，这确实少见。这说明中国的专制是超过了任何国家的，中国统治者的残暴是举世罕见的，这大概就是鲁迅说的"吃人肉的筵宴"吧。在鲁迅看来，三一八惨案中的年轻学生如果有失误，就是他们没有看清这样的中国特殊"国情"。他们为什么要请愿？请愿有一个前提，就是对对方有一个期待，认为经过请愿，对方就能接受，就能改了。这样想，这样看，就把中国的统治者看得太好了。在中国这样一个国家，把对手看得太好，是要上大当的，统治者的残酷是超乎你的想象的，因此，不能向这些有实力而无公道的统治者请愿，不能赤膊上阵，这是一个最大的教训。

学生十一 我觉得鲁迅反对赤膊上阵，还有一层意思：除了要防"明枪"，还要防"暗箭"。鲁迅文章最后一句话，说三一八惨案暴露了中国统治者和御用文人"出乎意外的阴毒的心"，"阴毒"的表现就是放暗箭。武侠小说里的许多英雄都是死于暗箭。暗箭特别多，防不胜防，这大概也是中国特殊国情吧。

学生十二 这句话也很重要："战士的生命是宝贵的。在战士不多地方，这生命就愈宝贵。"联系到我们刚刚讨论过的"中国青年负担的烦重"，一个人要兼做十百人的工作，就不难理解鲁迅说这话心情的沉重。这背后还有鲁迅一贯的对人的生命的重视，特别是对年轻人的生命的关爱和珍惜。

学生十三 我觉得还有一个对革命，对改革的理解问题。这就是文章一开头就指出的："改革自然不免于流血，但流血非即等于改革。"我们究竟应该怎样看革命、改革和流血、牺牲的关系？

钱 这个问题比较复杂，我来说说吧。这里有几个层面的问题。首先要明确：改革、革命的目的是什么？鲁迅有一句名言："革命是让人活，而不是让人死的。"这也是鲁迅"立人"思想的核心，革命、改革就是要使人成为人，保证人的生存和健全发展，而不是要人死。

其次，革命、改革当然要付出代价，但代价也不等于死人，应该尽可能地避免以人的生命为代价。道理也很简单：人死了是不能复活的，这样的牺牲是难以补偿的，因此绝不能轻言牺牲，随意让人去死，就像鲁迅说的，"以血的洪流淹死一个敌人，以同胞的尸体填满一个缺陷,已经是陈腐的话了"。

其三,当然也不能走到另一个极端,否认流血牺牲的意义和价值。所以鲁迅在强调不要"虚掷生命"以后,又肯定了"这回死者的遗给后来的功德"。这是因为在特定的情况下,流血牺牲是不可避免的。所以鲁迅在提倡壕堑战的时候,还有一句补充:"恐怕也有时会逼到非短兵相接不可的,这时候,没有法子,就短兵相接。"在这时候,挺身而出,因此献出自己生命的先烈,是应该受到尊重的,这都是鲁迅说的我们民族的脊梁。像文天祥,为维护民族大义至死不降;像秋瑾,为革命而献身;像我们前面讲过的北大学生刘奇弟,舍身护法;其牺牲精神是我们民族宝贵的精神财富,他们绝不是"白死"。不肯定这一点,我们就会分不清是非,和"好死不如赖活"的活命哲学划不清界限了。

这里还需要强调一点,这些烈士的献身,都是出于自愿,出于他的理想,他的内在生命的召唤,是对自我生命价值的一个自觉的选择。从另一面说,就是不是被他人强迫、诱惑的。这一点,也很重要:任何时候都不能强迫他人去死,去牺牲;尤其是自己不牺牲,却诱惑他人去牺牲,那更是违背了做人的基本原则。鲁迅就说过这样的话:"我并不想劝青年得到危险,也不劝他人去牺牲","自己活着的人没有劝别人去死的权利,假使你自己以为死是好的,那么请你自己先去死吧","我们穷人唯一的资本是生命,以生命来投资,为社会做一点事,总得多赚一点利才好;以生命做利息很小的牺牲,是不值得的。所以,我从来不叫人去牺牲"。真正的改革者,真正的人,是最尊重人的生命的,绝不是"冲冲冲,杀杀杀"的,他爱惜自己的生命,更爱惜他人的生命,他自己不轻易牺牲,更不会鼓励别人去牺牲,特别是年轻人去牺牲。相反,那些自己坐在安全窝里却动不动要人死的，倒反是不革命、假革命者，这是必须警惕的。请同学们记住这句话：以后凡有人自己不牺牲，却要你去牺牲，绝对不要听他的话。

不要轻易地牺牲，要考虑牺牲的代价，要重视生命的意义和价值，这是鲁迅基本的观点。因此，他提出要"教给继续战斗者以别种方法的战斗"。这就是鲁迅提倡壕堑战的原由所在。

有这样一个故事：一群山西的年轻的艺术家成立了一个木刻社，来信听取鲁迅的意见。于是，鲁迅提出了这样的建议——

> 新文艺之在太原，还在开垦时代，作品似以浅显为宜，也不要激烈，这是必须察看环境和时候的。……万勿贪一种虚名，而反致不能出版。战斗当首先守住营垒，若专一冲锋，而反遭覆灭，乃无谋之勇，非真勇也。

这里，提出的是壕堑战的几条原则：要看清自己的"环境"和"时候"，因此，要学会保护自己，必须讲究策略，懂得必要的妥协，走迂回的路，做到有勇有谋。（板书：保护自己，策略，妥协，迂回，有勇有谋）这是和前面强调的，要有韧性战斗精神——认准一个目标，确立一种理想，就坚持到底——是相辅相成的，或者说，也是韧性精神题中应有之义：唯有善于保护自己，才可能长期坚持，所谓"留得青山在，不怕没柴烧"。

鲁迅的话，也说得非常浅显而实在，但背后却有深刻的历史教训：中国这个民族，大概也包括中国的年轻人，惰性极强，不到绝路绝不反抗，有谋无勇，玩而不打；一旦逼上梁山，又容易趋于极端，打而不玩，勇而无谋，"专一冲锋，而反遭覆灭"。鲁迅说："无谋之勇，非真勇也"，不过一介莽夫；其实，还有另一面："无勇之谋，非真谋也"，无非一个权术家。（板书：无谋之勇，无勇之谋）中国多有莽夫与权术家，却少有鲁迅说的有勇有谋、边玩边打的真正的战士。鲁迅是把希望寄托在后来者的。作为后来者，我们该如何回应，怎样选择？

但是，会不会有同学觉得，鲁迅对后来者的期待，有些是矛盾的呢？比如说吧，到现在为止，我们听到了鲁迅对年轻人的两个忠告：希望大家敢于直面人生，要不顾利害地敢说真话；同时又不要赤膊上阵，要善于保护自己，甚至做出必要的妥协。如何处理"不顾利害说真话"与"不要赤膊上阵，要善于保护自己"这两者的关系？这两个要求之间有没有矛盾？这就是我们面临的，需要讨论的问题，这也是年轻一代在成长过程中会遇到的问题，你们到社会上以后，就会遇到保护自己的问题。说实在话，这是一个人生难题，是需要认真对待和思考的。（板书：不顾利害说真话；不要赤膊上阵，要善于保护自己）

坦白地说，对于我来说，这也是我的一个教育难题。我之所以要提出这个问题，和诸位一起讨论，是因为就在这个问题上，我有过一次痛苦的经验，或者说这是一直在困扰着我的一块心病，一个隐痛吧。

我给大家先说一个真实的故事：大概是前几年，除夕的前一天晚上，我接到一个电话，是一个男孩子打来的，他带着哭音告诉我，他被学校开除了。我大为吃惊，因为我不知道他是谁，我对他完全不了解，就只能听他讲自己的遭遇。他是山东的一个县的学生，在县城中学读书，开始是一个非常听话的孩子，后来他读了一些书，好像也有我的讲鲁迅的书，他开始觉醒了，发现老师说的不全是真话，至少是说了假话，于是他就和老师争论起来，继而和班主任、学校领导争论起来，一怒之下，就退学了。他开始在家里自学，这孩子非常聪明，最后他以县城最高分考取了北京医学院，他考北京医学院有一个很大的目的,就是他听说,北京医学院要和北大合并,而当时以他的分数是不可能考上北大的,所以他希望能够通过这样的方式进入北大,而他希望进北大的目的之一,就是希望有机会接近我,听我讲鲁迅。他以为北大是一个非常自由的地方,但很快就发现大学情况更糟糕,比他的中学还要差,于是他又开始反抗,不上课了,而且写文章批评学校,不顾利害地说真话。学校以他逃学为理由,决定把他开除。他的父母来求学校,校方表态说,只要他承认错误,就可以留下。但是他不肯承认错误,因为他觉得他是对的,不应该妥协。最后学校开除了他。在这种情况下,父亲打了他,生平第一次打了他,他受不了,就跑了,跑到北大来找我,没有找到,就打电话给我。我一听,赶紧对他说:"你要想想,你这样一跑,你的父亲会怎么样,你无论如何要回去,回到父母的身边,再想办法解决。"同时我也对他说:"鲁迅说过,人首先要生存,要温饱,然后才谈得上发展,你还年轻,要善于保护自己,不能那么赤膊上阵。"他当时说了一句话,让我终生难忘:"你为什么不早告诉我?!现在一切都来不及了!"说完他把电话挂了,后来我就一直没有找到他。他没有留下电话、地址,我真的再也找不到他了,也不知道他现在怎么样,我只能默默地祝福他,经过若干的曲折,还是可以找到自己的路。

但我无法摆脱自己的内疚,对于他,我是有责任的,因为他读过我的书,受过我的影响。现在反省起来,我过去讲鲁迅是有片面性的,我强调了鲁迅号召年轻人说真话,要反抗的那一面,却没有谈到鲁迅是反对赤膊上阵的。对我来说,这或许只是研究、讲课中的一个片面性,但对这个孩子,却可能是一个误导,甚至会影响他一生的发展。坦白地说,这一次来中学讲鲁迅,我一定要和大家讲鲁迅对年轻人的嘱咐,讲他的韧性精神,讲他的要学会保护自己的告诫,就是出于我内心的内疚，也算是一个补救吧。但面对这样一位非常真诚的孩子，我该对他说什么，我到现在也没有把握。你们应该是他的同龄人，我很想听听你们的意见和想法。

（全班同学沉默片刻）

学生十四 我听了这件事，真的很震撼。我的第一个感觉是，这位同学能够靠自学考上北医，真的属于我们中间的佼佼者，在实现了我们这一代梦寐以求的理想，上了大学以后，却被开除了，这真遗憾，也很可怕！

学生十五 我的第一反应，这是以卵击石。一个普通的中学生，对抗老师、学校，以至整个教育制度，只能碰得头破血流。

学生十六 我有一个联想，不知对不对。我听说，中国士兵和美国士兵在失去战斗力以后，有不同的选择。中国士兵强调宁死不降，就是这位同学说的以卵击石吧。但美国士兵受到的教育却是士兵失去战斗力就是平民了，应该选择光荣的投降，不必作无谓的牺牲，因为在战争中生存下来，也是一种胜利。山东的这位同学大概就是不明白这个道理：在力量悬殊的情况下，保存实力也是胜利。他有点像鲁迅说的"有勇无谋"。

学生十七 这位同学还是有些偏激：他只看到学校教育黑暗的方面，就觉得一无是处，实际上生活本身可能是更复杂的，学校也是复杂的，没有这么简单，只看到一面，就全是一片黑暗，而没有看到在现行学校教育里还是有好的老师，还是可以学到许多东西的。他的办法就是逃学，这就更偏激了。做学生总要遵守最基本的学校纪律，而且也给要整他的人一个把柄，最后弄得他被开除了，是有点委屈，但也说不出口，因为你确实违反了校规。其实他逃学本身也是一种回避。

学生十八 这位同学说真话，固然很好，但也得看对象，别人不接受你，或者你讲了没有用，那就不要公开讲出来，留在自己心里，就行了。真话是不一定都要讲出来的，什么该讲，什么不该讲，或者在什么地方讲，讲到什么程度，都是应该考虑的。鲁迅不是说，他有时也要"骗人"吗？我觉得这些地方这位同学都不够成熟。

学生十九 你们说的也许都对，但我的感情有点接受不了。老实说，我打心眼里佩服这位同学，因为他做到的，正是我们想做而没有勇气做的。我们对学校教育，对老师，还不是有许多看法，但是我们有谁公开提出来？我们只考虑自己的前途，而完全不讲是非，不分真假，我们越变越虚伪了。我们说了多少假话、违心的话，我们已经不会说真话了。我们有什么资格，批评、指责这位同学？（哭泣起来，众学生沉默）

学生二十 我也是一边听老师讲，一边听同学讨论，一边想着我自己。我觉得这位山东同学所面临的问题，也是我们所面临的问题，是一些和我们每个人都相关的问题。我自己就经常陷于各种矛盾中。我原来也像这位同学一样，相信学校、老师教给我的一切，后来长大了，就发现有些事情并不像老师讲的那样，当我有了自己的见解时，反而有点惶惑，不知道是不是自己想错了，更不敢说出来。不仅是怕老师不高兴，也是觉得自己是个普通中学生，许多问题想多了也没有用，还不如老师怎么讲，特别是书上怎么讲，我就怎么说，反正考试就是要求像书上那么说。但老说自己也不相信的话，心里也觉得别扭，有时偶尔也想到，如果老这样下去，以后会不会不会说自己的话了？但这只是偶尔一想，也不敢继续想下去。好在每天都有做不完的功课，也没有多少时间想。这学期听老师讲鲁迅，对我的触动很大，觉得许多问题真得好好想想了。但山东同学的遭遇，却让我更困惑了，我也像刚才这位同学一样，挺佩服他的，但他说真话的效果又这么不好，我真不知道该怎么好了。

钱 大家讲得都很动感情，这说明问题触及了我们内心深处的一些东西。但因为时间关系，我们不能再深入讨论了。我来谈谈我的一些看法。这不是作结论，因为我自己也没有完全想清楚。我想讲三点意思。

首先，我们还是要先分清是非。这位山东学生和中学老师、班主任，以至学校领导的冲突肯定有一个过程，不可能是无缘无故的乱吵。问题是我们的老师、班主任、学校领导如何面对这样的能够独立思考，有正义感，同时多少有一点偏激的学生。我们现在的教育是不允许学生发表他自己的观点，表现他自己的个性的，必定要采取一切手段压制，结果是逼得这孩子退学。而更令人愤怒的（真的，我非常愤怒），是北大医学院的态度和做法。从表面上看，他们开除这个学生的理由很光明正大，因为你旷课，但明眼人都看得出，这是在借机整学生，是对他的直言批评校方的一个惩罚，事情的是非曲直是非常清楚的，理由越是"光明正大"，就越显得手段的卑劣和用心的险恶。这就是用自己手中的权力，以正当、合法的理由，来扼杀学生独立思考和批评的权利。说严重一点、尖锐一点，这正是鲁迅说的精神的虐杀，"吃人肉的筵宴"的延续。这件事让我们大家感到震惊，原因就在于此。在我看来，真正应该受到指责与谴责的，应该是学校、老师，而不是这个孩子。

这就说到了我要说的第二层意思：应该如何看待这位山东学生？在我看来，这是一个正常的健康的孩子，包括他的偏激在内，这样的年龄本来就会有偏激。有人说，青春时代是一个人最热情洋溢的时代，最多的梦想，最纯的情感，最强的求知欲，最真的人生态度。在某种程度上这个孩子身上就体现了这样的青春精神。他确实热情洋溢，充满梦想，有最纯的情感，他对我们的学校教育（从中学到大学）如此不能相容，就是因为他不能容忍教育的功利、腐败、丑恶。他有最强的求知欲，否则他不会自学成才。他有最真的人生态度，怎么想，就怎么说，敢于直面现实，敢于说真话，他是用行动响应鲁迅的召唤的。正常的、健康的社会，正常的、健康的教育制度，就应该保护这样的年轻人，引导他走向更健全发展的道路。但依照我们现在的教育所形成的观念和眼光，这样的孩子却是幼稚的、傻的，我想有的同学可能也这样想，只是不好意思说："好好的前程，你怎么做这样的事。"舆论反而是这样看他。因此，不是这个孩子不正常、不健康；而是我们的教育，以至我们的社会不正常、不健康。是不正常、不健康的教育、社会，把一个正常、健康的孩子看成不正常、不健康：问题就出在这里。

我们现在就应该从这样的颠倒里吸取教训，反思我们的教育，反思我们习以为常的许多教育观念。比如，你们经常会听到这样的说教："你不能这样，你要适应这个社会，你太单纯了，太幼稚了，你要成熟起来，老老实实的就这么读书吧。"如果按照这样的路走下去，结果是越走越圆滑，进一步从圆滑中谋取自己的利益，到那一步就变成鲁迅说的"聪明人"了。记得我在贵州教书的时候，在一个班学生毕业的时候说过一番话，去年二十年后我们再见面，那些学生还记得我的话："同学们走向社会，会遇到很多你以前想象不到的问题，你的棱角会逐渐被磨掉，但是我希望大家不要变成鹅卵石，要多少保留一点棱角。"这些老学生说，当时我们并不理解这句话的深意，一走上社会，就懂得了：要保留一点棱角，真不容易啊。这里涉及一个教育理念的问题。我们的教育确实需要引导年轻人逐渐成熟起来，问题是：什么叫"成熟"?"成熟"是不是要把我们前面讲到的所有的"青春精神"全部都丢掉？本来年轻时候是激情洋溢的，"成熟"了就对一切都冷漠了；年轻时是敏感的，"成熟"就麻木了；年轻时是反抗的，"成熟"就屈从了；年轻时是追求真的，"成熟"就变虚伪了。如果真是这样，所谓教育就是把人变成一个"成熟的庸人"，你成熟了，但是你成了一个庸人了。这究竟是教育的成功，还是教育的失败？现在，我们也更加懂得了：鲁迅之所以要我们说真话，直面人生，就是要我们做一个真的人，而不是成熟的庸人。

那么，这位山东学生有没有不够成熟的方面，他自身应该吸取什么教训？这是我们要讨论的第三个层面的问题。正像同学们讨论中所指出的，他有不成熟的方面，但不在于他敢说真话，有理想，有追求，这些都是应该坚持的，他的不成熟是另有表现。在我看来，主要是三方面。

首先是认识上的局限。他对他所要反抗的东西，对中国教育制度的弊端并没有真正搞清楚，他的反抗缺乏一种比较深刻的认识。他毕竟年轻，认识问题很简单，以为就是他所在的学校、学校的老师、领导不好，因此，只要换一个学校就好了。他后来对北大医学院为什么那么失望，反应那么激烈？就是因为他原先对北京的大学，对北大，存有太多的不切实际的幻想。他还是犯了鲁迅当年批评的学生的毛病：对"对手"估计不足，自己的幻想也太高。实际上他对自己到底要追求什么，要实现什么样的理想，也是不清楚、不明确的。自然也就对实现理想的道路的曲折、艰巨，用我们讨论中的话来说，就是对改革的复杂性、长期性，几乎是没有思想准备的，因此，他的反抗也就不能不带有很大的盲目性。

这也就构成了他的第二方面的局限：他的行动也带有很大的盲目

性。他真的就像鲁迅批评的那样,"专一冲锋",不留后路,不肯妥协,结果是"反遭覆灭"。我们很容易就联想起他的山东同乡李逵,优点是纯真、勇敢,缺点是赤膊上阵,逞一时之勇,缺乏韧性精神,不懂得保护自己。

他的思想的盲目与行动的盲目,都不能怪他,因为他还是一个学生。我们前面说的十分可贵的青春精神,和这里所说的思想和行动的盲目性,都是你们这个年龄的学生(中学生,大学生)的特点、优势和局限。(板书:青春精神,盲目性)青春精神需要培育,盲目性需要克服;这都决定了你们需要学习,或者说,你们的主要任务就是学习,你们现在所处的是人生的准备阶段。(板书:人生准备阶段)这也正是这位山东学生第三方面的不足:鲁迅说,人必须弄清楚自己的"环境和时间",而他恰恰对自己的"环境和时间",即自己究竟处在什么人生阶段缺乏自觉、清醒的认识。他不懂得,作为一个中学生、大学生,自己的主要任务是学习,是准备,还不是你对社会作贡献、反抗现实黑暗的时候。(板书:学习,准备)主要是两个方面的准备:一个是思想的准备,通过学习,广泛吸取精神资源,为确立自己的生活目标和理想,也就是我们前面讨论过的建立自己的信仰,做好准备;再一个是知识的准备,通过学习,使自己成为一个有文化的人。有了思想、理想、信仰,有了知识、文化,你就成了一个有力量的人。在这个意义上,中学和大学,是一个积蓄力量的人生阶段,你的任务,就是积蓄力量。(板书:积蓄力量)你真正成了一个有知识、文化、精神实力的人,你将来到社会上,才有可能凭借你的实力去有效地为社会服务,对社会黑暗势力进行有力的对抗。如果你没有这样的实力,或者实力准备不足,仅凭一腔热血,一时之勇,是干不了大事,也消灭不了黑暗的,说不定什么都没有开始,自己就先被灭了。而在积蓄力量的时候，还有一个重要方面，就是要保存实力。（板书：保存实力）你们都喜欢、佩服武林中的大侠，你们应该知道，大侠在练好内功之前，是绝不轻易出手的，别人怎么挑逗，都不出手。不出手，就必须有妥协，有让步，有时候还要忍辱负重。这是为了实现自己的长远目标，有大理想、大志向支撑的妥协、让步、忍辱负重、自我保护，和那些"聪明人"为了求得一时的苟安，趋炎附势、出卖灵魂，是有本质的不同的，因此，这样的妥协、让步，又必须是有限度，有底线的，（板书：有限度，有底线）如果过了度，过了线，最后就屈服于黑暗势力，甚至同流合污了。但如何掌握妥协的度和线，既不能不妥协，又不能一味的妥协，既不能不计后果的牺牲，又不能拒绝牺牲，这是一个人生难题，是需要在长期的人生实践中来具体面对和解决的。

因此，我们今天的讨论可能是无结论的，只是把这些问题提出来，大家一起思考，一起在今后的实践中继续探索。讨论大概也只能到此为止了。

而且我们的课程，我们的这一次精神的漫游和相遇也要结束了。

我在想，这是一次怎样的相遇？相遇的一方是诸位：高一、高二的学生，你们的年龄大约在十八岁上下，而十八岁就是公民了，也就是说，你们正在告别少年，从"未成年人"转变为一个"公民"。（板书：你们：未成年人——公民）在这个时候，你们和一位特别的成年人鲁迅结识，相遇，自然格外引人注目。鲁迅，他对中国的历史经验和20世纪中国经验有着最深刻的体验和认识，对包括你们在内的后来者，又有许多的期待；（板书：鲁迅：历史经验，20世纪中国经验）而你们在人生的转折关头，面临着许多问题，也迫切需要了解历史与现实。那么，在相遇中"鲁迅"和"你们"之间有怎样的呼应和对话，是更加有意思的。

因此，我想从你们与鲁迅的关系这一角度，从三个方面，对这门课做一个简单的小结。

一、鲁迅先生对你们有怎样的期待与嘱咐？

先说期待。这在我们已经读过的，收入《读本》的《灯下漫笔》里已经说得很清楚——

中国的历史一直在"想做奴隶而不得的时代"与"暂时做稳了奴隶的时代"之间循环，"创造这中国历史上未曾有过的第三样时代，则是现在的青年的使命！"。

鲁迅对年轻一代的嘱咐，我们已经做了详尽的讨论，这里再概括为四句话：（一）不要把自己交给他人，要联合起来，自己寻路，掌握自己的命运；（二）要有泥土精神：执着现在，执着地上，埋头苦干，拼命硬干，不怕做小事情；（三）要有韧性精神，认准目标，慢而不息；（四）要学会打"壕堑战"，边玩边打，学会保护自己。

二、你们应该和鲁迅有着怎样的关系？

我想起了"五四"时期《新青年》上发表的一首诗——

我和一株树
一株顶高的树
并排列着
却没有靠着

鲁迅无疑是现代中国历史上"一株顶高的树"，我们呢，不过是一株又一株的小树，甚至只是小树苗而已。我们和鲁迅"并排列着"，都生长在中国这块土地上,但我们"没有靠着"鲁迅。这就是说,鲁迅作为一株大树,他活着的时候,尽力庇护年轻一代,就像他自己所说,他独自肩住黑暗的闸门,放我们到光明的地方去,但是,他离开了我们,我们就得自己来肩住黑暗,自己去争取光明。但鲁迅的著作还在,我们又能够通过读他的书不断地从他那里吸取精神养料,他的作品里所凝结的历史经验、智慧和教训,对我们是一个永远的启迪。但是,我们并不靠着鲁迅,不仅因为他不能代替我们面对自己的问题,而且我们在精神和人格上,即使是在鲁迅这样的强大的存在面前,也要保持自己的独立性。(板书:保持独立性)——这其实也是鲁迅对我们的期待:我们在前面的讲课中已经介绍过,鲁迅一再强调,听他谈谈是可以的,但绝不能以他为导师。

我们这门课从一开始就定了一个目标:要帮助大家进入鲁迅的世界;现在,大家经过一个学期的学习,已经体会到要进入鲁迅的世界并不容易,但进入了就会享受到无穷的快乐。但我们还有一个任务,就是在初步进入鲁迅世界以后,还要跳出来。(板书:走进去,跳出来)这是保持我们独立性所必需的,如果我们跳不出来,我们就成了鲁迅的俘虏,失去自我了,那我们这门课就白开了,鲁迅的书也白读了,整个地走到反面了:我们已经反复地说过,鲁迅是反对和警惕一切奴役关系的再生产的,他反抗一切奴役,当然不愿意我们对他产生任何精神的依附。

跳出来干什么呢?一是独立地研究鲁迅,二是独立地评说鲁迅。因此,同学们看《读本》就知道,我们的教学还有"研究鲁迅"和"言说鲁迅"两个环节。但时间确实不够了,只能由大家在最后的考试作业里来部分完成了。这里只能讲一讲研究与言说的原则。

关于研究鲁迅,我们在《读本》的"导读"里提出了三个观点。

一是"研究鲁迅，是我们的权利：鲁迅属于我们每一个人"，这里提出了一个权利问题，鲁迅是我们民族的，是世界的，是每一个普通人的，绝不能为少数人、少数政治家和专家所垄断，鲁迅是公共精神财富，对他的阐释权属于公众，也属于我们。

二是"鲁迅可以不断研究，是因为鲁迅的作品是常读常新的，鲁迅是说不尽的"。这就是说，鲁迅是属于世界上那种具有原创性的，民族思想源泉性的作家，英国有"说不尽的莎士比亚"，我们中国有"说不尽的鲁迅"；因此，对鲁迅作品的阅读不可能是一次性的，是需要读一辈子的，而且随着我们自身阅历的增加，带着不同的问题去读，每一次重读都会有新的发现。

三是"作为中学生也可以研究鲁迅，是因为我们能够找到与鲁迅心灵相遇的通道，从而对鲁迅有属于自己的发现——在某种程度上，这也是对自己的发现"。这里讲的是自信力的问题，自信力是在鲁迅面前保持精神独立的前提条件。而提出要有"属于自己的发现"，强调的也是要有自己的独立研究。

所谓"言说鲁迅"，就是要对鲁迅的思想、文学做出独立判断与评价。这个评价，可以是正面的，也可以提出批评和质疑。重要的是你自己的"独立判断"，不能以老师的判断，教科书的判断，或者某个专家的判断，来代替你自己的判断。我在这门课一开始，就说过，现在也不妨再说一遍：如果你经过一个学期的学习，对鲁迅不感兴趣，或者无法走进鲁迅的世界，或者不认同鲁迅，你就可以坦然地与鲁迅告别，这是你的自由和权利。即使你认同鲁迅，也应该有你自己独立的理由，而且要用你自己的语言说出"我之鲁迅观"，（板书：我之鲁迅观）发出你自己的声音，独立性从来是和主体性联结在一起的。

三、我们怎样才不辜负鲁迅对我们的期待？

这个问题其实我们在第二讲读鲁迅《"与幼者"》时已经谈过，也没有更新的意见。我们还是重温一番吧——

"超越"他，"向着更高的远的地方进去"。（板书：超越）

从他的"足迹"上"探索出"新路。（板书：探索）

还是鲁迅那句话："地上本没有路，走的人多了，也便成了路。"鲁迅走在前面，我们继续往前走。

说到"走"，我还要请同学们读鲁迅的《过客》，这是我们这学期要读的最后一篇文章。文章的中心就是讨论"走，还是不走"的问题。文章里的三个人物，就代表了三种态度。"小女孩"是往前"走"的，因为她相信前方是"花园"，那么，她的走，是以坚信有一个美好的未来为前提的，这是一个理想主义者的信念，在座的诸位大概也都是这样想的。但"老人"却看透了前方最终是"坟"，他对未来并不抱幻想，但他也因此选择了"不走"。唯有"过客"，他明知前方是坟，却偏要"走"，这也是鲁迅的选择，这里有鲁迅式的"反抗绝望"的人生哲学。（板书：反抗绝望）鲁迅说："绝望而反抗者难，比因为希望而战斗者更勇猛，更悲壮。"

为什么明知前方是坟还要走？过客说："那前面的声音在叫我。"这是他内在生命的绝对命令：怎么走，走的结果如何，这都可以讨论，但有一点不能讨论，就是必须往前走。这也是鲁迅对年轻一代的期待：任何时候，都要倾听"那前面的声音"的召唤，任何时候，任何情况下，都不要放弃"向前走"的努力。

往前走，走自己的路，绝不放弃！——（板书：往前走，走自己的路，绝不放弃！）我想用这句话来结束我们这门课。

附录

一 | 学生考试作业 我之鲁迅观

不知不觉和鲁迅的思想为伴已经有了一段时日,这一个月来看文章,记笔记,也做了大量深层次的思考,才发现这个精神的漫步才开了一个头,我怕是要一直走下去了,走一辈子。

鲁迅的精神世界太过于复杂和丰富,心中却也有些许困惑和感想要说。可能是自己的阅历有限,读完以后,心中更多的是困惑与迷茫,想去接近,又没有这个能力,也不敢过于地深入,所以,一握住笔端又无从下手,于是,再读了一遍,对鲁迅又有了许多新的发现,再次感到自己书读得太少,水平太浅。鲁迅是发掘不尽的。

这里我不成熟地提出什么是鲁迅的终点这个问题,谈谈我的鲁迅观。无论是谁,都有一个为之奋斗的理想和目标,鲁迅也是这样。鲁迅在文章中,试图发现一些未曾发现的,揭露一些未曾揭露的,不敢于甚至不屑揭露的,呼唤一些当时中国缺少的。人们说他是现在进行时的作家,所做的是预言式的表达,鲁迅也在《忽然想到》一文中,明确提出要共同抗拒,改革,奋斗,三十年不够就一代二代,于是我不禁要想,鲁迅心中的理想社会或理想国人的形象是什么样的?鲁迅有自己的乌托邦的概念吗?带着这个问题,重新审视了鲁迅的世界。"自己背着因袭的重担,肩住了黑暗的闸门",这句话是鲁迅一生奉行的座右铭,从中我看到了鲁迅的牺牲精神和他同样一直奉行的泥土精神,还看到了这句话中所反映出来的苍凉和沉重。可以说鲁迅内心的苍凉和沉重,渗透到了他每一篇文章和每一个思想当中,这或许和他童年的经历有关,但且不深究这个。鲁迅的许多话是极其震撼人心的,不仅在于其思想深度,还有他对人类灵魂的无情剖析后的冷酷和沉重,在我看来,这里面都透露着内心的苍凉,而这苍凉的来源,尽管是复杂的,但毕竟和鲁迅的思想有关。一个有如此苍凉内心的人的理想终点是什么,是光明,是黑暗,我想答案已经有了。然而这答案还不令我满意,我再次深究下去。从《兔和猫》《未有天才之前》以及更多的文章中,我找到了鲁迅的另一个基本观点,即是幼者本位和弱者本位,或许鲁迅注重大众、民众的特点。在《兔和猫》充满温情的文字中,我触摸到鲁迅的博爱,生命之爱,这是对生命的尊重和呵护,而且鲁迅大生命的观点是贯穿始终的,这反映了鲁迅心中理想社会的一个起码要求吗?我认为是的。再想一想鲁迅的三大主题吧,爱与反抗,爱,前面讲过,是鲁迅追求的真理。反抗在鲁迅的文章中出现得也是很频繁,从《铸剑》中的复仇,到战壕式的反抗,鲁迅的反抗成了永恒的主题,然而,《铸剑》里真正的永远的胜利者还是看客。在《灯下漫笔》的宴席,也是鲁迅彼岸的理想,是一个绝望的反抗,这又回来了,苍凉与绝望又充斥着鲁迅的未来与理想,难得的一点爱写得苍白无力。不能忘了死,死是鲁迅思想中的一个起点。《死火》是我最喜爱的鲁迅的文章之一,尽管至今对这个命题仍有不解,但我认为在鲁迅身上的死与生是相通的,生命是不间断的死亡。鲁迅鼓励灿烂燃烧式的结局,这又体现出生命的价值不在结果而在过程,那么支持鲁迅的,究竟是终点的希望还是仅仅是过程,奋斗与反抗的过程呢?再向后翻,在《忽然想到》里我找到了"履行一百年的持续不断的努力",然而在我看到《过客》时,我相信我找到了目前最好的答案,"我还是走好吧","要走到一个地方去,这地方就在前面",

一切都可以怀疑，但有一点不能怀疑，就是向前走，怎么走，走的结果如何，这些都可以讨论，但有一点不能讨论，就是必须往前走，这是生命的底线必须守住，所以鲁迅的前进终点是什么，他的理想是什么标准，这些都可以讨论，终点有爱，有美，正如小女孩的花园；也会有绝望与死亡，正如老人的坟。但是唯有一点可以肯定，就是鲁迅在任何时候都不会停下往前走的脚步。所以我相信，如果鲁迅活到现在，也一定会拿起笔的。然而鲁迅在我们现在这个时代，会不会继续被人所远离，或者套用他自己的话，就是到那时还会唾弃我的，来说明他会受到的待遇会如何，则是另一个命题了。寻鲁迅的终点不是一个与鲁迅为友的好方法，而是要走他的路，在满地荆棘中开辟出自己的路来，就像鲁迅所讲的贮着力量的小狮子刚强勇猛，踏到人身上就是了。这是我的一些对鲁迅的看法。

评语 写得很好，这个问题本身就很有意义：鲁迅的终点到底是什么样的？我们的生命的终点是什么样的？处在生命接近终点的时候，我也在思考这样一个问题。文章提到了"苍凉"，"苍凉"不仅是鲁迅思想的特色——可能也是他文字、文学、风格的特色，这是一个核心，鲁迅是一个思想家，同时也是一个文学家，他的苍凉贯穿得很透彻。 钱

　　鲁迅于我是陌生的，虽然上了这几天的课，我依然不敢说我熟悉他，然而我对他有一个直观的印象："黄鳝盘中的泥鳅"，少不了，却也绝多不得。泥鳅好动，搅得黄鳝们不得安宁，神经紧张，如此一来，反而保住了性命，但是，如果每个黄鳝都变成泥鳅，那不用说，肯定天下大乱了。鲁迅就是这样一个人，他心中充满了对这个世界的热情，对人们的爱，但是那过于明亮的眼睛，则是把这个世界最最阴暗的一面看得透彻，甚至于还要和将来可能与自己为敌的人为盟，只

为先打破眼前的黑暗，这或许是他的伟大，也或许是他的悲哀，他看得清楚，又不忍心看自己所爱的人们继续地无知愚昧下去，所以，他要写，要告诉世人！然而这样一写，就把本来藏得极好，隐蔽的矛盾，全给拿到太阳底下来了，教人看得心惊胆战，大汗淋漓。然而这样一写，就让一些没有方向的小泥鳅们看见了方向，一个个骚动不安起来，当小泥鳅们受到了伤害，只有挺起胸膛，保护青年一代，指责那些不公道的人，反抗这可耻罪恶的时代。一个社会既需要这样的泥鳅，看见黑暗的地方，才能把光明引向那里；而这样的泥鳅多了又不好，他太机警，没有被胜利陶醉的时候，无论怎样的时代，总有这样那样的不好让他失望，他总是太好动，无论什么样的社会，他总有本事让它天翻地覆，不得安宁，那样该天下大乱了。

当然，鲁迅好动，但是他并不冷酷，他对待海婴，对待妻子，对待母亲，多数人是不知道的，他是那么仁慈的人，对孩子细致入微，对妻子体贴周到，对母亲关照有加，如何说他是一个冷酷的人？或者应了中国的那句老话，"爱之深责之切"，给予太多的爱，得到的却是如此的回应，换了谁不对这社会横眉冷对呢？应该说，鲁迅是一个不该出现在那样混乱的时代的人，他心底太清澈，眼睛太明亮，把别人看不见的全部挖出来，让你看。有时候也恨他，恨他把这一切全拿出来，让你把这世界看得太透，失去美好的幻想。也许我的理解还有些片面，但是，我眼里的鲁迅就是这样一个总叫人又爱又恨的满腔热血的泥鳅。

评语 以很独特的语言表达了自己对鲁迅的看法。提出的问题很重大：鲁迅对我们这个社会意味着什么？作者真实地说出了我们每个人对鲁迅的心情：我们又想看见真实，又怕看见真实，这是人性的一个弱点，所以面对鲁迅这样一个真实的人，我们就是既爱又怕。　钱鲁迅打动我的是他关于爱的观点。他认为爱是人的天性之一，爱是保存生命的要义，是继续生命的根基，包括人在内的所有的生物都在爱自己的子孙。他相信爱是世界上真实的东西，这种爱不仅是血缘上或男女之间狭义的爱，这个爱是普遍存在的，是强者对弱者生命的怜惜。他提出的爱是广泛的大爱，于是鲁迅珍惜一切弱者的生命，包括所有他的后来者，和所有小动物的生命，并对一切残害青年的所谓的导师恨之入骨。

这背后有鲁迅的生命意识。鲁迅很受进化论的影响，因此他也是从生物学解释爱的。他认为保存延续发展自己的生命，是生物存在的全部意义，但是，生命也是短暂的，所以要后代来延续自己的生命，后代是一个既我又非我的个体。因为有了爱，所以应该将这天性的爱更加扩张，用无我的爱牺牲于后起的人，于是鲁迅高呼后起者："你们若不是毫不客气的拿我做一个踏脚，超越了我，向着高的远的地方进去，那便是错的。"这就是鲁迅对后起者生命的态度。

再谈谈鲁迅对弱者的爱，他爱一切的弱者，就像所有的孩子都有对可爱的小动物的一种怜惜。我一直认为，人本身是善良的，只是因为接触了太多的伤痛才由柔弱转化为刚强，进而麻木。但是，鲁迅虽然经历了太多的痛苦，但是他仍然用一双纯净得像孩子一样的眼睛观察着这个世界，这非常难得，让我感动而深思。

鲁迅对幼小者的爱，或许有他说过的和自己的童年"重逢"之感。每个个体在进化的同时，也往往希望回到原来的状态，就像我们往往会想回到以前的时候，往往感慨无法回到过去这种感情是一样的。

评语 强调鲁迅的大爱和生命意识，这都抓住了鲁迅的本根。说鲁迅经历痛苦而保存纯真，爱护幼小生命是与自己童年的重逢，这都有新意。　钱鲁迅是伟大的文学家，思想家，革命家：这是毛泽东说的。鲁迅是受伤的狼：这是增田涉说的。鲁迅是不安的灵魂：这是钱老师说的。

鲁迅什么都不是：这是我说的。

鲁迅没有资格当圣人，因为圣人需要"一无错误"，他做不到。

鲁迅当不上贤人，因为贤人需"清澈，恬淡，从容"，他做得不够。

鲁迅也不是个"好人"，因为"好人"不需要的"不忍耐，刻薄，清醒，直言不讳"，他都有。

鲁迅不是一个超人。超人的思想是开天辟地的，鲁迅的思想却能找到原型。他是个"拿来主义者"，人类所创造的一切，能拿来的他都拿来了。

鲁迅不是"战士"。因为"战士"的目的就是取胜，为了取胜，任何东西，特别是弱者的东西，是可以牺牲的。而鲁迅可以牺牲的，只有他自己。

鲁迅不是奇人。因为奇人的生活是非常态的，而且总能逢凶化吉，如有神助。而鲁迅的生活非常正常，他和平常人一样，该躲的时候也躲，该累的时候也累，该病的时候就病，该死的时候就死。

鲁迅不是看透红尘的人。因为透了便破了，鲁迅最多只是看遍红尘。

鲁迅不是自由的人。因为"没有人能完全自由，除非所有的人都完全自由"（斯宾塞）。还有很多人没有自由，所以鲁迅只是不自由而争取自由的人。

鲁迅什么都不是，却什么都是。

鲁迅是真人，为真实而活着的人。

鲁迅是有文化责任感的人。他的文字，是发自内心的呐喊，神圣地充溢着社会良心。

鲁迅是斗士，有斗不死的精神。朋友吃不消他，敌人被他烦死。

他的生命里有一股力量，是一团火，永远折腾没完，燃烧到死。

鲁迅是伟人，是集大成者，又有自己的创造，深挖下去，挖出别人没挖到的东西。

在历史的动荡期，转型期，过渡期，一个阶段与另一个阶段连接的时期，需要出一些人帮助完成这样的过程。一些平常的人因为这样的特殊使命而不平常。

鲁迅就是这样：历史需要他给中国一声惊雷，于是他出现。他的才学，敏感，他的复杂性格，他的怪脾气，都不过是完成这个使命的条件：要打出响雷的云当然得带有更多的电荷。

鲁迅本来就什么都不是，鲁迅只是我们所要研究的这种必然产生的一些特质与表现的载体。

（南师大附中高二3班　鲍梦寒）

我想从"鲁迅和人民的关系"这一角度去看鲁迅。

提起鲁迅，自然使人想起"民族的灵魂"这几个字。鲁迅的一生可以说是为人民而奋斗的一生。他写慷慨檄文，发激昂言辞，是为了唤醒民众，为了拯救中国，为了老百姓可以过上"人"的日子。但鲁迅既不是激进政党的一分子，也不是政坛上的活跃人物，他是历史上绝无仅有的文人，他选择了一条很特殊的拯救中国的道路，而他竟在这条孤独的道路上走到最后。他的道路的特殊性就表现在他和人民的复杂关系，这有三个层面。

鲁迅之于人上。鲁迅是这个民族首先觉醒的人，他从一般民众中超脱出来，就有了别样的眼光。国民的种种劣迹是鲁迅一生最痛恨的东西，形成了他和普通民众之间的紧张关系。而到最后鲁迅也没有缓解与改变这样的紧张。鲁迅非凡的洞察力是他不能为普通大众理解并时有冲突的原因。比如，当中国的大众对日本的普遍态度，不是深恶痛绝就是谄媚示好的时候，鲁迅却在普遍的狂热中保持清醒和冷静，不但不避讳与日本人交流，而且号召向敌人学习。鲁迅的这一态度，使他不仅在当时，而且直到今天，还被许多人视为"敌人"。

鲁迅之于平人。鲁迅之所以对国民性有那样深刻的洞察，是因为鲁迅自己一刻也没有脱离人民的圈子。他不愿意、也不曾离开普通的民众，尽管他对于这个阶层有太多的失望和责备。正是因为他全心认为自己属于这个圈子，他才会为自己无力改变的现状而承受那样多的痛苦。鲁迅说他要"肩住黑暗的闸门，放他们到宽阔光明的地方去"，其实这闸门是鲁迅为一切愿意走出黑暗，最终觉醒的中国民众所肩起的。而且他希望愚民消失的时候，就是自己消失的那一天。鲁迅愿意和不觉醒的愚民一起留在旧时代里：我想，这也可以表现鲁迅和人民的平等吧。

鲁迅之于人下。鲁迅说："多数的力量是伟大的，要紧的，有志于改革者倘不深知民众的心，设法利导，改进，则无论怎样的高文宏议，浪漫古典，都和他们无干，仅止于几个人在书房中互相叹赏，得些自己满足。"鲁迅认识到人民的力量，所以他才愿意成为不觉悟的愚民变为觉悟的良民所需要的那块垫脚石，还希望觉醒的青年和他一起去调动人民的力量，并注入"明白的理性"和"深沉的勇气"，促进人民力量的积极、健康的正面发展：这也是鲁迅所找到的道路和他自己的使命。

（北师大实验中学高二13班　胡阳潇潇）

我读鲁迅，最注目的，是他的关于生命意识的各种命题。其中有对"生命个体"的思考："张扬生命力"（生机，奔放，反抗，过程），

"生命的自由独立"（精神与思想的解放，反奴役）；对"生命群体"的观照："生命意识"（反漠视，反吃人），"生命的关爱"（传统文化对人性的压抑，弱者本位），"生命传承"（幼者本位，青年责任，未来的路），等等。对生命个体的珍惜、眷恋，对整个生命长河的责任与期望，构成了鲁迅思想与情感的核心轴。在文化、伦理、社会、政治、艺术的各个领域的种种论战之中，他始终站在民族，甚至全人类的层面，以生命为基点，衍生出种种立场。这便是为什么握笔怒目向刀丛的鲁迅会有悲天悯人的博爱与苍凉，尖锐辛辣的字里行间流露出无奈与痛苦，令人心悸：这也是鲁迅之为鲁迅。

（北师大实验中学高二4班　李兮）

　　我对鲁迅"改造国民性"的思想有一点疑惑。在某些方面，我不得不承认，我们中国人有这种劣根性。但是，我也坚决地相信，这种所谓的劣根性，外国人也是绝对会有的。对于我们中国人来说，吃人现象是一个不可辩驳的客观事实。但是，外国的吃人现象，实际上比中国的要严重得多，要狠毒得多！因此，这种劣根性，应该改一种称法，叫作人类劣根性。就是因为鲁迅把一个世界性的、人类共有的劣根性全部加在我们中国人头上，我为中国人叫冤，并且感到十分的不爽。

（北大附中高二10班　李荣观）

　　都说鲁迅"好骂人"，却不注意鲁迅的骂（批判）有两个特点。
　　他的真正对手，是一种思想，一种体制，比任何具体的人和事都棘手。因此，他是通过骂具体的人和事批判背后的思想和体制的。
　　我不认为鲁迅的批判是高高在上的，因为我想，一个好的作家一定有一种悲天悯人的情怀。比如福楼拜在写包法利夫人之死时异常悲痛，他已经把自己融入包法利夫人的生命中。鲁迅亦是：阿Q、孔乙己可笑可悲，难道他们身上就没有我们一切人，也包括鲁迅的影子吗？鲁迅早就说过，他是更无情地批判自己的。

（北大附中　范潇潇）

我们需要鲁迅。因为现实的中国，浅薄的思想太多了，深邃的思想太少了。装模作样的思想太多了，实实在在的思想太少了。虚伪的思想太多了，诚实的思想太少了。

鲁迅精神是我们民族振兴最具价值的资源。近代思想文化界，某一领域超过鲁迅的大有人在，但在整体超过的没有。鲁迅就是这么一个整体的精神资源。我们可以挑战鲁迅，但前提是必须整体地理解鲁迅。如果不能做到整体理解鲁迅，那他的挑战是没有意义的。

鲁迅的伟大，在于他揭示了人性弱的方面，他不仅仅是批判，他的思想是一种对全人类的终极关怀。他的人生哲学、精神哲学，为我们走向现代化提供了生命文本，也使我们找到了心灵的归宿。

（北师大实验中学高二13班　迟钰博）

我觉得鲁迅是个预言家。他不仅属于他那一时代的人们，更是属于现在，或许永远。我看鲁迅的有些观点是永恒的，不因时间、空间的改变而改变。他的话，在八十年后的今天仍有意义；他的做法，在八十年后的今天仍有人效仿。因为人类的历史是漫长的，对于整个社会却是短暂的，这也许就是鲁迅的"千年意识"，以千年的眼光和观念来考虑人类的历史发展，这使鲁迅的某些方面永远不会过时。

（北大附中高一1班　郭晨菲）

我最喜欢的鲁迅是会在绝望中活下去的鲁迅。路是每一个人自己开辟的，没有人知道前方是否是希望，踏过的荆棘又会重新长出来。但生命给生物的路却是唯一的，即是不能牺牲在原地，生命即是好好活下去。这一点，鲁迅和我们是一样的。

（南师大附中高二8班　苏梦寒）

我对鲁迅的第一个"观"感，就是他是"生活"的，他的思想与文学都像生活本身那样鲜活，充满生机。这有两层意思。首先他写的东西，不是空洞的，冷血的，而有着和我们相贴相切的体味。比如，我们这些学生都厌恨背书；这回读鲁迅的《五猖会》，我就惊喜地发现，鲁迅也是如此，而且还想出更精妙的比喻，什么"似乎头里要伸出许多铁钳，将什么'生于太荒'之流夹住"，这位出口成章的大文豪，原来也和我们一样啊！还有一层，他几十年前写的人和事，有好些今天依然"活着"，说的话还保持着新鲜的活力，鲁迅自己也永远活着，在和我们对话，交流。

（南师大附中高一8班　沈晓玲）

"聪明人"看透了社会，就选择了放弃，选择了圆滑，可他们在这世上活得最好。"傻子"没有看清这社会，就不顾一切地向自以为的希望奋进，往往招致失败，最终等待他们的是灭亡或变成聪明人。

鲁迅是"过客"：他看透了社会，却选择前进。因为有一个声音在呼唤着他，明知前面是"坟地"，也要往前走。

这是怎样的勇敢者！

（南师大附中高二1班　杲辰）

他是个朋友，他是个坐在大树下讲故事的长者。唯一不同的，是他比别人多了一样东西：勇气。

（南师大附中高一6班　韩沁宁）

在奋进中寻求深刻，在深刻中不断奋进，这或许就是鲁迅的一生。深刻使他免于盲目，察人之所不察；奋进使他免于停滞，往常人所不往。

（南师大附中高一2班　丁俊）

鲁迅是"现代社会的原始人"。他之所以会恨会骂，是因为他不会像现代人那样刻意地雕琢、掩饰。他只会真诚地，按人的本性，原始地去爱。这正如鲁迅与海婴的父子之情。没有那种叫父权的东西，取而代之的，是父辈对子辈的天然的没有任何杂质的纯洁、平等的爱。

（南师大附中高二8班　郭文超）

看鲁迅的文章，总有种先知者有罪的感觉。他是将整个民族的灵魂都压在了自己肩上，一步步爬上高山。整个中国的哀痛轻了，他却倒了。

（北大附中高一3班　徐笑鋆）

鲁迅永远是独立的。他以怀疑一切的态度去思考，就保证了他即使参与了团体的活动，也会坚守自己独立的判断，批判式的思考。因此，他总是团体中的异类。鲁迅同情、支持革命，但也不把革命绝对化，不相信它有终点，终点就意味着凝固。因此，他于支持中也有怀疑，保持着距离，因此得以看清革命掩饰着的东西，保持着自身的独立。

（北师大附中高二13班　吴一迪）

他的心底、思想是坦荡荡的，他的人格更是坦荡荡的。只有一个真实的、没有任何杂念的纯粹的人，才能做到如此地坦荡。鲁迅真实地生活与真实地思想，他不想对人们隐瞒什么，只想捧出一颗沥血的真心。

（北大附中高三 7 班　谢铮）

他的笑声的朗朗让我为之一震。

他有一颗童心。他心中自有暖意。

因此，他的文字常常让我的生命豁然一亮。

（北大附中高二 5 班　侯媛媛）

让我走近鲁迅的，是他的文字。我只是感性地去触摸，融入他创设的意境，听他内心的呼唤，然后感觉他想表达的情感。

看鲁迅文章，常有一种朦胧感。因为他所要表达的情感很复杂，可以感受，却难以明言。

读鲁迅文章很舒服。尽管会引发一连串痛苦的思考，而且还想不清楚，但是，某一句话，某一两个场景，就那么清晰地留在你的脑海中，因为他说到你的心里去了。他揭露的现实是那样的令人痛心和无奈，但我的心里仍然是很痛快很亮堂的。

更有那些奇幻的文章。因为想象太离奇，而若纠缠于此，生生地想拽出其对应的特定象征本体，对于文章其实是一种蹂躏。鲁迅的奇思妙想，或许没有那么强烈的目的性，何况字里行间已然传递出他想要表达的或沉重或美好的情感了。我们或许更应该把注意力集中在这些从非常途径来的情感上。

我常惊叹于他的作品中浓烈的色彩。最让我迷恋的是《死火》，那一句"使这冰谷，成红珊瑚色"，冰莹剔透中的鲜红，神秘而具有极强的撞击力。还有《复仇》，带有一丝血的味道的些微暴力的美，令人惊骇不已。

鲁迅很擅长对矛盾的思考，也很欣赏矛盾带来的美感。印象最深刻的是他写到凯绥·珂勒惠支的版画《凌辱》：在最残酷的苦难过后，"只见一路的野草都被踩躏，……较远之处，却站着可爱的小小的葵花"：那正是绝望与希望的共存。

我读《父亲的病》，父子间那种微妙的感情，对话，是极其难写的。读完以后，我把书合起，闭上双眼，深呼吸一口气，任那血液中的亲情在内心翻滚。

鲁迅最能触动我的，是他对于沉默的描写。那是一段浓黑的夜色中的生命体验，某些很静的夜里，我也曾体会过那内心夜色积淀的感觉。

（北师大实验中学 陈思）

即使最尖锐的语言，也不及他的文字一半的杀伤力。那样的文字，是露骨的，是折磨丑恶灵魂的，可以轻易地把一具具无聊的肉身击得支离破碎。

那种文字，即使把他放在角落，同样可以让偌大的房间充满光明。

他的世界，是灵世与现实的游离，是魔鬼与天使的交替，并且是高尚与低俗的并存。硕大的矛盾制造出天衣无缝的和谐，找不出一丝瑕疵，或是否认的缘由。

犀利的剑，在麻木了几个世纪的中国人的身上，刺出了一道几个世纪都无法痊愈的伤口。就是这看似丑陋的伤口，足以使中华民族在舔舐中成长。

这样的鲁迅，还能否让你忘记，这样的中国人，还能否再次站在历史巨人肩膀上，我们不得而知。恐怕我们能做到的，是作为中国人而活着，并且是作为一个肩上时刻因那个剑伤隐隐作痛的中国人而活着。

（北师大实验中学高二 13 班　齐玉）

他的语言极其犀利，让人读完不禁有寒气彻骨之感。有时，他的文章又好似一把没有锋的重剑，就像《神雕侠侣》中杨过的那一把，仅剑气即可伤人。在他看似平淡，有时甚至是平和的语言中，蕴藏了极具张力的波涛汹涌的情感。而这情感又是极其复杂的，常常是怀念、悲痛、愤怒、迷惘……多种情绪的错综纠缠。他的文章的容量太大了，又似乎太重了，有时就略显生涩。鲁迅的文章是绝对不可以用来消遣的！

（北师大实验中学高二 13 班　左方）

在我看来，鲁迅的文章从未超然、混然、恍然、勃然、粲然过，而写在满纸的是朴实与诚实。正如鲁迅其人，"貌不扬，气却正"。

（南师大附中高一 5 班　郑亚敏）

读先生的白话文，是在求知，也是在被拷打。先生的文章我不敢重读。

（北大附中高二 13 班　朱蕊）

读《野草》里那些不解的文字，略过对语义的纠缠，聆听那一个个方块字最原始的声响，在恍恍惚惚之间，仿佛就听到真实的鲁迅的语言，不是斯文的人的软语，却极像野性的兽的呼喊。

这个世界的语言，有种种被默认的规则和禁忌，声音发出前每每在喉间打个转，过滤掉不合时宜的部分。于是天下太平，一片光明。

我们的耳朵也慢慢退化,变得脆弱得经不得高分贝的声响。因此,鲁迅注定孤独,永远站在表达的边缘。

但他的意义恰恰在这里。阅读鲁迅有很多的理由。对我来说,可以在喧嚣退去的夜里,听鲁迅在旷野中的呐喊,听绝望而震悚的"真的恶声",借此挣脱灵魂的枷锁,把握住一些生命中最本质的东西,哪怕只是一点点,也是莫大的收获与幸福。

(南师大附中高二1班 牛耕)

初读鲁迅文字,实在令人忍俊不禁。转念之间,却又足以使人惊出一身冷汗。

(南师大附中高二11班 马相伯)

今天来说说"我和鲁迅",不为别的,只是要记录下,我的生命中,一个重要的人。

小学没有印象。到初中,对他的印象荒唐地好,反正是老师说的,他的作品"表达了爱国之情和对黑暗现实的批判",好,好,好啊,你好我也好啊!至于他的文章哪里好,怎么好,我根本就说不上来,甚至他的任何文集我碰都没有碰过。

这种盲目的崇拜持续到了高一。叛逆的时代到了,开始怀疑一切权威:别人都说他是伟大的思想家、革命家,可他对中国革命到底做了什么实质性的工作呢?他不停地揭露、揭露、揭露,不停地说社会黑暗、黑暗、黑暗,然后呢?他做了什么改变这个在他眼里漆黑无比的世界呢?他提出什么有效的方法了吗?好像没有吧?他天天把世界看得如此黑暗,他的生活能幸福吗?……

高二初,北大钱理群教授到我们学校来讲《故事新编》,听了以后并没有改变我的怀疑，但却隐隐感觉到了鲁迅的深刻，同时又很郁闷。那时我们正在读房龙的《宽容》，因此对鲁迅的尖刻觉得很不舒服，我怕看到他荒诞故事背后那种令我不寒而栗的东西。

真正开始接受鲁迅是在高二上半学期几近结束时。语文课上我选择了一个专题：探讨"阿Q与中国国民性"。那时我正在经历挣扎，正在寻找人生的意义，正在彷徨地看着未来。《阿Q正传》里的一段段话让我感到惶惑、惊觉，突然发现就在身边，就在自己身上，带着那么一点阿Q的影子，刚想抓住，却又跑了……这是从未有过的阅读经验：读得惊心动魄，隐藏在我心中的什么东西蠢蠢欲动了。就在这时候，鲁迅先生的面孔有些清晰了：神情冷峻，目光如炬。

看到了一个伟人的存在，抓住了一些鲜活的东西，心中也有什么东西开始燃烧。就在这时，钱教授又来我们这里讲鲁迅了。我从不同角度看到了多样的鲁迅，鲁迅在我心中活了起来。他鲜活的思想，影响了十七岁的我，我的思考方式因他而改变了，我不再会对什么人顶礼膜拜了，我不会再完全听信所谓的"好"了。很多事情，我不仅仅只关注是什么，我会多问一个"为什么"。也有人说我变黑暗了，说我总是说出一些和大家不同的话，不好听。我只会对他笑笑，对他说鲁迅说过的话：世上如果还有要活下去的人们，就应该敢说，敢笑，敢哭，敢怒，敢骂，敢打！

他是这样一个人，他在黑暗中勇往直前。我也在走着，我的面前也有很多的黑暗。但我可能一辈子也成不了他，我还没有像他那样大声怒斥黑暗的能力。但我正力求做到清醒。活在这个铁屋子中，摆脱不了，但，仍旧，努力追寻光明，并且，让更多的人心中，怀着一样的光明！我要追寻，追寻，追寻……

（北师大实验中学高二6班　吕芳）

我喜爱真相，渴望了解真相。鲁迅剥开事件的迷彩外衣，使真相暴露在光天化日之下，这正是我最欣赏的。我感到自己被欺骗长达十余年，这是我最不能容忍的。因此，我感谢鲁迅，他让我睁开了眼睛。

（北师大实验中学高二14班　刘潇潇）

我生活在一个被人打了一巴掌而又闭着眼睛的时代，以我闭着的眼睛来抚慰着自己的心灵，一个劲地念叨着：我们的社会是多么美好，我们的生活是多么美妙！虽然知道真正的事实是事与愿违的，我只能把眼睛闭上，让自己进入一个比较爽的境界。这时，鲁迅先生出现了，他用充满了温暖的冷酷的笔触，一下子划开了我的眼帘，让我无法不面对这个残酷的现实：社会，人与人的关系，是多么复杂。而正当我要绝望的时候，鲁迅又用他的笔，在这个黑暗的天幕中奋力一划，划出了一条十分微弱又十分光明的光线，通过这条光线，我终于学会了如何站起来，如何去看这个世界。

（北大附中高二10班　李荣观）

读鲁迅，我所能做的，除了理解和唏嘘不已，或许也只能是"幸福的度日，合理的做人"，仅此而已。

（南师大附中高二2班　周舟）

对于我来说，鲁迅永远就是一个简单的历史老师，我只是在教室最后一排的随便哪个角落里听他讲课。我会为他的执着感动。但那也不过是一瞬间的事。

有时候我看见老师一个人在教室里慷慨激昂地说一大通，会突然觉得他好可怜，甚至可笑。不明白他说了这么半天，有什么确实的效果。他可以骂中国这些让他又爱又恨的芸芸众生，但他永远也代替不了他们，他也不能替他们活着。

有一天，我会走出校园，渐渐忘记老师说的话、自己曾经的感动，然后，过活。

所以，在没有忘记以前，要记下这些，提醒自己曾经是尊敬他的。

（北师大实验中学高一8班　熊思）

一人说：鲁迅属于少数对自身所处的境遇有特殊敏感的人。

一人说：鲁迅像一个燃烧的火球，靠近他的人，若没有对火的经验，那必定会被灼伤的。

一人说：鲁迅是一个常以超人的毅力将自己的矛盾和紧张感埋在心底的人。

一人说：记住鲁迅的时候要感到寒冷、恐惧和暗夜里的无望。

一人说：……

言说会永远持续下去，但先生却是唯一不变的。我对先生单纯的崇敬和热爱，也是唯一不变的。

（北师大实验中学高二14班　余佳音）

对于他，我还不能与之完全进行心灵的交流。每当我刚走进他的心门时，逼人的寒气，以及自己心灵的那种阵痛逼迫我离开。但在我数次往返中，我的前进愈来愈深。

（南师大附中高一2班　丁俊）

如今有两种导师。一种是站在我们生命之路的岔路口上，一手叉腰，一手随意抬起指向不同的路口：他在为我们指路。另一种导师全身伤痕累累地从某一条只有荆棘的曲折的小路上疲惫地走出来，然后真诚地为青年人指路。但鲁迅却不在其中。他不能、也不愿当导师。他不能为每一个年轻人指出明确的路。他所能做的，只是以他的经验，使年轻人少走弯路、错路。每个人的路，还是要靠自己去寻找，自己去探索。人的生命的意义，就是寻路，在寻路过程中发现人生的乐趣。

（南师大附中　未署名）

他的脚印就在那儿，等着别人踩踏，或是绕行。无论怎样，只要"行"着就好。

我或许不会像他那样行走，但我是一定会行走下去的。

（北大附中高二12班　李嘉）

我从鲁迅那里学走路。鲁迅自己从一个立足点到一个立足点，走得很踏实。他给自己留有余地，因而在黑暗中探索的时候更有底气。陷入绝境，也可以退一步海阔天空，继续寻找新的路。

鲁迅和我结伴同行，让我在改变完善自我的同时，不那么孤独。我清楚，我前方的路很长很艰险，有的路鲁迅先生可以陪我走，更多的路却必须由我自己去探索，我不能依赖他，我要独立，我想这就是鲁迅先生希望看到的。

（北大附中高一8班　白天一）

我对鲁迅的最大兴趣，在于他的思想和精神在现实生活中能够给我们带来怎样的启示，或者影响，意义。

鲁迅在《论睁了眼看》中说："中国人向来因为不敢正视人生，

只好瞒和骗。由此也生出瞒和骗的文艺来。由这文艺，更令中国人更深地陷入瞒和骗的大泽中，甚而至于已经自己不觉得。"

今天这一大泽依然存在。

比如说我们的教育。学生的许多权利（甚至包括受教育权）都以各种形式掌握在学校和老师手里。他们对我们推行"推己及人"的教育，总是按照自己觉得好的人的样子或者按照自己的模样来塑造人，并且以集体的名义对个人行为进行干涉。因此，鲁迅提出的"立人"的思想，对"个体精神自由"的提倡，给了我很大的震动。我在生活中有强烈的压抑感，主要不是来自学习的压力，而是一种被操纵感，我们一直按照别人设计好的路线走自己的人生之路，想要寻找自己的一片天空需要绕开太多的陷阱。我非常不甘愿，我不愿意随波逐流，我要对自己负责。这时候，我遇到了鲁迅。我觉得鲁迅最伟大之处，就在于他对自己的怀疑，因此，他从"推己及人"的教育模式中脱离出来，不以自己为榜样，允许和希望别人（包括学生）的思想和自己不同。真希望有鲁迅这样的"老师"。

（北大附中高二1班　黄山）

鲁迅让我活得明白。

但我们有太多的事情弄不明白。

几天前，就在我们的校园里，在警车和急救车的鸣笛声之后，一个花一般的生命就这么离去了。坐在宿舍的硬板床上，几个女孩发着呆，看着窗外，心中藏着同样的疑问："人怎么可以自杀，她怎么可以舍得自杀？"

我想起了刚读过的鲁迅的《兔和猫》，"谁知道曾有一个生命断送在这里呢？"面对这鲁迅式的追问，我的心头一阵剧烈的疼痛。

我明白了：我们的问题就在爱的缺失和对生命的漠视。我也懂得了：要珍爱生命，要努力勇敢地活着，要去生活，像人一样生活，而不仅仅是生存。

因为一个宿舍的几个女生晚上聊天被发现，老师让整层楼的同学来听她们检讨。同学们把她们团团围住，她们在中间低着头，像罪人一样。而周围，越来越多的人踮着脚尖，伸着脖子看。

这样的"图景"在今天的校园里，人们，老师与学生都司空见惯，连被罚者也会很快忘记。过去，我对这些事也不会在意。但我读了鲁迅的《示众》，却突然感到不安，我甚至为我的这些同龄人和我自己感到悲哀。我们都是"看客"，自己却不知道，就这么浑浑噩噩、"自由自在"地活下去。现在，鲁迅让我明白了，我却不知道怎么办。我想离开，却不敢，因为我怕所有的人都转过身来，"看"我这个不给他们面子、不尊重他们的"败类"！

（北大附中高一5班　李梦藩）

鲁迅让我看清了自己身上的奴性，隐藏在心灵深处，会不时地迸出来。

但是，这是读几篇鲁迅文章所能改变的吗？

（北师大实验中学高二1班　黄润）

我一直在紧张地思考鲁迅先生对现今中国发展的价值，却陷入了深刻的矛盾中。

在思想的领域，先生的价值是显见而长久的。但当把先生的思想放到中国的大环境中，它的实际价值是随着妥协的增大而递减的，正如那个"抽骨头"的比喻所说的那样。而就现今的环境而言，要先生还像当初那样的发挥作用，恐怕是几乎不可能的。当今的中国总体上处于一个平和的发展阶段，就实践和政治的角度说，是以"稳定"和"和谐"为主调，而决不允许有太多，太有力的先生这样的语言的。

受了自身局限性的制约，我们没法要求政治家开明地允许文艺家想说什么就说什么，我们同样也不能非要精神界战士去寻一条更好的路来，先生确是特殊的产物，而当今中国的社会，也许并非适应先生的存在。动荡时期有动荡时期的战法，相对和平时期，也应当有与之相适应的促使社会进步的方法。我们应该继承先生的精神，并且寻出一条新的路来。

（北师大实验中学　傅善超）

最触动我的，是鲁迅那些经典命题，它着实让我恐惧。"看与被看"，还有"奴性"，等等，今天都在重复，我们对此无能为力。我想鲁迅也因此而困扰。他敏感地发现了问题，但却没有解决方法。他把希望寄托在我们这些幼者身上。殊不知，像我这样的幼者还幻想把这种责任寄托在更年幼者的身上。因为鲁迅留给我们的命题太沉重，而且生活还在高处看着我们并狰狞地笑。一切问题遇到了生活总是显得那么微弱，本来容易解决的问题在生活中就变得繁复难缠。或许因为我过于自私，过于为自己的前途着想，我没有勇气成为鲁迅所期待的新的开拓者。

因此我常常感到自己难以面对鲁迅。他提出的种种深刻的无法解决的问题，让后人为难，起码让我为难。问题是这也是生活给我们提出的问题。在这自然科学、经济、社会飞速发展的今天，精神的根本问题，民族的根本问题却被我们这样拖着，连正视都不敢，又何谈探讨和解决？我一直认为实践是需要理论指导的，但今天我们却没有理论，也没有信念，没有理论、信念的社会，将会走向哪里？我们有了一个鲁迅，他给我们提出了问题；我们谁会成为第二个鲁迅，继续探讨、解决鲁迅所遗留的问题？

（北师大实验中学高一7班　张佐）

二 | 课程总结调查

问题一：上了这门课，你有什么收获、感想，对鲁迅有什么新的认识？

◎ 我和我的同学开始走近鲁迅——其实就是开始睁了眼看。

◎ 走近了一位文学伟人，开始了解他内心深处的想法，对他的敬畏之情有所淡化，更多的是敬爱，每每有灵魂得以净化之感。

◎ 自从上了关于鲁迅的选修课以后，我开始思考更多的更为深刻又不容乐观的关于生命、国家、民族的问题。我感到自己正在越来越接近一个纯洁的灵魂，一个伟大的思想者，一个真正的中华民族的脊梁，同时也分明感到自己的自私和无聊。关于鲁迅的话题，不是随便什么人，在随便什么时候想说就说的，必须要清除一切杂念并完全融入其中时，才配谈及这个人。

◎ 课前知道鲁迅伟大，课后知道鲁迅如何伟大。

◎ 鲁迅原来也有光明的思想，并且是他的根底。

◎ 读鲁迅作品，他那"背着因袭的重担，肩住黑暗的闸门"的形象愈见高大。

◎ 以平常心看鲁迅。

◎ 以前总认为鲁迅是一个冷冷的、尖刻的人；现在发现他的内心充满了那个时代的人所不具有的爱与悲悯。

◎ 他是人，不是神，是时代的产物，并非永久的旗帜。

◎ 鲁迅由神圣不可侵犯的神变成异常痛苦的人。

◎ 他不再是拗口的语句，不再是每一篇都要背的烦恼，而给了我一种想要静下来读他的欲望。

◎ 或许时间在让我等待，等待时机，能够忘记儿时被迫背诵鲁迅作品的那种痛恨，忘记初中阶段没完没了的分析、鉴赏带来的麻木与茫然，有一天，能够以一种平静的心情，全面、立体地去读他的文章。

◎ 鲁迅一直在我们身边。

◎ 我和鲁迅同在人生的旷野上，我们同在路上。

◎ 对鲁迅自我质疑的精神十分敬佩。

◎ 从前印象中的鲁迅是晦涩、高深的；现在觉得他是个在精神上非常孤独的人，并非一个无所不能的坚强战士。

◎ 以前我印象中的鲁迅是锋利的、神采飞扬的；现在我发现他具有他那个时代（也许也是我们这个时代）不该具有的智慧，他看透了太多大东西，所以他注定痛苦。

◎ 感受鲁迅那双透视之眼。

◎ 鲁迅不是关在博物馆的，他所说、所写的，大多是身边的现实。

◎ 鲁迅先生是一个很现实，很合实际的人。

◎ 读鲁迅的文字往往是痛苦的，我可以不喜欢他的风格，但不得不赞叹他思想的深刻。

◎ 课前的鲁迅仅是一个文学家，课后心目中的鲁迅更是一个思想家。

◎ 以前总觉得鲁迅写文章只是讽刺当时的社会，现在体会到鲁迅是一个"现在进行式"的思想家,他曾经说过的话,对现在来说,都是有意义的。

◎ 鲁迅在我们中国思考我们已思考的,或将要思考的,或忘记思考的问题。

◎ 鲁迅不再那么高高在上,但更深入人心。

◎ 用心去欣赏鲁迅作品,学会爱。

◎ 鲁迅是一个乐于写生活的人,他的作品大多出于对生活、社会的关注,并不一味地讽刺,也有很多很人性化的东西。

◎ 这是一个大智大勇,有真性情的人!

◎ 鲁迅作品读多了,我突然有一种历史交接般的不断前进的责任感。

◎ 经过这一个学期的接触,我发现生命中多多少少挂些鲁迅的影子,是可以帮助我衡量自己存在的意义的。至少有这样一个标杆式的人物出现在我的世界里,我的眼界会开阔许多,我自己也再不会只局限在原本的那一点点不透风的空间里了。

◎ 我看待世界和平时遇到的一些矛盾的视角开拓了。思想也有些改变。人是为信仰而奋斗的:我深信不疑。

◎ 发现并体会了鲁迅的"毒眼",让我以后能以更真实的眼睛看世界。同时让我更加自信于自己在未来可以真实地活着,明白地活着。但也有很复杂的感觉,因为我们始终无法知道怎么办,路如何走。

◎ 我的精神受到了很大冲击。

◎ 我的思想在某些方面有了一个飞跃。

◎ 真正懂得了鲁迅作为一个真的知识分子的痛苦、担忧,影响了我的价值观。

◎ 我学会了如何理解鲁迅和他那个时代，更学会了试着用批判的、自嘲的思路分析自己。

◎ 我学到了鲁迅看世界的方法，震惊之后，又在想：如何勇敢地面对。

◎ 我学会了换角度思考，可以思考得更深更透。

◎ 随着对鲁迅精神理解的深入，我好像渐渐有了"鲁迅思维"。比如曾经看过一篇描写雪的文章，通篇赞扬雪的纯洁，我却猛然想到雪同时是丑恶的掩体：这联想诚然幼稚，却是我在读鲁迅作品前不会有的。

◎ 我不会像以前那样盲目地对鲁迅先生作品做出喜欢或不喜欢的评价了。

◎ 以前读鲁迅文章只觉得有趣，现在知道了其中还有许多隐喻和暗示，这是一个从看故事到读内涵的转变。以后再看其他文章，也会自觉地逐字逐句分析了。

◎ 我懂得了读鲁迅作品应该咀嚼从鲁迅自身出发的骨子里的东西。

◎ 我关注鲁迅的表达：多样而细腻。

◎ 读鲁迅作品，心灵更清透，也更加沉重。

◎ 读鲁迅，我一直在追问：我是谁？我是一个能自己思考，自己劳作的人，不是一个行走于世的皮囊。读鲁迅，我建立了一个信念：生命实可贵，世道固可悲，但有真人在，一切还未全成灰。

◎ 读鲁迅，我懂得了：人要有一双善于发现，能看见本质的眼睛，有一个勤于思考的大脑。

◎ 我们曾经在周作人的乌篷船中寻觅悠闲和怡适，在梁实秋的雅舍中喝茶谈酒，我们也曾在陈源的闲话里论随笔，在林语堂的幽默里鉴赏人间的恩怨。但我们单单忘记了那位孤独的巨人、呐喊的勇士、深沉的思想者、慈爱的老人，和他那许多的书。

我笃信，读鲁迅的文章，能让我们少些肤浅，少些小家子气，少些庸俗，少些丑陋，先生的文章就像一面明亮的小镜子，照出你我的真实内心。读先生的文章，我们才逐渐成熟，正视人生，直面社会，以最坦荡、热烈的心去爱我们的国家和人民。当我们不慎跌进浮躁、肤浅、世俗的泥潭中，我们是否还有勇气、真诚、信念，借助先生的文章，从泥潭中再爬出来？

就为这，我要坚守那执着而神圣的承诺：永远读先生的文章！

◎ 一个学期读鲁迅的文章，让我思考了太多的东西。认识是不断深化、发展的。相信有了这样的基础，我还能够认识并解决更多的问题。

◎ 不知不觉间与鲁迅的思想为伴已有了一段时日。看文章、记笔记做了一大堆，也做了大量深层次的思考。才发现这个精神的漫步只开了一个头，怕是要一直走下去，走一辈子了。

◎ 这是我和鲁迅近距离接触的开始。我会继续我的旅程。也许，只有我们真正读懂鲁迅时，我们才真的了解我们的国家，我们的民族。

问题二：哪一篇文章，哪一堂课，给你印象最深？

◎《死火》(文章奇特；它使我感受到了鲁迅自由无羁的想象力；它让我思考生命)。

◎《聪明人和傻子和奴才》(让我认清许多事情；我联想到了今天的社会；第一次看到人可以这样划分，心灵震撼很大；涉及处世哲学，因此而受震动)。

◎《论睁了眼看》(独到；切中要害；我第一次发现自己很多时候也只是闭了眼看；一堂课的时间我对中国的现实和造成这种现实的根源，有了更深刻理解；痛快，有劲，要睁了眼看，这是一个真理；从这一节课开始，我更深地认识了鲁迅，也开始了对自己的反思；振聋发聩，让我们正视被忽视了的习以为常的问题；"看"是思考的前提，"求真"是中国人所欠缺的，有深远意义)。

◎《故事新编》(有趣；喜欢听老师的朗读)。

◎《灯下漫笔》(讲"吃人的筵席"，我对社会的理解更深刻了；震撼人心，引起思想波动)。

◎《示众》(精神上受启发；形式很新颖，内容很精彩)。

◎《论"他妈的！"》(在"国骂"中感受中华民族的悲哀)。

◎ 读《鲁迅书信里的海婴》《父亲的病》《五猖会》《我们现在怎样做父亲》，讲"父亲与儿子"的第一课(以前只知道"横眉冷对千夫指"的鲁迅，现在，真切地看到了"俯首甘为孺子牛"的鲁迅；我看到了一个没有想到的"异样"的鲁迅；传统的伦理道德观念受到冲击；从平时从未有过的角度了解鲁迅；没有太多深奥的思想，展现了鲁迅充满亲情的一面；感受到了鲁迅在讲述自己的孩子时的幽默中的深情，这使我大为感动；父子间的说与笑，发自内心的喜悦，给我印象中一向不苟言笑的鲁迅肖像上，添上了些血肉)。

◎ 读《兔和猫》，讲"鲁迅与动物的故事"(有一种天真的气息，用轻松的笔触谈严肃的生命话题)。

◎ 读《女吊》，讲"人·鬼·神"的课(这是鲁迅作品中为数不多的主题不沉重而有意思的文章)。

◎ 读《夜颂》，讲"看夜的眼睛"(触动内心；"光明中的黑暗"

的命题让我震撼；非常真实，我也爱诚实的夜）。

◎ 关于重建信仰的讨论课（把我和鲁迅联系了起来，有惊醒的作用；师生互动很好；鲁迅批判"才子[有知识]+流氓[无信仰]"让我震动，我反复追问自己是否也存在着信仰的缺失）。

◎ 欣赏珂勒惠支版画那一课（那几乎是鲁迅的文字的形象化）。

◎ 谈中国人的奴性那一课（深刻！思考中国的国民性）。

◎ 老师领全班高声朗读《天·地·人——〈野草〉集章》那一课（我喜欢这样的高声朗读！如此奇峻的文字，对生命和死亡触及如此深的文字，这样的对"受伤的力量"的感性表达，这样的愤慨和悲怆的情感，也只能在朗读中体味与感悟。鲁迅的作品是需要朗读的）。

◎ 4月15日晚的聊天（最无保留，最直白，最亲切）。

问题三：你有什么话要对老师说吗？

◎ 和您一起欣赏共同喜欢的人，一起"分享鲁迅"，非常"爽"！

◎ 听您的课，常有豁然开朗的感觉。

◎ 这是我高中生活中的一顿文化大餐，对于我的成长非常有利。

◎ 老师给我们足够的时间去读，去想，去问，去说，当然，更要去听；很欣赏这样的教育方式。这对于学习鲁迅，是尤其重要的。

◎ 老师讲课的样子和方式都很可爱。

◎ 老钱的朗读韵味十足，学生自惭形秽。

◎ 谢谢您不顾我们是中学生，还如此坦诚地讲真话，我今后会逐步朝"做一个真正的独立的人"努力！

◎ 说实话，我对这门课的感受远比单纯的对鲁迅的感受要丰富、真诚得多。我注意到老师的讲课方式，总是从我们能够感受和理解的某个感性的细节入手，然后层层递进，最终上升到一个高度，揭示出最本质的，甚至是血淋淋的真实，让我们的眼睛为之一亮，心灵为之一震，就在这一瞬间，和鲁迅相遇了。这样的引导方式，这样的引领人，是有魅力的。我们的思想也随之递进，上升到一个我们所能承受的制高点，再慢慢将一种鲁迅式的深刻溶进我们的血液，塑造出了一个更加有内涵的我。其实听一门课，精神层面的触动，才是最大的收获，我得到了。

◎ 在这个课上，可以从不同的角度看问题，这绝非一般的中学语文课所能达到。我因此隐隐地有类似上大学的感觉，可以补我们在高中错过的许多东西。

◎ 希望老师多介绍其他学者的见解，因为中学不像大学那样，只需讲自己的一家之言，我们中学生希望听到多家之言，以打开我们的视野，也便于我们的独立思考。

◎ 大学教师的讲授模式对我来说很新鲜，是一个新的体验，不妨推广。

◎ 让中学生提前感受大学教学模式，提早适应，对以后进大学更快融入有好处。

◎ 中学，特别是高中阶段，正是思想最活跃的时期，需要更大气、更深刻的思想的激发，大学教授的讲课可以让我们进入一个更高的境界。

◎ 大学教师到中学上课，是大势所趋，中学教育不可能与大学脱节。

◎ 这门课，是一个鲁迅和我们、老师和我们、自己和自己对话的过程，看到了许多以前没有看到的东西。

◎ 我感受到钱先生作为老师的责任感，对鲁迅研究不变的激情与陶醉，知识分子独有的浪漫，很欣赏这样一种生活方式。

◎ 老师能如此长时间地研究鲁迅，是一种勇气和毅力，而鲁迅作品也确实值得如此去研究。对于自己的爱好，倾注全力，我想正是当前大部分青年，也包括我所需要的精神。

◎ 做一个好的语文老师确实很难，但是很重要。这将是我的人生理想。听了您的课，我更坚定了这个想法。

◎ 您的到来，成全了一个女孩，尽管看到黑暗，但心却更加光明。我们需要您，愿能和您成为思想上的朋友，为梦想而努力。

◎ 我希望这门课仅是一种启迪，而不是思想的复制，这样的话，鲁迅才是丰满的。

◎ 做一个"真人"不容易，希望老师、我们，和鲁迅一起做"真人"。

◎ 老师讲到了中国人的奴性。那您受谁压迫，被谁而奴役呢？您有奴性吗？

◎ 现在的中学生头脑不再那么单纯，可以把他们看得更懂事些，让他们认识真实的世界。另外，您的经历和阅历是任何一个学生都不可能从书上学到的，多讲一些，绝对会让人深受其惠。

◎ 中学生真应该学学鲁迅。现在我们的社会就缺少像鲁迅这样的人。中学生的价值观太应该改变。

◎ 希望早一点开设这样的课，比如在高一时。

◎ 希望您把这样的课继续开下去，因为它总会影响一部分真正需要它的人！我们都是因您而受惠的您的永远的孩子。

◎ 我真的希望您离开南京的时候，能带着"希望"，对下一次，对我们。——"希望"是不关乎眼前，而关乎未来的。

原谅我们的不守时和不坚持，还有大部分人的沉默。

您要理解：每一次上您的课之前，我们都在进行"统测"。也就是说，我们是在刚接受了"不努力，不好好学，就没有好下场"，"努力努力再努力，坚持坚持再坚持"的"教育"和训斥之后，心跳还未平稳，脑子里还在被应试的惯性支配着的时候，我们又冲下楼，冲向205教室，来和您与鲁迅会面的。尽管带有糊味的"战伤"还是新鲜的，我们还是要到鲁迅这里来寻求信念，因为我们需要继续走下去的人生动力，我们需要信仰，它是如此重要。因此，只要有可能，我都来听课，但如果这样的课持续到高三毕业，我也许也坚持不了。这可能是我们大多数同学心里所想的。因此，如果让您觉得跟预期的有些差距，请您原谅。

◎ 希望您有机会再来上课，带我们去看更真实的社会。

◎ 下次再来时，让我的血液为鲁迅，为中国再沸腾一次。

三 | 关于大学教授到中学上课的思考

钱理群

大学教授到中学上点课，更准确、全面地说，还应包括中学老师到大学任教，这是一件值得提倡的事。说起来，这也并非新事，大学与中学的沟通，学术界与教育界的沟通，这本来就是五四新文化的一个传统。许多著名的大学教授、学者、作家在中学任教，中学名校的老师到大学授课，这都是一件很普通的事。这是可以开列一个很长的名单的。尽管这样一个传统曾中断了很久，但这些年又开始了恢复传统的自觉努力：许多大学教授、学院里的学者，积极参与中学教育改革，做了大量的工作。除了参加教育理念的讨论、教学课程标准的设置、教材与课外读物的编写之外，也包括到中学开讲座、作学术报告，据我所知，夏中义教授为上海七宝中学主持的讲座已经持续了许多年，并产生了很大影响。

但是，我们今天提出"大学教授到中学上课"，则有着新的含意，也有新的教育背景。这就是在新的课程标准中，规定在高中阶段将开设选修课，并占有相当的比重。应该说，这是中学教育的一个全新课题。而且应该承认，中学教师要开设选修课，在起步阶段，是有相当的困难的。在这样的情况下，大学教授，特别是退休教授，利用自己的专业研究的优势，到中学上点与自己专业有关的选修课，是完全有必要与可能的。

这里需要强调两点：一是大学教授到中学上课是有限度的，主要是选修课，一般情况下，不宜上必修课，因为必须承认，中学课程是一门专业学科，中学教师是应该专业化的，即使是优秀的大学教授、出色的学者，也未必能成为一个好的中学老师，如果真要在中学担任必修的基础课，也要经过专业的学习与训练。而中学选修课由于它与大学课程有一种内在联系（我们在下文再作详细讨论），并且有一定的专业性，这就为大学教授的参与提供了某种空间。但即使如此，中学选修课也必然有不同于大学课程的新的规律与特点。

因此，大学教授上中学选修课，是带有试验性的，他的主要任务是充分发挥自己的专业特长，与中学老师一起，经过教学实践，探讨中学选修课程的规律，积累经验。从根本上说，中学选修课程的主力仍然应该是、也只能是中学教师。用我自己的习惯说法：大学教授对中学教育的参与，包括到中学上选修课，主要是为第一线的中学老师作一点服务性的工作。——这是在一开始就必须明确的。

那么，大学教授与学者，能够做哪些服务性工作，或者说，能够发挥怎样的作用呢？我以为主要有以下几个方面。

首先，是应该动员一批有较高的专业造诣、处于学术前沿位置的，对中学教育又有一定了解，甚至曾有过在中学任教经历，而又有参与中学教育改革的热情与可能的专家、学者，直接参与中学选修课课程基础建设工作：与有经验的中学老教师，有探索热情的年轻教师一起，编写中学选修课教材，并直接参加教学实践，检验与修改教材，总结经验，逐步建立具有操作性的教学模式。这在当前的中学教育改革中，是具有极大的迫切性的。

其次，在某种程度上，可以说大学教授，特别是高水平的教授到中学上课，对中学教师，特别是年轻教师是一个"送上门"的辅导：不仅在共同上选修课的过程中，可以得到直接的专业指导与受到精神影响，而且也可以借此和大学教授本人与他所在的学校建立长期的联系，为中学教师的进修开创一个新的途径。——我始终认为，第一线的中学教师业务水平与精神境界的提高，积极性、创造性的发挥，是中学教育改革能否健康、持续地发展的关键。

大学教授到中学上选修课，还起到直接将大学教育与中学教育沟通的作用。我们在大学里任教的教师，经常感到中学与大学的隔绝，以致中学生进入大学以后，常常要经过半年、甚至一年的适应过程。如果再加上最后一年的找工作或报考研究生的准备，学生在大学真正认真而有效的读书的时间仅有两年，这无疑是一个极大的浪费。因此，在我看来，中学开设选修课，其意义与目的正是要使中学与大学衔接，有助于学生进入大学以后，较早地进入状态，而大学教授到中学上选修课，正可以将大学（特别是某些有传统的名牌大学）的某些精神、理念，以至具有参考价值的教学方法传播到中学，同时将中学里的好的精神传统带到大学，形成良性的互动。而对中学教育与中学生的了解与熟悉本身，也会使大学教育更贴近教育对象。

这里，还需要特别强调的是，我们绝不能低估中学生的学习与创造的潜力，大学教授到中学上课，正可以起到"早开发"的作用。不仅可以从总体上提升中学生的境界，而且也可以促使一些有才华与悟性的学生较早地进入学习与创造的高峰状态，这对他们终生发展的影响可能是难以估计的。对于大学，特别是重点大学，更是提供了一个发现、选拔与培养人才的途径。

不难看出，大学教授、学者到中学上选修课，它的作用是双向的，绝不是单向的"给予"。对大学教授、学者自身而言，这是一项重要的学术普及工作，将研究对象的思想，以及自己学术研究成果转化为新一代的精神资源，这正是像我这样的学者的一个自觉追求或梦想,这对我们的学术生命的意义与价值是怎么估计也不会过分的。我从来将读者、学生对我的学术观点的接受、质疑与发挥、补充,视为我的学术研究的一个延伸,也就是说,我的学术是我与我的读者、学生共同完成、创造的。

几十年来,我在北京大学讲鲁迅,就不断从北大的学生中得到启示,而且我总是将他们在讨论与作业中所发表的真知灼见(包括对我的批评)引录到我的学术著作中。这次到南京师范大学附中开设"鲁迅作品选读",也同样从中学生的反馈中受到很多的启发:中学生固然存在着知识不足、思想不成熟的弱点,但他们框框少,常会有出乎意外的想象与理解,甚至他们提出的问题也是意想不到的,有时候反而对我们这些专业人员的某些习惯性思维形成挑战,经常使我的精神为之一振。

因此,在中学任教的这一个多月,又成了我的生命中最富色彩的"幸福时光"。作为一个不知悔改、不可救药的理想主义者,终于在离开了北大的讲台以后,又在中学(特别是我的母校南师附中)找到了具有可操作性的坚持理想的途径与施展天地。四十八年前,我从这里出发,现在又回到了这里:中学将永远是我以及我们每一个人的精神家园。

当然,正像任何事情都有自己的限度一样,大学教授到中学上选修课,也是有限度的。说到底,它也只是一种辅助与服务,"中学教育的主人只能是中学教师、中学管理人员与中学生",这是我们讨论大学教授在中学上课的意义时,一个必须首先确立的大前提。

而且既然是中学教育的一个部分,它也必然受到现行中学教育的体制、队伍与学生对象的种种限制。比如说,我们这次讲鲁迅选修课,就只能在高一、高二班级开设,而绝不敢,也不能影响高三的复习应考，这是每一个有现实感的人都必须面对的现实。因此，它的作用——更准确地说，只是可能发挥的作用，既是有的——这一点必须肯定；又是有限的——这一点必须有清醒的认识，不能有任何的虚夸。特别是目前仍是处于实验、起步阶段，绝对要谨慎从事。我自己更是怀着"如履薄冰"的心情，不敢掉以轻心。

绝不能将大学教授到中学上课这件事看简单了，它绝不是任何人、不加认真准备、不投入足够精力与时间，就可以草率从事的。因此，我在这里写文章为大学教授到中学上选修课作鼓吹，一面又不免有些紧张，不知道自己这回是否又有些冒失？

2004 年 4 月 2 日凌晨 1 时 40 分写于南京

附：

钱理群重回母校，大师级学者到中学开课有无必要

郭加奇

据《扬子晚报》报道，北京大学中文系博士生导师、著名文学史家钱理群教授，目前来到江苏省名校南京师大附中给中学生讲课。此事引起人们争论：大师级学者到中学开课有无必要？一些中学教师认为，钱理群给中学生讲鲁迅，是一种浪费，中学生要理解鲁迅太难了。而且开设这类选修课还有可能会影响学生高考。还有一些大学学者质疑：大学教授给中学生讲鲁迅，他们能听懂吗？

大学教授，尤其是钱理群这样的名教授到中学讲什么，这个问题可以暂且不论。钱理群这样的名教授到中学讲课本身，就值得人们思考。钱教授曾经说，大学教授走进中学课堂，早在"五四"时期就形

成了传统。像朱自清、叶圣陶等知名大家都曾在中学任教，中学和大学之间的交流很多。可是后来，这个传统中断了。

钱理群教授关于"五四"时期大学教师到中学讲课的教育现象，在他关于中学语文教育的一篇访谈录中，有过较为详细的叙述。所以，钱理群教授的这一行为，验证了这位令人尊敬的学者试图改变大学与中学、学术界与教育界隔离状态的努力。若从恢复"大学教师中学任教"这一文化教育传统的角度来讲，钱理群教授可以说是一位"吃螃蟹"的学者。

这也使我想起了日本的"高大合作"。两年多以前，日本在东京召开一个由产业界、政府和学术界人士参加的"学术、文化、产业网络"成立筹备会议。在这次会议上，这一网络组织向加盟的会员发出呼吁，高中和大学之间应当开展协作。后来日本的亚细亚大学、中央大学、国士馆大学、创价大学、和光大学、帝京大学和杏林大学等多所知名学府，向其周边的高中开放课堂，其中既有公立高中，也有私立高中。这就是日本的"高大合作"。现在，日本的"高大合作"不仅是指高中生可以自由地到大学听课、拿学分，同时也指大学教授到高中讲课，大学利用暑假为高中生开设暑期学校，以及大学利用因特网对高中生进行远程教学等形式，可谓丰富多彩，可以说，大学与中学的合作属于一种现代教育模式。

"五四"时期大学教师去中学任教，是一种有价值的教育形式。这一现象后来消失，既是中学教育的损失，也是大学教育的损失。由于大学与中学缺乏沟通，中学教育与大学教育渐渐失去紧密联系，教育连续性受到破坏，以至今天有些学生步入大学以后，在思想观念、学习方法等多方面都不适应。今天，大学与中学在教育理念、人才培养目标等方面也还多有冲突。所以，恢复"五四"时期这一优秀的文化教育传统，借鉴日本教育的"高大合作"经验，应该是值得大力推广的。

　　大学教师经常到中学去讲讲课加强"高大合作"，对中学和大学都有好处，也符合当前素质教育的要求。对大学来说，向高中开放，是提高中学生学习能力的一种方式，有利于大学招到更合适的、符合目标的中学生；对中学来说，向大学靠近，可以丰富中学生视野，缩小中学生向大学过渡的适应期。所以，我们不仅需要更多像钱理群这样的教授走进中学校园，同时也期待大学能够更加开放，接受更多的中学生去感受大学的人文氛围。

（文载 2004 年 4 月 14 日《中国青年报》）

四 | 把鲁迅精神扎根在孩子心上
——2004 年 5 月 21 日在上海建平中学的报告

钱理群

缘 起

2004 年三四月份，我与南师大附中的老师一起进行了中学选修课的实验，开设了一门"鲁迅作品选读"课。首先，要向大家汇报的是，为什么要在中学开鲁迅的选修课。这同我的一个理想、一个理念有关系。曾经有一位在美国留学的北大学生告诉我，在西方国家，每一个民族都有一些原创性的、能够成为这个民族的思想源泉的大学者、大文学家。当这个民族在现实生活中遇到问题的时候，常常能够到这些凝结了民族精神源泉的大家那里汲取精神的养料，然后面对他们所要面对的现实。每个国家都有这么几个人，可以说家喻户晓，渗透到每一个民族每一个人的心灵深处。比如说英国的莎士比亚、俄国的托尔斯泰、法国的雨果、德国的歌德、美国的惠特曼等等。在我看来，这样的大文学家、大思想家应该进入高中的选修课。

通过这些选修课，我们的孩子从小就对这些具有精神原创性的大文学家、大思想家有一个基本的了解，把他们的精神扎根在孩子的心上，这对孩子一生的发展都是至关重要的，不管他将来做什么事情。

在我们中国，有哪些属于精神原创性的、源泉性的作家呢？和一些朋友讨论下来，有一个初步的想法，应该在高中开四门选修课：第一门课是《庄子》和《论语》的选读，因为，《庄子》和《论语》是代表中国源头性的东西——道家和儒家，相对来说，《论语》的思想和文字对于中学生来说是比较容易接受的；第二门课应该开唐诗选读，因为中华民族的青春时期、成熟时期，健康向上的、极其丰富全面的一种精神是体现在唐诗上的，唐诗是处于青春期的文学，它与处于青春期的中学生的生命直接相连，中学生理解唐诗是最容易的，但不能像《唐诗三百首》那么编；第三门课是《红楼梦》选读，因为《红楼梦》是我们民族百科全书式的著作，是个总结性的文学作品；第四个就是鲁迅，鲁迅开拓了新的现代文化。这四个代表时期的作家作品都是我们民族文化的最高峰，都与青少年的心灵相连接。按现在的教学计划，每个中学生不可能都听，但如果能听两门，并且在中学时期将这两门学好了，将对这个孩子的终生发展起到难以想象的作用，也许我太理想主义了。当然，有的朋友还提出，能不能扩大到其他的作家作品，比如说屈原、李白、杜甫、苏东坡、《史记》等。但我现在主张先开这四大选修课，然后逐渐扩大，我觉得中学选修课的主要任务就是通过对原创性经典作家的学习为中学生终生的学习和发展打下底子。这就是我为什么在南师大附中开鲁迅选修课的一个原因。

准备与设想

1. 在中学开鲁迅选修课的一个主要问题是读什么、怎么读。应该说并不是鲁迅所有的作品都适合中学生读，鲁迅自己也曾说过："拿我的那些书给不到二十岁的青年看，是不相宜的，要上三十岁，才很容易看懂。"（《致颜黎民》）现在的孩子之所以对鲁迅没有好感，一个很重要的原因就是选文有问题。所以这次在南师大附中上选修课，我主要想探讨的就是这两个问题：一个是读什么，一个是怎么读，也就是怎么教的问题。

2. 在中学开鲁迅选修课的教学目标。换句话说，就是要解决我们要给孩子们一个什么样的鲁迅的问题。

首先，我要告诉孩子的是鲁迅是一个"真"的人，我要讲一个真的鲁迅。鲁迅真在哪里呢？他敢于说出别人不敢说、不愿说、不能说的一切真实。而鲁迅求真的彻底性更在于他绝不向年轻的读者隐瞒自己内心的矛盾、痛苦，相反，他把真诚的自我袒露在青年面前。青年人可以向他倾诉一切、讨论争辩一切。他是青年人的朋友。所以我告诉学生，从小结识这样一位"真"的成年人，是人生之一大幸事。

其次，我要强调鲁迅是真正的语言大师，中国现代汉语的语言大师。因此阅读鲁迅作品不仅能得到精神启迪和震撼，还能得到语言的熏陶和美的享受。我告诉学生，虽然读鲁迅作品开始时会觉得很困难，但读多、读久了之后，你会自己去发现，自己去感悟，你会流连于鲁迅建构的汉语精神家园中，这也是人生之一大乐事。

所以，我特别要告诉学生阅读鲁迅是一件幸福的事、一件快乐的事。这也就是说我要让学生感受鲁迅的精神之美、思想之美、语言之美。这就是我开鲁迅选修课之前定下来的总目标。

具体来说，我还有两个层次的目标。一是要让大多数听我课的同学了解鲁迅是一个"丰富"的鲁迅，绝不是过去教给他们的那个狭隘的鲁迅。我不要求学生完全懂，我只要求学生知道鲁迅很丰富，鲁迅作品很有趣，鲁迅世界里有许多他们既熟悉又陌生的东西，只要学生自己感到这一点，他愿意读鲁迅作品了，就达到我的目的了。我也不要求学生完全接受我的观点，学生甚至可以拒绝鲁迅。我只要求给他留下一个印象，而且我希望有几堂课能给学生留下深刻的印象，我的课就成功了。因为，按照我的观点，阅读鲁迅是一辈子的事，常读常新，现在只要打一个基础就行了。我也希望对少数学生而言，有几个瞬间能使他们产生心灵的震撼。而这少数的心灵的震撼对他们一生的发展会起到非常重要的作用。

3. 这个课是怎么上的？

就整体来说，我把这四十天的课设计成一个过程性的学习，因为学生学习鲁迅、接近鲁迅有一个过程。我大体是这样设计的：

首先，我让学生感受鲁迅。我知道学生在来上我的课的时候，并不是对鲁迅毫无理解。而这些理解中，有的有利于我讲课，有的不利于我讲课。所以，我第一堂课要完成的任务就是要让学生对鲁迅产生亲近感，让他们愿意接近鲁迅，把老师要他们读鲁迅变成他们自己要读鲁迅。为了这第一堂课，我做了精心的准备，我在北京准备了两天，又提前四天到南师大附中准备这堂课，因为我极紧张，我甚至想到我第一句话怎么讲，怎么才能将学生引进来。下面介绍一下我第一堂课是怎么上的：

一上课我就告诉学生，我上课就是来和他们聊天，我是喝着茶来讲课的。

我说："请你们暂时走出高考的阴影，到我这儿来做一次书海漫游和一次精神散步。我的任务一个是当导游，告诉你们哪个地方有好景看，然后你自己去看。也许，你会在我没有指到的地方发现更好的景致，你尽管去看。第二个我还要引导你，引起你的好奇心，同时给你提供必要的知识背景，然后我再告诉你好玩在哪里，某个'景点'的精妙之处究竟在哪里。之后，就需要你自己去看。如果看过一处之后，你又看了另一个地方，有了新的发现，那就最好。"

授课之一：感受鲁迅

我在第一部分"感受鲁迅"中，围绕"父亲和儿子"这一主题选文。我先让学生阅读萧红的《回忆鲁迅先生》。我还特意强调了其中两段。一段是萧红回忆鲁迅临死时老在看一张图片。这图片上是一个穿着长衫的长发女孩迎着风在跑，旁边有一朵玫瑰花。我把这张图片在课堂上展示给学生看，但我没有任何分析解释，只是为了给学生一种感觉。接着我给学生讲了萧红文章的另一段，回忆鲁迅病重的时候，每天晚上，海婴会来跟爸爸说："爸爸，明朝会。"但是那一天，海婴拼命地喊"明朝会，明朝会"，可是鲁迅已经病重了，听不到也无力回答。海婴拼命地喊："爸爸，你为什么不回答我。"后来鲁迅咳嗽了一阵，勉强说了几句。海婴却说："爸爸是个聋子，他听不见。"

讲完萧红回忆的这个故事之后，我就给学生朗读了鲁迅书信中讲到海婴的部分。我把这些讲到海婴的书信都编到一起，加了题目叫"我家的海婴"。我也不讲，就是念给学生听："我们的孩子也很淘气，也是要吃饭的时候就来了，达到目的以后就出去玩，还发牢骚说'没有弟弟，太寂寞'，是个颇伟大的不平家。"读到这儿，学生们笑了。"海婴这家伙非常调皮，两三日前竟发表了颇为反动的宣言说'这种爸爸，什么爸爸？！'真难办。"读了这些，学生们一下子就觉得非常亲近，鲁迅就从高坛上走下来了。学生们觉得这个鲁迅竟然和自己的爸爸一样。于是，课堂上的气氛一下子就变了。

这时候，我就简单地点了几句："这个时候，鲁迅是人之父。作为父亲，他就是这样对待自己的儿子的。"接着，我布置了作业让学生回去看海婴回忆爸爸的文章和许广平回忆鲁迅和海婴父子关系的文章，以帮助学生了解鲁迅作为人之父是如何对待自己的儿子的。

下面我又带着学生进入到了解鲁迅作为"人之子"的时候是怎样对待自己的父亲的，他和父亲有着怎样一种复杂的关系。我跟学生一起阅读并讨论了两篇文章。一篇是《五猖会》。我和学生从最后一句话读起："我至今一想起，还诧异我的父亲何以要在那时候叫我来背书。"然后我引导学生回到文章的前面，一段一段、一字一句地通过对文本的细读、分析，帮助学生体会鲁迅在文字背后隐藏的那种父亲的不讲理、父亲的不理解孩子、父亲的专制在孩子内心造成的创伤和带来的痛苦。讲到这里，我明显感觉到孩子的表情都严肃了，特别是读到"……听到自己急急诵读的声音发着抖，仿佛深秋的蟋蟀，在夜中鸣叫似的"时，我看见有的学生眼里闪着泪花，因为他们会联想到自己类似的经历。

之后，我又和孩子们讨论了第二篇文章——《父亲的病》。里面写到，鲁迅在父亲病重的时候曾经拼命地喊："父亲！父亲！"他现在感到很内疚，因为他觉得在父亲临死时他这样喊叫打扰了父亲的宁静。然后我对学生们说："你们听了这一段是不是同时想起了刚才海婴的'明朝会！明朝会！'？鲁迅与他父亲的生命，以及与他儿子的生命就是这样永远纠缠在一起，即使存在隔膜也永远不可分离。现在，在座的每一个同学都正处在人之子的阶段，你快要长大了，你要读大学了，你正处在告别少年的时候。这时，你是怎么看待你和你父亲的关系的？你是怎么理解你和你父亲的关系的？"这时我就布置了一篇作文——"我和我的父亲"。结果，学生们写了许多非常感人的文章。因为孩子一般常常想自己和母亲的关系，很少思考和父亲的关系，而这一次却引起了学生们对"我和父亲"的关系的种种思考。这时，我们就会感觉到鲁迅作为人之子又作为人之父时应该如何处理这

四 | 把鲁迅精神扎根在孩子心上

个关系,这是鲁迅的生命命题,而这个问题也就成了每个学生自己的生命命题。

也就是说,通过"父亲和儿子"的关系,我找到了一个鲁迅的生命和学生的生命之间的契合点,通过这个契合点,鲁迅的生命命题成了学生自己的生命命题,学生和鲁迅之间自然就产生了一种契合,这是第一堂课。

后来,很多学生回忆说这是给他们印象最深的一课。因为我并不像他们预想的那样讲那些严肃、沉重的话题,而是跟他们谈父亲。这一下就拉近了鲁迅和学生、我和学生的距离。看来我的设计还是成功的。

第二堂课,我就跟学生一起讨论,鲁迅作为人之父,是怎样看待下一代的,他和下一代的关系究竟是怎样的。首先我让学生读了《随感录六十三·"与幼者"》。我和学生讨论的问题是鲁迅对年轻一代的期待是什么,他对儿子期待什么。我们读出来的结果是,鲁迅期待"你们""超越了我"。他文章里说:"贮着力量的小狮子"们啊,"你们该从我的倒毙的所在,跨出新的脚步去"。然后我问学生:鲁迅为什么这样做?是什么理念支持着他?从这个问题出发,我和学生们一字一句地边读边议这一单元的重点文章——鲁迅的《我们现在怎样做父亲》。因为鲁迅在这篇文章里说出了自己的最基本的观念。而当学生弄懂了鲁迅的这些观念之后,他们发现鲁迅的观念和他们自己固有的观念或者老师、家长给他们的观念发生了冲突。鲁迅强调父母对儿女没有恩,他们对儿女只有义务而绝对没有权利。讲到这里,很多学生就在下面议论起来了:"这不对呀,怎么能说父母对我们没有恩呢?这怎么行呢?"然后我们大家就此展开了讨论。通过讨论,学生们对鲁迅这种观点的理解最终就归结到了鲁迅强调的"肩住了黑暗的闸门，放他们到宽阔光明的地方去"（《我们现在怎样做父亲》）。最后我点明，这就是鲁迅最重要的基本精神。

这堂课实际上是提升课，在前面感性感悟的基础上做理论提升，而且同时也引导学生该怎么读这种论说文。

我预先发了提纲，不仅讲鲁迅的观点，也和学生讨论鲁迅论证的内在逻辑，讲鲁迅是怎样一步步推导出自己的结论的。如果前一堂课是引导学生进行感性的感悟，这堂课就是引导学生进行理性的思考。这就是我上的第一单元——"父亲和儿子"。

第二单元，我设计的题目是"儿时故乡的蛊惑"。我选了鲁迅回忆他童年生活的一组文章：《社戏》《阿长与〈山海经〉》《我的第一个师父》《我的种痘》《风筝》等。

一开始，我在导读中就跟学生讲，之所以要选这些文章的两个理由。一个就是"你们现在也要告别童年了，在告别童年的时候，你们是不是要回顾一下自己的童年生活？先让我们看看鲁迅是怎样回顾自己的童年生活的"。同时我跟学生强调鲁迅的语言之美。我说："我们将要读的文章，是鲁迅写得最漂亮的文章，最能体现鲁迅语言文字风格丰富性、多样性的最美的文字。"但是怎样领会鲁迅的文字呢？我说："这堂课我不给你们讲，我给你们朗读。"我要让学生通过朗读来感受鲁迅文字的语言之美。

首先读《社戏》那段。我一边读一边给学生一种梦幻式的感觉，让学生们体会鲁迅和伙伴们要去赵庄看社戏，一会儿看不见，一会儿进去又看见了，看见了又依稀看不清楚，退出来又再看见了，那种朦胧的感觉，那种梦幻式的感觉。这是我的一个教学尝试。我没有分析，我就这么念，边念边点一点，后来学生非常感动。他们说，《社戏》这一段他们都背过，但这是第一次进入梦幻的境界。

然后我给他们读了《我的第一个师父》。这篇文章是过去的选本从来不选的，但这篇文章写得非常好玩，非常幽默，其实它比汪曾祺的《受戒》还好，它把鲁迅先生语言的幽默感及幽默背后浓浓的人情味都表现出来了。比如其中一个细节——这篇文章讲的是和尚的故事，他的师父是个和尚，却讨了老婆，生了很多孩子。鲁迅说，和尚怎么能讨老婆生孩子呢？那师父说，你看看，不讨老婆，哪来小和尚？我一念，学生都笑了。他们体会到了那种浓浓的人情味和幽默感。后来很多学生反映说他们从来没有看到过这个作品，但他们最喜欢的作品就是这篇，还有学生自己写文章分析这篇文章的写作方法，等等。

还有《我的种痘》一篇也是过去的选本从来没有选过的。鲁迅围绕种痘又讲了很多笑话、故事。我就跟学生讲怎么把杂文笔法渗透到散文中去。这些内容，我都是通过朗读来让学生感受的。

然后我叫学生自己来朗读《阿长与〈山海经〉》。读完之后大家议论说读得不怎么样。这时我就跟他们分析为什么读得不怎么样，是因为你们没有体会。读《阿长与〈山海经〉》这篇文章，关键要抓住三点。一是前面描写阿长这么令人讨厌那么令人讨厌时用了很多贬义词，我就通过示范性朗读帮助学生体会贬义词背后那种浓厚的感情，那种对阿长的爱，也就是从引导学生领悟"语感"入手。第二个关键是要学生体会"哥儿，有画儿的'三哼经'，我给你买来了！"这句话背后阿长快人快语的性格，她内心的喜悦，她对"我"的爱。第三个关键就是最后一句话："仁厚黑暗的地母呵，愿在你怀里永安她的魂灵！"只要理解了这三段，这篇文章就读懂了。接着，我作示范朗读。

当我读到最后那句时，我自己的感情也上来了，整个课堂的空气突然凝固下来了,所有的人都呆住了,所有学生的眼睛都发亮了。我追求的瞬间的震撼产生了。在那个瞬间,我自己也非常激动。我觉得,我的心灵和鲁迅的心灵、我和孩子的心灵、孩子和鲁迅的心灵沟通了。

这堂课下来,我就对南师大附中的原语文组组长王栋生说:"好了,这门课成了。"在这之前我很紧张,我不知道学生能不能接受,但到这一刻,讲到这地方的时候,我悬着的心放下来了。这说明,孩子接受了,我和孩子产生了共鸣,这门课可以上下去了。当时王栋生老师也是松了口气,他说:"老钱啊,说实话,我也是悬着心啊。"你看,这课上到第三堂才真正和学生发生了共鸣。以后我跟学生之间就开始建立一种信任感,学生相信我,我也有了信心,有了自信。

这是第一部分——感受鲁迅。通过一些感性的东西,我让学生理解鲁迅最根本的东西。一个是鲁迅的那种"肩住了黑暗的闸门,放他们到宽阔光明的地方去"的牺牲精神,另一个就是领会鲁迅的文字之美、鲁迅的心灵之美。在我看来,这是最根本的东西。而正是这两点使青少年和鲁迅产生了心灵的沟通。这就完全改变了原来孩子心目中的鲁迅形象。

这是第一部分。这部分的教学重点在于感情的感悟和文字的体味。

授课之二:阅读鲁迅

到第二部分,就是阅读鲁迅,要引导学生认真地读鲁迅的作品,也就是说要和鲁迅进行心灵的对话。这一部分,我仍然把它分成三个阶段。

好玩的课

第一阶段，我告诉学生："下面讲的课都是非常好玩的课。每一堂课我都要把你们带到一个非常亲切、非常有趣的地方去，我希望你们带着好奇心，带着游戏的心态来听下面的课。"

我上每堂课的前一天都要宣布下一堂课的内容，以调动起学生听课的欲望。

第一堂课我讲"鲁迅与动物"。首先我找来鲁迅和许广平通信的幻灯片放给学生看。学生们看到鲁迅署名时不写"鲁迅"，却画一头象。这头象有的时候鼻子很高，说明鲁迅写这信时心情愉快，有的时候鼻子是下垂的，说明鲁迅很沮丧。学生们一看，气氛就活跃起来了，都说很好玩。然后我就解释，鲁迅为什么要画一头象呢？原来，当年林语堂说过，鲁迅是头"白象"。什么意思？因为一般的象都是灰色的，而白色的象很特别。这就强调了鲁迅的特立独行，等于说鲁迅是个异类。所以后来鲁迅就对许广平自称"小白象"。而且他还把"小白象"的名字给了儿子。许广平回忆说，海婴出生时，鲁迅抱着他就半通不通地编儿歌："小象象象，小红象，红红红，白白白，红红红……"非常有意思。我把这个故事讲给学生听的时候，其实已经隐含了"鲁迅是个异类"的含义，但在这里我只讲故事，不跟学生讲破。紧接着，我又跟学生讲了和鲁迅有关的另外几个故事，比如说，鲁迅是受伤的狼，鲁迅和猫头鹰的关系，许广平的外号"刺猬"是怎么回事，等等。课一开始，我就讲了这些和鲁迅有关的小故事；接着我引导学生读《兔和猫》；然后就是《夏三虫》《战士和苍蝇》等。这是第一堂课——人和动物。

第二堂课，我给学生们讲"鬼"，就是海阔天空地讲鬼的故事。比如鲁迅写的女吊、无常的故事等。

第三堂课，我接着讲"神"，比如鲁迅的《奔月》《铸剑》《补天》等《故事新编》里的故事。

再一堂课，我们讲"火"，比如《死火》，让学生看到鲁迅的想象力。再讲《雪》，让学生看鲁迅怎么写雪。

然后，我特地把《野草》里的文章片段编在一起给学生读，叫作《天·地·人》。这里，我仍然采用只读不解释的做法，让学生感受。比如："但我坦然，欣然。我将大笑，我将歌唱。天地有如此静穆，我不能大笑而且歌唱。天地即不如此静穆，我或者也将不能。"（《题辞》）"在无边的旷野上，在凛冽的天宇下，闪闪地旋转升腾着的是雨的精魂……"（《雪》）

我先读一遍，然后叫学生一起读。而且我告诉学生："你们应该喊！不是读，是喊。你们叫，我也叫。"当时，全体学生和老师一齐在课堂上叫，叫得学生热血沸腾，终于感受到了语言背后的魅力。"无边"……"凛冽"……"旋转"……"升腾"……这些都不需要解释，就要学生似懂非懂，感受这些词背后的东西，从朗读中感受鲁迅语言的魅力，用这种魅力来震撼学生。

这堂课后，学生的反应非常强烈，他们说："没有想到，课文是可以这么读的，可以这样来喊的。"老师也呆了："我们从来没这么教过，怎么可以这么来喊呢？"当然，这不是偶然的，我在前面讲雪、讲火时已经做好了铺垫，到这里自然就出现了高潮。在这里不要做任何解释，就让学生抓住语言的美来感受。我讲鲁迅总是非常强调语言本身内在的魅力，而且不需要分析，不需要给学生讲破这背后是什么东西，就是让他们感受。后来课程结束，我们开了晚会，好多学生都自发朗诵了这段。这说明这堂课给他们的印象非常深刻。这又是一课。

然后呢，讲诗和画。这在过去的语文课上都是不讲的。我反复强调，鲁迅不仅是伟大的思想家，同时是伟大的艺术家。鲁迅和绘画的关系，鲁迅和音乐的关系，这是理解鲁迅、接近鲁迅的一个关键。其实前面的高声朗读，也是要学生领会鲁迅作品中的音乐美。这堂课，我就讲绘画美。我选择了鲁迅对德国画家珂勒惠支的画的解读。这堂课是怎么上的呢？也是放幻灯，就把珂勒惠支的画放出来。我先让全体学生看这幅画，七嘴八舌地讨论这幅画。讲完之后，我们再去读鲁迅的文章，看鲁迅是怎么描述这画的。这一读，学生就被鲁迅的文字镇住了，学生自自然然地就体会到怎样把绘画语言转化成文学语言。但我仍不讲破。

我觉得讲课不必什么都讲破，只要点到那里让学生体会，体会鲁迅对美术的非凡鉴赏力。

当然这堂课的实际效果受到了一些技术上的限制，因为版画颜色太黑，学生看不清楚，所以和预想效果有点差别。但还是有一个学生在最后的调查问卷中说："给我印象最深刻的是这堂绘画课。"

这是"阅读鲁迅"的第一个阶段。我的设计，是讲人和动物，讲人鬼神，讲生命元素的想象，讲诗和画。实际上，这些都是学生感兴趣的，跟学生生活贴近的，是学生最熟悉的一些领域。这些动物的世界，神的世界，鬼的世界，音乐的世界，绘画的世界，大自然的世界，火的世界，雪的世界——都是和学生的心灵最接近的世界，同时也显示出了鲁迅心灵中最美的、最光明的部分，讲他与底层人民及民间艺术的内在联系，这都是鲁迅的文学之根、生命之根。跟学生讲鲁迅，首先应该强调这种美的光明的部分，并让这种美和光明成为他生命的底色，然后才能谈鲁迅比较严肃的作品。所以，这一阶段的课堂上学生非常轻松、非常活跃，学生每堂课都带有期待，很兴奋，很愉快。后来我问学生：你们觉得怎么样？回答基本都是："好玩！""好玩"就达到我的目的了。鲁迅原来不是那么可恶的鲁迅，是那么丰富、那么好玩的鲁迅。

但是，也有一部分学生提出了异议，说："你这么讲鲁迅是不是讲得太浅了，好像不够深刻。都讲这些事儿，都是我们很熟悉的事儿，你是不是把鲁迅讲浅了。"我回答说："你别着急，我先给你一种感性的认识，下面就要进入更深层次的讨论了。"这时候，实际上学生已经越来越贴近鲁迅，越来越贴近作品了，于是，我们开始了"阅读鲁迅"的第二阶段。

基本命题

第二阶段讲鲁迅一些最基本的命题，都是一些比较严肃、震撼人心的话题。为什么要讲这些严肃的话题呢？我认为，中学生特别是高一高二的学生，他们已经是公民了，或者是接近公民了，所以我在导读课中，一开始就很严肃地对学生说："现在，我要把你们作为青年公民和你们讨论鲁迅的一些更深层次的问题，希望同学们和鲁迅进行更深层次的交流。"

我大约设置了这么几个单元，一个是"睁了眼看"，选了《论睁了眼看》《灯下漫笔（二）》《中国人失掉自信力了吗》《论"他妈的！"》《几乎无事的悲剧》《现代史》等几篇鲁迅重要的文章。这堂课的上法和前面就不同了。前面的课我着重感情的激发和文本的细读，而到这堂课，我采取了大学里的教学方法——演讲，就一个一个题目讲下去，当然也指导学生适当地读些原文，但主要是给话题演讲作支持的。这里，实际隐含着我的一个教育理念。我觉得，所谓启发式教育，所谓对话教育，并不一定非要学生说话、讨论。只要学生的思维情感处在积极的活动状态中,这个课就行了。因为毕竟是青少年,你要对他进行教育,你完全让他自己来讲,这就有很大的局限。我也听过一些老师的课,老师很紧张,老想提问题让学生自己说出答案来,可就老是对不上。因为学生的理解力和老师的不一样。所以,在某些关键时刻,特别像鲁迅这些比较深的作品,讲的又是比较严肃的话题,学生理解起来有困难的时候,与其使用这样一种形式上的所谓对话课,不如让我灌给他。如果说前面的课他自己是可以领悟的,因为那和他的生活很接近,而现在我和学生谈到的对他来讲完全是个陌生的世界,我要谈的是一些重大问题,光靠学生自己是理解不到的。这个时候你只能灌输。而灌输不等于说你不是启发式。只要你在讲的过程当中,循序渐进地,由浅入深地,由现象到本质地,把逐渐推演的过程讲清楚,使学生在思想上受到一种震撼,引起他们思考,引起他们内心的冲突,这课就成功了。

它同样是一种启发。所以我这一阶段上课,主要采取的方式是演讲式——由我来讲。

我跟学生讲了鲁迅对中国历史和现实的基本判断。比如说,"中国人向来就没有争到过'人'的价格",中国的历史不过是"暂时做稳了奴隶的时代"和"想做奴隶而不得的时代"的循环(《灯下漫笔》),引导学生领悟鲁迅的"立人"思想,以确立一个基本的价值理想。

除了讲鲁迅的基本观点之外,我还跟学生讲,我们不仅要看鲁迅讲什么,而且要学习鲁迅怎样看这个世界,也就是鲁迅"看"的方法,看他怎样从一些人们司空见惯的表面现象看到背后更本质的东西。比如,我跟学生讨论鲁迅怎么看街头小景,他怎么从街头小景看背后的问题。再比如,我跟学生讨论鲁迅怎么读报纸,怎么从报纸的背后读出更深刻的东西。这不仅是在讲鲁迅的观点,更是在讲鲁迅看世界的方式和思维方法。

到这些地方,学生的整体表情,是很严肃的。而且可以看出来,鲁迅的东西跟他们固有的观念发生冲突了。学生开始对我讲的东西提出疑问。比如说有一堂课,我讲到,鲁迅说,许多有血性的人物被遮蔽了。这时,我讲了1957年北京大学一个学生为给胡风平反被逼疯、逼死的故事。当然我举这个例子有个原因:胡风是南师大附中的校友,附中校园刚刚竖起了胡风铜像。结果,第二堂课就有学生举手提出来说:"我觉得这个学生牺牲得没有价值。"这就是当下青少年对这个问题的看法。坦白地说,学生提出的问题让我很吃惊,也很痛心。但另一方面,从教育的意义来说,尽管他可能不同意鲁迅的观点和我的阐释,但至少这些东西引起了他的思考,跟他所固有的观念发生了撞击,我不一定要他最后接受我的观点,但只要使他在思考问题,也就达到了我们的教育目的。这其实也正是鲁迅的意义所在:他形成了对人们、当下社会固有的思维习惯、审美惯性与话语方式的挑战。

紧接着我又通过《示众》讲了鲁迅的另外一种"看"——"改造国民性"。讲《示众》时我采取了放幻灯的办法,因为正好有一个画家把《示众》的画面全部变成了漫画,非常有意思,这恰好符合《示众》这篇小说的特点——有强烈的画面感。所以我就一边放幻灯,让大家欣赏漫画,一边读对应的文字,然后就和学生讨论鲁迅的"改造国民性"这一系列思想。这是第二阶段,"睁了眼看"和"另一种看":这两点就把鲁迅最重要的思想观点向学生作了介绍。

然后,我再开一单元讲"聪明人和傻子和奴才"。我在这一单元选择了《灯下漫笔》《聪明人和傻子和奴才》《春末闲谈》《学界的三魂》《再论雷峰塔的倒掉》等，主要是想和学生讨论怎样做人的问题。这就让学生逐渐向自己生命的选择问题靠拢。我出了个题目是"你怎么认识聪明人、傻子和奴才？"，但是学生却沉默了，拒绝讨论，没有一个学生站起来发言。什么原因？我心里明白，有不少学生心里想做"聪明人"，这是现实社会，甚至是我们的学校教育、家庭教育教给他们的，但是学生不好站起来说"我要做聪明人"。因为鲁迅的作品摆在这儿，尽管我一再跟学生说，你们可以不同意鲁迅的观点，但是不管怎么说，鲁迅和老师都在这儿，有一种舆论的无形的压力，他们没办法说出自己的真实的想法，这时候他们只好沉默了。但"沉默"对我也有一些启发，说明他们至少还是想了想的。有一个学生，最后在写总结时说，这堂课给了他很大的震撼，因为他从来没有从这个角度考虑过问题，从来没有从聪明人、傻子和奴才这个角度来考虑过自己在人生的选择中应做出怎样的选择。这堂课一讲，他说他受到了震撼，他说他想了这个问题，但他还没想出结果来。我想，我的教学目的也达到了。

这是"阅读鲁迅"的第二阶段，主要介绍了鲁迅的基本观点。

对青少年的嘱咐

"阅读鲁迅"的第三阶段，我搜集了鲁迅对青少年的一些嘱咐。比如说《导师》《随感录六十六·生命的路》《未有天才之前》《补白（三）》《过客》《空谈（三）》《读书杂谈》《随便翻翻》《作文秘诀》《无声的中国》等。后面几篇是讲怎么做文章，怎么读书，讲鲁迅的读书观的。如果前面的单元主要是要老师讲，到这个单元，我一句话没讲，就只是出了些思考题，出了些阅读的提示性的题目，让学生自己读，自己讨论。

比如，我们讨论了这样一个问题：为什么鲁迅不愿意做"导师"？在这之前，讲到《聪明人和傻子和奴才》的时候，就有很多学生找我说："你说了这么半天，老师，我们怎么办啊？"我就跟学生说："你别着急，我会回答你的。请你读鲁迅的《导师》。"鲁迅说，你不要找我，怎么办，你自己找路，你不要找导师。于是，我就组织学生讨论一个问题：鲁迅为什么要我们大家不要找导师？开始，很多学生发言：总得要导师啊，没有导师我们怎么行啊？总得需要有人指路啊。后来，就有学生从各个角度进行论证，要走自己的路，自己寻找自己的路，而不要寄托在任何所谓导师身上。这一次讨论很好。

另外一次很好的讨论是在讲鲁迅的《未有天才之前》时。鲁迅有一个基本观点，就是强调青少年要做"泥土"，而胡适却号召大家当精英。我出的题目是："你们对胡适和鲁迅的观点有什么看法？你们将来要做怎样的人？"这引起了非常激烈的讨论。讨论中有个学生的发言确实让我吃了一惊，因为南师大附中是重点中学，所以那学生说："我当然要当精英。那些脑子笨的人，他们就该被淘汰。甚至应该把他们灭了。"但马上就有学生站起来说："你这是社会达尔文主义。"双方就激烈地争论了起来。由于时间关系，这些争论都未能更充分地展开。但争论本身却说明鲁迅的一些思想观念已经触动了学生世界观、人生观中的一些根本问题，学生因鲁迅引起争论，思想上打起架来，是件好事，这也正是鲁迅思想的力量所在。从对鲁迅产生兴趣到由鲁迅引起争论，这都说明学生正在一步一步地走近鲁迅。这里我要说的是，在学生争论时，我们作为教师的引导作用的问题。

所以我感到，我们这些成年人，包括我们这些老师，我们给孩子的教育要非常谨慎，我们这里稍微发生一点偏差，对我们来说是认识的偏差，甚至是学术的偏差，但对孩子来说，就可能会影响他的终生。我从这里也体会到了教师的责任和教师之难当,因为你的教育关系着年轻的活生生的生命。

你的价值在这里,你的困惑也在这里。所以我刚才说,我在南师大附中讲鲁迅,非常紧张,我生怕讲得过头,生怕讲得失去分寸,让学生误解。但是,你讲得太面面俱到,这课也有问题。这一次我真的对中学老师的工作的意义与困难有了进一步的体会。

授课之三:研究鲁迅

这是第二部分。这个课讲到这个地方,学生和鲁迅之间逐渐开始对话了,好像应该是结束了,但实际上还有两个重要的工作没有完成。一个是"研究鲁迅"。这是结合了中学的研究性课程进行的。在引导学生"研究鲁迅"的时候,我跟学生谈了三个观点。第一,研究鲁迅是我们每一个人的权利,也是我们中学生的权利,鲁迅不能为少数学者所垄断,鲁迅是属于我们大家的,也是属于中学生的,因此我们有权利研究鲁迅。第二,鲁迅的研究是没有止境的,鲁迅是可以常读常新的,是一个说不完的鲁迅。因此,我们仍然可以找到自己的题目来研究鲁迅。第三,中学生也可以研究鲁迅。为什么?因为我们的心灵和鲁迅有相通的地方,我们能够理解鲁迅,我们能说出成年人说不出来的意思。这时,我出了一系列题目让学生做,让学生去研究鲁迅。正好这一时期学生要到工厂、农村去进行社会实践,在去之前,我特意给学生讲鲁迅的《习惯与改革》和《太平歌诀》,引导学生"到农村或城市小区,选几个老百姓最关注的问题,作一番社会考察,多角度地听取意见,或搜集民歌、民谣,以了解民情与民意,触摸'民众的心',并写成调查报告"。

授课之四：言说鲁迅

最后一个阶段是"言说鲁迅"。什么意思呢？在此之前，通过"感受鲁迅""阅读鲁迅""研究鲁迅"这样一个教学过程，学生逐渐走进了鲁迅的世界。但是走进去之后，还得跳出来。最后，我跟学生强调：第一点，你和鲁迅的关系是独立的关系，尽管鲁迅非常伟大，但你在他的面前是独立的。鲁迅越伟大越强大，你越要保持你独立的人格。因此，你应该跳出来，你来研究鲁迅，你谈你对鲁迅的看法，包括批评鲁迅，你也可以拒绝鲁迅。这是你的权利。我们上课的目的绝不是要同学们把鲁迅做榜样，因为鲁迅自己就拒绝做导师嘛！因此你可以对鲁迅评头品足。

所以我最后的考试题目叫"我之鲁迅观"，让学生谈自己对鲁迅的看法，而且我宣布了三条评价标准：第一，说真话，说自己真实的想法，包括拒绝鲁迅，批评鲁迅。第二，要讲出充分的道理来。骂鲁迅也要骂得有道理，捧鲁迅也得捧出道理来，要说出一二三来，不能光骂得痛快。第三，要有创造性。要讲出别人说不出来的东西，讲得越多，成绩越高。人云亦云，把大家讲过的，老师讲过的，抄上一遍，那成绩肯定会低。要在鲁迅面前保持自己的独立性，要有自由评说鲁迅的权利，同时也有选择的权利。上了课之后对鲁迅还是没有感觉，这是正常的。

有人读了没有感觉，没感觉没关系。为什么？这就是我的第二个理念：读鲁迅是要读一辈子的。你既然没感觉，我的课并没有要求你马上要有感觉，我只要求你像认门牌号码一样，让你知道，噢，鲁迅大概是这么个样子。将来你长大了，到某一时刻，你可能突然想起来，哎，这个问题鲁迅谈过，老师跟我讲过。那时候你再去看鲁迅，那个时候你就跟鲁迅发生共鸣了。学生跟鲁迅相遇，不是立竿见影的。可能今天不相遇，过段时间就相遇了，还有可能一辈子也不相遇，一辈子不相遇也无所谓，世界大得很哪，为什么非要读鲁迅不可呢？我的目的是让你认识鲁迅，我不能把我认为的鲁迅强加给你。即使鲁迅是好的，也要通过自己的选择才行。所以我最后一堂课是让学生发表演说，讲他自己的鲁迅观，学生也讲得眉飞色舞，头头是道，各人讲各人的。

我最后给学生的话是："走自己的路。"但是，前人的经验你们应该重视，鲁迅的经验应该重视，因为前人的经验是用血换来的，你要重视，但选择路是你自己的事。我觉得，整个的教育目的最后都要归结到学生自身独立自主地发展。这是我们全部教育的出发点和归结点。那么像鲁迅这样的选修课更是如此。

最后，我们开了个晚会——"与鲁迅相遇"。我出了一系列表演题目，比如把《示众》改成戏剧，把《奔月》改成戏剧，由学生来表演。还有很多学生朗读，最后我来朗读。

全部的课结束了。这就是我们上课的过程。

后　话

我们这门课从一开始就很明确，是南师大附中语文教研组的一个实验性课程，一开始就在南师大附中王栋生先生和徐志伟先生两人的主持下进行，我是作为语文组的一个主讲教师参加的。

从实验课程的角度来看，它仍然存在着问题，学生也提出了一些疑问。从我本身讲，我觉得有一个大的问题就是我自己上课有点拘谨，在学生面前不敢这么放肆。另一个缺陷就是，因为我是大学教师，所以中学老师就给我提意见，说我在组织讨论课的时候就有点力不从心。而且这个班是凑起来的，不是一个原始的教学群体，所以有时候讨论起来就有点问题。后来我的三位助教就说，我们可以上出跟你特色不同的课。你上课有很多优势，你坐在那儿，因为你有学术权威性在那里，学生对听你的课就有兴趣。我们上课，我们没权威，我们就必须在教学方法上动脑筋，所以在怎么更贴近中学生的实际方面，可能我们会比你做得更好。我也是相信这一点的。

再一个缺陷就是这个课的密度太大。因为我选了七十篇作品，我讲了将近五十篇。当然里面有我的一个教育理念：中学的语文课，包括鲁迅作品，我主张是多读，不一定每篇都讲那么细，所以我每一篇只讲最重要的部分，其他部分，学生大体了解意思就行了。因为按我的理解，鲁迅作品是要读一辈子的。每读一次，只能弄懂一两个问题，其余一时弄不懂、也没有必要弄懂的地方就悬置起来，不讲或少讲。我的观点是有所不懂才有所懂。要懂的就必须要下力气，不懂的，可以忽略。这样可以加大阅读量。加大阅读量之后，读得多了以后，反过来就会对作品加深体会。如果讲鲁迅作品，讲了几个月只有两三篇，抠是抠得很细了，但实际上学生越抠进去，越陷入烦琐。但从另一面说，由于学生时间太紧，课外没有那么多时间来消化。所以密度太大是学生普遍的意见。

我们只能在现行体制下来进行这样的课程试验，就不能不受到许多限制，比如说就不敢在高三开这样的选修课，怕影响高考，考前学习、复习的时间也受到很大限制。还有个问题是一个学生提出来的，他说你这个大学教授有个弱点，大学和中学是不一样的。大学，你是讲你的学术观点，讲你的一家之言；到了中学，我们所要求的不仅是听钱教授你的学术观点，我们更想听听学术界其他学术观点，但是你没有介绍。因为我没有那么多时间去介绍啊！我觉得这也是我们这些年教育改革成功的地方，就是孩子的思维比较开阔了，他们不再迷信我们，包括像我这样的教授的讲课，他们本身也有自己独立的见解。

所以，从这个角度来看，这个课也有问题，它实际上也就提出了一个普遍性的问题，就是大学教授在中学讲课的话，他必须考虑大学教育跟中学教育之间的区别，它们有各自不同的特点。当然有些大学教育的方法是可以拿到中学来的，我觉得我几次演讲还是成功的。但这样的课也确实存在这样那样的问题。从总体来说，我的估价是基本上达到我们预期的目的，但是还有很多问题需要我们进一步探讨。

附：

北大博导到南师大附中讲课

这几天，江苏名校南师大附中平静的校园里出现一阵轰动：北京大学中文系博士生导师、著名文学史家钱理群教授来母校开课了！著名大学教授为何到中学授课？教授的课中学生听得懂吗？钱教授此行，引起了校内外的格外关注。

一个有争议的选择

昨天，记者来到南师大附中，见到了讲台上这位头发花白然而精神矍铄，爽朗率真如同孩子般的老人。

钱教授说，两年多前，南师附中百年校庆时，一些知名学者校友回到母校商谈校庆事宜。语文教研组邀请钱教授给学生讲讲鲁迅，预计讲座听众四百多人，结果竟挤进了一千多人！从一双双渴求的眼睛中，钱教授萌生了到附中上课的设想。钱教授说："其实大学教授走进中学课堂并非创举，早在'五四'时期就形成了一个传统，像夏丏尊、朱自清、叶圣陶等知名大家都曾在中学任教，中学和大学老师之间交流合作很多，后来这个传统中断了。我则一直想尝试改变大学与中学、学术界与教育界的隔离状态，尝试相互合作。另一方面，新课程标准中选修课所占的比重相当大，语文学科有五个选修系列。许多课都是目前中学未曾尝试过的，仅靠中学教师完成的确有难度，中学有需求，这也为我来附中上选修课创造了机会。"

但大学名教授到中学开课有必要吗？学术界有争论。今年年初，在汕头大学的一次学术会议上，钱理群教授谈到自己将到中学课堂开鲁迅选修课的计划，顿时反响强烈。有些学者提出，大学教授给中学生讲鲁迅，他们能听得懂吗？有人则认为开设这类选修课可能会影响学生高考。但是，也有不少同行积极响应，苏州大学的一位教授高喊："老钱，要报名的话一定要算我一个！"这给钱教授很大的鼓舞。在南师大附中的积极筹划下，钱教授还打算利用自己的关系，邀请几位自然科学家和著名教授陆续到附中来开选修课。

隔代交流怎样"抓住"学生

2002年4月，钱理群教授要到附中开选修课的消息被媒体披露后，南京市教育局和南师大附中领导公开表态，热烈欢迎钱教授的到来。2002年8月从北大正式退休后，他着手为这门选修课编写专门的教材，设计教案，也赶在开课前出版了《中学生鲁迅读本》（2024

年新版改名《钱理群选读鲁迅》——编者注）。

"我是吃螃蟹的第一人，心里其实已经做好了失败的准备。"钱教授最担心的就是和学生无法交流，年龄毕竟相差了近五十岁，隔代之间能够实现对话吗？

南师附中有些学生是抱着"看大师"的心态来听课的。几十年的教学经验告诉他：一定要"抓"住学生。怎么"抓"呢？钱教授说："我非常重视课堂上学生的目光，他们激赏时，他们困惑时，他们震撼时，目光都会传递出信息。其实每堂课结束都有遗憾，我总是想，在某个地方，要是换个方式讲也许学生更容易接受。"为了更适合中学教学，"鲁迅作品选读"特别设计了不少活动，朗诵、体验、交流等。上到第三讲时，讲到《阿长与〈山海经〉》，他苍凉的朗诵声音、入木三分的讲解让所有在场学生为之动容，那一刻，他才放心，他知道自己已经实现了与学生的沟通。

大师"喊课"全场动情

每次上课，附中偌大的阶梯教室总是挤得水泄不通，很多学生都是来"蹭"课的。

这是"感受鲁迅"部分的第三节课，讲的文章是早在初中就学过的《社戏》："月还没有落，仿佛看戏也并不很久似的，而一离赵庄，月光又显得格外皎洁……"这些段落是当时就要求背诵的，然而钱教授的声音显然已把大家都带进了那个梦幻般的世界，几乎每个人都有一种"重新发现"的感觉。

钱教授的"读书"功夫是大家公认的一"绝"，其实他的普通话并不标准，更非像演员般的声情并茂，他是在用自己的心去读。比如讲到萧红的《呼兰河传》，他就告诉学生，这一课"不要读，要喊"，因为萧红在"喊"。说罢他就示范，"喊"了一遍。这一"喊"让老师学生大开眼界。选修班的临时班主任、高二语文备课组长周春梅老师对此深有感触，她说，钱老师真正把握了文本，走进了作者的心灵世界，他那样一口气"喊"下来，我们真像是看到了萧红，过去我们认为的那种"朗读"是死板的。倪峰老师说，过去让学生读经典作品，多是"看"，经钱老师这一示范，以后要让学生多开口读书，用心去读。

"也许，他带给我们更多的是一种大师的人格魅力，他教给我们的是一种方法。"高二年级的李尊远说，"其实我以前对鲁迅并不了解，但钱老师的课常有一针见血的痛快，让原本朦胧的东西变得清晰，让我学会了怎样通过作品去分析一个人的精神世界。"同在高二的马相伯也有同感，她说："钱老师总是注重我们的感受，从不讲满，而是给我们足够大的自由空间讨论、对话，甚至让我们根据自己的不同理解来讲课，这也许就是大学的学习方法，我们提前感受到了。"

好课是师生生命间的运动

钱教授在附中开课，收获远不只是让中学生有更多机会接触到大师。南师附中王栋生老师说，中学开选修课是课程改革的必然要求，然而面临的问题很多，即便在南师大附中这样的一流名校，教师由于知识背景、学术背景的限制，要把选修课开起来难度也很大。提高自身教学修养已迫在眉睫，要把老师都送到高校去进修也不太现实。钱老师的课则为教师进修探索了一种新模式：一些听课的语文教师对这门选修课应当如何上，已经有点"数"了，而钱老师的讲课艺术也为老师们打开一扇窗——原来语文课可以这么上。

然而，钱教授告诉记者，在中学上课，并不是在全给别人"好处"，自身收获也很大。他说："这是我理想、事业的一部分，我的学术在这里实际上是做了一个总结。这几年来，我一直在逐渐介入中学教育，第一阶段是以'批评者'的面目出现，第二阶段开始编写中学课外读物，如《新语文读本》，到了第三阶段，我完全变成了'实践者'，直接来中学上课。我始终认为'教学相长'，交流一定是双向的。上课是师生之间生命的相互运动，能把双方最好的东西都激发出来，而我在这种思想的撞击中也的确有了不少新收获。"

即使到现在，仍有不少人怀疑钱理群给中学生讲鲁迅是一种浪费，中学生要理解鲁迅太难了。钱教授却不这么认为。他说："我并不奢望所有的学生都读懂鲁迅，我所做的是让学生'有所懂，有所不懂'，中学阶段读鲁迅，主要是懂得一个大意，有点了解，有点感悟就够了，因为他们以后的路还很长；而且我们对中学生的理解力、感悟力的估计常常偏低，特别是今天的孩子，他们对问题的思考远比我们成年人想象的要复杂得多，关键是我们如何引导。"

"我始终觉得，教师工作的意义，是在青少年童年神圣的记忆中留下闪光的瞬间。也许社会的磨难远比学校教育强大得多，但如果他的记忆中有闪光的瞬间，想起来心里会有点暖意。"说到这里，这位六十五岁的老人眼中闪烁着孩子般纯真且坚定的光芒。

（2004年4月3日《扬子晚报》报道　记者张琳）

种下一粒种子
——钱理群教授中学开课记

王栋生

有关钱理群教授在南京师大附中开选修课的事,本不想多说,——我的想法,是时间隔得长一些,一件事反而能看得清晰,过早的评价,未必准确。但是《语文学习》杂志认为这件事值得一谈,催得又急,这里只能向读者介绍事情始末和我的一些想法。

一

从钱老师萌发设想到完成教学实验,有两年半的时间,知道内情的人不多。2001年9月,钱老师私下和我说起这一设想,当时说好暂不为外人道。几天后语文教研组邀请钱理群教授给学生讲鲁迅,当时预计听众是四百多人,不料竟挤进了一千多人,讲台前的地板上坐满了,有的同学坐上了窗台……那个场面可能让钱理群感到,到附中开选修课是有可能的。当时高中语文课标还在制订中,我们还不太了解加大选修课程比例的设计。2002年4月,钱老师要到附中开选修课的消息被上海《文汇报》披露后,引起社会关注,我们一时很被动,因为当时还缺乏足够的准备。当年8月,钱老师从北大正式退休后,开始着手编写选修教材,设计教案。其间多次电话磋商,并几次把他的教学设想寄到附中,语文组又将其印发给每位教师,征求意见。教研组还派倪峰、周春梅两位年轻教师做他的助手,协助钱老师做一些编写工作。但是2003年春夏,举国受"非典"惊扰,钱老师被困在北京不能南来……夜长梦多,其间波折,一言难尽,好在事情终于做成,也就不必多说了。

2004年3月11日，钱老师到达学校，做准备工作。3月16日，钱老师在附中讲台上给学生上第一节课，一切成为现实。第一次上课前，钱老师说"有点紧张，不知道学生能不能接受"；第二次课后，有不少学生围上来和他交谈；第三次课上，钱老师已经如鱼得水……半个月后，学生在校园里看到钱老师，就像见到我们一样平静地道一声"老师好"；钱老师开学生座谈会，征求对教学的意见，学生和他"吹"到晚上10点，仍意犹未尽。4月16日，整整一个下午，钱老师指导担任助教的青年教师，谈下一轮教学必须注意的问题；晚上，又找我们交换意见，准备在学生中展开调查，准备评价总结。4月18日，讲完最后一课，每位学生交上一篇《我之鲁迅观》，选修班学生结业，然后，学生自编自导自演，办了一个"与鲁迅相遇"晚会。在近四十天的时间里，钱老师以附中语文组教师的身份上课，和老师们朝夕相处。钱老师的工作精神，可以评上模范。

课堂是平静的，外部的喧哗骚动也是意料之中的，教研组在进行这项实验时一直低调。之所以封锁消息，是考虑到当今舆论界炒作成风，什么事都可能被歪传，进而干扰教学。而此前就有人认为没有必要和中学生谈鲁迅，认为高校教授到中学上课是"浪费"……许多冷言，我们早有耳闻，所幸这并非一件心血来潮的事，当事人也没有功利动机，否则会出现什么样的结果，真难说。

钱理群老师设计这门选修课时，没有任何功利目的，考虑的只是中学生成长的需要。怀疑论者可能不了解钱老师，也不了解师大附中。只是我不明白为什么会有那么多人持怀疑态度，高校和中学之间真得画出那么一道鸿沟吗？对语文教学改革，从来都是批评者多，行动者少，我们早就习惯了。至于"浪费"一说，不知从何说起，也不知道是谁在浪费谁。我们中国，一些人对重大的人才浪费从来视而不见，或者让伯牙对牛弹琴，或者毫无道理地把一个人"挂"起来，而教授给中学生上课，立刻就有人认为"浪费"了。与教授做官、教授经商相比，教授到中学上课实在不应当成为新闻。教授在中学上课，旧时代有，现在也有，上海就有教授经常在中学开讲座。但是像钱理群在中学开设一门完整的、和自己的研究方向一致的普及性的选修课，的确是一次探索。

浙江报纸登了有关此事的社会反响，竟有人认为钱老师到中学上课会影响学生的高考，对此我无话可说。前些年虽然校长们念"应试经"，却不敢不做"素质秀"；现在教育行政领导看到学校真搞素质教育，反而忧心升学率上不去。应试教育久批不臭，甚嚣尘上，比起五六年前，整个形势好像更严峻。——打个刺眼的比方：就像看见反动派扛着枪神气活现地站满大街小巷。而那些有理想的教师，日子好像过得不顺，如果想做些有价值的教学尝试，往往要秘密行动，无法明昭大号。素质教育喊破天，情况却越来越糟糕。有时候我会想起《茶馆》中松二爷的话，"……想起来，大清国不见得好，可是到了民国，我挨了饿"。

现时所谓的"教育政绩"等同于高考升学率，牺牲学生的未来，牺牲教师的智慧，在恶性竞争中把中国教育推入落后的境地。这种局面令人悲伤。当今教育界，可敬的是仍有一批有理想的教师，他们尽自己的所能，在应试教育的铁屋上砸洞。这时候能有援兵是最好的，为此，钱老师义无反顾，再作冯妇。不过，我相信，在学术界，钱老师的选择肯定不会是绝响。

二

钱理群的尝试意义何在？关于这门课的设计和教学，他已经做了阐述，我这里不赘述，只从中学语文教师的视角谈谈这次实验的必要性。

首先是学生精神成长的需要。

现在的学校好像只教考试，不教读书；或者说只教读书考试，不教思考。不知有没有人研究过：除了课本，中学生从哪里汲取精神资源？他们对中国文化究竟了解多少？他们有没有自己的理性思考？……现状是令人担忧的。且不论学生，为数不少的教师（包括一些高校教授），人文素质也不高，具体到中学语文要不要讲鲁迅作品，不少人仍持怀疑态度。几乎一直有教师抱怨"鲁迅作品不好讲"，甚至有人公开主张将鲁迅作品从教科书中删除，这类消极的、不负责任的言论严重干扰了学生对鲁迅的理解，对经典作品的理解。对此我实在无话可说。那些主张从教科书中"清除鲁迅作品"的教师，不知平素里有些什么样的行止，不知何以会如此憎恶鲁迅，当然，我也不知道他们要教的是什么样的语文。

如果要开拓精神领域内丰富的教育资源，中学语文课能不讲鲁迅的作品吗？世界上历史悠久的民族都拥有自己的文化"原点"，其母语教育都非常重视本民族的经典作家，如莎士比亚、塞万提斯、雨果、普希金和托尔斯泰、惠特曼，在英国、西班牙、法国、俄罗斯、美国都有其不可取代的地位，成为精神文化的原点人物。可是这些似乎无须争论的问题在中国却总会有混乱的认识。中国有屈原、司马迁、李白、杜甫、关汉卿和曹雪芹，他们的著作是中华民族的精神文化资源，可是我们也注意到一直有人主张不学古文。鲁迅是20世纪中国思想文化最重要的人物，如果语文教学仅仅满足于让学生读读《孔乙己》《故乡》和《藤野先生》等，而不引导学生注意鲁迅的精神世界和文化意义，那是一种浪费。曾有韩国教授悲叹韩国没有出现鲁迅那样的人物，让我想到有文学大师而不知重视的民族才是可悲的。让学生正确认识民族文化的价值，认识经典的作用，学习从经典作品中汲取精神滋养，是中学语文教学的重要任务。同时我认为这应当是青少年的正常需求，那些自认为不需要经典的人，他在实质上必然落伍于时代，也不可能成长为真正的知识分子。

分析中国社会几代人所受的教育，我特别感到，中学教育需要基础人文精神的支撑。对钱老师的尝试，也应当从人文学术普及的意义上去认识，这或许是更有价值的命题。目前社会究竟给青少年教育注入了什么样的主流意识？应试教育也许可以缓解当前的矛盾，可是它将会给中国的明天留下一批什么样的人，则是我们不能回避的问题。德国非常重视科学，日本最重视教育，可是想一想，在20世纪，这两个国家做出了什么样的令人类永志不忘的"贡献"呢？如果不重视青少年人文精神的培养，谁能保证明天的社会有真善美？

所以，虽然语文课程标准的一些提法可能还有待商榷，但是我们的确需要一个高远一些的目标，需要有点追求，需要有建设意识，需要不懈的努力。在这种理念指导下，请学者教授到中学开选修课，让他们为学生打开几扇窗户，让学生直接接触学术前沿，和有创见的学者教授面对面交流，有利于学生思想素质和探究能力的全面提高。

其次是课程改革的需要。

新课程标准中，选修课占的比重大，类别多，语文学科五个选修系列课程，多数是中学目前未曾尝试的，仅靠中学教师来建设，难度很大（师大附中选修课开了二十二年，好多门课至今没有教材）。中学选修课程建设可以借鉴高校的成功经验。我认为当务之急，一是通过名师的教学示范把高校选修课教学经验介绍到中学，一是尽快地为中学培养选修课师资。因而从这个层面看，钱老师在师大附中的实践可谓一石二鸟。

  高校教师到中学任教，可以解决部分教师进修问题。中学开设选修课势在必行，然而以目前中学现有教师的状况，可能难以实施。即便在一流名校，低水平的应试教育导致教师业务素养大幅度下降，教师由于知识背景和学术背景的限制，完成选修课教学是有困难的。教师提高教学修养的任务迫在眉睫，而把成批的教师送往高校进修又不太现实。钱老师在师大附中的实践为教师进修提供了新的模式。这次附中有一批青年教师自始至终旁听了钱老师的课，并多次和钱老师在一起平等交流，不但学习选修课教学法，也向钱老师请教鲁迅及现代文学研究中的问题，钱老师一一悉心指导。钱老师把他的一些研究成果（包括未曾公开的），在交流中无保留地直接传授给青年教师。通过和钱老师对话，语文教学中一些观念性问题也变得明晰了。如，什么是"工具性和人文性"的"两性统一"，如何在教学中落实，钱老师的见解简明扼要。他坚决反对把工具性和人文性对立起来，在具体教学中，他非常注意学生语文能力的培养，总是充分利用文本的阅读，从语文入手，引导学生了解作品的人文价值，——用他的话说，"工具性和人文性应当是一张皮，并非不相干的两张皮"，不但教科书编写要这样，教学也应当这样贯彻。

  我们一直在探索语文课改的途径。和高校合作建设选修课程是语文课改的新思路，这项工作需要志同道合的高校教师参与。其实在此之前，已经有些学校在不同层面上以不同形式作了尝试。需要说明的是，教授给中学生上课并非一件容易事，不是每位教授都有进入中学课堂资格的。和高校多数教师相比，钱理群在中学上课有一种优势：他多年关注中学语文教学，熟悉中学语文教学现状，对语文教学改革提出过不少有价值的建设性的意见；同时，他有十八年中专院校语文教学经验,这也是他能迅速与学生取得沟通,展开对话交流的基础。

新课标,新课程,新课堂,新语文……这些年,我也在憧憬:未来的语文课堂是什么样的?语文教学改革需要注入新的理念,需要有新的思路,但是我们清楚:没有救世主来为我们描绘蓝图;有些事,如果我们不做,可能就没有人去做了。

三

这次教学实践,有不少遗憾。

在应试教育已经成了气候的情况下,做这样一次尝试,代价可想而知。这也是筹划过程中我们预料到的。早几年,我们做这类尝试并不太吃力,现在不得不费口舌,磨时间。但是一些教师明白:国家投资办所谓"重点中学",就是要让我们走在前面探路的,如果重点中学怕踩地雷,贪生怕死,只愿意和人家比升学率,那是最没有出息的。名校教学要有"实验性",就必须蹈险犯难,勇于实践。

本次选修班由高一、高二学生组成,高一每班两人,高二每班三人,旁听学生中,高二居多。学校为保证钱老师准时开课,调整了校本选修课的安排,准许一部分学生重选。但是各科教学头绪夹缠,干扰不可能没有。各学科频繁的测验造成部分学生缺课。选修课每周三次,周二和周四两个年级常有学科测验,等测验结束,一些学生已经没有精力来上课了。学生迟到也成了常事,钱老师常常很早就到选修教室,和我们一同等待,有时甚至倒过来安慰我们别着急。虽然采用了"选做作业"的方式,但是一些学生由于学习负担重,无法准时完成作业,也有些同学作业质量不高。由于在学期中途开课,课时安排密度大,每周三次共八课时(周二、周四下午两课时，周六下午四课时），不能像学校常规选修课那样从容，学生对上一讲内容往往来不及消化，下一讲的内容又压下来了。加之课前预习不足，学生来自二十八个教学班，平时的交流不够，也不同程度地影响了教学效果。

选修这门课的学生本当对鲁迅有一定的了解，有较好的阅读基础和积累，虽然语文教师在报名的学生中作了挑选，但是学生整体素质较前几届已明显下降。应试教育造成学生没有时间和精力读文学经典。学生的阅读领域狭窄，阅读量过小，影响了授课效果。此前语文组邀请学者和教授来校讲课，也常常担心曲高和寡；学生孤陋寡闻，没有"资本"和教授们对话，问出的问题不是低幼化就是大而不当，难得有几个见多识广的学生如鹤立鸡群，讲座便像是为少数学生开的。钱老师对这些情况虽然有所估计，但是对大面积学生的作业和对话质量不是很满意。

功利教育下长成的学生，常常是一副无所畏惧的神态，我见了是有点寒心的。钱老师是理想主义者，他永远充满激情，可贵的是他行动时充满理智。按说我也忝列理想主义者，可是因为身处其境，就没有他那样多的梦想。我甚至想说，我们所做的一切也许不过是亡羊补牢，或者说，辛苦耕耘，不过是为种下一粒种子，至于它能不能结果，甚至它能不能发芽，我们能不能看得见，那就不是我们所能预期的了。

（原载《语文学习》2004 年第 6 期）

"门外汉"给"门内人"的启示
——参与"鲁迅作品选读"选修课程随感

倪峰　周春梅

钱理群教授在他的《语文教育门外谈》一书中将自己称为语文教育的"门外汉"。令人感慨的是,这个"门外汉"却做出了很多门内人该做而没能做,或是不敢做,甚至不想做的事情。由于对自身学养缺乏自信,也出于对学生能否认可接受的怀疑,我们对于在中学开设有关鲁迅的选修课原本顾虑重重。而这次有幸请到钱老师回母校开设"鲁迅作品选读"的选修课程,专家的学养与北大名师的吸引力打消了我们原有的顾虑。更有幸的是从教材的编辑出版,到课堂教学的安排设计,再到课程结束后的总结,我们始终以"助教"的身份参与其事,这使我们获取了平日难得的丰富的收益。

在教材编撰方面:

1. 从选修课教材可看出编撰者对于教学内容独特的认识与深入的体会。选修课应该能体现出任课教师的独立见解与个性特点。钱老师是专家,在这方面有得天独厚的条件。中学老师虽然不一定是专家,也不一定独立编撰教材,却也应该对自己开设的课程的内容有比较深入的属于自己的体会与认识。没有个性的老师,很难教出有个性的学生。照本宣科、人云亦云或是简单的堆积现成材料,培养不出会思考有创见的学生,也是与新课标的精神相违背的。

2. 教材的编撰应该适应中学生的特点,有吸引力,能抓住人。将这本《中学生鲁迅读本》与钱老师面向大学本科生的《鲁迅作品十五讲》、面向研究生的《与鲁迅相遇》作比较,可以明显看出在编排方式、篇目选取、内容深度方面的区别。在选材范围上,本教材既注重小说、杂文、散文等传统的重点体裁，也注重从本不为中学教学所关注的散文诗、新旧体诗、书信、日记中选取有益的文本素材；在篇目选择上，本教材尽量避免与必修课教材的重复，突出了"作为人的鲁迅"与"作为思想精神界战士的鲁迅"这两个内容核心；在编排方式上，从感受进入鲁迅，到阅读理解鲁迅，再到研究思考鲁迅，这本书遵从了循序渐进、由浅入深的原则。本来，在中学讲鲁迅的难点之一就是学生普遍认为鲁迅作品太深太难不易理解，而实际上鲁迅的作品并非全是艰涩深奥的，他的很多作品充满了生动的描写、活泼的情趣、优美的文字、动人的情感。《中学生鲁迅读本》充分挖掘出鲁迅作品这一方面的特点，增强了可读性的同时，也增强了对学生的吸引力。

在教学安排方面：

1. 选修课不同于讲座。过去，很多学校开设的选修课（特别是文史方面的）往往上成系列讲座的形式，变成老师的一言堂，缺少了"课"的意味。而新课标精神下的选修课，应该是一门系统安排的课程。在与钱老师合作的过程中，我们很明显地感受到这门选修课是符合新课标的精神的。它有自己的教材（《中学生鲁迅读本》，江苏教育出版社2004年3月版），有教学目标（见《读本》前言），有文本研读，有作业练习，有学生活动，有拓展与延伸，还有师生之间的双向反馈。尤其值得注意的是，钱老师一直特别重视与学生之间的对话，当然这对话不局限于课堂上师生间的问答与互动，课堂上学生的认真倾听与回应，作业中学生真诚而颇有新意的观点、阐释与老师认真阅读之后的批点、评讲，活动中学生的全身心的投入、参与，以至课后师生间随意的交流、谈心，都可以视作积极而有效的"对话"。强烈的"对话"意识使这门课充分体现了新课标所强调的教师与学生"平等对话""互助合作"的精神。

2. 选修课应该根据教学内容采用灵活多样的教学方法。为了上好这门课，钱老师专门设计了几种教学方式。其中给人印象最深的是"图文配合式"与"诵读式"。

鲁迅本身对美术绘画有着极高的造诣，是一个美术爱好者与评论家，对中国现代美术的发展起过不可替代的推动作用。也许是受到自身美术修养的影响，鲁迅的很多作品极富色彩感、形象感、画面感。因而鲁迅作品的文本与绘画有着紧密的关联。鲁迅用形象的语言解读过许多杰出的美术作品，有许多杰出的艺术家也致力于用绘画的方式解读鲁迅的作品。而钱老师正抓住了这个特点，一方面在教材的编撰中选用了许多有关鲁迅作品的插图；另一方面在课堂教学中将图画与文本结合起来相互阐发、相互印证、相互补充，取得了很好的教学效果。

中国的语言本身便具有声调、音韵上的特色，而鲁迅的作品更是具有独特的韵味。欣赏感受文本必须首先进入作品，而诵读是进入作品最直接的方式。在这门选修课的教学过程中，我们常常听到钱老师的诵读，他那带着自己的感受与激情的特有的苍凉嗓音感染了我们，更带动了学生也一道通过诵读的方式进入作品。有学生说："钱老师的朗读让我们重新发现了读书的意义，如果经典作品都能以这样的方式进入我们的视野与耳际，将会使我们受益匪浅。"在语文教学改革呼声日高的今天，许多所谓革新的做法恰恰是对语文本质的一种背离，而钱老师的诵读教学法并不刻意求新或故作高深，却使听课者强烈感受到了作品的魅力、语言的魅力以及语言所蕴含的作者的激情、讲解者的激情，既贴合作品本身，同时又体现出老师独特和真诚的理解与感受。这提醒我们，传统的教学方法中也有许多可开掘借鉴之处，关键在于我们是否善于开掘、借鉴。

前面我们说过上选修课不同于开讲座，而讲座其实也是教学方式的一种，它有其自身的优点。所以在讲解含义较深、思想较丰富的内容时，钱老师也会采用讲座的方式帮学生分析作品的观点、梳理鲁迅的思想，对其思想的核心要义加以适当展开，以此来引导学生。

钱老师的课启发我们对教学方式有了一些新的认识。教学方式多种多样：讲析式、点评式、座谈式、诵读式、讨论式、表演式、图文式、讲座式……不可尽数。而不管采用何种教学形式，关键是要让它服务于教学内容与目的，让它有助于教学效果的提高。一切为了"形式"而追求的"形式"，只能为历史所淘汰。

钱老师自谦为"门外汉"，而实际上他做过十几年的中学老师，近年来又一直深切关注中学语文教育，并投入很多时间与精力做了不少于孩子们实实在在有益的事，如果一定要说是"门外汉"，那也是身在门外而心在门内，是注视着门内，并随时愿意提出建议、伸出援手的"门外汉"，是深情而执着的"守望者"。而另一方面，"门外汉"的自我定位，又让钱老师能跳出圈外，更理智和长远地思考一些当局者迷的问题。仁者的爱让我们感动，智者的慧启发我们思考，感动和思考之后，我们又该如何呢？——为了孩子，应该是我们"门内人"去切切实实做一点事情的时候了。

(原载《语文学习》2004 年第 6 期)

五 | 部分台湾学生对鲁迅的接受

2009年我应邀到台湾讲学,其中一个重要内容,是在台湾清华大学中文系开设了一门"鲁迅作品选读"课,这可能是在台湾大学本科生课程体系中开设鲁迅课的第一次尝试。选课的除中文系学生外,还有外系、外校的,最后交作业、计成绩的有四十七名,还有不少旁听者(研究生,大学、中学老师等),更有从外地赶来听课的,总数大概有六七十人。为这次上课,编选了《鲁迅入门读本》(上、下册),作为教材;讲了将近三十个小时(每周一次,每次三小时)。先后布置了两次作业:作文《我和我的父亲》与写赏析文章《我读……》,最后以《我之鲁迅观》的读书报告作为期末考试。现主要依据学生写的报告,作一个课程总结,其中所显示的今天的部分台湾年轻人对鲁迅的接受状况,或许是许多朋友感兴趣的。

一、"与鲁迅重新见面"

在教材的背面,有邀请我讲学的台湾交通大学社会文化研究所的陈光兴教授的一段话:"被誉为现代文学之父的鲁迅,早已在亚洲和世界成为思想界的共同资源。但是因为他浓厚的左翼色彩,在战后国民党统治的时代,变成了思想的禁忌,他的著作在解严前是禁书,因而阻绝了台湾学术思想界对鲁迅的理解。半个世纪后要如何在台湾恢复鲁迅研究，打通中文世界共通的思想资源，成为极为重要的问题。"这也是一个极难的问题。作为第一步，我们选择了从直接给台湾的大学生讲鲁迅这里入手，是出于对鲁迅的基本认识："鲁迅的思想与文学是通往未来的"，"即使是二十一世纪我们来读鲁迅著作，仍然会感到他是一个'现实的存在'"；"鲁迅的心更是永远和青年相通的"（《鲁迅入门读本》台版后记）。当然这里也包含了对台湾青年的信任与期待。这门课的基本任务，就是要打造一座桥梁，让台湾青年与鲁迅相遇，和鲁迅传统重新连接。

一位学生这样谈到他们这一代接触鲁迅的背景："我出生于1989年"，"时间倒退两年，来到1987年，台湾的国民党宣布解除戒严，几十年来的白色恐怖时期，终于在此告一段落。从这个时候开始，台湾的知识分子终于可以不必偷偷摸摸地传阅、讨论鲁迅，或是马列思想，而要担心被秘密警察抓去关。也就是说，台湾和中国士人批判传统的断裂，在此时看见了重新接轨的曙光，重新有了承接传统的机会"。但是，这学生又提了一个问题："这个机会被把握了吗？"（张祖荣）

另一位学生则谈到了另一个背景：他们在读中学时，正赶上台湾的教育改革风潮，"一纲多本"原则提出，教科书开始多元化，鲁迅作品因此也得以进入台湾的教科书（游坤义）。许多学生都谈到他们正是从教科书里读到了鲁迅的《孔乙己》《风筝》《阿Q正传》，还从老师的介绍里，知道了或阅读过《狂人日记》。但在台湾的中学语文教育里，古文的阅读始终占据主导地位，白话文不但选文少，老师也很少认真教，因此，如一位学生所说，他们"对鲁迅为人为文并没有任何印象。课本作者简介栏也仅有几行笼统浮滥的字句"，至多知道鲁迅是一位用白话文写作的，重要或伟大的作家而已，而鲁迅文字给他们的实际印象也是怪怪的（李盈颖）。

但也如一位学生所说，或许正因为对鲁迅知之不多，也就"没有太多的预期与想象"，鲁迅也不必与考试挂钩，就可以"在最自然真实的情况下，认识了这么样特别的人"，如同"交到有趣、情投意合的新朋友"一样（黄诗尧）。这大概也是台湾学生和大陆学生在接受鲁迅的学习背景不同导致的区别所在吧。

因此，台湾学生对鲁迅的接受，是从自我心灵出发的。他们最热心讨论的话题是——

二、心有戚戚焉：鲁迅与我们

心灵的相通

一位学生这样谈到他对鲁迅的感受："鲁迅的文字就好像保有一些能量，然后在某些时刻就突然喷发出来，敲打着你的心灵。在我们倾听鲁迅的心声时，他的文本也能同时挖掘读者的心，聆听我们内心的声音，搭建出一座精神桥梁。"好几位学生都像这位学生一样，强调"鲁迅的作品能碰触我生活中的许多层面，家庭、朋友、学业、生命、价值观等"（陈晶莹）。

他们都是从鲁迅的《父亲的病》《五猖会》，鲁迅和父亲、海婴的关系这里进入鲁迅的。陈晶莹这样写道——

在《父亲的病》中，鲁迅这样写道："父亲的喘气颇长久，连我也听得很吃力，然而谁也不能帮助他。我有时竟至于电光一闪似的想道：'还是快一点喘完了罢……。'立刻觉得这思想就不该，就是犯了罪；但同时又觉得这思想实在是正当的，我很爱我的父亲。便是现在，也还这样想。"这个片段给了我很大的冲击。这令我回忆起我母亲在病床上的画面。那时的我,也在闪光之间有过这样的想法。我也曾经自责,怀疑过自己对母亲的爱。但我并没有深想,更不用说公开表达。可鲁迅就没有(逃避),他面对自己的情感并剖析它,最后承认它是一个正当的想法,并坚定地毫不怀疑自己。现在的我了解了那样的想法其实是另一种爱的表现。可是当时的我,却只是默默地把那种情绪隐藏起来。我想,这就是鲁迅予我的启示:他毫不回避,毫不敷衍的性格,深深地使我思索。

这里所谈到的鲁迅的"毫不回避,毫不敷衍",是抓住要害的:这位学生在自己的人生经验、生命体验中与鲁迅相遇,也真正懂得了鲁迅。

这大概是很多学生共同的感受:鲁迅的文字"总能使我回想起内心某些曾经浮现的想法","有一种让人有所感应,想要应和的力量","阅读鲁迅先生作品让我将以往读的、见识过的人都连接起来","我"因此而"跨越了孤独"(黄筱玮)。一位学生说得很好:"我想,鲁迅的文字喂养了许多孤独的灵魂,令那些孤独的灵魂找到了栖身之地。"(陈晶莹)

一位学生说,他的鲁迅阅读是一个"寻找生命契合点"的过程,在"我和鲁迅"间沟通了"情感的共通桥梁"以后,就觉得"两个人分享了彼此的秘密,我懂他的,他懂我的,我们更接近了","在慢慢切入到沉重的话题时,就能比较理解鲁迅为什么会产生如此的感受和想法。我喜欢他给我没有距离的对话方式"。(谢宛霖)

另一位学生则这样说:"他让你看见的是你在内心也许偷偷想过却选择隐藏的声音","他让你看见的是你想所未想、见所未见的事",他唤醒你的生命,又促成你的生命成长。(蔡嬰婵)

一位学生又将这样的接受提升为一种方法:"认识鲁迅适当的方

法，应是将他当作一位可喜、可深谈、可对话的朋友。我把此方法理解为'一个生命和另一个生命的相遇'，相遇、相知才能深入了解，并试图对话。"（曾一平）

因文字之美进入鲁迅世界

有意思的是，许多学生都强调："鲁迅的文字之美，是吸引我进入他文学作品的第一步。"

一位学生将自己的阅读过程与心理作了这样的描述——

我并不是一个爱读书的人，且太习惯画面的呈现。看书时将文字转换成画面的过程，经常让我感到节奏缓慢并失去耐心。只有部分作家其充满画面感的文字，能吸引我一页一页地往下翻，而鲁迅就是其中之一。有人说，鲁迅的作品就像冰山一样，它显现出来的只有一点点，但底下藏有极大的意义在。当我第一次阅读鲁迅小说时，知道他所传达的不只是表面上的故事，却一直想不通其意涵，只是被那些写实又有些怪异的故事所吸引着。然后在我理解一篇篇作品中，鲁迅的故事背后企图传达的意涵后，那些故事不再是我认为有趣或奇特的小说而已了，我重新思考每一个故事、每一个角色，有好几次突然发现，这些故事"好恐怖"。而这当然也是造成我继续接触鲁迅的原因。这些恐怖的事实，是我过去不曾想到的，也不曾有文章让我对自己的价值观念有如此大的冲击。（陈郁芬）

这是一个由"文"而及"心"，而产生心灵相印与撞击的过程。大概台湾的学生都是经历了这样的过程而接受鲁迅的。

好多学生对鲁迅的语言都独有会心，他们这样谈到自己的阅读感受——

他一针见血，并且针针入骨。他的尖锐和深刻，让你看了以后，无法闭上眼睛不看，听了之后，无法捂着双耳装着听不着。像鲁迅文章中所提到的几个简单的词："吃人，奴性，伪士，看客"，当你乍看这几个字词时，就会有愕然、震惊的感觉，而这样的词汇，是几乎瞬间在脑中留下烙印，让你难以忘却的。鲁迅的文字，是具有张力和感染力的。他的文字能将你包裹其中，描绘的事物仿佛历历在目，就在周遭，而批评的言辞就像鼓槌阵阵打在心上。鲁迅的文字虽然没有很激烈的字眼，但是它却能让你有很激烈的情感反应。（蔡嫈婵）

　　我非常感叹于鲁迅能把这样复杂及细微的思想捕捉下来，并转化为富有生命力及真实感的文字。他的文字能常常让读者产生共鸣，因为他捕捉到了人生重要且细小的情感。这就显示了鲁迅特有的感官能力，展现出他细腻的敏感度。（陈晶莹）

　　鲁迅是将生命投入在文章上的。鲁迅的文笔流露出的美，是真性情的美。不论我能不能充分理解他故事背后的意义，总能触发我的心里的不同角落，处理不同情感的区块，也能因此获得抚慰，像一首动人的古典吉他曲，每一个和弦都弹进我的心坎，不同的和弦触动情感中的不同部分。读鲁迅真是一种享受，因为他总有不同的思考，不同的旋律，但是同一把木吉他。

　　读了鲁迅那么多文章以后，我觉得他真是一个心思细腻又成熟的人，总是在细微处找到人性不同的面貌，又能深刻地用文字表达出来，实在是难得一件奇葩。（庄雅琪）

　　鲁迅令人爱不释手的原因之一，就是他的幽默。许多苦难、攻讦和挫折，鲁迅用幽默一扫，就像春风拂过水面，不仅替自己纾解情绪，对于傻子而言，更是信念的坚定和承载力的表现。（郭蔚霖）

　　我对鲁迅充满画面感的文笔感到相当佩服，仿佛深入其境，有听觉，有视觉，有画面，有对话，有静默不语的时候，各种生活中的感官,都可以透过文字"听到""看到"。重要的是鲁迅能够用心感受自己、感受世界中来自心里或外面的各种声音,这是他对生命的投入之后所泛起的涟漪,而他的温度,从那个时代一直波荡至现今。(李伟哲)

鲁迅的文章,可以说宜静宜动。"动"的文章,他描写得生动活泼,引人入胜;"静"的文章,他收起其独特的幽默,只严肃、沉静地论述。但鲁迅的写作又并非处处潇洒,自有内在的紧张,因为他背负着沉重的责任感,深怕自己下笔时一个不小心,就误导了年轻人,害他们走错路:这恰恰是鲁迅区别于其他作家,最为独特之处。(苏熏锾)

鲁迅不只有丰富的想象力,他还能很精确地呈现他的想象力,看看他手绘的猫头鹰,不过寥寥数笔却完全勾勒出猫头鹰的形象,给人一种简单的美感。他的写作也跟他的画一样,总是平平稳稳地叙述事情,安安静静地结束,有些作品即使过程高潮迭起,但最后的收尾还是给人一种淡淡的沉思。鲁迅《死火》的最后一句"仿佛就愿意这样似的",没有猝死的不甘,没有枉死的愤怒,只是淡淡地回归尘土。这样的结尾比许多的激情更让人愿意再三回味。鲁迅的写作很多都回归到生活百态,生活百态对我们虽然是平淡无奇,但就是这平淡无奇,更耐人寻味。(郑宇翔)

鲁迅同时保有一体两面的特性,鲁迅是真也同时不真。鲁迅所点出的事是真,但鲁迅的表现手法多是比较隐藏的,他背后所真正要表达的意涵却是层层包裹在文字底下。鲁迅写出了最真实的原始的自己,但他也在其外加上一层保护膜。所以他的文字不一定是所有的人阅读之后都能了解的。有的或许一知半解,有的甚至语焉不详。对于事情比较不敏感的人,或者不够深沉、世故的人,在阅读过后,或许还不会有什么感觉,甚至可能对鲁迅造成误解。真正看到鲁迅文字背

后深层意义的那些了解他的人,却又太少。曲高和寡,毕竟是不争的事实。(蔡嫚婵)

我注意到,很多学生都特别感动于鲁迅的"细腻",他们说"鲁迅细腻之处无所不在"(庄雅琪);他对日常生活细节中的意蕴和意义有"本质性的敏感"(郭蔚霖);他"对生命的细密的考量,对人类内心情感可能性的窥视",对"人内心最幽微变化"的细腻考察与省思(黄筱玮);他的细密、精准的表达(蔡承嬑),都让学生们惊异、感佩不已。一位学生更用"宽广而细腻的视野、勇气"来概括他对鲁迅的观察与理解(陈玉芳)。他们正是从鲁迅思想、情感、文字的细腻之处走进鲁迅世界的,这与大陆学者和学子习惯于从宏观的大视野来接受鲁迅,是有相当的不同的。

当然,也有从白话文发展历史的大背景下,体认鲁迅的文字和文学的。一位学生这样说:鲁迅的写作"正值白话文运动开始时期,对于长久以来以文言文写作的中国人而言,这无疑是一个巨大的挑战,有人接受,有人反对,有人游移挣扎,我们可以从胡适等人当时的白话文中发现,那文章虽已脱离简短且精心计较过的文言字句,但仍旧与我们现今的白话文有些不同,仍带着些许的文言气息。但鲁迅不同,他的写作对于传统的正规写作具有一种创新性,以及叛逆性。像《死火》那样一种跳接式的书写仿佛电影镜头的快速切换,在白话文萌芽阶段,就显然是一个新的突破"。

鲁迅的写作,对"号称严谨,却连带思维跟着僵化"的学院知识分子的写作,也是"或多或少的嘲讽"。鲁迅以"毫不在乎的态度"对待"学院派教育"制定的"严格的写作规则",而显示出对学院"制式化的对抗"。(许玮伦)

这些分析,都是相当到位的。

"他给了我另一种思维"

好多学生都以"鲁迅的眼睛（看）与耳朵（听）"来展开他们的鲁迅论述。他们不约而同地说到鲁迅的《论睁了眼看》与相关的一组文章引起的心灵震撼——

鲁迅对一些问题的看法和剖析，让我讶异。每天在我们每一个周遭发生的，我们觉得司空见惯，甚至理所当然的事，却在他的眼里看出不同的面貌。也许印证了他所说的，我们已经安逸于并习惯过着"瞒和骗"的生活方式，失去了睁开眼看的能力。

读鲁迅作品，常惊悚于现实的可怕。不是血淋淋的可怕，而是当真相慢慢暴露在你的面前的毛骨悚然之感。也许这是鲁迅作品要给我们的启示。在现实生活中，一切几乎平凡无奇的琐碎的事情，都要我们细细回想、分析，意识到它可能存在的隐含的意义和可能隐藏着的危机。我们必须思考，而不是盲目地、麻木地接受。（蔡承嬑）

看了很多题材新颖、逻辑惊人的文章，就有一种感觉，像是自己长期不自觉地偏向某一面，甚至以为就是这样子，但是鲁迅的思考丢过来时，就如有人在另一面呼唤我，要我转到另一面去看看事情又是怎么回事。最初，还会觉得自己是不是听错了，再等一等吧，看看第二次、第三次的叫喊，……怎么可能是这样子，不过，到后来，越去想这件事，就会慢慢向另一面靠近，猛地一转身，也就是要用新的逻辑去对待事物时，自己好像也吓了一大跳，惊愕于过去的愚昧、顽固、无知。而站在旁边的是早已久候我的鲁迅，抽着冉冉的烟，头向我微微一点，眼神望向暗魅的夜中。（谢宛霖）

由此引发的，是一个自我反省：为什么对周围的事物竟是视而不见，或者见而不深？于是，就醒悟到自己的"麻木、肤浅"："我看过的事、经历过的事太少，也太无感触"，我为自己"难过"，"我们太聪明，什么事情都溜滑过去"，"我们太奴隶，习惯受外界既成观念的支配"（谢宛霖），我们"知足于现状"，闭着眼就"一切太平"，如鲁迅说："无问题，无缺陷，就无不平，无解决，就无改革"；"也许是因为自己处于社会金字塔结构的较高层，不能洞悉、理解下层人所受的威胁与压迫"（蔡承嬑）。

于是，就有了新的眼光。一位学生这样叙述他怎样因为鲁迅的启示，而对周围的事物有了新的敏感——

在拥挤的台北捷运系统里，人们似乎是无止境地穿梭、前进，对于周遭的一切，没有任何知觉。上个星期，我却有了另外的感受。捷运的门开了，我迅速步出车厢，低着头，直往电扶梯奔去。忽然间，我捕捉到一个画面：一个大约是患侏儒症的先生，笨拙地让出电扶梯的空间，好让人们快速通行。我走得太急，以致当我留心那位先生时，我已经在他的上方了，眼神对不到，更别提微微一笑了。我感到一阵凄凉。有谁会注意到这位先生呢？永远，他只看到别人的背影，一个个迅速的漠视……

一个眼神，一个微笑的力量是巨大的、深远的，然而起点却只是微小的敏感。这是一种"微小式"力量，而我深信这也是鲁迅笃信的价值。（郭蔚霖）

而且有新的选择——

我看了鲁迅的文章后，我渐渐会去更加思索事物了，不随意忽略自己的不愉快，别人的不愉快，不任意丢弃痛苦悲伤了。如果不在意自我的感受，人就形同物品，无知无感，躯壳只是人形的模型，精密的机器，最易差使的奴隶。若只是接纳正面的感受，开心，幸福，舒服，欢乐，人就像一张纸，仅承受轻飘飘的愉悦，被真真假假的赞言所捧着，飞着。我要做一个会感受痛苦，并努力解决它，将痛苦化作快乐的人。……鲁迅提升了我的思考境界,我想要承担事物背后真实到令人畏惧的真面目,我不要麻木,麻木的生活只有躯壳,没有思想。……还好,我还是个青年,正是个青年,我要多多去看这个世界,去感受,去了解,去看,锻炼一双会看夜的眼睛。然后为社会再贡献一些什么,我知道自己能做的非常微小,但总是有价值的。(谢宛霖)

这样,就如同一位同学所说:"鲁迅给了我另一种可能",这是"各个领域",以至一生"受用"的。(彭筱蓉)

当然也会有疑惑:"选择面对真相,拒绝跟随大众同流合污、轻松过日子,是痛苦的。往往在阅读鲁迅如何以他的独特方式剖析种种事件的同时,心里难免会产生疑问与不解:'为什么鲁迅要选择那么痛苦地过日子?'对周遭过分敏锐的特质,似乎让他的人生很不开心。但再慢慢细读他的作品后,疑惑没了,怜悯心没有了,反而开始了解并认同鲁迅他这一'为了揭露真相不顾一切'的使命。"(蔡承嬑)

这是一条艰险的路,却是通向真实之路。还是这位同学说得好:"即使我同鲁迅都还在找路,但是我终于睁开眼了,至少踏出真正的一小步了,不再摸黑混走了。"(谢宛霖)——这才是最重要的。

"他使我反省自己"

实际上我们已经说到了台湾学生因阅读鲁迅而反省自己。有意思的是,他们是从鲁迅的"自剖"里得到启示的。一位学生这样谈到自己阅读与接受鲁迅的过程:他开始读鲁迅"铁屋子"系列作品,看鲁迅怎样批判社会,尽管也可以感到鲁迅批判的锋芒,却有着近乎本能的警惕与拒绝,总觉得这些"醒世箴言",只是"空话而已",甚至"跟说教的老先生无异";但他读到鲁迅"自剖系列"作品,就真正受到了震撼,他说自己"无法抵抗"鲁迅"强大真心真情的攻势",一个如此真切地直面真实的自我,如此真诚地向读者袒露自己的鲁迅,"开始搅揉我的心",同时,也懂得了鲁迅的真问题是:在这个如此混乱、黑暗的社会里,如何"面对自己",怎样"处理自己",怎么"定位自己"。而这也正是作为读者的台湾学生自己的问题。(凌若凡)

有学生把自己称为"在消费时代善忘的一代人",并且有这样的自我描述:"我每一天过着社会上认为好学生该过的生活,我花时间念书,周末在家陪父母","我读着这一句话:'不要把自己的命运交给别人',觉得有点难过。的确,大家都会认同这句话,但实际上做到的大概寥寥无几,因为我们的命运从来都是受外在影响支配的。我会觉得难过,因为现在台湾的青年大概是处在这样的处境中。我问身边的每一个同学、每一位朋友,关于他们未来想要做些什么,或是为了什么而奋斗时,答案都是一样:他们不知道也不介意,反正只要能吃能过活就好。我不敢说我不是其中的一分子。鲁迅说,青年有睡着的,玩着的,也有想前进的。我问自己属于哪一类,我希望自己能说我是前进的,可是,前进的方向是什么呢?我们存在在这个世界上,是不是还能有更好的意义呢?"(彭筱蓉)

正是鲁迅,使这些台湾的学子,开始思考和追问生命存在的意义和价值。

于是,鲁迅的两个命题:"聪明人和傻子和奴才"以及"看客",引起了学生的强烈反应。

一位学生这样不无沉重地写道:"我从出生的那一刻,就学着怎样适应社会,怎样与这个社会相处并达成和谐,照着多数人的意识走,这大概就是我的生存方式,而且这也是这个社会维持稳定的方式。"但是,当"我习惯于安逸的生活"时,鲁迅出现了,他直接

"冲击"了我"好不容易建立起来的价值观念","我从聪明人这个角色中看到自己的影子。聪明人知道自己随时都可能变成奴才,聪明人也知道傻子那样改变现况才能解决问题,但是聪明人选择逃避直接面对现实,并小心地坐好他聪明人的位置。这是自以为在社会中找到了立足点的自己。但在鲁迅之笔的烛照下,却看起来多么讽刺"。鲁迅的揭示,"让我无法反驳",但我又禁不住要问:"鲁迅的论点是否太过于悲观?鲁迅想象中的社会,是不是太过丑陋?"或者应该这样提出问题:"是我过于安逸于这样的社会,还是鲁迅对社会太多悲观?在反复思索中,似乎快要找到答案,却又不断怀疑。"(陈郁芬)——应该说,这样的矛盾状态是更为真实的。重要的是对既成价值观念有了怀疑。鲁迅的力量与作用也就在这里。

一位学生说,鲁迅有"火眼金睛",他一眼看穿,也让我们看清了自己原来并不自觉的内在的奴性。于是,就有了这样沉痛的反省:"我总是被课业压抑着,忘却了思考自己人生的方向,成了功名利禄的奴隶;我成了考试的机器,书本的奴隶;我被塑胶模型般的教育体制打磨成一模一样的模具,变成了公司、老板的有用的奴隶。"(赵书汉)"我们常常不自觉地在强者面前示弱,在弱者面前示强。前者圆滑地自甘卑下,后者则是人性缺陷的自然展开。我们就像鲁迅说的那样,不断地变换强者的奴才与弱者的主人的角色,以求得自身有一个栖身的位置,而且自我感觉始终良好。殊不知我们这样的变色龙式的随时变色,与现实妥协的生存策略,正是等级社会的最大帮凶。"(范华君)面对生活中的"看客","我们习以为常,我们加入行列"(卢美静),我们"因为害怕承担,恐惧沉重,因此选择当不愿多思考一点,不愿多感同身受一点的看客","讲得再直截了当一点,因为对别人没有爱",我们都是"看客"(范华君)。"我们在看人时,是否戴着有色眼镜；在被看时，是否摆出一个虚假的面目？"（陈晶莹）于是，又有了这样的自我质问："在现今这个充满奴性的社会，我为什么活得如此自在自适，毫无芒刺在背之感？"（李盈颖）

应该说，鲁迅向这些青年学生提出的问题是相当严峻的。许多学生在作业里都谈到了自己是什么人：睡着的？玩着的？醒着的？要前进的？要做什么人：聪明人？奴才？傻子？当同样的问题提给大陆的学生，他们都沉默了。而台湾的学生却做出了认真、诚实的回答。有的相当自信、坚定："鲁迅期许时下青年能够有所自觉，走出奴隶时代，我们也应当期许自己，走出被奴役的心灵；比起过去，我们已不受环境限制，自由发展的空间极其广大，传统思维也经过时代的淘洗而有所蜕变。所以，过去中国人的奴性，我们不应该重蹈，面对世界，我们应该活得更自由，更开阔。"（陈冠瑾）"我们绝不轻信别人，要把命运掌握在自己手里；光有热情不够，还要思考，还要行动。就像鲁迅说的那样，即使慢，也要驰而不息；即使世界上要引我们相信他们的论述何其多，也要跟着自己心中的声音前行。只要有勇气，遵从心的声音前进，即便别人看我们是傻子，我想那也会是一个'敢说，敢笑，敢哭，敢怒，敢骂，敢打'的快乐傻子。"（范华君）但也有的学生坦陈自己内心的矛盾、犹疑，以至拒绝："我很崇拜鲁迅敏锐的观察力和坚忍不拔的毅力，但我并不希望我变得像他那样，因为我知道我承受不了孤独，受不了这么多的恶意中伤。但我也不会就此放弃改革这个社会，让社会变得更好的努力。我觉得自己比较适合做在底下默默支持鲁迅先生的群众。"（赵书汉）"我不愿走鲁迅愿见的路，不愿跨过他为幼者所肩住的黑暗大门，我是醒着、想着的，却躺着的不愿贸然前行辟林的无志青年，时代也许混沌可鄙，既然如此，与人同为灰象，并肩而行，也就是了。"（李盈颖）——无论坚定，还是犹疑、拒绝，都是可以理解的；一切都不是最终结论，以后无论认识还是行动还会有许多变化；重要的是，因为和鲁迅相遇，学生已经开始思考这些人生的重大问题了。

自己选择，自己承担

这里就说到了这些台湾学子与鲁迅的关系。好多学生都谈到他们与鲁迅有相见太晚的感觉。他们有许多新奇的发现：一位学生说，鲁迅是一个"痴人""真人""奇人""怪人"（李盈颖）；另一位学生则长篇大论他所概括的鲁迅三大精神：真、爱、韧（游坤义）。还有一位学生别有会心地将鲁迅视为"地母"："地母是黑暗的，你在他的怀中，看不到出路的解答，他冷峻不言。但他是浑厚的，当你因失败而匍匐在地，他用突破现状的力量、对生命价值的实践力量包覆你全身。地母沉默，冷峻，没有狂热，但也是最坚实的力量。"（郭蔚霖）大概许多学生都从鲁迅这里感受到坚实、坚韧的生命、精神力量，因此，一位学生认真、严肃地说："未来，很近，也很远，十八？八十？转瞬就过。但是，鲁迅——会是永远支撑我的，最绵密，厚实，却温暖的精神支柱。"（谢宛霖）——台湾的学生能在短短的三个月的密集阅读中，就感悟到鲁迅的"绵密""厚实"与"温暖"的力量，这是令人感动的，或许这就是一种缘分吧。

还有学生则把"努力和鲁迅论辩"视为最大的"乐趣"（李倍嘉）。在和鲁迅平等对话这一点上，台湾学生比之大陆的学生，没有多少心理的负担，在他们看来，这是很自然的。一位学生如此直言："鲁迅没有深入了解基督教，他对基督教的看法和批判就是有些先入为主的了；他也因此失去从基督教之中反省、超脱，以获得面对现实的力量的机会，我觉得这是可惜的"，"鲁迅的宗教哲学观，我觉得是不够开阔、积极，甚至是有些守旧的，他提出哲学问题，却又在实际上把它悬置起来"（林楚棠）。还有一位学生，在赞叹鲁迅对"瞒和骗"的国民性的批判的深刻的同时，又认为在瞒和骗的"背后着实隐藏着平民百姓的辛酸，这是鲁迅没有注意到的"（施于婷）。另一位学生十分诚恳地说："不能说我完全认同鲁迅的看法，他的有些说法对我来说，还是太极端，太丑陋了。或许是这样极端的方式才能够唤起人们对习以为常的事物的注意，但我还是选择相信美好的存在与人性，不至于把人性想得太糟。这不是说鲁迅是错的，只是对我来说，多一点正向力，可以带动我去从事突破的行为。"（陈品聿）——这里且不论学生的看法是否正确，但那样一种在权威面前的独立姿态与心态，独立的思考精神，是令人赞赏的。

不少学生都特别关注鲁迅对青年的态度与期待，这也是自然的。一位学生说，鲁迅的看法，"我并不是每一样都赞同，但鲁迅的有一个观点，我特别认同"，就是不要去寻导师，特别是不能把自己命运交给导师，因为我和所谓导师是"两个不同的生命体"，我的生命属于自己，选择权也在自己，不能盲目地跟着导师走。"我相信在自己的人生道路上，会遇到很多好老师，在我们遇到生命之'结'时，老师会帮我们解结，然后继续往前走，老师是我生命中美好的过客，我的路还是要靠自己走下去，做了不同的选择就会有不同的结果，然后自己承担，这就是生命的力量。"（彭筱蓉）另一位学生则对鲁迅对青年"不一般"的"鼓励方式"特别感兴趣："鲁迅不对自己面对的挫败痛苦作丝毫隐藏或隐瞒，不为学生添加任何虚构的美丽幻想，就只是简单地说：'走罢，勇猛者！'在为年轻人揭开了历史与现实的真相，打破了对未来的幻想以后，那些懦弱者早已自动淘汰出局，敢继续接受挑战的人，才是真正的勇者，也才有可能'超越'他，'舍弃'

他,跨出新的脚步。"这位学生说,这样的期待,和青年人谈话的风格,"很是鲁迅"(蔡承嬪)。还有一位学生则为鲁迅面对青年,"小心翼翼"的"谨慎"态度,深深"感动"(黄筱玮)。他大概是读到了鲁迅《写在〈坟〉后面》的这段话:"还记得三四年前,有一个学生来买我的书,从衣袋里掏出钱来放在我手里,那钱上还带着体温。这体温便烙印了我的心,至今要写文字时,还常使我怕毒害了这类的青年,迟疑不敢下笔","因此作文时就时常更谨慎,更踌躇"。当年(1926年)鲁迅的这番苦心,被八十年后的台湾青年学生如此细心和敏锐地捕捉并受到感动,这是别具意义的。

于是,就有了这样的选择——

我愿意用勇于承担的态度去面对过去和现在的种种,自己思索,用自己的眼睛去读世间的这一本活书。毕竟,活着就不要苟活,要认真地在人生道路上前行。(李伟哲)

我必须找到我的路。尽管我的路不同于鲁迅的路,我也要往前走。(苏熏锓)

三、"一直存在于我们的生活中":鲁迅与台湾、华文世界

一位学生说,我们"在这样的时刻"一起"重新和鲁迅见面",是别有意义的:因为此刻的台湾"充满荒谬,又自我感觉良好",它迫切需要新的精神资源。(陈幼唐)

于是,就有了相关论述——

台湾需要重建批判传统

一位学生这样谈到鲁迅的意义:"有这样一个作家、思想家,时

时地为其谋事，时时地在旁批判，务求让整个国家走向进步的道路：中国何其幸运！有这样一个思想导师（即使他自己并不认为），为青年点起一盏明灯，时时提醒青年要如何走出自己的路，同时却也要不断批判自己所走的道路是否合宜，是否能给社会带来最大的贡献：中国的青年何其幸运！"在这位学生看来，鲁迅也属于台湾，而且今天的台湾正需要鲁迅。因为——

今天的台湾，缺少的正是这样的批判传统。自解严以来，对于民主制度和资本主义的盲从，让台湾人欠缺反思这些制度的能力。讽刺的是，民主的基本，正预设人人都能思考，都要能想方设法地为国家谋事，并且能够彼此沟通，寻求意见的最大公约数，在妥协中形成共同的集体意识。执政的政府正是这样的集体意识的实体展现，其政策是集体意识的具体表现。拥有具思考力的公民，能够形成集体意识的社会，才是真正的民主社会，其投票才真正具有民主精神，否则便只像是小学生选举班长一样，在大家都不认识的情况下乱选一气，票多者为王，票少者为寇，这并非民主。

这正是鲁迅在台湾社会所能扮演的角色：鼓励知识分子勇于进行批判，勇于表达自己的意见，去批评社会上众多不能忍受的乱象，去批评政府狗屁倒灶的决策行为。最重要的，就是成为提醒的力量，提醒这个社会，我们目前所行的制度，无论是经济上的，抑或是政治上的，虽然都颇有可观之处，却也都有无法突破的障碍与瓶颈。一味地沿袭旧有的制度，并不能带我们重返经济奇迹时代。相反地，不能认清台湾的全球经济地位已经改变了的事实，开始重新寻找台湾在世界经济体系中所能扮演的位置的话，我们只会不断地面临更大的经济灾难，而非持续进步。制度需要的是反省、检讨和辩论，而非无谓的辩护，才可能去进步。要找到更适合我们的制度，或改善现有的制度，都需要将各种可能性纳入思考，而非单从欧美现有的发展去寻找可能性，否则便只会不断重演欧美的悲剧。而鲁迅正能提供台湾人一种以往所缺乏的思考方式和批判传统。（张祖荣）

应该说，这些分析和看法都是很有见地的。

一位学生以鲁迅的眼光看当今台湾的学院与知识体系，就发现了"庞大的资本主义借着全球化已扩散到大多数人的心中，而不论你接受与否，这种追求自己最大化利益的学问，正以一些'正当的'知识传播而侵入学院"，"一边提倡经济生产，一边破坏着美丽的台湾；同时一边高喊着人文与科学并重，一边打压着没有'金钱生产力'的学科。我们的价值观慢慢被改变，重视思考与精神层面的东西被剥夺，人最后剩下了什么？"于是，鲁迅的《学界的三魂》《聪明人和傻子和奴才》都成了当今台湾学院、社会的真实写照："学界官气弥漫，顺我者'通'，逆我者'匪'，官腔官话的余气，至今还没有完"，学院的学者完全被政党政治所操弄，忘记了自己的使命，成了"官"（"执政党"）与"匪"（"在野党"）的附庸。而鲁迅所说的"对下为主，对上为奴"的病态早已弥漫于学院与职场，学院更成了"聪明人"的集中地。"金融海啸后，人们的奴性更加深化"，鲁迅描写的"奴才总不过是寻人说苦"，"傻子想替他出头，却反被奴才认为是盗匪"的悲喜剧更是在学院、公司轮番上演。鲁迅如此"神准的预言"，"让人惊骇"不已。（林思晴）

另一位学生也由鲁迅的《变戏法》"联想起台湾的选举，这种'变戏法'的政治手段，绝对比鲁迅当年看到的'现代史'有过之而无不及"。而台湾的媒体也在"变戏法"，而且花样百出，不断地制造、培育出越来越多的"看客"。（范华君）

很多同学都谈到，"吃人文化"依然存在于台湾社会和华人社会：

被奴役、被残杀、被吞食的现象到处都是，只不过我们把它"道德化、审美化、合理化、娱乐化"了，这也足以证明，我们沉溺其中，"陷得太深"，而又完全不自觉，"这是令人悚然"的。（蔡承嬑）

如一位学生所说，"每个时代都会有自己的'铁屋子'"（卢美静）。问题是，今天的"铁屋子"上面的涂饰太多，以致我们身在其中而毫无感觉和知觉，这就需要鲁迅式的批判眼光，穿透涂饰而看到真相。这就是许多学生读了鲁迅著作之后，要呼唤鲁迅批判传统的原因所在。

面对台湾左翼传统的困惑

其实，这样的批判传统在台湾是存在的。好多同学在作业里都不约而同地提到陈映真，提到柏杨，也有学生提到陈芳明。但是，在面对台湾左翼传统时，这一代学生中有一些敏感者遇到了双重的困惑。一位学生在他的两次作业里，有一个明晰的说明，只是不知道他的精神历程有多大的代表性。

他对自己的精神历程是这样描述的："我们这一世代台湾青年所面临的世局真是前所未有地混沌，复杂。我小学三年级那年（2000年），民进党取得政权。本土意识的高涨反映在媒体、知识界，也反映在教科书意识形态战场上。我们这一代学生读到的社会、语文教科书经过一番改版，内容上大有别于我们的父祖辈。至少就我而言，我对'本土'的认同就是通过教科书形塑出来的，至于'美丽岛''党外'等词则自然而然象征某种正当性，也自然与'民进党'符号画上等号。但民进党上台以后迅速倾向资本家，与早期合作的社运团体渐行渐远，或将其吸纳为依附组织，迅速放弃理想。尤有甚者，执政中期以后，大规模的贪腐案件陆续爆发，'本土''爱台湾'被当作掩饰缺漏的工具，在我们拥抱'本土'意识时，整个象征'本土'的巨灵就在我们眼前狼狈崩解。于是，我们再也不可能如七〇、八〇年代的青年们那般信任'党外'了。而我们的'本土'血液，我们长期以来建立的史观，又使我们完全不可能信赖国民党，信赖统派。我们这世代的青年，就这样落入尴尬的位置里，没有明确的敌人，也不敢轻易与谁结为战友，进而畏怯冷漠，甚至虚无犬儒。这是一个没有'革命史'，也不可能'革命'的时代。但即使如此，早年那些岛上关于革命者的行动与论辩，仍在我们身边，在我们心上萦绕不去。"

就在这样的思想背景下，这位学生在高二时开始接触台湾的左翼传统。他面临着两重困惑。首先是"左翼传统"的遗失："左翼传统由国民党时代刻意的铲除、阉割，到了我们这个时代，似乎就已经被理所当然地遗忘，即使是民进党主导的教育主管机构也忘了（或也根本没有打算）将那段历史补上，我们对鲁迅的印象，就只停留在语文课本里唯一选进的阿Q，但也不甚了解其义。"但当他们试图自己进入台湾左翼历史时，却遇到了新的问题：对台湾左翼历史的记忆，左翼传统的阐释，都不可避免地陷入统、"独"意识形态的论争中。这位学生说："我们读陈芳明，读陈映真（他们都是公认的台湾左翼的代表），也跟随两人的思想论战，在统、'独'光谱间寻找自己的位置。令人好奇的是，这两个站在光谱两端的人，在马克思主义阐述，在国族想象的激烈冲突背后，却都不约而同地在自己的文章中描述过这样的场景：一个田野间长成的青年，在某间书店，某个小书报摊上无意得到《狂人日记》《阿Q正传》等当时的禁书，始而开启了更丰富的对人的关怀。"正是这样的不同走向的台湾左翼却共有鲁迅资源这一发现，使这位学生产生了"重新和鲁迅见面"的冲动："究竟是怎样一个作家，怎样一种写作传统，如此深入、如此震撼地开启了台湾青年的左翼视野？他对当前的台湾青年有什么意义？通过对他的了解，会有助于我们更能理解父祖辈思想上的差异，进而起身批判，建构出一种属于我们的想象吗？"

经过三个月的阅读，这位学生坦然承认："我的思绪仍是凌乱的，无法回答自己提出的问题"，但也似乎有了一个思路。他这样描述自己接近鲁迅的过程："开始，从鲁迅作为一个儿子、父亲，书写儿时故乡的记忆读起，在第一份作业中我们也试图书写自己与亲人的关系，首次与鲁迅对上了话；接着我们在文章中看见鲁迅的'真'，和他对旧体制及新制度缺漏的不断批判；同时我们也在鲁迅生命凋残之际所写的寂寞、冷凝的蜡叶中，触摸、感知到革命者的孤独。我在这一过程中愈来愈认识鲁迅是一个人。我也愈来愈认识到'鲁迅传统的左翼文学'。"尽管依旧困惑，但"我终究是认识了这么一个鲁迅：他期许自己，也带领我们，永远站在弱小人民的那一边，'去凝视人，生活和劳动'；他呼唤知识分子起身实践，反抗；而且他不断地自我批判，即使与'党的左翼'暂且合作，但也有个底线在那里，他始终坚持自己的原则"，"而无论台湾的未来该往哪里走，鲁迅都将让这一代代的知识分子重新将目光定睛在'人'身上，我们也必然得继续循着对'人'本身的天生的爱持续走下去的"。（陈为廷）

而另一位学生则有更明确的目标："我将积极参与社会运动，积极地希望能够衔接起鲁迅的批判传统与台湾社会。由社会状况来看，这条路极不好走，鲁迅也预言着先行者悲剧性的命运。但明知不可为而为之，才正是鲁迅热切期望青年，期待知识分子，乃至于社会中人人都应抱持的心态！"（张祖荣）

"批判的民族主义者：我之鲁迅观"

这是一位学生给自己的作业定的标题。他首先断定："中国、中国人、中国文化一直是鲁迅文章中所关心的主题，同时，在他的文字中也展现了对中国、中国人、中国文化的细致剖析，以及其深刻锐利的批判能力。"但他要强调的是，"鲁迅和自己批判的对象是有着血肉联结的。鲁迅从不否认自己是一个生在中国的中国人，他身上同样带有抹不去的中国文化痕迹，所以他不愿做导师，也对启蒙持有怀疑，与胡适这样的自诩站在代表进步和自由的西方，对中国、中国人、中国文化作出评断的知识分子相比，鲁迅所选择的立场就显得相当特殊"。或许也正因为如此，"鲁迅并未使用任何艰涩的理论字眼，但他所说的话，比起那些满口西方理论的知识分子们，更加让人理解中国、中国人、中国文化的某些本质，甚至到今天仍具有它的解释力"。（陈幼唐）这大概是许多学生的一个共识，另一位学生这样写道："鲁迅比任何人都真实地面对中国"，也更了解中国。（蔡嬰婵）

而如何面对中国、中国人、中国文化，这是当下每一个台湾人，不论其政治、国族立场如何，都必须正视的。一位学生在他的作业一开始就说："当我在深夜里自省，自己在对他人大声说出我是一个中国人时，我何以说明我是在一个中国文化的建构之中，深受中国文化熏陶、塑造出来的人格特质。"因此，在他看来，鲁迅对自己的意义，就在于他"不讳言地道出中国人为何是中国人"，认识鲁迅，正是"对自身在文化上的中国社会对自我的构建提出反思的机会"。（林明纬）

而这篇作业的作者则认为，"重要的是，在阅读鲁迅过程中，我发现鲁迅对中国、中国人、中国文化的批判及分析，也同时揭示了我所处社会的某种持续运转着的逻辑"，也就是说，他是从超越国家、文化认同的角度来讨论鲁迅的"民族主义"对当下台湾的意义的。

他是这样提出自己的命题的:"当我试图拿'民族主义'来阐释鲁迅时,内心也是相当迟疑的,毕竟因为帝国主义、殖民主义的关系,与之结合的民族主义也显现出了它的暴力,最后变成主张'我们的民族是世界上最好的民族'的右派民族主义论述,而这绝对是鲁迅所不能同意的,因为他是那么彻底地睁着眼仔细审视自己的民族。我想,只有当意识到自己的真实状况时,才有改变的可能;只有知道自己是奴才,才有拒绝做奴才的可能。我认为这才是鲁迅所展现出的民族主义。所以,我会以这样的词汇标志鲁迅这样的民族主义者:批判的民族主义者。"

接着是对鲁迅的"批判民族主义"精神的具体、深入的剖析,大体有四个方面。

首先,"鲁迅心中的中华民族绝不是个抽象的概念",他思考民族命运,眼睛盯着的是"每日每夜在土地上挣扎着、活着又廉价地死去的生命",他们才构成了"民族""人民"的具体的、真实的存在。一个批判的民族主义者必然以"对民族至深的情感与关怀,将眼光深入到民族生活中最不堪的角落,要像鲁迅那样,看见孔乙己和祥林嫂"。

其二,"批判的民族主义者并非仅只对自己民族的批判而已,在批判的背后必须要有对自己民族自觉的承担与反省",首先是作为本民族的一分子,"敢于承认并自觉承担民族过去的弊病,包括对其他弱小民族的压迫,据此对自身作出最清醒透彻的自我反省"。而这位学生更由此谈及"民族主义与左翼的关系",并这样提出问题:"脱离在地历史的、毫无反省、承担之意的'左派'真的还能有什么批判力吗?"在他看来,只有真正对在地历史与民族的问题,作出深刻的反省和承担,才能"以自身民族的立场,对于世界上的各种压迫与力量作出分析与回应",这正是左翼应有的"国际主义"和"民族主义"的统一。

其三,这位学生对鲁迅的中国文化批判中所提出的"互为主奴"的命题,特别有兴趣,认为它"并不限于中国人之间,更可以拿来描述中国自古以来的对外关系。同一个民族,完全可以具有'自大'与'自卑'的两种不同的民族情绪"。(这位学生大概不知道,鲁迅其实早已在《随感录四十八》里说过:"中国人对于异族,历来只有两样称呼:一样是禽兽,一样是圣上。从没有称他朋友,说他也同我们一样的。")"直到今天,还可以感受到中国'不愿再作奴隶'的渴望:中国要做世界的主人!"但这位学生要问的是:"在选择做奴隶和主人之间,难道再没有其他路可走吗?"

这位学生还感受到了鲁迅这样的批判的民族主义者,既要"承认自身民族在历史上对其他民族表现的暴力",又要"面对自身民族在近代的积弱不振"的"内心的极大的拉扯感与矛盾",这大概是一切批判的民族主义者的宿命和"应该具有的特征"。

最后,还谈到了鲁迅"正面文章反面看"思维的启示:对自称民族主义的人,其"民族主义"应该怀疑;自称左派的,其"左翼立场"也应该抱以怀疑。鲁迅从来没有标榜民族主义和左派,但他是真正的批判民族主义者,即左派民族主义。(陈幼唐)

以上这些分析,其具体观点自然可以讨论,但都是从鲁迅出发,又联系着台湾的思想文化界的现实,在我看来,也是面对中国大陆的某些思想文化现象的:这位学生连接鲁迅与当下现实的努力与自觉性,是十分可贵的。

鲁迅思想的"通世性"

一位学生这样谈到他的鲁迅观:"鲁迅抓住的问题,是通世性的,是普遍世代具有的现象，那最根本的核心问题。"他的这一判断是基于他对鲁迅思维的特点的理解："我觉得鲁迅的反省和审视，是先将既有的成规全部打破，再全部重新审视过一次。他不在既定的架构上看事情，他是一一地重新去检视这些规矩的基础和架构，等于瓦解了既有，再全部重新来过。所以当他发现了问题，他的问题是相当致命的。"（蔡嬰婵）所谓"致命"，就是抓住要害，追问本根、基础、核心，直逼人性的深处；所谓"致命"，就是极具颠覆性，换一个角度看，也就是极具开创性、超越性、超前性，因而具有通世性。

这其实是很多学生的共同感受："鲁迅对人性的批判性揭示，不只是适用于他那个时代的中国人，可以大胆地说，是适用于全世界，各个年代的人们，不论国家、种族与宗教。"（卢美静）鲁迅的文章是"现实性与普遍性"的结合，"他关注的问题是现实的，贴近人的生活的；他对问题的诠释及解答，却是站在全人类为导向的出发点，并有超越性的思考"，因而又具有超越时空的"普遍性"。（沈佩凌）

听课的学生中有的来自新加坡，像前文一再引述其观点的陈晶莹、蔡承嬑，他们的反响似乎比台湾学生还要强烈。读鲁迅对他们几乎是全新的经验，全新的发现，他们为鲁迅与"现代华人世界"的深刻联结而感到震撼。这或许是学生们的一个共识：鲁迅属于台湾，属于华人世界，"鲁迅逝世终于放下的重担，该是新时代华人一分子的我们，接任承担的时候了"。（许玮伦）

在 2009 年，台湾部分青年和鲁迅的这次相遇，既自然，也给人多少有些惊异的感觉。一位学生这样写道——

二十岁，对于成人们的社会来说，也许过分稚嫩，但回身面对自己却有些喘不过气来的感觉。我一边听着摇滚乐团 1976 年的歌声：

"我并不想成为谁的指南针,也许你该学习相信自己的方向感",一边想起了鲁迅。想起了他所说的"泥土精神"的时候,便会想起自己对外在的回避、逃逸与疏离,但是始终是面对逐渐远离心灵的身体。

那许是新的时代给我们的挑战。

语无伦次常被合理化为后现代语言的必需品,而在"后"字当道的现下,打着某种精神标杆的任何事物都是一种挑衅。鲁迅也是其中之一。然而我想我们不得不接受的是,鲁迅的灵魂已经远远走在他所属的时代前面,而同我们并肩而行。我们仍旧缺乏勇气,缺乏洞见的企图,也缺乏实践的行动。但关于爱,关于生活,关于生命,我想我们始终抱着期望。

而鲁迅告诉我们,一切都来得及。(游坤义)

2010年1月20—25日

后　记

　　说起到中学讲鲁迅，是早在 2001 年下半年就开始和王栋生老师一起筹划的。就我自己而言，这是 2002 年 8 月即将从北大退休后的一个自我安排；这更是我从 1998 年开始介入中学语文教育改革的一个必然发展：不仅要作理论的批判与倡导，而且要亲自参加教育实验和建设；对我自己的专业——鲁迅研究，这又是一次学术的普及与继承五四新文化运动启蒙传统的自觉尝试。我深知要把自己的设想变成现实的困难——设想本身就会遇到许多质疑，能否为现行体制接纳就更无把握。我找到了王栋生老师，向他求助：不仅因为他是我的母校南京师范大学附中的老师，更因为我们在《新语文读本》的合作中已经有了众多的共识。他果然完全支持我的梦想，并且认为这样的实验也是中学语文教育改革自身发展的需要，他告诉我，附中语文教研组有一个很好的团队，愿意为我开路。于是，我们约定：就做一次"吃螃蟹的人"，路总是要一步一步地走出来的；而且要低调进行，既要认真、充分准备，又不作张扬。就这样筹备了两年之久，直到 2004 年，才在附中正式开课，王栋生老师和当时语文教研室主任徐志伟老师带领着他们团队的年轻老师一起，和我全力合作，经过师生的共同努力，终于取得了预期的教学效果。有了这样的底，在 2005 年我又在北大附中、北师大实验中学分别开设了一个学期的"鲁迅作品选读"选修课。

在三校讲课的"教学计划"里,都明确规定,这是一个"实验课程",其课程目标有三:"这是一次引导中学生'走近鲁迅'的尝试";"这是根据'新课标'的要求,在高中开设选修课的一次实验,这是进行中学语文教育改革的一个新的尝试";"这是改变大学和中学,学术界和教育界的隔离状态,尝试进行合作的一次努力,是'大学教授走向中学课堂'的倡导和实践,也是探讨中学教师的培训工作的新途径的尝试"。教学计划还提出"整个实验工作都要当作学术工作来做","实验课程过程中要始终注意资料的积累和总结"。因此,在三所学校语文教研组和有关部门配合下,进行了全过程的录音、录像,南师附中和北大附中还整理出了文字实录稿;课程结束后,在三校学生中也都进行了问卷调查。计划中还提出"最后要写出课程实验总结,并将讲课实录、学生优秀作业、试卷、调查、总结资料汇编为《〈鲁迅作品选读〉实验课实录》一书,作为最终成果"。

应该说,计划中的大部分都得到了认真的执行,唯有汇编成书一事,却因我很快转入别的学术工作而延误至今。在 2005 年我和南师附中语文组的老师合作,曾在我为这次上课编的教材《中学生鲁迅读本》基础上,编写了普通高中课程标准实验教科书《鲁迅作品选读》及《教学参考书》,并经全国中小学教材审定委员会初审通过,这一次实验能取得这样的成果,当然是令人高兴的。但讲稿未整理出来,却始终是我的一件心事,特别是对参与其事的中学老师们,更是心存内疚。于是在去年下半年,开始着手还债,先将学生作业、试卷、调查整理出来,今年又冒着酷暑,花了两个多月的时间,在南师附中、北大附中老师的实录稿的基础上,正式整理成文,个别地方作了一点补充,以使其更加完整。

这样,讲义最后定稿,已是讲课四五年以后,这自然引发了许多的感慨。四五年的时间，对于我这个退休老人，一晃就过去了；但那些听课的孩子，却是在一天天地成长的，他们已经，或快要大学毕业了。他们中只有个别人和我一直保持联系，但大多数都已经各奔东西了，不知他们如果有机会看到这份中学时代和鲁迅相遇的记录，会有什么反应？他们现在和鲁迅的关系又如何？还有，这都是2004年、2005年的高中生的"鲁迅观"，他们是"80后"的一代人；今天，2009年的中学生，"90后"的年轻人，他们对鲁迅又会有怎样的体认？鲁迅是永恒的"山"，而年轻人却是一代一代流动的"水"，这"山"和"水"的关系，是永远引人遐想的。

同时让我怀想的，还有我的合作伙伴，那些同样可爱的中学老师们。这也是教学计划里所明确的：整个课程实验工作，由作为主讲教师的我和三个学校语文教研组的老师"密切配合，共同进行"。计划规定："教研室指定部分青年教师协助主讲教师工作，辅导学生，批改作业和试卷"，"为以后独立开课作准备"。参与实验的这些老师，不仅承担了大部分教学辅导工作，更以他们对中学教育的责任感，对中学生的深切理解、深厚情感，以及他们的教学智慧，给我以极大的激励和启迪。同时，我也通过这次教学实践，而深深地感受到做中学教师"真难，真好"，这成为我以后参与中学语文教育改革的一个新的触发点，把我的关注中心转向对第一线老师的教学实践经验的总结上来。因此，中学老师们对我的帮助和支持，是怎么估计也不为过的。本书和我的其他个人著作不同，实际是一个集体合作的产物。我要借本书的整理出版，向参与实验的老师，表示我的敬意和感激，他们是：南师附中的王栋生、徐志伟、周春梅、倪峰、郝彧，北大附中的林新民、蔡明、董玉亮、王嘎、刘丽燕、李桐柱，北师大实验中学的马丽钧、袁金楠等老师。特别是王栋生老师，没有他的参与策划和自始至终的全力支持，就不会有这一次在中学讲鲁迅的教育实验。

这次实验以及本书的整理出版，对于我个人也是意义重大的。当然，本书是一本教材，只是汇集了我有关鲁迅研究的成果；却是我和中学生以及中学生和鲁迅之间的一次心灵的相遇和交流，而且我也在这样的交流中又和鲁迅有了一次相遇，在某些方面，也就有了新的体认。最重要的是，在当了二十一年大学教师以后，我又回到了中学，这在我的生命史上也是极富诗意的一页，是值得我永远珍惜的。

还要特别提到的，2009年我又有了一次机会，到台湾清华大学给本科学生开设一门"鲁迅作品选读"课。这是鲁迅课程进入台湾大学本科教学体系的第一个尝试。考虑到台湾学生对鲁迅的陌生，需要最基本的讲述，因此，我选用了这套教材和讲稿。没有想到，从讲第一课开始，就引起了和大陆学生同样强烈的反响，而且因为他们没有大陆学生那样复杂的对鲁迅的"前理解"，也完全摆脱了考试的阴影，而是直接面对鲁迅原文，就有了许多或许是更本原的精神共鸣和对鲁迅的独特体认，这又反过来，影响了我对鲁迅的认识，我因此对鲁迅思想的普遍性、超越性和超前性有了更为深切的体认：鲁迅属于中国，属于华文社会，属于世界，属于未来。这样，我的教学生涯，就竟然结束在台湾，这是我完全没有想到，更是格外欣慰的。我为此写了一篇《部分台湾学生对鲁迅的接受》的总结文章，现也附录在本书。这份讲稿，就更加丰富、厚重了，相信也会引起关心鲁迅作品教学和鲁迅文学、思想传播和接受的朋友的兴趣。

本书得以在三联书店出版，也应该感谢三联的朋友和领导。早在2003年他们就出版了我在北大给大学生和研究生开设"鲁迅研究"

课的讲稿《与鲁迅相遇》，现在再出我的中学鲁迅讲稿，就算是配了套：我一直将对处于生命发展不同阶段的中国人讲鲁迅，视为自己的学术和生命的一个使命，尽管越来越不合时宜，我却始终痴心不变，乐此不疲，而且总是能够得到来自不同方面的朋友的支持和帮助，这也是于寂寞与绝望中"依稀看见微茫的希望"吧。

2009年8月8日、12日
2010年1月28日补充